温暖 永远

WEN NUAN YONG YUAN

韩怀仁 著

陕西新华出版
太白文艺出版社·西安

图书在版编目（CIP）数据

温暖永远 / 韩怀仁著. -- 2版. -- 西安 : 太白文艺出版社, 2017.9（2024.1重印）
ISBN 978-7-5513-1225-7

Ⅰ. ①温… Ⅱ. ①韩… Ⅲ. ①散文集－中国－当代 Ⅳ. ①I267

中国版本图书馆CIP数据核字(2017)第180223号

温暖永远
WENNUAN YONGYUAN

作　　者　韩怀仁
责任编辑　张　鑫
封面设计　张云宵
出版发行　太白文艺出版社
经　　销　新华书店
印　　刷　三河市嵩川印刷有限公司
开　　本　787mmx1092mm 1/16
字　　数　400千字
印　　张　22
版　　次　2016年11月 第2版
印　　次　2024年1月 第2次印刷
书　　号　ISBN 978-7-5513-1225-7
定　　价　69.80元

联系电话：029-81206800
出版社地址：西安市曲江新区登高路1388号（邮编710061）
营销中心电话：029-87277748　029-87217872

目　录

卷二 思绪如风

卷三　赏艺品人

卷四　序抒襟怀

卷五 铭赋昭心

序

年岁越长，越觉得人世间最珍贵的，不是金，不是银，不是华屋豪宅、香车宝马，不是山珍海味、绫罗绸缎，而是黄金难买、珠玉难换的一个字：情——人类纯洁、真挚、朴素但却无比高贵的感情！

一个人，在极度饥饿而生命垂危的时候，有人给了他一个馒头，于是，他活下来了，后来不仅活得时间很长，而且还活得相当滋润。几十年后，他常给亲人友人、晚辈后生说他永远永远忘不了那个馒头。

其实，那个馒头进了他的肠胃之后，一部分化成了身体所需的能量，一部分变成了人见人嫌的排泄物，早已消失得无影无踪了。也许那馒头的形状、颜色，他也早已忘得一干二净了，但他忘不了的，是凝结在馒头里边的那一份高贵的人情，是那个施救者给他的再造之恩！想起馒头就想起那份恩情，想起那份恩情就想起黑夜里的灯光，寒冬时的火炉，溺水时救助的大手，委屈时母亲的怀抱……那种温暖，那种亲切，那种珍贵，无法准确用语言描绘，但却永远难以忘怀。

在我六十余年的人生途程中，我得到过很多很多的恩情，除了父母的养育之恩、哥姐（我排行最小）的呵护之恩，更得到了血缘关系之外的乡亲、朋友（战友）、同事甚至素昧平生的热心人给予的恩情。我常对我的孩子和学生说，如果没有那么多的好人给我帮助，我是绝不会有今天这样幸福的生活的。所以我一直想写一个感恩的“散文系列”，作为对那些有恩于我的好人的回报。可惜的是，由于种种原因，这个心愿至今未能完全实现，实在有些遗憾。不过，“大愿”虽然未偿，“小愿”却还是“了”了一些的。由于那些恩情的湍流时常在我的心海里激荡，不断地撞击着我良知的堤岸，使我心灵的海面一直不能平静，时不时就卷起一层层感恩的浪花，所以近几年在忙乱之中也断断续续写了些带有感恩性质的文章，这回都收进这个集子中了，多少也算是保存了一些真情的温暖。我相信，这些温暖在我的心里，永远不会冷却。

除此之外，也还东一榔头西一棒子写了些其他文章，或思考人生，或赞美山河，或评艺论人，或追忆往事，虽然见识浅薄，但自我感觉“温度”还是有几分的，所以也一并“归堆打包”都收揽进来了。按照内容与形式的微小差异，大略分了几个类别，即“情勒心碑”“思绪如风”“赏艺品人”“序抒襟怀”和“铭赋昭心”五个分卷。除个别篇章外，各卷之文基本按写作的时间先后排列。

假如您能翻开书页阅读几篇，我就要向您表示衷心的感谢。再假如，您在阅读这些拉拉杂杂的篇件时，没有感到寒凉甚或冰冷，我就实实在在地心满意足了。

作者

2016年4月10日

「卷一」

情勒心碑

卷前碎语

一蓬蓬　挚情的篝火
跳荡成花朵的模样
在心的原野上
闪耀光彩　散发浓香
然后　变成刻刀
在心灵的碑石上
镌出温暖的诗行
任凭暴雨瓢泼　狂风恶浪
任凭寒流滚滚　大雪飞扬
温暖的真情啊
永远是——
年轻的战士
妙龄的女郎……

情勒·心香望云

忠厚老师，实在哥

——怀念我敬爱的陈忠实先生

陈忠实先生去世了，我心中十分悲痛。站在医院的病床前，眼睁睁看着一个伟大的生命在一点点地远去，心中的感觉，用刀绞、箭穿、火烧、油煎……任何形容痛苦的词汇来描述，似乎都难以穷形尽相。

在他停止呼吸的那一刻，我流泪了。二十余年来他给我的诸多恩惠，全都涌上了心头。

此刻，我要把这些都写下来。

其实，有关他与我交往、给予我恩惠的许多事情，我早就想写，只是怕有“拉大旗作虎皮，包着自己，去吓唬别人”之嫌，又怕得“攀附名人、巴结名人”之讥，所以一直没有动笔。如今，我所崇敬的大师、我所热爱的老哥走了，再不必忌惮“借名人以沾光”的猜度，我可以尽情诉说了。

2006年，陈老师与作者在学校砺剑园。于文宁摄

受了陈忠实先生那么多恩惠，我必须说出来！不说，我会憎恨自己没良心！

四十四年前，当我还是不满二十岁的毛头小伙时，有一个非常奢侈的梦想，就是当一个作家。那时候特别羡慕那些能在报刊上发表文章的人，觉得他们特了不起。有一天，在生产大队办公室聊天，有一个人说：“咱河对岸西蒋村有个作家叫陈忠实，写的东西好多都在报纸上发表了。”我很惊讶：天哪！离咱这么近，竟然有一位作家！从此，陈忠实的名字就牢牢地印在我脑子里了。他成了我的偶像：一个生长在农村的青年，竟能在报纸、刊物上发表许多作品，这该是多么荣耀、多么了不起的人呀！

我很想到河对岸去拜会一下我仰慕的陈忠实，但，一是总忙着挣工分；二是还想通过优秀的"表现"得到贫下中农的好评，以便在以后的招工、招兵时能得到推荐；第三，也是最根本的，我的心里很自卑——从小学五年级就开始向报社投稿，可现在高中都毕业了，却还连一篇作品都没有发表过，见了那位仰慕的大哥，说什么呀？

拜会的心愿还未得实现，1972 年底，我参军了，拜会心中偶像的计划彻底成了泡影。

我当的是铁道兵，修的是襄渝铁路，部队驻在陕西。我在团部当收发员，全团订的所有报刊都能看到。众多的杂志里，有《陕西文艺》，而在《陕西文艺》里，就时不时能看到陈忠实的作品——《接班以后》《高家兄弟》。虽然他的作品不是很多，但给我留下的印象总是特别美好，我觉得他的小说写得很实在，很有生活气息。也许还因为他是我的"近乡党"，所以格外关注他。

当然，所有这一切，陈忠实是不知道的。仰慕在我心里，热爱也在我心里，说白了，我只是一种"单恋式"的"神往"。

真正和陈忠实近距离接触，是在 1986 年的文学创作培训班上。

1983 年，"百万大裁军"，数十万铁道兵干部战士集体转业前夕，我从铁道兵调到了第二炮兵工程学院（即现在的"火箭军工程大学"）。作为从青海省转来的作协会员，我有幸参加了一次文学培训班。培训班上，陈忠实给我们上了一堂课。课间休息时，许多学员都跑到前边去和陈老师攀谈。我也挤到他跟前，跟他提说了两个青海的文化人（修筑青藏铁路，我在青海待了十个年头）——那两人跟我是朋友，且都说跟陈老师也很熟。我离开青海时，他们都对我说过，如果见到陈忠实，提提他们的名字，陈忠实肯定会想起来。尽管那时陈忠实在我们这些纯业余的作者心目中，无疑是必须仰视的人物了，但他仍然很热情，很平易近人，他果然想起了那两个朋友，还询问："他们现在都还好吧？"

那一次近距离接触，陈忠实给我的印象就是：人如其名——忠厚亲切，真诚实在！

一转眼到了 1991 年，我想出一本短篇小说集。那个时候，出书请名人作序已成为一种时尚，为了加重我作品的"分量"，我也想请个名人来为我的书作序。请谁呢？我第一个就想到了陈忠实。要是他能给我的小说集写个序，我那原本并不出色的集子，也许在别人眼里就有了光芒。可是就凭着从前的"精神向往"

和培训班上的“一面之交”就请他作序，是不是架梯子摘月亮——太有点异想天开了呢？

然而，在一个朋友的指引下，这个异想天开的美丽梦想竟实现了。这个朋友叫陈西周。

陈西周是我们学校实习工厂的职工，由于都喜欢唱秦腔，我们成了戏友。听说他家在西蒋村，我就问他认不认识陈忠实。他笑着说：“何止认识，我们还是本家子呢！”我喜出望外，忙问可不可以通过他进一步和陈忠实认识并交往，进而请陈忠实为我的小说集写一个序言。西周笑着说：“这你不用找我，找新芳保准能行。”

新芳就是陈新芳，也是实习工厂的职工，我们原本也很熟悉。我问西周：“为什么找新芳就行？”

西周说：“新芳就是陈忠实的亲妹子呀！”

天哪！我跟新芳熟悉几年了，竟然一点不知道她就是陈忠实的妹妹！多少人跟陈忠实见过一面就成天吹乎，恨不得全世界都知道陈忠实跟他有交情，而陈忠实的亲妹妹却一直没有拿这个名人哥哥来作为自己炫耀的资本——我对新芳的为人更加敬重了。

我去找新芳，向她说明了我的想法。新芳很坦诚地说：“论二哥的为人，他是非常乐意帮助人的。只是他这几年正在写一部长篇小说，连作协的好多活动都推辞了，不知他能不能抽出时间。不过我一定给他把这话说到。”

过了几天，新芳告诉我：“二哥说可以。他让你有空了到家里去见个面，把你要出书的稿子带上。”

陈老师如此爽快地答应，让我不仅喜出望外，甚至有点受宠若惊了：“真没想到二哥这么痛快就答应了！”

跟新芳对话，称“陈老师”显然生分、外道，我自然也随着新芳称“二哥”。

新芳说：“你放心去吧。二哥待人实在得很。”

1991年10月30日，我骑着自行车从学校跑了近三十里路赶到西蒋村。

在村人的指引下，我找到了他家。那是一个极其普通的农家院落，有一个门楼，嫂夫人正在门楼下做着针线活，我问：“这是陈忠实老师家吗？”

嫂夫人回答：“就是的。”

我赶快自报家门，表明了我的来意。

嫂夫人十分热情地让我进门，并向屋里喊了一声：“老陈，有客人来了。”

陈老师在屋里应了一声,屋门口马上出现了他的身影。他手里夹着一支雪茄烟,微微笑着,很亲切地说:“新芳说了你要来,我专门等着你呢!”

我的心头立即涌过一股暖流,一时竟不知说什么好。

他边让座边给我倒水,我则匆忙从包里取出合订在一起的书稿。

我们都落座以后,陈老师拿起我放在桌上的书稿——十多篇带着杂志封面的铅印文字,多少有些惊讶地问:“这些稿子都是发表过的?”

我说:“就是。”

陈老师很诚恳地说:“现在出书挺难的,你这些作品都已发表过,怎么还……”

陈老师的体谅又一次让我感动,我便如实坦露心怀:“身为教员,要评职称。而评职称的一个硬件就是看成果。散见于各报刊的,叫文章;但若汇集成一本书,就叫著作。著作比文章的分值高。评不了高职,在军校再继续干就有难度,所以……”

陈老师听了连连点头,他说:“我明白了。你放心,序我一定给你写。不过你既然要出书,肯定得先把杂志上的文稿变成印书的文稿,这就是出版社说的‘一校稿’。打出一校稿后,你给我拿过来,看完一校稿再写序言不迟。我知道你让我写序言是想让这书好销一点。不过我要给人写序,就一定要认真把书看完再说话。那种不看稿子就信口开河的文章我写不来。我不能不看作品就胡发议论。”

见陈老师谈兴正好,我便问:“听说你最近正在写一部长篇小说?”

陈老师点头说:“是的。”

我问:“进展顺利吗?”

陈老师说:“还好。”

我问:“写的什么故事,书名叫什么?”

陈老师笑了笑说:“咱这一带有一句土话,说是‘锅盖揭得早了,就预死了’①。我也害怕‘锅盖’揭早了,把这作品‘预死’了,所以我给谁都不说。等将来写完后,你就啥都知道了。”

“很辛苦吧?”

---

①“预死了”是灞河流域的方言,本意是指蒸馍时,因提前揭了锅盖,从而使“发面馍”未发起来而变成“死”面馍的状态。同理,蒸红薯、洋芋火候未到而过早揭盖造成夹生,亦称为“预死”。有版本将“预”写成“窳”,不确。“窳”字的本义是恶劣、坏,和“预先死亡”无涉。

陈老师笑了笑说："你也是搞写作的，其中滋味你应该明白。"

我说："真不好意思，你这么忙，这么辛苦，我还给你添麻烦。"

陈老师爽快地说："那有啥？朋友嘛。"

临别时，陈老师说："我这儿有一本刚出时间不长的书，送你一本，留个纪念吧。"说着就拿出一本豆绿底色、上有"Z"形条纹稿纸图案为封面的书，书名是《创作感受谈》。他拧开钢笔，十分认真地写下了"韩怀仁方家雅正"几个字，签了他的姓名，落款是"1991. 10. 30"。

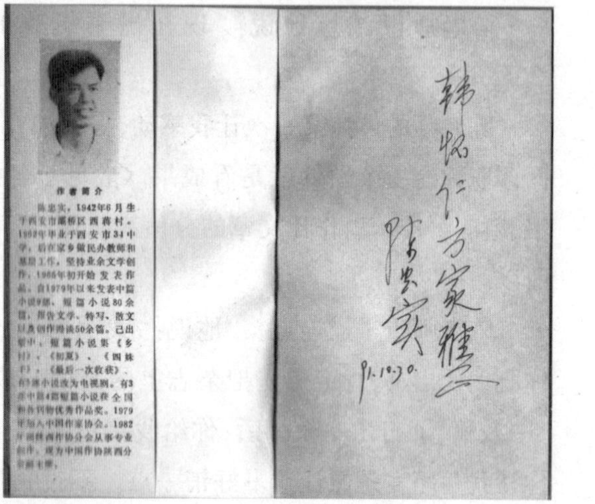

这次交往，我从陈老师身上获得了很大的教益：一是他对朋友的真诚——绝不敷衍塞责。既然要评人的作品，就必须认真地阅读，那种随便瞄两眼便天马行空、信口开河的"评说"，他是十分厌恶的。第二就是他对自己作品那种严谨、虚心与慎重的态度——没有完成的作品绝不胡乱吹嘘。"我害怕锅盖揭早了就预死了"这句既通俗易懂又寓意深刻的自律之言，实在让我感佩不已，感慨良多。

回到学校后，我开始紧锣密鼓地找人把报刊上的文章在电脑上敲成电子文档。那时候我对电脑是一窍不通，更谈不上在电脑上打字写文章，一切都得求人，其间联系出版社又出了些"状况"，幸亏不久遇到了王世雄先生，说他可以帮忙，我这才又看到了出书的希望。就这么三折腾两折腾，一晃就到了 1992 年 4 月中旬。我带上打印好的书稿，沐浴着和煦的春风，再一次来到西蒋村。

陈老师问我："这书稿咋弄了这么长时间？"

我把那些曲曲弯弯的过程给他详细述说了一遍，他也陪着叹息了一声，接着说："你把书稿留这儿吧，我尽量抽时间尽快看，看完尽快写。等二校稿出来后，序言和正文可以放到一块，进行三校。"

过了不到二十天，我又到了西蒋村，告诉陈老师三校稿已经校完了。

陈老师一听十分惊讶，说："呀，没想到你这儿进展得这么快！我原先出的几本书，从一校到三校，没有半年时间是出不来的。"

我说："现在是电脑排版，快多了。"

陈老师一脸的歉意，连声说："哎呀，那实在对不起，你的书稿我是认认真真看完了，可是序言还没来得及写呢，你看这不耽误你的事嘛！"他连声啧啧，深深自责，那种诚恳的神情，看得我心里又是一阵阵热浪翻滚。

我连忙说："陈老师你千万别这么说，你现在正进行大部头创作，是绝对需要清静的。我让你看书稿、写序言，已经干扰了你的长篇创作，我给你添麻烦，你没有讨厌，没有拒绝，我已非常感激了。你再自责，我就更不安了。"

他稍稍沉默了一会儿，问我："没有序言，对你书的销路影响大不？"

我说："听说我要出书，好多学生都很支持，主动登记要买书的已有六七百人。如果再加上已经分配到部队的学生，估计销一千册不成问题，成本肯定能够收回。另外，王世雄老师说，书稿他全看了，如果你太忙，他可以写个序，只是嫌没有你的名气大、声望高。"

他又微微叹了一声，说："这样的话，我心里多少还能轻松些。不过这事真有些对不起你。"

我知道他的长篇小说正在攻坚阶段，其创作之艰辛与内心之煎熬，外人实在难以体察，而我偏在这个时候来麻烦他，确实有点"没眼色"。（从后来许多文章提到的"如果这本书再不成功，我就跟你去喂鸡"的那声喟叹，以及他词作中"怎堪这四载，煎熬情"的表白，证明我当时的猜测还是靠谱的。）

所以我连忙说："要说对不起的，应该是我。"

那个"序"虽然最终并未写成，但陈老师待人的那种诚恳，那种实在，让我终生难忘。他把我集子里的作品全都认真地读了一遍，并给我谈了他的感受。他说："从你取的书名来看，你对《今夜又是月圆时》这一篇是偏爱的，但是我倒更喜欢你的《寻酒启事》，觉得那一篇的构思很巧，而且意蕴也好……"接着他又谈了对集子中其他几篇作品的看法，有赞赏，也有委婉的批评。临别，他又一次诚恳地说："这次没给你帮上忙，以后有需要我的地方，你尽管来。"

后来我真的又一次找他帮忙了，可是这回他帮了我的忙，我却做了一件很对不起他的事，至今回想起来仍然感到惭愧和痛悔。

1994 年初，我完成了一个中篇小说，题为《朝霞红晚霞红》。写成之后，我到省作协去找他，他问："需要我帮什么忙吗？"

我说："我想请你看看这个作品，如果你觉得还看得过眼，我想请你向有关刊物推荐一下。"言下之意，就是想借他的名声给作品找个发表的地方。

陈老师二话没说,立即开始翻阅。他以极快的速度浏览着,发现错别字或不妥的句子就用钢笔画一画,感觉不妥的段落,也在旁边做个记号。看完后他说:“总体感觉还不错,我画的那些地方你再斟酌一下,我给河南的《莽原》编辑部推荐一下吧。”说完就展纸提笔,很快写完了推荐信,信里说了不少赞美的话,恳请编辑关照业余作者的真情也显而易见。他把信瓤装进写好地址的信封后递给我,说:“回去把那些要改的地方改一改,然后和我这封信一起投给杂志社吧。”

我非常郑重地把信夹在一本刊有李星和陈忠实《对话白鹿原》的《文艺争鸣》杂志里,再把杂志十分认真地装进挎包。

我正打算告辞,陈老师说:“眼看就到饭时咧,作协对面有一家泡馍馆,我请你吃羊肉泡馍。咱事先说好,是我请你,不要结账的时候拉拉扯扯的不好看。”

几年交往,我对这位“忠厚老师实在哥”的秉性已了解很多,也就没有再客套,一起走进泡馍馆,一人一碗羊肉泡,边吃边聊。吃饱喝足后,揣着一腔的感激与感动,挥手和陈老师告别。

没想到回到家里打开挎包要拿陈老师写的那封推荐信时,我一下子傻眼了:那封信不翼而飞了!我把挎包翻了个底朝天,把那本杂志抖落了足有十多遍,可那封信仍然杳如黄鹤,无踪无影。我头上的汗立时冒了出来,急速启动大脑,回忆此前的每一个细节,忽然想起在站牌下等公交车的时候,我曾取出那本《文艺争鸣》看了有十多分钟。看见公交车过来,我把杂志塞进挎包就急急忙忙上了车。可能……不!不是可能,而是一定!一定是在那匆忙中,不慎把那封信弄丢了。我气得用拳头直砸自己的脑袋,悔得肠子都青了。你好好地在那儿等车,看什么杂志啊?要看杂志你也该把信取出来装到包里啊!车来了你不慌不忙上车不行吗?你丢的不是一封信,你丢的是你尊敬的老师、仁厚的兄长对你的一份深厚情谊呀!你往后拿什么脸面去见他呀?见了面他若问起稿子和信的事,你拿什么言语去回答他呀?

此后一段时间,我一直不敢去见陈老师,直到这年的4月底,我才厚着脸皮又到他家去了一趟。我老老实实地说了我丢失了那封推荐信的经过,并说出了我的羞愧与痛悔。说完便低着头等待他的责备或埋怨。谁知他听完以后,只是淡淡地笑了一下,说:“丢了就丢了。丢了就全当我没写过。现在还需要我再推荐吗?”

我说:“我再没脸请你写推荐信了。我来是向你报告一件事,前几天接到中国社会科学院文学研究所一个通知,让我到北京去参加一个会议,并要求带一篇最近创作的作品，我想把这个中篇带到会上去碰碰运气。”

陈老师说：“这样也好。如能得到会议的认可，也许有些刊物会要你的稿子来发表的。”

那次会议的全称是“首届中国文学现状与发展暨创作研讨会”，张炯、雷达、张同吾等十多位知名人士都参加了那次会议。《朝霞红晚霞红》在那次会议上获了个三等奖。我把这消息告诉了陈老师，他笑了笑说：“好事嘛。能被会议认可，你再往刊物投稿就更有信心了。”

我没有再找刊物，因为前不久接到王世雄先生的一个电话，说陕西旅游出版社要出一套《西部风情文库》丛书，反映西部风情的文学作品均可收入丛书，他向我约稿，希望我也拿一部书稿出来。

于是我就以《朝霞红晚霞红》压阵，另外又创作了三个中篇，合成一个中篇小说集，交给了《西部风情文库》主编王世雄。

《白鹿原》问世之后在读者中产生了巨大的轰动，社会反响十分强烈，但同时也给陈老师带来了很多的麻烦，其他麻烦姑且不说，单是找他签名、题字、做报告的个人和单位就络绎不绝。同时作协的许多具体工作都得他或组织，或协调，或亲自动手，他的忙碌，完全可以用“焦头烂额”四个字来形容。可是尽管这样忙碌，他却一直以没能给我写成“序”为憾，1995 年，当得知《朝霞红晚霞红》要出版的时候，他问我：“这次的序有人写了么？”

我说：“王世雄先生已经写了。”

他又问：“我能给你帮点什么忙呢？”

我说：“想请你给题写个书名。”

他很爽快地说：“这个不难。”说完，就在他的书房中展纸濡翰，聚气凝神，一会儿工夫，“朝霞红晚霞红”六个流利潇洒、自具风致的大字便跃然纸上。说句实在话，当年在自费出书的众多作者中，我的《朝霞红晚霞红》能够连出两版且近万之数很快售罄，绝对与“陈忠实题”那四个字的落款有着密切的联系。

最让我铭心刻骨的，是在《朝霞红晚霞红》问世不久引发的一场风波中，陈老师给我的安慰、鼓励与帮助。1996 年 6 月，单位上一位颇有背景并有一定权势的领导突然向《朝霞红晚霞红》兴师问罪了，他不仅搬出了“利用小说反党，这是一大发明”的最高指示，而且言之凿凿地指责这本书有三大罪状：一是有攻击邓小平理论的倾向；二是有性描写，属于“格调低下、精神污染”；三是“否定了单位的职称评定工作，给单位抹了黑”。一时间，真有“黑云压城城欲摧”的阵势

了,我心里压力很大,分管政治工作的领导也有些惴惴然、惶惶然了。他对我说:“你能不能找到省作协,让作协给你的作品出一个鉴定性的证明材料。你这书不是陈忠实给题写的书名吗?如果他能以作协的名义对这本书有一个肯定性的评价,那么即便个别领导要兴师问罪,咱也就有了‘不怕’的依据了。”此事不仅关乎我的前途命运,而且还牵连到一些别的领导,事情确实非同小可。我赶紧跑到作协,找到了陈忠实主席。他听完我的叙述之后,非常惊讶,说:“呀!这都啥年代了,你们单位咋还有这种人呢?”我说:“没办法,现实中真就有这种人。”陈老师思考了一会儿说:“现在他们刚开始‘抓’我就去做解释,似乎不够妥当。让他们先‘抓’吧,如果他们真‘抓’得要影响你的个人生活了,作协一定会出面的。到时候,还可以通过法律途径解决问题。说不定一打官司,你的作品还火起来了呢。”有了陈主席的这颗“定心丸”,我心里一下子踏实了许多,便回单位向要“保护”我的领导做了汇报。

幸亏20世纪90年代中后期不再是“阶级斗争一抓就灵”的极左时期了,不但党的文艺政策更宽松,而且思想解放、心胸开明、态度稳健,既有政治头脑又有人文情怀的领导干部也越来越多了。当时学校的主官秉持正义明确表态:“对于作品,完全可以见仁见智,发表自己的评论;但对于作者,绝不能用‘文革’时那一套,动辄就粗暴‘处理’。”有了主官的表态,尽管少数几个“左视镜”佩戴者一直在咕咕哝哝、嘁嘁嚓嚓,最终却并没有形成能置人于死地的风浪。加之当时单位正巧发生了一起大案件,那几个貌似革命性很强的领导干部,因为众所周知的原因而自顾不暇,所以在开了几个座谈会之后,那场看似“山雨欲来风满楼”的政治风波,竟不动声色地风息浪止,不了了之了。当我把这个消息告知陈主席之后,陈主席感慨万千,后来就写了一篇散文,叫《朋友的故事》,发表在1997年第一期《新大陆》杂志上。

1998年，他的《白鹿原》获得“茅盾文学奖”之后，要请他去做报告的单位排开了长队，我们学校领导知道我和陈忠实相识日久，便让我去请他为我们的学员也做一场报告。我找到陈老师，说明来意，陈老师仍是十分慷慨地就答应了。他说：“不说咱们之间的友情，单冲着你们二炮是咱们国家最具威慑力量的部队，我都一定要去的。”他到学校来做报告那晚，近千人的大礼堂座无虚席，连两边靠墙的过道上都站满了人。他的演讲既高屋建瓴又朴实亲切，既深刻警策又幽默诙谐，引得听众不断发出热烈的掌声和会心的笑声。报告过去了十多天，《白鹿原》和陈忠实依然是学员谈论的一个热点话题。

2009年7月，《大虬》第一版印行后，作协创联部的领导对我说：“为了扩大这部作品的影响，建议给《大虬》开一个研讨会。”我把作协的这一番盛情向学校首长转达之后，学校首长非常支持。在作协和学校共同努力之下，《大虬》研讨会定于2010年10月23日在二炮工程学院隆重举行。

陈忠实来校与校长王耀鹏（左一）会见　于文宁摄

我非常盼望陈老师能参加这次研讨会，但又怕他来不了，因为他的事情太多了，他太忙了，而且，他的身体也明显大不如前了。此前不久，学校还曾让我请他再来搞一次讲座，可他极其诚恳地婉拒了。他说：“不是我拿架子，是我现在有个毛病，常常突然脑子里会出现一片空白，眼睛看着前面的人，竟一句话都说不出来，这种状态一般都有十几秒钟，而且说不上啥时候发作。你说我要是坐在台上，突然间啥也说不出来，这咋对得起那么多的观众呢？”这次研讨会虽然把《大虬》这本书和会议安排都提前送给陈老师了，但我仍然担心他来不了，所以在开会前两天又给他打了一次电话。我刚一开口说“我是怀仁”，他马上就说：“不就是开研讨会要我在会上发个言么？不说咧，我肯定去。”

23日那天早上，他不仅早早就赶到了学校，而且在会上做了长篇发言。他开篇就说：“我曾经说过，韩怀仁是中国离我最近的作家。”见大家一愣，他紧接着又说，“这是就地理距离而言的。我在灞河南岸，他在灞河北岸，隔河相望，村庄与村庄大约就四五里路。因此我说他是我所结识的离我最近的作家。但人家事比我干得阔，肩膀上的星星我老是羡慕得很。”大家轰的一声笑了，会场的气氛一下子变得非常轻松活跃。

关于《大虬》，他足足讲了半个多小时，他从三个方面对本书进行了肯定，并说：“读来令我有一种强烈的感动与震撼。”

说实话，我当时坐在台下流泪了。因为他不仅看完了《大虬》，而且看得非常细致和深入！什么是知音？这就是！自己的心灵倾诉能得到自己仰慕的人的理解，文人之间还有比这更温暖的慰藉么？

在发言的最后，他说：“我是昨天晚上10点半才把这个小说看完的。整整读了三天，啥都没干。”

陈忠实在《大虬》研讨会上发言　于文宁摄

从最早的把《今夜又是月圆时》认真读完，到“三天啥都没干”就看《大虬》这本书，我的老师，我的兄长，你对我的深厚情谊，我心中的感激，该用怎样的词汇来形容啊?!

2012年11月9日，我儿子结婚，海力和李红代表陈老师不仅送来了很重的礼金，而且还送来了陈老师专意为我儿子婚礼书写的墨宝一幅，上书李清照词句：“星河欲转千帆舞，九万里风鹏正举”，寄托了对孩子的期望和祝福，殷殷深情，弥足珍贵。

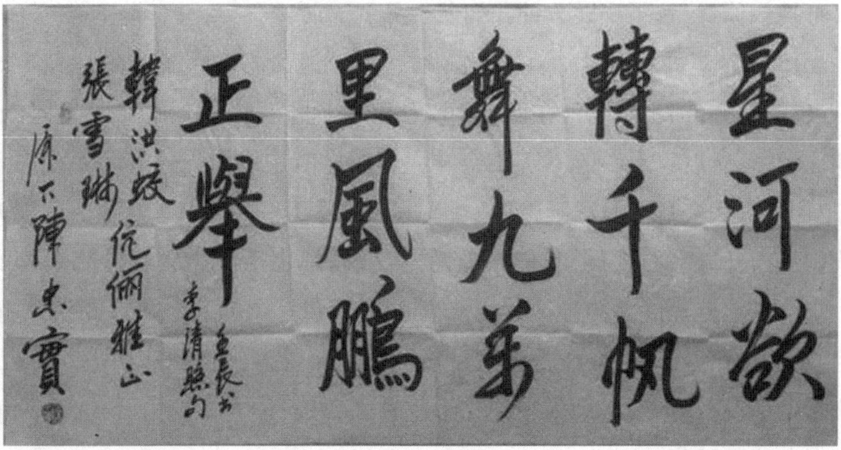

2014年，我申请中国作协会员，在电话里我表示了想请他当我的介绍人的心愿，他欣然允诺，说："这还有啥说的！你把表拿来我给你写就是了。"第二天我把申请表拿到家里，他戴上老花镜，伏在茶几上，很快就写下了这样几行字：

韩怀仁多年坚持文学创作，成就丰硕，作品深刻隽永，不仅获得广大读者的喜爱，也得到评论家雷达、李星等的赞赏，我愿介绍加入中国作协。

陈忠实　2014.2.25

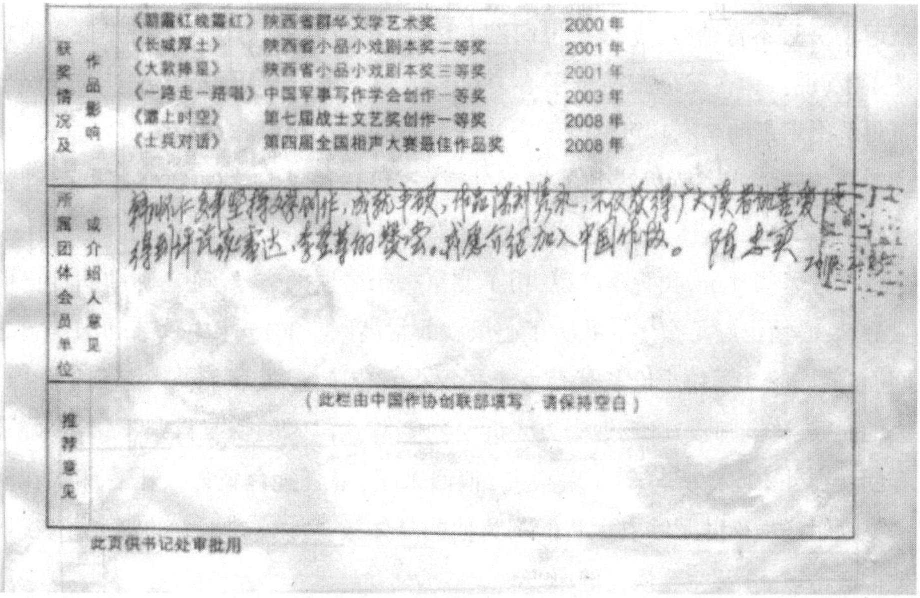

获奖情况及作品影响	《朝霞红晚霞红》陕西省群众文学艺术奖	2000年
	《长城厚土》陕西省小品小戏剧本奖二等奖	2001年
	《大款捧星》陕西省小品小戏剧本奖三等奖	2001年
	《一路走一路唱》中国军事写作学会创作一等奖	2003年
	《灞上时空》第七届战士文艺奖创作一等奖	2008年
	《士兵对话》第四届全国相声大赛最佳作品奖	2008年
所属团体会员单位或介绍人意见	韩怀仁多年坚持文学创作，成就丰硕，作品深刻隽永，不仅获得广大读者的喜爱，得到评论家雷达、李星等的赞赏。我愿介绍加入中国作协。陈忠实	
推荐意见	（此栏由中国作协创联部填写，请保持空白）	

此页供书记处审批用

2013年春节期间（正月初七），我和朋友去拜访他。偏偏那天又听到了诗人雷抒雁不幸逝世的消息，陈老师十分感伤地说："今年真是流年不利啊！从年前到今天，我已经接到三个好朋友不幸离世的消息了。"我们也随着感叹一番，为了不打扰他休息,聊了十几分钟我们便告辞了。

2015年春节去看他时,他说老是口腔溃疡,说话一多舌头就疼。到了6月份,一位朋友告诉我,陈老师在西京医院住院了。因为口腔疼痛,说话困难,心里也就比较烦,所以家人一般不赞成亲友去看望。但是作为受陈老师太多恩惠的我,他住院那么多日子我竟不去看一回,怎么也过意不去啊!幸亏他的儿媳李红是我们学校外语室的教员,我们很熟悉,我就向她表示了想去看看陈老师的心愿。李红在学校是优秀的青年教员,在家里是贤惠孝顺的儿媳妇,只要工作能走开,她总会去照看陈老师,经常做点可口的饭菜给陈老师送到病房去。一天,她给我打电话说:“韩教授,今天中午我给我爸去送饭,你老说要去看他,今天就坐我的车一块到医院去吧。”

到了医院,陈老师刚打完吊针,坐在床边休息。见了我就跟我打招呼说:“你倒做啥来了吗?”我说:“你住院这么长时间,我不来看看心里难受啊!你不要说话,我也不说话,我就看看你。你好好跟医生配合治疗,争取早日康复。”然后我们就面对面坐着,互相看着对方,谁也不说话。其实,通过双方的眼神,我们把想说的话都用眼睛“说”了。我心里想:什么叫“此时无声胜有声”?这就是啊!默默地坐了三四分钟,他向我轻轻摆摆手,说:“你回吧。”因为听新芳说过,他起初一直不肯治疗,急得孩子们没办法,还是新芳以妹妹的“权威”狠狠地批评了他,说:“你在父母跟前尽了心,行了孝,落下孝子名声了。将心比心,娃也不想落个不孝的名啊!可你不配合治疗,叫娃心里、脸上咋过得去吗?”这样,他才答应住院治疗。所以我和他握手的时候,仍然说了句:“一定要好好配合治疗啊!”

又过了些日子,我听李红说,用了北京一个名医的方子,陈老师的病情已明显好转,心情也好了很多。我听了心里就非常高兴。2015年中秋节和国庆节之间,航天四院文学协会会长伏萍女士提议去看望陈老师,我们便一起到了他家。去的时候,陈老师没在家,嫂夫人告诉说:“老陈这段时间恢复得很不错,今晚还和朋友在外头吃饭呢!”等了一会儿,他回来了,果真气色挺好。比我那次在病房见他时还微微胖了一点。我们都为他的身体康复而感到由衷的高兴,都祝愿他彻底击败病魔,完全恢复健康。

去年11月,我去了深圳,春节也是在深圳过的,过年只给陈老师家打了个电话。正月底回到西安,原本打算早点去看他,一是听说这段时间他的身体状况还不错;二是家事、公事、朋友事七七八八的比较多,一晃一个多月过去竟没和陈老师见面（这是我至今依然非常愧悔的一件事）。4月28日晚上10点多，忽然接到他妹夫建国的电话，他说："二哥的情况不太好，在西京医院已住了几天了。"

我心里一咯噔，忙问："这会儿咋样？"

建国说："前两天已报过病危，今天能好一点儿。"

我说："我现在就赶过去吧！"

建国说："目前暂时看着还平稳，你不要太着急。你跟二哥相好那么长时间，到这会儿了，不给你说我怕留下遗憾。要看，你明天早上过来就行。"

29日早上5点半，我从学校门口打出租车，6点过一点赶到病房。病房里静悄悄的，新芳、李红、黎力、勉力和二女婿都守护在那里。新芳领着我见到了躺在病床上的陈老师。尽管人已很憔悴，但神志还是清醒的。我说："陈老师，我是怀仁。"他睁大眼睛看了看我，目光依然是那样睿智深邃。他想要和我说话，我忙拦住："你啥都别说。"我握住他的右手，他竟把手挣脱出来又高高举起，三个手指捏在一起，似乎要什么东西。新芳说："他是要笔，想写字。这几天人来看他，他一直用笔写。这会儿，你看手都没劲了，还想给你写哩。"我说："陈老师，你不用说，也不用写，我知道你的心意。我要向你道歉啊！我从深圳回来这么长时间，今天才来看你，对不住你啊。你不要急，好好养病，配合治疗……"

陈老师眼睛睁得大大的，似乎很激动。我再次和他握手的时候，心里不由得有些发酸。这是多么令人敬佩的手啊！就是这只手，写出了传世巨著《白鹿原》，写出了那么多令读者喜爱、给人以精神滋养的文学作品，写出了不计其数给人以帮助的推荐信、介绍信、证明信。可是现在，这手竟是这样瘦骨嶙峋！

新芳说："连着两天两夜了，他就睡不着，真急人。"

为了免得陈老师因激动而更加休息不好，新芳说："咱到外头坐坐。"

在外间，新芳给我较为详细地说了陈老师病情的变化："去年下半年，二哥的病明显是好转了，吃饭、说话都比从前好多了，过年以后看着也都好好的。可是半个月前，突然病情加重了。孩子们赶紧送他上医院，开头他还不大在意，后来才住进了西京医院……几个孩子黑明连夜都守在这里，可他……"说着，我们都无可奈何地流起泪来。

大约过了有半个多小时吧，守在里间的亲人不知是谁突然喊了一声："呀，快叫护士！"……

医生尽心尽力了，护士尽心尽力了，他的儿女，他的亲人，全都尽心尽力了。

然而，无情的现实是，他——走——了——

在医护人员抢救的过程中，我是一点也插不上手，我只能站在旁边，一会儿看看被抢救的陈老师，一会儿看看病床旁边的监视仪，看着那屏幕上呼吸、血压、心率三个指标不停变化着的数字，紧张得呼吸急促，心跳加快。看着那数字在下降的时候，我的心就紧紧地揪成一团，看着那数字又一点点回升的时候，我似乎又看到了一线希望，那颗紧缩的心又稍稍能松弛一下。

然而，那数字虽然偶尔也有小幅的反弹，但总的趋势是在残酷地下滑。那一刻，我相信每一个热爱他、希望他不要离开的人，看着那下滑的数字，心都会像被一把利刃在一刀一刀地割着……疼啊！那是尖锐的、苦辣的、钻心刺骨的疼啊！

7点45分，这个世界上所有热爱他的人都不愿意看到或听到的时刻，还是板着冰冷的面孔，来到了。

我抚摸着陈老师那瘦削的肩头，叫了一声“陈老师啊——”竟再也说不出话来，只有任泪水在面颊上流淌……

亲人们都在流泪，都在抽泣，但都没有号啕。忽然，病房外边传来了一声先是压抑然后就像山洪暴发一般的哭号，那是一个男人的哭声，是撕心裂肺的哭声，哭声之大，整个九楼仿佛都被震动了。黎力、勉力、新芳好几个人都赶忙往外跑，那哭声一路向东跑到走廊的一个角落，谁听了都会觉得心碎。我跟着跑到跟前，才看清是跟陈老师朝夕相处了好多年的杨毅先生。孩子们都劝他：“叔叔你不要这样。这病房里还有别的病人，有的已是年近百岁的老人，咱不能影响别人！”(这就是陈忠实儿女的品德与胸怀啊！)

得到消息，到病房来的人越来越多了。赶我从照相馆给陈老师放大遗像回来，省委宣传部的领导、作协的领导等有关方面的人都来了。后面的事情那些能写的领导们都写了，无须我在这篇文章里赘述。

唯一感到欣慰的是，作为朋友，在他弥留之际，我和他见上面了，而且又一次互相用眼睛“说”了心里话。

4月30日，洪庆文化协会在洪庆山上举行“槐花节诗会”(此活动策划已久，通知也早已发出，临时难以更改)，我是主持人之一。为了表示对陈老师的悼念，我们在活动前加了一个环节(头天晚上，白来勤先生给我发短信提了这个建议)——全体起立，为陈忠实先生默哀三分钟。活动中，我又唱了一段悲情秦腔——《忠义人一个个画成图像》，表达了我对陈老师的哀思之情。

5月2日，灞桥区洪庆文化协会的几位负责人——刘炳南、雷焕性、伏萍、路桃畅和我，驱车前往省作协灵堂，吊唁这位具有世界声誉的文学大师。

陈忠实追悼会和遗体告别仪式定于5月5日举行，届时我将再去殡仪馆，和我忠厚的老师、实在的哥哥——陈忠实先生做最后的告别。

从左至右：路桄畅、刘炳南、雷焕性、韩怀仁、伏萍

做完了这一切，我似乎觉得心里稍稍地安宁一些了。

然而——

我忽然又想起29日那天晚上做的那个梦了：陈老师静静地躺在医院的一个平板车上，护士推着他不知要往什么地方去。我和一大群人跟在车子后边，虽然没有哭声，但大家都神色凝重。不知是谁叹息了一声：“唉，陈忠实就这样走了！”然而就在这个时候，奇迹发生了：陈老师一骨碌从平板车上爬起来，笑着对大家说：“谁说我走了？我是跟大家开玩笑呢。我不走！”说着，他便迈开脚步向大家走了过来。他上穿一件洁白的衬衫，下着一条深蓝色的裤子，脚蹬一双黑布鞋，步履稳重而矫健，模样竟是四十岁的样子，走得十分倜傥潇洒。人群里发出了惊喜的欢呼声，再看他时，他已站在一座高高的山峰上，微笑着向大家频频挥手……

梦醒时，我看了看墙上的石英钟：清晨5点40分。仔细想想梦中的情景，我的眼里又泛起了泪花。

后天，就是和陈老师做最后告别的时候了，我真希望我梦中的奇迹能够发生。

其实，不是奇迹的奇迹早就发生了。当《白鹿原》问世的时候就已经注定：陈忠实永远不会离开这个世界、不会离开热爱他的人们，就像司马迁、曹雪芹、鲁迅一样，陈忠实将永远和热爱他的人们在一起！

2016年5月3日　18时

刊于《延河》2016年第6期

写不完的故事

——感恩夏老

凝视着题目上的这几个汉字，我心里充满了羞愧与痛悔。

愧什么？愧我没能在三年前把这篇文章写完。论理，我早就应该写完这篇文章了呀！可是……

悔什么？悔我没能在夏老生前把文章呈奉给夏老。按说，我早就应该捧出一篇感恩的文字给夏老看的，然而……

假如这篇文章在三年之前能让夏老看到，也许他会一如既往地说："嗨呀，那都是我应该做的，你千万别把它看成是恩惠，老在心上放着。"但我相信，他心里一定会因看到这些文字而倍感欣慰的。可惜的是，我却没能让他在生前得到这样的欣慰，现在只能以此来告慰他的在天之灵了。

夏老遗像

时间过得真快，一转眼，夏老已经去世三年多了。

在我的人生道路上，有许多许多我应该感谢的恩人，而夏老则是那众多恩人中我不能不大书特书的一个！

在家里，我常给我的孩子说，在课堂，我也常给我的学生讲：我之所以能有人生后半辈子令我无比满足的幸福，多亏碰到了夏老。

夏老姓夏，名德安，江西人。因他年长我二十余岁，且是在抗日战争时期就参加了党的地下工作的老革命，所以，在他领导下工作的那些与我差不多同龄的战友们，都称他"夏老"。除了年龄的原因，更多的，则是从心里发出的尊敬。

我第一次见到夏老，是 1973 年 8 月间，在安康（当时铁十师师部所在地）。为了繁荣铁道兵干战（"干部战士"的简称。因"官"字带有封建等级色彩，所以那时候很少称"官兵"）的文化生活，师文化科举办了一个诗歌创作培训班。因我在业余时间常常写一些所谓"诗歌"的文字,且还不断向师里办的刊物《连队文艺》投稿,于是,我这个"新兵蛋子"竟成了"战士文艺骨干",进了这个培训班(当时称"学习班")。在这个班上,我见到了一个眼里闪着慈祥光芒、脸上挂着和蔼笑容、浑身透着儒雅气息的四十多岁的中年人。主持培训的文化干事介绍说:"这是四十九团后勤处的夏副处长,是从北京来的文化行家。"尽管改稿几天我并未能和夏副处长有更多的直接接触,但是他脸上那让人一望便觉得十分温暖的笑容,给我留下了极为深刻的印象。

真正和夏老有了"零距离"的接触,是1975年4月中旬。

这一年的4月5日,铁十师四十七团发生了一件惊动了中央军委、在全军乃至全国都有很大影响的事件——关角隧道大塌方,一百二十七名干部战士被堵在了隧道里。经过十多个小时的紧急营救,一百二十七名战友全部脱险。一次惊天动地的事故,变成了"一曲共产主义精神的凯歌"。为了歌颂战塌方的英雄,师文化科调集了一批文艺创作骨干奔赴关角山,进行调查采访。不知是师文化科点名还是团里指派,总之实际情况是:我从团收发室被临时抽到采访写作组里工作了。

让我感到喜出望外的是,我被安排和夏老(此时他已是师文化科的副科长)住在同一间屋子里。夏副科长问我从前除了诗歌之外,还写过什么作品,我回答说在高中时写过一个五场秦腔剧,曾准备参加县上的文艺会演,后因剧中主人公是教师,歌颂了"臭老九"(知识分子)而没有歌颂管理学校的"贫宣队",属于"政治上有问题"的剧目而在审查时被"枪毙"了,最终并未登上县里的会演舞台。没想到我这个"走麦城"的故事竟让夏副科长非常高兴,他说:"既然你写过戏,就给你一个任务,你给咱写一个小戏出来。"还跟我在安康见时一样:他态度亲切随和,说话不慌不忙,声调就像和煦的春风、温润的春雨,尽管对工作要求一点都不马虎,但日常的言谈举止始终是一个慈厚的长者、和蔼的老师。

接到夏副科长给的这个任务后,我心中充满了抑止不住的窃喜和激动,这是老天爷送给我的一个"时来运转"的机会呀!坦白地说,当兵时,我胸中是怀着"理想"的。这"理想"中崇高的成分——为保卫祖国而奉献青春和生命的思想——不能说一点没有,但更多的成分,却是"先吃个饱肚子,然后争取端上铁饭碗"。要想端上那个铁饭碗,就必须努力工作,凭借优秀的"表现"入党、提干,然后借着这个"跳板"彻底跳出农门,成为永久"在外头吃公家饭的人"。毫不夸张地说,当时从农村入伍的战士,几乎百分之九十都怀着跟我一样的"理想",竟争之激烈可想而知。可是在施工连队,我发现自己实在太缺乏竞争的资本或条件。因为在隧道里干活,无论是打风枪、支排架、排哑炮,还是刨石碴、扛圆木、推斗车……即使我把浑身的劲都“努圆”了,工作的“成效”也很难“出色”。为什么呢?先天“资源”不行啊!凑凑合合一米六的个头,用别人嘲笑的话说就是“站起来没人高,蹲下去没尿高”,刚一百斤出头的体重,加上笨拙的短胳膊短腿,和那些人高马大、魁梧雄壮的战友相比,怎么能不相形见绌?想凭施工干活取得优异成绩受到青睐而被提干,纯属痴心妄想。而在团部当收发员,分拣信件、收发报纸、登记包裹单和汇款单,凡具有初中文化的人,大概都能干好这份工作。若想凭着当收发的“表现”去获得提干机会,基本上也是白日做梦。但是,听老兵们说,师部文艺宣传队里提干的人“相当”多,假如能凭着创作特长而跻身到师宣传队去,那么……哈哈,大家都懂的。

揣着这“癞蛤蟆也想吃天鹅肉”的梦想,我全身心地投入到创作任务中去了。

一个星期的时间,连采访带构思加上挑灯夜战爬格子,总算是“呕心沥血”写出了一个小歌剧。自我感觉良好,自然也满心希望能得到夏副科长“很好”或“不错”的评价。不料夏副科长看了我交的稿子后,微笑着说:“剧本的唱词写得还不错,不过剧情还得好好地下功夫呀!”

完了,失败了!人们看戏主要看啥?不就是看剧情吗?没有剧情的戏怎能吸引人、怎能在台上立住脚?“剧情”是一个戏能否成功的关键,然而恰恰是在这个“关键”问题上,夏副科长让我还要“好好地下功夫”。这说明什么?这实际上就是说:这个剧本是个不能用的“废品”。夏副科长那样委婉地表述,完全是不忍心打击我的积极性。

事情的结局不言而喻——那个剧情还要“好好下功夫”的剧本无疾而终,我的“天鹅梦”也做醒了。剧本写成那样,估计我的“才能”在夏副科长心里也就“如此而已”了。想混到师宣传队去的“癞蛤蟆之想”从此收住,我又回到了团部收发室,老老实实继续当收发员。

痴心向往的路走不通,我只好安慰自己:不是人常说“行行出状元”吗?不是“条条大路通北京”吗?只要在本职岗位上好好工作,或许也能……

果然,1975 年 5 月 25 日,我梦寐以求的第一个愿望终于实现——党支部大会一致通过,我成了一名光荣的共产党员。

跨过了入党这道“门槛”,后面再争取提干,应该不再是遥不可及的虚幻梦想了。

果然(又是一个"果然"!),入党不久,我的直接领导——通信股长王志敏找我谈话说:"下一步,该考虑你的提干问题了。"

然而,没有想到的是,王股长给我说完这些让我心里燃起希望之火的话之后,他回去休假了。更没想到的是,他休假期间,"组织"决定让他复员了。

1975年,张春桥当总政主任期间,出台了一个军队干部转业的"新"政策:干部入伍前有工作单位的,可作复员处理。王志敏股长入伍前是湖南岳阳机瓦厂的职工,算是"有工作单位"之人,所以处理他复员是符合政策的。可叹的是,组织的这一决定,王股长还在鼓里蒙着。他休完假喜滋滋地把老婆和三个孩子接到了天峻,哪知道得到的通知却是:准备复员。气得他直骂他的同乡战友——同在一个股里的蒋参谋(当然是好友之间的昵骂):"你个猪头!你也早早给我个信儿啊!我要是知道让我复员,老婆孩子就不来了,那些行李家具也不用兴师动众地折腾了啊!"

得知王股长被安排复员的消息,我比他还要难过。因为尽管不得不离开部队让他有些烦恼郁闷,但他毕竟还可以继续端国家的铁饭碗,领旱涝保收的工资,老婆孩子还都能吃让农村人眼馋的"商品粮"。而他走了之后,我提干的希望则立即变得十分渺茫。因为接替他股长职务的,是一直对我有着恶劣印象的赵参谋。

我自信不是个坏人,也没干什么坏事,赵参谋怎么会对我产生极为恶劣的印象呢?这里有一个背景,而这"背景"听起来很像是一篇小说。

1974年6月,我随团机关来到天峻县。当时通信股老股长郑土木因为身体原因不能上高原,而新任股长王志敏尚在师特务连当连长没有报到,通信股的工作就暂时由赵参谋全盘负责。他是我这一阶段的顶头上司,工作上的直接领导。我觉得赵参谋虽是南方人但却有北方汉子的粗犷与豪爽,没有丝毫扭捏作态或小肚鸡肠的表现,所以,我们一直处得挺好。

然而有一天,我们发生冲突了。

那是1974年8月的一个星期天,正巧是往营里送口令的日子。

大军区保密规定,岗哨用的口令属于绝密文件,团收发室只能十天往营、连送一回,不能提前也不能拖后。

往常,全团四个营的报纸信件(当然包括保密件)都是由机关管理股派车往下送。可是这一天,派往一、二营的车有,而派往三、四营的车却没了。

我心里有些不踏实。为什么呢？因为几乎天天都能从广播里听到“美帝苏修国民党反动派亡我之心不死、世界大战随时可能爆发”之类的惊悚之语，万一今天晚上有了紧急军事行动，三营四营没有口令可怎么办呀？万一由于口令的原因出了重大事故，我是轻则要受处分，重则要被军法处治的呀！

我的头顿时变得如同斗大了。

按说，我一个收发员的责任就是把报纸信件分理好就算完成任务，至于送不送得下去，那是领导的事。有了情况及时向领导报告，报告完了我就没了任何责任。可是那天偏偏是个星期天。星期天赵参谋不在机关。赵参谋不在我就找不到请示报告的对象。

赵参谋干吗去了？到草原上打猎去了。他很喜欢打猎，星期天到草原去打猎几乎是他雷打不动的“规矩”。我很想到草原上去找他，可是他开着三斗摩托，一跑就是几十公里，草原茫茫，四望无涯，我该到哪里去找啊？

紧急绝密文件要送，没有车而我的直接领导又找不到。我眼里急得几乎要冒火星。

突然，我脑子里爆发了灵感的火花：三营四营距团机关不就八九公里的路吗？通信排负责骑车往县城附近各直属队送信送报的何为民、崔长斌不是在吗？他们两个是临潼的老乡，平常和我关系极好，麻烦他们骑自行车辛苦一场，应该不存在什么问题。

于是，我直接跑到通信排找到了何为民和崔长斌。他们两个二话没说，推着自行车就来到了我所住的帐篷。先把最要紧的口令交割清楚，然后他们捆好报纸和其他信件，脚一使劲，自行车便一溜风地跑远了。

我长长地吁了一口气。我放心了，而且心里还暗暗地有些得意。我没有失职。我不但没有失职，而且还主动地分担了领导的责任。否则，今天的口令出了问题，我要受批评不说，赵参谋没准还要挨处分呢。我这么主动地工作，往大里说是为部队做了贡献，往小里说也是给他帮了忙。我想他听了我的报告之后，一定会对我大加表扬的。

然而，我万万没有想到，当我汇报完之后，赵参谋竟然声色俱厉地问：“你一个收发员，有什么资格调动通信排的战士？”

太意外了！赵参谋的责问让我至少瞠目结舌了十秒钟。很显然，从他的话里我听出来，我今天的一系列努力，不是做了好事而是干了一件坏事——我犯错误了，这错误的名称叫“僭越”！调动通信排的战士是通信参谋的权力，我一个小小的收发员居然敢行使参谋的权力,实在也太狂妄了!问题如此严重,我就不能不说话。我得把"罪过"洗刷一下,不是说自己没犯错误,而是这错误不是故意犯的,而实在是出于无奈。

在目瞪口呆了大约十秒钟之后,我鼓起勇气说:"我本来是要向您请示的,可是……你不在。"本来下边的话是可以不说的,但我略略迟疑了一下之后,却咬了咬牙毫不含糊地说,"你到草原上打猎去了,我找不到你。"

也许这话刺到了他的痛处。他是去打猎了,可是打猎的成果却很不尽人意,他正为此恼火呢。所以听了我那句话以后,他更加火冒三丈地喊道:"我打猎又不会死在草原上,你就不能等我回来?"

泥人也有个土性子,更何况我还不是个泥人!虽然说你去打猎不犯法(那会儿好像还没有《野生动物保护法》),可是你一个通信参谋对工作是应该有责任心的呀!按规矩,你应该在去打猎之前把你分管的工作捋一捋,问一问你的部下今天开展工作还需要提供什么条件(比如派车)。结果你什么也没问,一大早扛着枪开着摩托就走了。现在却还对我主动工作大发脾气!我的火也冒上来了,呛了他一句:"你回来的时候天都黑了,这会儿向你请示,什么都跟不上了!"

"跟不上了就不送。明天再送也不迟!"

"那今晚站岗的口令怎么办?"

"电话通知嘛!"

"绝密件不能用电话传。这规定你给我说过至少三回。"

"你不说具体口令。就说让他们用昨天晚上的不就得了?"

"昨晚的口令用过之后,已经失去了机密性。再说,一、二营用新口令,三、四营用旧口令,因口令不统一出了问题怎么办?"

"通知一、二营也用昨晚的不就成了?"

我也不知是哪根神经出了毛病,硬是要认那个死理儿:"咱们用的口令是全军区统一的。咱们团用昨晚的,还要不要通知别的团也用昨晚的?通知了别的团,还要不要通知全军区其他部队?"

不知是不屑于再和我继续辩论,还是真的理屈词穷了,赵参谋不再说话,一扭身进了他自己的帐篷。

表面上看,这一场"语言战争"我是胜利者,然而实质上,我是彻头彻尾地失败了。失败的证明就是在1974年年底讨论我的入党问题时,尽管别的支委们都认为"小韩表现不错,可以入党",而赵参谋却说"这个同志有个致命的弱点,就是骄傲自大、自以为是，显得很幼稚，还不够成熟”。于是“这个同志”就只好在党的大门外继续“接受考验”。半年之后，也就是1975年5月，“这个同志”入党了。而“这个同志”入党的时候，赵参谋的支部委员已被撤换，新任的党支部副书记则是刚任股长半年多的王志敏。

也许是出于对党组织负责的态度吧，赵参谋是很想把这个“骄傲自大、自以为是”的家伙多考验一段时间的，没想到王股长刚当了支部副书记，竟让这家伙顺利地入党了！尽管湖南岳阳的王志敏跟陕西蓝田的韩怀仁并不沾亲带故，但王股长扶持了赵参谋想要教训的人，无异于举起巴掌打了赵参谋的脸面。赵参谋心里不爽，显而易见。

果然，王股长前脚离开部队，新任的赵股长后脚就把我从机关“下放”到了施工连队。当然，这样安排绝不是让我“深入基层加强锻炼”之后实现我的“理想”，而是让我得到一番劳动改造之后复员回农村去“修理地球”。

坐了一辆给工地拉沙子的翻斗车，带上我的背包和一个装满书的炸药箱，我从海拔三千四百米的机关“下”到了海拔三千七百米的关角山，开始参与“打通世界最高隧道”的光荣工作。

下连队不到两个月，正当我咬紧牙关接受“考验”的时候，突然接到通知，让我到师政治部文化科报到——驻勤！

这真是天降福音啊！这福音告诉我：命运还有转机，还不到绝望的时候。

我不知道这个机会是怎么来的。我只能在心里暗暗地感谢上苍。

迎接我的是宣传队创作组组长方涛敏干事。他三十岁左右，脸面白净，容貌和善，一见面开口就笑，一笑就让人觉得很亲切。他一见面就非常坦诚地对我说：“小韩，我本来不认识你，这次调你上来，是夏副科长提出来的。”

夏副科长？！夏副科长怎么就想起调我了呢？他知道我从机关下放到连队了么？

方干事继续说：“调你上来，主要任务是搞创作。今年（1976年）铁道兵要举行文艺会演，全兵种各大单位都在积极备战，都想拿最好的成绩。那天开会讨论分析形势，大家都认为咱们师宣传队的优势是在声乐方面——咱们有好几个嗓子特棒的演员，出独唱节目，个个都是呱呱叫的。可是参加会演都上独唱，肯定不占优势，独唱不可能都得奖，评奖顶多给两个。可是不上独唱节目，那么多好嗓子就有点浪费，优势反倒成了劣势。最后有人出主意：弄一个歌剧！如能创作一个歌剧出来，让不出独唱节目的演员演歌剧，既让演员展示了歌唱才能，还能以独特的表演形式出奇制胜。”

方干事说得很兴奋也很恳切，可我还是有些摸不着头脑：这跟调我上来有什么关系呢？

方干事也许看出了我心中的疑惑，他接着说：“可是目前创作组的几个成员都写不了歌剧，编故事写个话剧还凑合，写歌剧谁都写不好唱词。”

是的，没有唱词就没法谱曲，没有词曲还叫什么歌剧？

“这个时候夏副科长说，四十七团有个韩怀仁，去年在关角隧道和我待了一段时间，写过一个本子，唱词写得很不错。把他调上来一起搞歌剧创作，应该没有问题。”方干事说。

原来是这样！

可亲可敬的夏副科长，我们有将近一年时间没有见面了，他居然还记得我这个身材瘦小、其貌不扬的无名小卒，我心里顿时觉得无比温暖。

很快，我就又见到了夏副科长。他来给我们创作组开会做动员。他还是那样笑容可掬，还是那样语若春风，身上散发着特别强烈的亲和气息，一句话，一个眼神，就能让人很想把心窝子的话掏给他听。

夏副科长向我介绍情况，说：“小韩，你是创作组的新人，在你前边来了三位。这位兰州大学毕业的方干事是你们的组长，这位张佩麟张干事，是四十六团宣传股的文化干事；这位是四十八团宣传队的曹建成小曹，他跟你是同年兵，但他是西安的学兵，比你早到部队两年。你们目前一共四员战将。你来的任务，就是在组长的带领下，深入采访，用心创作，争取写出一个让首长和基层干战都满意的歌剧剧本。尽管他们三个都很有水平，而且比你资格老、资历长，但你也有你的优势，比如写唱词，他们都不一定超过你。所以一定要自

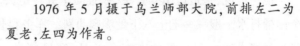

1976年5月摄于乌兰师部大院，前排左二为夏老，左四为作者。

温暖永远

信,不要有任何自卑感,放开手脚去写吧。”

这一番鼓励,让我感到很温暖,从而也对完成任务充满了信心。我在心里叮咛自己:一定要加倍努力工作,珍惜这来之不易的机会。

我随着几个老创作员一起深入连队,深入工地,认真采访,苦心孤诣,焚膏继晷,精心构思……

结果如何呢?我只能老实地说一句:我没有辜负夏副科长对我的举荐,没有辜负他对我的期望:几个人共同完成的剧本,在铁道兵会演时产生了较大的影响。

也许正是因为有这点“贡献”吧,在演出队进京并在各部队巡演期间,我暂回连队等待,1976年11月,又一次走进创作组,继续“驻勤”。

1977年元旦刚过,演出队领导给了我一个任务:到西安给演出队采购一批演出服。

从西安采购回来,意外地从战友张相民那里得到消息:四十七团决定处理我复员。复员名单已经打印停当,相民在军务股里亲眼看见。

为了不致自己的人生就这样被那几个小小的权势者随心所欲地“处理”,我在相民的帮助下,拦车,加油,连夜赶路,终于在最短的时间内找到了夏副科长。

我详详细细地讲述了在团里的遭遇,讲了我和那几个可掌控我命运的“权势者”的过节。最后我说:“我来给您汇报的目的,就是想在您这里得到帮助。如果文化科觉得我没什么用了,那我就认命,今年就复员回家了。如果觉得我的这点能耐还有能用得上的地方,我希望让我在部队再留一段时间,并且希望把我的军事实力从四十七团调到师里来,将来即便最终仍要复员回农村,我也不想从整我的那几个人眼皮底下走。”

夏副科长在听我叙述的过程中,神情越来越肃穆凝重,眼睛里不时闪动着火一样的亮光。我说完了,他说:“今年是建军五十周年,全军从上到下肯定要举行隆重的纪念活动,文艺创作肯定会有很多任务,正是要用人的时候,怎么能让你走?他妈的(他这样骂人,我从前还从未听到过),几个干部合伙整一个战士,什么意思吗?!你的要求不过分,走,我马上去给军务科长说一声,把你的实力调到师政治部来!”

他一边说,一边迈出办公室,径直向军务科走去。我跟着他,心里真是十五个吊桶打水一般——七上八下地嗵嗵直跳。军务科长会怎样说?他能答应夏副科长的请求吗?一月份的青海乌兰县,寒风刺骨,可是我的手心却出了一层汗——毕竟,这是决定我人生命运走向的关键时刻呀!

夏副科长进了军务科长的办公室,我站在门外头。我听到了夏副科长对军务科长说:“小韩是个创作人才,不能轻易流失。今年创作任务重,正要派大用场。他们团里几个干部整人,要处理他复员。所以文化科想把他调上来,不是驻勤,是把实力调上来。”

几乎不到一分钟吧,我就听到了军务科长打电话的声音:“因文化工作需要,把你们团的韩怀仁调到师政治部来。你们抓紧把他的军事实力转上来。”

所谓军事实力,就是个人档案等一系列手续。包括组织关系、供给关系等等。

夏副科长出门看见我,平静地说:“说好了,你的实力很快就调上来。今年不会让你复员了。下面你就安心工作吧。不用再担心其他事,努力多写点好作品。”

悬在心上揪得我心里发疼的一块石头终于落到地上了。向夏副科长敬完礼,我转过了身子。我没有哭,但我眼里溢满了泪水。

如果把命运比作一列火车,那么,夏副科长今天的这番努力,等于在一个站点上给我扳了一回道岔,让我的生命轨道改变了走向。尽管我不知道这条路能走多远,最后的终点会是怎样的风景,但至少避开了已经分明看见的风沙浓雾。什么是知遇之恩?这就是!我当时心中一个强烈的愿望就是,我要报答夏副科长对我的知遇之恩。而最好的报答,就是加倍努力地工作,拿出成绩来,让人们看看夏德安看中的这个战士确实不是一块废料!

办完调动的手续后,我立即下部队进行采访,搜集能够创作的素材。我去了天棚区域的四十六团,然后又到哈尔盖地区,深入到四十九团的基层连队。

有一天我正在连队食堂吃午饭,忽然接到通知,让我立刻返回乌兰(师部)。急如星火赶到乌兰后方知:我们师出了一个英雄——四十八团副团长梁忠孟回乡探亲途中,拦惊马救小孩壮烈牺牲,铁道兵和铁十师都要进行大力宣传。以解放军报驻铁道兵记者站著名记者白天氛为领队,西南指挥部文化干事刘英杰为副领队,组织了一支十八人的采访队伍,我就是这“十八员大将”中的一员。夏副科长给我交代的任务是,除了完成有关的通讯报道之外,回来还要写一个歌颂英雄的戏,让演出队演出。

问心无愧地说,我工作是十分卖力的。因为我一刻也不敢忘记我是一个曾经被处理复员的人,不敢忘记夏副科长给我争取来的这一命运转机。我不敢不努力,不能不努力!在将近二十天的采访过程中,白天我跑工地,跑连队,找干部，找战士，凡是可能对梁忠孟生前事迹有所了解的人，能找到的都尽量找。我不停地在采访本上记录，晚上回到下榻之处，挑灯夜战，加班加点。前前后后写了多少稿子我已记不清楚，但在最后打印出来成形的五十份材料（亦称素材）中，有十份是我写成的。白天氛记者和刘英杰干事对我的工作非常满意，不同场合的口头表扬不用说，据当时和我关系很好的宣传科干事张风雷说，白记者还曾向政治部乔主任提到了我的提干问题，说是："如果你们师不提拔的话，我打算把他带到北京去呀。"（听到这话，我心里又是一阵热流翻涌）通讯报道任务完成（署我名字在《铁道兵报》和《青海日报》上发表的稿子有三篇，还有两篇是我撰写而以被采访者名义发表的）后，我立即又写了一个独幕话剧《梁忠孟》。剧本刚交给演出队排演，《梁忠孟的故事》编写组（"西指"刘英杰干事牵头）又"金牌调银牌宣"地催我赶快过去工作。书稿完成后，1977 年 9 月下旬，我和张风雷干事带着稿子上北京，向铁道兵政治部送稿审查并联系铁道兵出版社商谈出版事宜。10 月 1 日下午，我们荣幸地跟随铁道兵文工团走进了天安门广场，不但跟着大伙唱了好多遍"交城的山来交城的水""游击队里有一个华政委"，观看了各大单位文艺工作者的联欢演出，而且近距离"仰瞻"了英明领袖华国锋和刚刚复出的邓小平的仪容与风采（我们在天安门城楼下，他们在天安门城楼上，要想"瞻"，就非"仰"不可），自己兴奋了足足有半个多月。

在天津又采访了一段时间后，我们从北京返回。返回时，张干事特许我在家休假一个星期。

就在休假的这一个星期里，我从广播里听到了"恢复高考招生制度"的消息。这是一个令全中国人民欢欣鼓舞的消息，尤其是对那些心存大学梦想，却因种种政治原因不能跨进大学校门的青年人，简直就是天大的喜讯。这一喜讯自然也勾起了我的大学梦想。上小学时我就梦想着将来要考大学，可是史无前例的"文革"把我的梦想击了个粉碎。不要说大学，连中学都难得好好地上。现在有了这个机会，而且年龄放得很宽——三十多岁的人都可以报考，我为什么不去试一试呢？

归心似箭——不是回家，而是回部队。回到乌兰，我就赶到夏副科长家，向他坦诚地说："高考制度恢复了，我想考大学。"

夏副科长一听，先是愣了一下，接着又一如既往地微笑了一下，说："有这个想法好哇。"

参加高考，实现大学梦想，这是我人生的又一个关口。当着对我有知遇之恩的夏副科长，我不应该有任何的遮饰和隐瞒，我要把心里所有的话都说出来。卑微也罢，崇高也罢，总而言之实话实说："我想考大学，说到底就是想解决个饭碗问题。说白了就是我想把当农民的泥饭碗换成吃公家饭的铁饭碗。今年我当兵已经是第六个年头了，可是提干的希望依然很渺茫。所以，我想考学，万一侥幸考上大学，依照国家现行的政策，基本就能端上铁饭碗了。"

夏副科长收住了脸上的微笑，郑重而诚恳地说："说起饭碗，其实你的提干问题我已经给政治部乔主任提过三次了。乔主任对你的印象也很不错，答应如果有了提干指标就给文化科留一个，直说了吧，就是准备提拔你。你可能还不知道，把你的实力调上来的时候，我并没有放到宣传队，而是放在了政治部。为啥？就为了在提干时让你少一点竞争，少一点障碍。"

我心里非常清楚，宣传队里那些战士，或是好嗓子，或是好舞功，或是小号吹得出色，或是跟头翻得惊人，个个都有"两把刷子"，因而个个也都想提干。个个都想提，事实上又不能个个都提，所以每次有了提干指标，宣传队里的竞争就非常激烈。而军事实力放在政治部，相对而言，竞争压力就小得多。夏副科长这样安排，真可谓用心良苦！我心里又是一热，眼眶跟着也就有些潮湿。

来创作组工作这一年多时间，我从不同的渠道也了解到了夏副科长的一些情况。

他幼年丧母，十几岁就出去自谋生路。很早就参加了共产党的地下工作。解放后是铁道兵政治部文化部的干事，曾经带着文工团出国到抗美援朝前线去慰问部队。他爱人蒋慰祖老师形象好、嗓音好、文化修养又高，是铁道兵文工团的歌唱演员兼报幕员。他们两人都是为部队的文化工作做出了很大贡献的人。可是"文化大革命"中，一个莫须有的罪名——"有人说他可能是国民党的区分部委员"——顷刻之间他就成了"历史反革命""无产阶级专政"的对象。这"有人"先生是谁？没有确切答案。"国民党区分部委员"，也仅仅"可能是"！但在那个年代里，就凭着这捕风捉影、信口雌黄的罪名，他被隔离审查，被关进"牛棚"，很长时间不能和妻子女儿见面。再后来就被送到了"五七干校"劳动改造。蒋老师受夏副科长牵连，堂堂正正的正连职干部，竟被按战士复员处理。没有了工作，也没有了工资。一家人在"五七干校"苦熬了几年，终因那些罪名都查无实据，他又被"安排"到了铁十师四十九团，来到陕南修筑襄渝铁路。

夏副科长原本是兵部的副团职干事，现在被任命为四十九团后勤处的副处长，属于正营待遇。后来因为文化工作需要，才把他调到师部宣传科"帮助工作”。蒋老师因为“什么都没有了”,只好在安康市文化馆当临时工。修青藏铁路时,师部搬到了青海省乌兰县,他们一家也来到了高原。蒋老师因为在文艺领域具有多方面的才能,所以被乌兰县文化馆聘请去当辅导老师。但因为没有任何工作关系和手续,所以虽然干活比正式工还正式,但她依然只能是个临时工。那时节,蒋老师也许是因为劳累,也许因为长期承受内心的苦痛,总之身体出现了让人很忧虑的状况。有一度,严重的椎间盘突出折磨得她走路都十分困难。夏副科长自己受的冤屈未能申雪,还连累爱人从军官变成了临时工。孩子幼小,需要他关爱与呵护;爱人有病,需要他服侍和照料;繁忙的工作更需要他东奔西跑,上下应酬,时常还会遇到很多莫名其妙的阻力和压力。眼睁睁文化科的工作就是他全盘负责,可他却只能当个“副”科长而转不了“正”。就因了科长前头是个“副”字,政治部党委的很多会议他就参加不成,许多重大事项他就表达不了意见……

难哪,夏副科长本人的处境本就十分艰难哪!可是,就在如此艰难的境遇中,他仍然为我的前途那样操心,那样劳神!这是多好的一个大好人哪!

也许是惺惺惜惺惺吧,也许“同是天涯沦落人”吧,也许正因为自己受过“整”,所以就特别同情受“整”的人吧。总而言之,他成了我生命历程中的一个恩人,一个贵人!

令人惋叹的是,尽管夏副科长为我提干的事做了很多努力,偏这半年多时间,兵部竟没有给师里放一个提干指标下来。所以夏副科长说:“既然有了这个机会,你也有这个想法,我支持你考学。为了你的前途,从长远考虑,能考上大学当然最好。考吧,考上了,上大学;考不上,回头再说你提干的事。”

还有比这更让人心里温暖的话吗?我眼里的泪水,差一点又夺眶而出。

经过七天复习,1977 年 11 月,我在乌兰县中学的教室里参加了恢复高考后的第一次考试。感谢命运,感谢上苍,感谢国家的大好政策,感谢夏副科长不断鼓励我努力学习并给我提供这次考学的机会,我如愿以偿,终于考上了大学。虽然青海师范学院在全国很没有名气,但对我来说,依然是梦寐以求的辉煌的知识圣殿。1978 年 2 月底,我怀揣着“人生新路通行证”一般的录取通知书,走进了青海师范学院的大门。

临报到前,我去和夏副科长、蒋老师告别。夏副科长语重心长地对我说:“好好读书,将来会有大好前程的。”

上大学一年多,我虽然和夏副科长的通信一直没断,但却一直没有机会见面相聚。

1979年5月,我接到了夏副科长的一封信,说是他已调动到长沙铁道兵政治学院工作,回来搬家,近日将到西宁,约我到招待所相见。

5月8日,星期二,上午上完课,我向班主任请了假,赶到了西宁火车站东边不远的铁十师招待所,见到了一年多未见面的夏副科长和蒋老师。他们万分感慨地向我述说了这一年多的苦辣酸甜:四人帮粉碎了,罩在人民头上的极左阴云渐渐被驱散,连蒙冤二十二年的右派都平反了,夏副科长和蒋老师觉得自己这十多年蒙受的冤枉和委屈也该讨个说法儿了。于是他们给老单位(铁道兵政治部)写信,给老首长、老同志写信,请求把当年加在夏德安头上那莫须有的罪名洗清了,对蒋慰祖无辜受牵连而受的不公正待遇予以纠正。那个"有人"先生也终于良心发现,出具证明材料,说是"文革"初期,造反派整他,要他检举揭发暗藏的阶级敌人。他为了保全自己,就像疯狗一样胡咬乱攀。所谓"夏德安是国民党……"云云,全是他信口雌黄的诬陷。

终于水落石出,终于清浊明辨,终于拨云见天——泼在夏老身上的脏水彻底清洗干净了,受夏老蒙冤牵连的蒋老师的问题也顺理成章地得到了纠正——恢复蒋慰祖的军籍,补发十年的工资,按副营职务转业地方。夏副科长则调动到长沙铁道兵政治学院任宣传处处长。"文革"前就是副团职务的夏老,经过十三年的煎熬,终于熬成正团了。他职务前头的那个"副"字,终于去掉了。

十年冤屈得以昭雪,夏老和蒋老师回首往事时虽然仍不免伤感,但欢欣喜悦还是溢于言表的。毕竟,压在头顶的石头被掀掉了。国家重见光明了,家庭重见光明了,确实是值得庆幸的事啊!

能和恩人分享他们苦尽甘来的快乐,我心里自然也是满满的快乐!临别时,我把专意买来的一本相册送给夏老,扉页上,我写上了尽管没有文采但却满含深情的一首诗:

别夏老赠言

常恨口中言谫陋,不及腹内意深沉。
今朝挥手分离去,难尽脉脉万重心。
眼从湟水望湘水,心向长沙追故人。
不盼年年相聚会,唯愿辈辈是知音。

我知道,山阻水隔,年年聚会既不可能也无必要,但若能"辈辈是知音",那就是人生最大最大的幸福了!

夏老到长沙以后，我们一直音问未断。1981 年农历 10 月 28 日，是我母亲逝世三周年祭日，我从青海回到了西安。凑巧夏老也到西安政治学院参加一个学习班。得到消息后，我到政治学院去看他。夏老对我的前途十分关心，他问我："提干的事自己有些啥准备没有？"

我说："这还准备啥呢？按照现在的政策，所有大学生毕业都包分配，且都是干部身份。我大学毕业回去，顺理成章就应该是干部。这还用担心吗？"

夏老一听就急了，说："小韩你可千万不敢大意。我听说咱师里有好几个上大学的战士，毕业后没有提干，竟按复员处理回去了。你一定要找有关人员问清楚，找到有关文件，千万不敢这么大大咧咧的。"

听夏老这么一说，我也有些发毛了。尽管在心里不断给自己打气说，不会的！不会的！恢复高考后的第一届大学毕业生，绝对不会按复员处理的！但在没有看到相关文件、没有得到正式命令的情况下，"干部"这两个字对于我来说依然只是一个美丽的梦幻啊！于是我不敢怠慢，第二天就买了从西安到兰州的长途汽车票——由于塌方，陇海铁路中断，据说要恢复通车还得一个星期。为了赶路，我只好坐长途汽车，先到兰州，然后再转火车回西宁。

到校后第二天，我就直奔青海省军区干部处（上学期间，我的供给关系、组织关系等，转到了省军区），询问我们毕业后的去向和待遇。干部处处长接待了我，非常热情地给我拿出了三总部（总参、总政、总后）联合下发不久的文件让我看，并问我："你是哪年入伍的？"我说："1972 年底。"处长很高兴地告诉我："像你这样已有十个年头兵龄的战士，按文件规定，回去职务定副连，级别定二十二级。"

2008 年 12 月，作者与夏老在夏老家中

这消息让我万分欣慰，一颗悬着的心又一次稳稳当当地落到地上了。我赶紧给夏老回信，把听到的这个好消息告诉了他。

夏老自然也很高兴。他对我的前途也完全放心了。尽管回部队后在待遇问题上也还节外生枝地出了一点小故事，但总体来说，形势大好——梦寐以求十多年的"铁饭碗"总算热乎乎地端到手上了。我几次在梦里含着眼泪对母亲说："妈，您一直盼儿子能端上公家的饭碗，现在儿子端上了，这得感谢我的夏副科长。”母亲很恳切地叮咛我说：“你一辈子都不要忘了你的恩人！记住！噢！”梦醒时，我的眼角挂着泪，母亲在梦中的叮咛，我也牢牢地记在了心里。

夏老以正处级干部离休后，住到了郑州铁道兵干休所休养。我也于1983年5月调到了西安二炮工程学院。每逢有到河南出差的机会，如果不是单位要求必须尽快赶回，一般我都要到郑州去看望夏老和蒋老师（她随夏老调到郑州后，在郑州铁路局生活处分管郑州局幼教工作）。见他们生活得很幸福，三个孩子都特有出息，事业都很成功，日子都很红火，我除了为他们全家祝福外，也常感叹：“真的是好人有好报！”从古至今，至理名言啊！

夏老和蒋老师在郑州干休所院内

全家福（从左至右：夏原、蒋老师、夏老、夏放、夏青）

我多次去看望夏老，见他虽然也明显地苍老了，但身体总体看还相当不错。笑容还是那样慈祥温暖，声音还是那样亲切响亮，而且每天坚持看书看报，兴致来时也会提笔写一些诗文。2008 年 12 月我去看望他时，他兴致勃勃地拿出了去年（2007 年）蒋老师七十寿辰时他特意写的“贺寿诗”让我观览：

七秩寿赞

爱妻慰祖生于 1937 年 12 月 15 日，今国盛家齐又逢七十大寿之喜，感其恩德，为人正派贤惠耿直，特赋七言四阙以表祝贺兼作纪念。

人生难得一古稀，且逢盛世又家齐。叹我南北征战紧，里外劳累欠亲伊。

入世家运便遭屈，由此负重谋自立。廉俭敬业嫌浮躁，寒暖先人后薄己。

群妖鼓噪一时奇，无怨无悔伴五七。磨难熬到天明日，予期终将有今夕。

喜看阳光洒大地，乐见和谐心自怡。苦尽甜来堪欢唱，百岁再歌迎春曲。

德安亲笔 2007 年 12 月 郑州

蒋老师七十寿辰

经历过许多的苦难，忍受过很多的委屈，但夏老始终能以一种乐观、达观的态度对待生活中的不幸，我心里曾十分坚定地认为：以这种心态应对生活的人，即便不会超过百岁之龄，过上九十大寿应该没有任何问题。然而，2013 年 2 月 2 日中午 12 点左右，我接到了蒋老师从郑州打来的电话，她在电话中哭着告诉我：

"小韩,老夏走了……"

仿佛听到一声晴天霹雳,又如同头上挨了一记闷棍,我的脑袋一下子蒙了,"啊?"了一声之后,握着电话发愣,竟不知道该说什么好了。

蒋老师哽咽着说了夏老的病情,说是全家人和医院也都竭尽全力了,但谁都无力回天……

我说:"我马上赶到郑州去。"

放下电话,简单收拾了一下行囊,我立即打的赶到了西安北站,坐上了开往郑州的高铁列车。

下午4点多,我走进了郑州市伏牛路干休所夏老家中,拉着蒋老师的手,听着她痛彻肺腑的哭声,我不由得泪流满面。看到灵堂前夏老的遗像,他那温暖如阳光、和蔼如春风的笑容,我看了真想放声大哭,怕引得蒋老师更加悲痛,就强忍着哭声,深深地向夏老行了三个鞠躬礼。

2月3日上午,我们在殡仪馆向夏老做最后告别。那天,天上下着雨,料峭的寒风吹着雨丝,让人心里倍觉哀伤。这雨,是老天爷的眼泪啊！老天爷也在为这个好人离世而流泪啊！一个大好人——一辈子从不害人、整人,而只想着帮人、助人的大好人去世了,老天爷能不垂泪吗?我忽然想起了鲁迅《悼杨铨》里的句子:"何期泪洒江南雨,又为斯民哭健儿。"

夏老关心帮助过很多人,那些受过他恩惠的人也都没有忘记他。当年在演出队吹黑管、现在是四川省人大秘书长的郭来宝乘飞机从成都赶来了,代表他夫人彭庆英(也是当年的演出队员)向夏老表示深切的哀悼。当年曾是长沙铁道兵政治学院宣传处干事,现在成了四川省副省长的魏宏,也让他的夫人赶到郑州,代他向夏老恭致哀思……

夏老生前曾有一个愿望,很想到西安来一趟,见一见当年一起工作过的同事和战友,可惜因为身体原因,一直未能成行。2014年3月20至26日,趁着大女儿夏青来西安公干时可以抽出时间陪她,蒋老师赶到了西安。她一是想见见分别多年的姜宗农、贺介辉、方涛敏等多位老战友,替夏老了却一桩心愿;二是,蒋老师小时候一家人曾在西安住过好多年,她也想来看看当年的故居故址,重新品一品少年时代的人生况味。那几天,蒋老师很兴奋,十多位老战友欢聚一堂,有回忆不完的往事,诉说不够的话语,抒发不尽的情怀。十多位老铁道兵一起参观了我们火箭军高等学府的校园,一起上洪庆山品尝了水泉山庄的"农家乐"。此后蒋老师又看了西安古城墙,转了大明宫遗址公园和坐落于浐灞水畔的"世博园”。我们转着看看，走着说着，时不时就会谈起夏老，仿佛夏老一直就在我们身边，陪着我们一起在游玩观览。看着蒋老师渐渐从夏老离去后的悲伤心境中走了出来，战友们心里都感到十分欣慰，同时也替夏老欣慰。和蒋老师相亲相爱、相濡以沫、风雨同舟、患难与共的夏老，他盼的不就是蒋老师能够幸福快乐地生活吗？

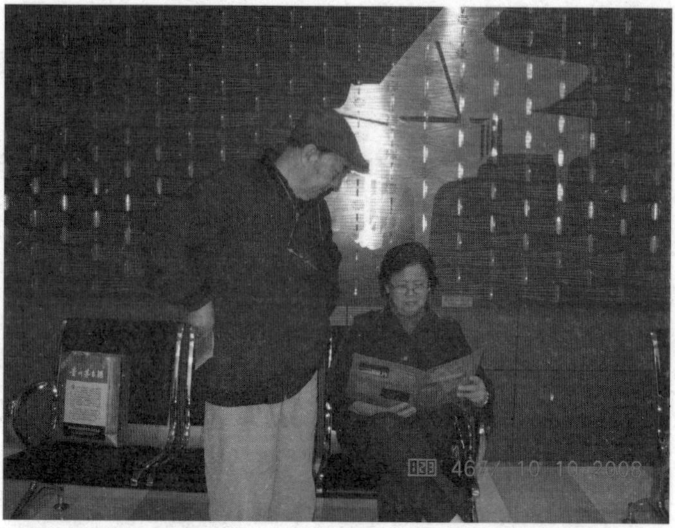
2008 年 10 月 10 日，蒋老师和夏老在国家大剧院

为了让蒋老师的晚年生活过得幸福且别有境界，她的三女儿夏放要接母亲到美国去住一段时间。因为出国时日的限制，蒋老师和孩子们商量，把夏老三周年祭日的时间略提前了一点，放到了 2015 年 12 月 14 日。那段时间我在深圳帮二女儿带孩子，确知追思时日后，12 月 13 日我从深圳乘机飞郑州，14 日上午同夏老的亲人们一起到陵园举行了祭奠仪式。虽然夏老已经离去三年了，但是亲人们回忆他的生平时，依然是悲声不断，泪雨滂沱。蒋老师难过得几欲昏倒，所有在场的亲人都气噎喉堵。我的胸中亦被悲痛塞满，任凭热泪在面颊上流淌，伴着哀伤的秦腔音乐，我给夏老唱了一段怀念烈士的秦腔。望着夏老的遗像，我说：“夏老，您给我的恩情我永远不会忘记，您的精神品德，也永远是我学习的榜样。只是我对不起您，早就说要写一篇感恩的文章呈奉在您面前，可是直到今天，却还没有完成……”

此刻，这篇文字似乎可以画上句号了。但是，我知道，关于夏老的故事，我还远远没有写完……

夏老，我的恩人，愿您在高远的天堂里快乐、欢欣！

2015 年 12 月　草撰

2016 年 7 月　改就

来兄离去,我想起了……

——大学同窗来盛福生活点滴记忆

2016年2月27日晚上,当我在手机里看到宏伟所发微信中"悼念来兄"那几个字的时候,我真不敢相信我的眼睛。在脑袋嗡地响了一声之后,我死死地盯着手机屏幕,心里说:不可能吧?怎么可能呢?过年时他还在微信群里发红包,前几天还在微信里说身体好多了,准备2017年参加在青岛的同学聚会呢,怎么突然就离世了呢?

然而,残酷的事实告诉我:这是真的!

来兄真的走了……

2015年11月,参加完同学"广东聚会"后,因要帮二女儿看孩子,我和老伴带着孙子到了深圳。深圳有一位战友知道我爱唱秦腔,就介绍我认识了"深圳福田区秦腔协会"的朋友。2016年2月27日是个星期六,正是协会活动的时间,所以我吃完饭早早就赶到了那个活动站。唱戏的地方锣鸣鼓响,震耳欲聋,手机铃声一般很难听到,偏偏那天我的手机又忘了充电,没到下午,就自动关机了。整整一天,既没听到电话也没看到微信或短信。夜里十点多回到家中,第一件事就是赶紧给手机充电。待电量可供手机运行时,我先打开了"七七级老同学"的微信群,第一眼看到的就是宏伟悼念老来的微信。

我的头真像被谁敲了一棍似的,登时就蒙了。我赶紧把聊天记录往前翻,发现前头已有好多同学表示了对来盛福老兄(师)不幸去世的哀悼。在娅楠发的微信里我看到了这样的内容:"短信班长也没回,可能没打开手机。"我连忙又翻信息栏看,果然看到娅楠18点46分曾给我发过两条短信:"班长,电话没接,很忙吧?我收到一个关于来大哥的信息,想确认一下。""在微信朋友圈里发了,可能是真的。"

我立即给娅楠回了短信,说了我的吃惊与悲痛,娅楠回复说:"看到来兄儿子发来的信息,我不太相信,给您打电话想确认一下,没打通时,就看到来兄朋友圈的信息了,我想可能是真的了。太难受了！心里……很悲伤……”

是啊,那么好的一位“同学大哥”就这么“冷不防”地走了,哪个同学不悲伤啊！

接下来,我又阅读了来兄儿子发来的讣告：

先父来盛福于2016年2月26日因病在天津市肿瘤医院去世,享年六十八岁……

不知不觉,我的眼角淌出了泪水。我呆呆地坐在床沿上,回想着来大哥那忠厚、亲切、和善的面容,陷入了哀痛的沉思。有资料称：当代中国男人的平均寿命是74~75岁,忠厚善良的来盛福大哥,怎么六十八岁就走了呢？来大哥是一个多么热爱生活、多么热爱生命的人啊！曾经,凶狠的死神想要把他强行拉走,可他硬是凭着极其顽强的意志,和死神搏斗了整整十年哪！

2006年,元旦刚过没几天,我接到了来大哥的一个电话。说是青海的医生已确诊他是胃癌,需要手术治疗。为了进一步确诊并且得到更好的治疗,他现在到西安第四军医大学的西京医院来了。他问我在医院有没有熟人,他想找一个医术高明的教授给他做手术。

尽管我在西京医院没有熟识的医生,但我们二炮干休所的所长却是和我关系极好的战友。因为经常护送离休老干部去治病,他和西安的几家大医院都相当熟悉,找他,肯定能有办法。果然,他听了我的愿望后,立即找来了他们所里的刘军医。

刘军医也是一个非常热心的人,他二话没说立即打电话联系,几分钟之后就答复说:“我的同学是四医大的教授,手术水平在西京医院普外科绝对一流。他已答应,所托之事,一定尽心尽力。你让你那位同学找他就是了。”接着就把那位教授的电话号码给了我。

很快,来大哥的电话回过来了,说手术时间已经确定,他想在手术之前和我见个面。

第二天,上完两节课后,我从学校赶到了西京医院。也许正赶到“饭点儿”了吧,来大哥和他的妹妹、妹夫在西京医院大门外接到了我,没等我询问手术准备情况,他抢先开口说:“咱们先一块吃饭,吃饭的时候慢慢说。”进了饭馆趁着等菜的工夫,来大哥告诉我:“刘军医托的那位教授和我见过面了,人特别好。但不是他给我做手术,而是另外一位教授。”我很意外,忙问是什么原因。他说:“在给你打电话之前,我已经挂了教授门诊号。原以为住院很难,想让你找个熟人先住上院，然后再托水平高的教授做手术。没想到接诊的教授给我诊断之后，很快就给我办妥了住院的有关事宜。好像医院有个规定，哪位教授接诊，就由哪位教授主刀手术。”我有点急了，问他：“刘军医托的那教授不帮忙吗？”来大哥说：“那教授人好得很。他主动找到了我，问了我的病情，还和那位教授一起研究了手术方案。他让我尽管放心，说那位教授不但和他关系很铁，而且做手术也只会比他做得好，所以叫我不要有任何疑虑。”说完这些，来大哥略带遗憾与歉疚地说：“要是我不急急忙忙地先挂号，而是先和你联系就好了……现在这样，有点辜负你和那位刘军医……”

我忙安慰他：“咱托熟人的最终目的，不就是为了找个既负责任又有水平的医生把病治好吗？现在咱托的教授把话都说到这个份儿上了，也就跟他亲自给你做手术一样。最后你的病好了，就谁也没有辜负。别想那么多，安心配合医生治疗就是了。”

他妹妹和妹夫也都附和着劝他：“韩老师说得对，你别多想，明天好好配合医生就对了。”

因为刚做过手术的病人头几天不宜探视，所以我在来兄手术五天以后，和正在四医大附近一所高中补习的儿子一起到病房去看他。知道此时给来兄带任何食品都没有实际意义，所以我只让儿子买了一捧鲜花。术后的来兄虽然还很虚弱，但神志很清醒，心态也很乐观。当儿子捧着鲜花对来大哥说“祝贺伯伯手术成功，祝愿伯伯早日康复”的时候，来大哥脸上荡漾着幸福的微笑，眼角上也浮起了激动的泪花。说是要对我儿子表示奖励，硬拉着他的手塞给他五百块钱，让他去买学习用品。

后来多日，因为课多事忙，我没顾上去看来大哥。等稍有空闲想再去看他时，他竟已经出院回到西宁了。我在电话里怨他出院咋没说一声，他说：“知道你事情多，不好意思再打搅了。”

坦白地说，在来大哥治病的过程中，我只在他手术后探视过一次，对他的关心实在是太少、太不够了，后来我常为此而内疚不已。所谓的帮忙，也仅仅是跑了几步路，说了几句话，而所托的医生最终还并未亲自给他做手术，这算帮了个什么忙啊！可来大哥却经常在电话中感谢不已，使我内心很是惭愧。

2009年，我的外孙出生了，他得到消息后简直和我一样高兴，先是给孩子寄来了两身衣服，隔了一段时间还专门让他儿子在网上买了一个会唱歌、能舞蹈的电子玩具狗。他在电话里说：“这是我在网上相中的，让儿子网购的，小外孙一定会喜欢的。”三天后我们收到了礼品，不光外孙子高兴得不得了，全家人都被那只玩具狗狗逗得乐不可支。小外孙若是哭闹，只要狗狗唱起来、舞起来，他马上就会止住哭声，兴致勃勃地看着小狗嘿嘿地笑。如今外孙长大上小学了，那只狗狗又成了我孙子韩元熙（小名蛋蛋）特别喜爱的伙伴了。

来兄所赠之玩具狗

2011 年，为筹备我们毕业三十周年大聚会，我到西宁去和同学们商议有关准备事项，来大哥是我们那次“议事会”的专职摄影师，精神状态非常好。我临回西安时，他又特意买了虫草、鹿茸等好几样珍贵的礼物，非要我收下不可。见我推辞，他说：“你要不收下，往后咱就不要来往了。”

没办法，我只好收下。看着那些礼物，我心里热乎乎的特别感动。来兄所做的这一切，充分说明了他是一个特别重情意的人，是一个把别人微小的帮助也当作深恩大德看待而且还要倾情报答的人！什么是“受人滴水之恩，必当涌泉相报”？他的行为就是一个活生生的示范！老来真是个朴实、善良、忠厚的老大哥啊！

2011 年 6 月，作者与来兄（左）在西宁

当年在校上学时，以年龄大小论，老来应是全班男生中的“大哥大”。张素丽是他曾经教过的学生，班委会成员也都是他“弟妹级”的同学，可他从没“倚长卖大”地摆老资格，始终以身作则，支持班委会的工作。

1980 年他结婚时，班上好多同学到家去表示祝贺，来大哥欢喜得满脸放光，拿出家中最好的饭菜来招待大家。特别是那“青海味儿”十足的羊肉揪面片，给我留下了难以忘怀的美好印象，至今想起那滋味来，还不由得舌下生津、馋涎欲滴。

2011年聚会时,病愈之后的来大哥简直像个小伙子似的,脖子上挂着照相机,一会儿登高坡,一会儿上低坎,照了这一拨,又照那一群,给同学们留下了许多珍贵的照片。

2013年西安聚会,在金丝峡游览时,我隐隐地感到他的身体状况似乎已不如2011年,但他仍然非常快乐、不知疲倦地跟大家一起爬坡过涧,用他的相机记录下了那一个又一个欢乐的时刻、激动的场景。

西安聚会之后,我和来大哥再没见面。当“2015广东聚会”即将举行时,他却在天津住院了。电话那头,他用虚弱的声音说:“今年的聚会我大概去不成了。”接着简要地说了他这次发病的经过:那天他一个人在西宁的家里,突然昏厥就不省人事了。幸亏妹妹们早就和他约定,每隔一两个小时和他通一次电话,以此来判断他的安危。妹妹打他的电话无人接听,便急忙约亲人们赶到家中,这才把他从死神的手里抢了过来。他还半开玩笑地说:“要不是亲人们发现得及时,我可能已经和大家‘拜拜’了。”后来,儿子不放心他一个人在西宁,就把他接到了天津治疗。我问他治疗情况怎样,他说再住一个礼拜就可以出院了。

哪知道……

来大哥走了,同学们都十分难过。群里的同学几乎都在得到消息后第一时间表示了沉痛的哀悼。宏伟提出了很好的建议,托身在西宁的赵宗福、张银生两位同学代表全班向来大哥致以奠仪。宗福和银生不负重托,亲自到来大哥的灵前吊唁,并送上了花圈和一千元钱,表示了全班同学的心意。王湘江虽没赶上和宗福、银生同去,但却在吊唁后把宗福、银生代表全班敬献的花圈及吊唁现场拍了照片,并及时发到了微信群里,总算让同学们沉痛的心情得到了些许安慰。

来大哥走了,我想起了许多往事,拉拉杂杂写出这些,算是对来大哥的告慰吧。

来大哥啊,你的在天之灵应该看到了:同学们没有忘记你,大家都想你,念你,追怀你!那个世界如果有微信,我想你一定会在“群”里看到同学们对你的情义的。看到了,你也一定会像往常一样,露出憨厚、实在、欣慰的微笑。

来大哥,走好!

2016年3月18日凌晨　草成

2016年3月21日午后　改就

三张光碟

——回忆孟祥斌的一件往事

孟祥斌遗像

2007年12月3日下午，我去给“专升本”队的学员上写作课。当课代表钟福明（一个很有文才、对工作也极负责任的学员）迎接我时问我：“比我们高一级的专升本队有一个学员叫孟祥斌，今年6月刚毕业，不知教授给他上过课没有？认识他不？”

随着年龄的增长，我的记忆力是越来越差了。常有这样的情形，当我想向学生表示亲近，问他“你叫什么名字”时，学生总会笑着说：“老师，你都问过五遍了。”为此我很尴尬，也很惭愧，但却无可奈何。

孟祥斌这名字我隐隐约约有些印象，但长得什么模样，却怎么也想不起来了，只好说：“好像教过，但现在记不得了。他怎么啦？”

钟福明说：“他牺牲了。”

牺牲，意味着一个有价值的生命从世界上消失了。近十余年间我已不止一次听到我教过的学生牺牲的消息。为那些年轻生命过早逝去我曾惋惜过、伤感过，也写过几篇文章。但是，近三十年间，我已体验了很多次和生命告别的苦痛：先是慈祥的母亲，后是勤劳的父亲，接着是虚龄仅三十八岁且死得很惨的三姐，再后来就是大姐夫、大嫂子、二姐夫还有六七位四十刚出头就匆匆离去的好战友……除了母亲去世突然和三姐死得悲惨使我感到了一种撕心裂肺、肝肠寸断的痛楚之外，说实话，随着参加葬礼次数的增多，牺牲、逝世、死亡等词汇，几乎已不能让我感到震动、惶悚，甚至惊讶了。所以我平静地问：“怎么牺牲的？”

钟福明说：“为救一位轻生投江的女子，他从十米多高的江桥上跳进……”

不知怎的,我的心竟不由自主地震动了。尽管对生命的诞生与死亡已有些麻木,但听到一个年轻军人为了搭救一个并不相识的人而献出自己宝贵的生命时,我的心弦还是猛烈地震颤了。

虽然一时想不起他的模样,但还是为这个学生是从我们学院走出去的而感到光荣和自豪。

在课堂上,我向学生抒发了这样的感慨:"鲁迅先生曾经称赞那些'埋头苦干的,拼命硬干的,舍身求法的,为民请命的人'为中国的'脊梁',我们曾经培养过的孟祥斌就算得上是一个'脊梁'式的人物。寒冷的冬天,刺骨的江水,一旦跳下去,也许既能救了别人自己还安然无恙,但,也许从此一去便不复返。可是他跳下去了,从十米多高的桥上跳到江水中去了,为了一个原本和他并不相干的生命。这不就是'拼命硬干'的精神吗?"

感慨抒发完,我依然没有想起孟祥斌的模样,也没有想起他和我有过怎样的交往。

12 月 7 日下午,学院在大礼堂举行孟祥斌事迹报告会,由他的同学、队长、毕业设计指导老师回忆他生前那些感动人心的生活片断。当我在投影屏幕上看到那个英俊帅气的小伙子时,觉得面熟,觉得仿佛有过交往。但什么交往呢?仍没想起来。

晚上,我坐在电脑前准备写作,打开了钟福明为我从网上下载的有关孟祥斌事迹的报道,有文字,有图片,也有影音资料,当看到孟祥斌的妻子"叶庆华"三个字时,脑子里突然闪过了一道电光:我想起了一封信——叶庆华给我写过的一封信。我赶紧走到客厅打开存放碟片的抽屉,找到了两盘"江西赣剧精选"碟片,在一张碟片的盒子里,找到了叶庆华的那封信……

至此,我和孟祥斌接触过的那些片断一下子全都连缀起来了。

2006 年 5 月,我的个人专辑《大校吼秦腔》由陕西音像出版社出版发行后,我曾在课间休息时给学员播放过几个片断。下课后,一个浓眉大眼英气勃勃的学员来到我面前,高兴地说:"韩教授,我想买你一张光碟。"

我自然也高兴,问他:"你很喜欢听秦腔吗?是陕西人吗?"

他很谦虚地笑了笑,说:"我不是陕西人,不懂秦腔也不懂其他戏曲。可我爱人是个戏迷,她特别爱戏,我想暑假时把你这张碟带回去让她看看。"

由于要给碟片上签名,于是我知道了他叫孟祥斌。

暑假后开学不久,有一天下课我正要往回走,孟祥斌又来到了我面前,递给我两张光碟，说：“韩教授，你的碟片我爱人看了很高兴。她还给你写了一封信，要向你请教戏曲方面的问题。同时她还专意买了两张江西赣剧的碟片，让我送给你。”

接过碟片，我说：“非常感谢，请代我向她问好。我回去一定认真看。”

回家后，我先打开了叶庆华的信：

韩老师：

你好！请原谅我的冒昧打扰。我是个地方戏曲爱好者，但对秦腔知道得太少，故向你请教：秦腔是陕西省的省剧吗？秦腔起源于秦朝吗？它由几声组成？又与哪些剧有“血缘”关系？

我认为……

叶庆华很有才气也很虚心，信里谈了许多关于戏曲的问题，但惭愧的是，我因为太忙而小叶所问的问题三言两语又说不清，因而也就没有及时回信。两张碟片我都看了，一张叫《龙凤钗》，一张叫《情义冤仇》。剧情都引人入胜，而赣剧的唱腔特点，通过对这两张碟片的欣赏，我了解得也更深入了些。我打算稍空闲时，写一封长信回答叶庆华的问题。然而还没等我把想法变成行动，孟祥斌和叶庆华却出乎意料地一起来到了我的办公室。原来，国庆长假期间，叶庆华带着孩子到西安来看望孟祥斌，仍然惦记着向我询问有关秦腔的问题，两人亲自登门求教来了。

我们究竟谈了多长时间，说了哪些问题，我的记忆都模糊了。但可以肯定的是，每当这种场合，总是“好为人师”的我说得滔滔不绝，而来的人插不上几句话。还有一点也可以肯定，那就是叶庆华和孟祥斌都对我极尊重，听得极认真。尤其是孟祥斌，当小叶和我谈论戏曲的有关知识时，他很少插话，但始终带着憨厚的笑容，睁着明亮的眼睛，静静地、认真地倾听着。

说实话，因为来找我的学员比较多，加上我的记忆力衰退，所以谦虚、真诚的孟祥斌、叶庆华和我的这次交谈，我几乎忘记了。但是，当孟祥斌的英雄事迹感动了金华市、感动了全中国的时候，我忽然想起了这两张光碟和这一封信，看着这碟和信，我心里久久地不能平静。这碟和信究竟透露着怎样的信息，折射着怎样的精神呢？

我想，首先当然是爱——孟祥斌对妻子纯真而高雅的爱。但，更重要的，我觉得折射出了一种精神：认真。把一张秦腔光碟从西安带回弋阳交给妻子，再把两张赣剧光碟从弋阳带回西安专程交给老师，在没有得到老师“答复”的情况下，夫妻双双到老师办公室登门求教，这每一个细节不都诠释着“认真”二字吗？对妻子爱得认真，对知识也追求得认真。

孟祥斌牺牲后，我常常想，在整个救人的过程中，假如孟祥斌在“认真”二字上稍稍打些折扣，他就可以换成别的方式：打110，高声呼喊，从江边下水以给自己增加安全系数……这样，他既能保全自己又仍然不失高尚……

然而，他只选择了一种方式。他知道时间就是生命，能早一秒跳进江中，那在波涛中浮沉的生命就多一分生还的希望。他把共产党员的责任“认真”了，他把革命军人的使命“认真”了，他把舍己救人的崇高品德“认真”了，所以他喊了一声“来不及了”就义无反顾地跳进了冰冷的江中……

从三张戏曲光碟我联想了很多，但我觉得这联想既不是附会，也绝不牵强。

毛泽东同志曾经说过：“世界上怕就怕‘认真’二字，共产党就最讲认真。”认真，无论对一个党还是一个人，都是无价之宝。

2007年12月30日

刊于2008年2月19日《火箭兵报》

文化入骨　蔼然如春

——回忆我与国波团长的几次交集

我1972年12月走进铁十师四十七团的时候，就听老兵说过：我们的团长(当时称部队长)名叫国波。不过那会儿我觉得这个名字跟我的距离非常遥远——团长，那是多大的官啊！单是一个连长，就让我觉得高不可攀呢，更何况管着好几千人的团长！我这样一个刚由农村青年变成解放军战士的新兵，怎么敢奢望和团长面对面地说上几句话呢？

国波团长遗像

我怎么也没想到，一年之后，这奢望居然变成现实了——因为我由施工连队调到团机关当了收发员。收发室就在团机关院子，自然和团首长能天天见面。原来没有近距离接触时，觉得这些首长都高得像天上的星星，只能仰望，无法亲近。及至近距离和他们在一个小环境里生活工作时，才觉得他们都是实实在在普普通通的凡人。他们也有七情六欲，也有喜怒哀乐，也各有各的个性。国波团长给我的印象是：虽然不苟言笑，但却和蔼可亲。在机关院子里，几乎没见他和哪个干部或战士说笑，但也没见他板着面孔训过人。尽管我并不知道他的学历，但是凭直觉我感到他是一个有文化或者喜爱文化的人。果然，1974年第一期的《连队文艺》(师政治部办的一个内部刊物)诗歌专号上，就发表了他的一首诗歌，证明了他确实是有文化的人。能写诗并且写的诗还能发表，他能不是个文化人么？当然，在刊物目录里看到“国波”这两个字的时候，我心里除了对团长更为敬重之外，还突然生出了一种强烈的自豪感，因为这期“专号”也发表了我的五首诗。我的诗能和团长的诗发表在同一期的刊物上，说明在诗歌文化的园地里，我跟团长是可以平起平坐的“诗友”呢！

对于一个刚刚入伍一年的战士来说，这是多么荣耀的事啊！紧跟着的，就是一种亲近感。通过诗歌，我觉得和团长的距离一下子拉近了。不是有个成语叫“惺惺相惜”吗？团长既然爱诗，爱文化，想必对像我这样也爱诗的人会另眼相看吧。

果然，1976年2月，我和国波团长不仅有了真正的近距离——两人面对面，相距不到一米——的交谈，而且这次交谈让我感到温暖，也给了我一种不断奋斗的动力。

那是我人生道路上一次重大转折，铭心刻骨，我一辈子难以忘怀。

在和国波团长面对面交谈的前一天晚上，我和军务股的林参谋发生了一次较为激烈的语言冲突（当然，没有骂人，也没有一个脏字，只是情绪激烈而已）。不过，这次冲突更深的根子却是扎在1974年的8月间，我和我的顶头上司——通信股赵参谋之间的一次争执。

那次争执的过程，在本书《写不完的故事——感恩夏老》一文中有较为详细的叙述，这里不多重复。争执所引起的最终后果，就是当赵参谋刚刚被任命为赵股长，他就“按照革命工作的需要”，安排我从机关下连队。

当时部队有个不成文的规矩：机关兵下连队，只要没犯过什么错误，一般都下到汽车连或卫生队，顶不济也到机械连、修理连，为的是能学个一技之长，将来复员回农村好歹也有个手艺。只有表现极差或有较大劣迹（如偷盗、贪污、不正当男女关系等）的机关兵，才下放到施工连队，多少有点“劳动改造”的意味（谁都不这样说，但却都心知肚明）。而新任赵股长对我的处理意见是：回到原来的连队——正在路基工地上施工的十三连。

说实在话，对于这样的处理，我不仅很失望，而且很难过，甚至很愤怒。

偏偏那天又出事了。

已经是晚上九点多了，警卫排的老乡李建民（原临潼县西泉公社人）在他站岗的时候，离开岗楼走了三十多米，来到收发室给我还一本书，结果偏偏让军务股查岗的林参谋给抓住了。李建民知道大事不好，连忙紧张地解释说：“我给小韩还书来了。”

建民的紧张我完全理解——他下午刚刚被支部大会通过入党了，随意离岗的错误极可能让他的党员又变成水月镜花。我连忙指着桌上那本书作证：“就是。他给我还的就是这本书。”

我的话刚出口，林参谋立即勃然大怒，伸手在桌上狠狠地拍了一下，大喊一声：“没有问你，谁要你来多嘴的?!”

也许是心情不佳肚子里本来就憋着一股火吧，他这一声吼一下子把我的火也点燃了。我也提高了嗓门说:“我主动给你说说情况行不行?”

这一下,火全引到我身上来了。林参谋的声音更高,桌子拍得更响,而我居然质问他:“你身为干部,能用这样的态度对待向你反映情况的战士吗?”

言来语去,林参谋竟然被我问得也有些反不上话来了。他愣了几秒钟之后,大声说:“我管不了你,咱们找团长去!”

就这样,晚上十点多了,我们三人(林参谋、管理股余管理员和我)来到了团长的房间门前。

林参谋敲门,得到团长允许后我们进入了他的卧室。团长本来已经睡下了,听林参谋说有重要情况,就披上棉衣靠在床头听汇报。

林参谋说:“我从大门口经过时,发现岗楼里没人,结果在收发室见到了那哨兵。我本来要批评的是那个哨兵,可是小韩却跟我大吵起来。”

团长问我:“是这样吗?”

我说:“小李到我屋里还书是事实。说到吵架,是因为我刚张口说明情况,林参谋就拍着桌子大声训斥我,我没压住火气,就争起来了。”

团长问:“还有别的情况吗?”

我说:“没有了。”林参谋也说:“没有了。”

团长说:“那好吧,你先回去。”他的声音是沉稳的,平静的,没听出来温和,但也没听出来恼怒。

走出团长的屋子我却并没有走,站在窗外,我听到了林参谋重新向团长进行汇报,他历数我的种种“劣迹”:骄傲自大,目中无人,老乡观念严重,自由主义泛滥,喜欢背后议论领导,上班时间在屋子里唱歌,有时还让下边连队的战士在收发室里住宿……在他的表述里,韩怀仁就是一个品质很坏的兵,不说十恶不赦,起码也是个应该给予严厉惩处的货色。

也许是余管理员实在听不下去了吧,他插了一句说:“其实小韩平时表现还是很不错的,本职工作做得很好,没有出过差错,还经常到炊事班帮厨、打扫卫生,卸煤、储存冬菜,全是自觉自愿地义务劳动。真的表现挺好,只是今天晚上有点反常。”

林参谋“哼”了一声,说:“还不是因为叫他下连队,闹情绪呗!”

团长问:“他原来是哪个连的?”

林说:“十三连的。”

团长略沉吟了一下,说:“那就还让他回十三连吧。”

听到这里,我知道想下汽车连、卫生队、修理连的一切幻想都破灭了,于是便转身离去，回到了自己的屋子。

我的心全冷了。唯有的一点温暖，就是那位善良的余管理员还说了几句公道话、良心话，让我又一次在背后听到了从别人嘴里说出的关于自己的好话。我很感激余管理员。

那天晚上，我彻夜未眠。想到的东西大概比我前二十年思考的总和还要多。我想到了缺吃少穿的少年时代，想到了艰难的中学生活，想到了一场“文革”彻底打碎了的大学梦，想到了三年困难时期大哥轻率离开兰州炼油厂回到农村以后家中发生的一系列矛盾，想到母亲因自己没有一个儿女能端上国家的铁饭碗那失望忧伤的眼神……

然而现在，由于得罪了两个对我的前途有着决定性权力的人物，下连队劳动一年之后将打背包回家（后来的事实证明我的这种猜想绝不是“以小人之心度君子之腹”），而我将是我们村子同一批兵中第一个被处理复员的人！我将怎样面对父老乡亲那质疑的目光：你犯什么错误了？你干什么坏事了？为什么别人都还在部队吃白米细面，却单单让你早早地回来“修理地球”了？最让我承受不了的，还是母亲那失望至极无比忧伤的眼神！她老人家肯定不会对儿子有半个字的抱怨，但她压在心底的悲苦，无疑是我难以承受的一座大山。

我绝望了！我入伍时的一切美好憧憬都烟消云散了！我在部队“好好干从而争取端上铁饭碗”的梦想彻底毁灭了……

于是，我想到了死！就这样回家，我“无颜见江东父老”啊！

我在床上辗转反侧，哭了一晚上，想了一晚上，最后终于仍然决定：活！咬紧牙关活下去！无论遇到怎样的挫折打击，都绝不要轻易去死！

第二天，公务班的战友悄悄告诉我：在听了林参谋历数我的多条“罪状”之后，团长已经决定，让我下到二营六连去。六连是二营最为辛苦的连队，在海拔三千七百米的关角隧道担负掘进任务。掌子面上的工作，最为辛苦不说，出伤人、死人事故的危险系数也最大。对于品行不端的“劣兵”进行改造，到这个连队去劳动就是对他最好的“教育”。

这个消息让我的心再一次沉进了冰湖雪窟，但是，我不甘心，我要为证明自己的清白做一次努力。我要说赵股长让我下施工连队，是因为1974年8月那次对他的冒犯；而林参谋则不仅因为这次我和他争吵，还因为我和战友们曾对他的许多作为进行过抨击。从基层连队来机关的战士，都想到收发室来看看有没有他们的家信。虽说不是“烽火连三月”的战争年代，但是“家书抵万金”的情愫却是古今一理。在通信技术很不发达的年代，家信无疑是战士想家念亲最好的精神慰藉。好不容易来一次机关(县城),谁不想在收发室看看有无家信并先睹为快？这种情不但是可“原”的,而且是可悯的,我没有理由不尽量满足他们的愿望。其实来收发室看信的战友是五湖四海天南地北都有,相比而言陕西兵要多一些,于是林参谋就认为我的“老乡观念严重”。而他自己经常从连队食堂、团部库房拿肉、拿菜、拿花生米、拿午餐肉罐头,然后召集一帮老乡聚在一起,又是煎又是炒,吃得嘴角流油,喝得酩酊大醉,却不认为自己有“老乡观念”。他可以把工地上施工的木料成捆拿来给自己做箱子,而在路上看见某个战士或许因为刚干完活而没有把军装穿整齐,他就把人家叫住狠狠地“克”一顿。大家在我屋子里时不时地有所议论,也许是他从我的屋外走过时听到了,也许是有听到的人向他传话了,总之这就成了我“背后议论领导”的罪状,也是他憎恶我的原因。但是这些话如果不对首长说明,首长只听他的一面之词,心中也许真以为我就是一个品质恶劣行为可憎的“刺毛兵”了。把话说明,就是下连队,我也要下得清清白白,至少我认为首长心中会认为我是清白的。我没干坏事,我只是脾气耿直冒犯了顶头上司的尊严而已。

我直接去找国波团长。

喊了报告,团长让我进了屋。问我:“你有什么事?”

我说:“关于昨晚我和林参谋的冲突,有些情况我想向首长再做一些说明。”

团长说:“你是司令部的战士,有情况先向你们刘副参谋长反映吧。”那语调,不热,但也确实不冷。

我退出了团长的屋子,来找当时主持司令部工作的刘副参谋长。

刘副参谋长则明显的一脸冰霜。他斜睨了我一眼,冷冷地问:“是来做检讨的吗?”

我说:“昨天晚上吵架,我是有错误的。但是,林参谋的态度……”

没等我把话说完,刘副参谋长就大吼了一声:“昨天晚上一切都是你的错!林参谋没有任何错误!”

我压着自己的怒火,问:“首长,您能听我把话说完么?”

他说:“我不听!我一句都不想听!昨晚的冲突全是你的错,你必须做出深刻检讨!”

我说:“首长你还讲理不?”

他火气冲天地喊:“跟你这样的人我就不讲理!”

没办法,我只好又来找团长。

团长说:“让你找刘副参谋长,你找了吗?”

我说："找过了，刘副参谋长根本不听我说话。"

团长说："那好，你坐下来说吧。"

我说："我还是站着说吧。"

团长微微笑了一下，从旁边拉了一把椅子，说："坐下说吧，坐下咱俩好对话。"

那一笑，让我感到温暖。尤其是刚刚见识了刘副参谋长那一脸冷霜，就更觉得温暖了。他拉椅子让我坐下的举动，让我觉得非常和蔼可亲，我觉得他是一个能够倾听战士心声的首长，眼角竟不知不觉有些潮湿。

我坐下了，坐在团长对面，和他相隔大约一米的距离。

我望着他，他也看着我。他脸上的神色是平和的，目光也是温暖的。他说："你把要说的想说的都说出来，我力争不插一句话。"

这神色，这目光，以及这说话的语气，一下子给了我要把想说的话全都说完的信心和勇气。我就从 1974 年那次争执说起，一直说到昨天晚上我情绪冲动的原因，说了足足有二十多分钟。这么长时间里，团长真的一句话都没有插，一直在静静地听着，时而目光里闪出几许诧异，时而微微皱皱眉头似在思考，时而还在桌面上放着的一沓公文纸上记上几个字。

我说完了，我承认我昨晚的冲动有错误，但是把我对赵、林的看法却也核桃栗子枣，一股脑儿都倒了出来，心中有一种如释重负的舒畅。

团长听完以后，很亲切地说："你说得很好。你说的好多情况我原先还真的不知道。说来这也是我有点官僚主义吧，和你们接触少，了解得更少。不过就你这次下连队的事，你也别想得太多。机关兵吐故纳新，新兵替换老兵，这也是部队的惯例，不一定有什么个人恩怨在里头。至于没让你下到直属队而让你去施工连，你也不要太计较。既然出了昨晚吵架那件事，现在再改变计划显然也不合适。军务股的同志往后还要开展工作。你也别把他们想得太'那个'，现在让你去的是九连而不是六连，九连主要负责用电瓶车运送石砟，其劳累程度和危险程度，都要比六连好得多。你刚才也说了，你不怕吃苦，这我完全相信。何况九连的工作确实还不是太苦，那么多战士都在隧道第一线能坚持，我想你也一定能在那里干好的。下去以后别背思想包袱，好好干，越是艰苦的环境越能锻炼人，说不定以后你还会有更大的出息呢。"

团长的一番话，像在寒冷的大地上吹来的春风，像在焦渴的土地上降下的春雨，我的心情虽然还说不上豁然开朗，但那种委屈和愤怒，确实平静了许多。

后来，一位了解内情的干部告诉我：林参谋最初的确是一定要让我下到六连的。十三连虽是我的老连队，但却不让我去了，因为在草原上砸石砟铺路基，辛苦固然辛苦，但到底要安全得多。要教训姓韩的这个“刺毛兵”，还是放到六连让他尝尝掌子面的滋味才更有意义。是团长说了话，才又改变了计划。仅此一点，我又一次对国波团长心里充满了感激。

在给新来的收发员交代了所有工作事项之后，我打好背包，来到了关角隧道进口的二营九连。我记住了国波团长的话：“好好干，越是艰苦的环境越能锻炼人，说不定以后还会有更大的出息。”凭着自己以往的信念，我努力工作，很快不但赢得了连队战友的信赖，而且也得到了连队干部的好感，半个月之后就当上了少数民族班（主要是 1975 年青海、甘肃入伍的回族、撒拉族战士）的副班长。班长休假不在，我就成了班里的“最高领导”，带着十六个少数民族弟兄在隧道里大干苦干。倒石砟时斗车夹掉了中指的一块肉，我到营部卫生所包扎一下继续干活。装石砟时用力过猛，导致疝气复发，一大截肠子滑进阴囊导致走路时腹部被抽得疼痛不已，但我仍然坚持和战友们一起上工地，一次病假也没休。

我用自己的鲜血和汗水向战友们证明了自己不是个坏人，大家和我相处得十分友好。就在我甩开膀子要在这艰苦的工作中实现自己人生梦想的时候，突然接到了一个意外的好消息：师政治部要调我去文艺宣传队搞创作。从此，我的人生道路就又出现了另外一番风景。

我调离四十七团之后，再也没有见到国波团长，但是和他有限的几次交集，却成了我人生中非常难忘的珍贵记忆。

2014 年，我见到了国波团长的儿子国立军，得知国团长已经永远离开了我们，我心中不由得生出了几分伤感，不由得又想起了四十多年前我和他的那几件往事。

和国波团长接触虽然不多，但每当回忆起国团长时，“文化入骨，蔼然如春”几个字就会从心海里浮现出来。的确，能够真正让文化入骨的人，他无论处事还是待人，都绝对不会是一块冷硬的“寒冰”。这是我几十年人生体验的一点感悟。

愿老团长在天堂里永远快乐！

2015 年 10 月

情勒·海阔河深

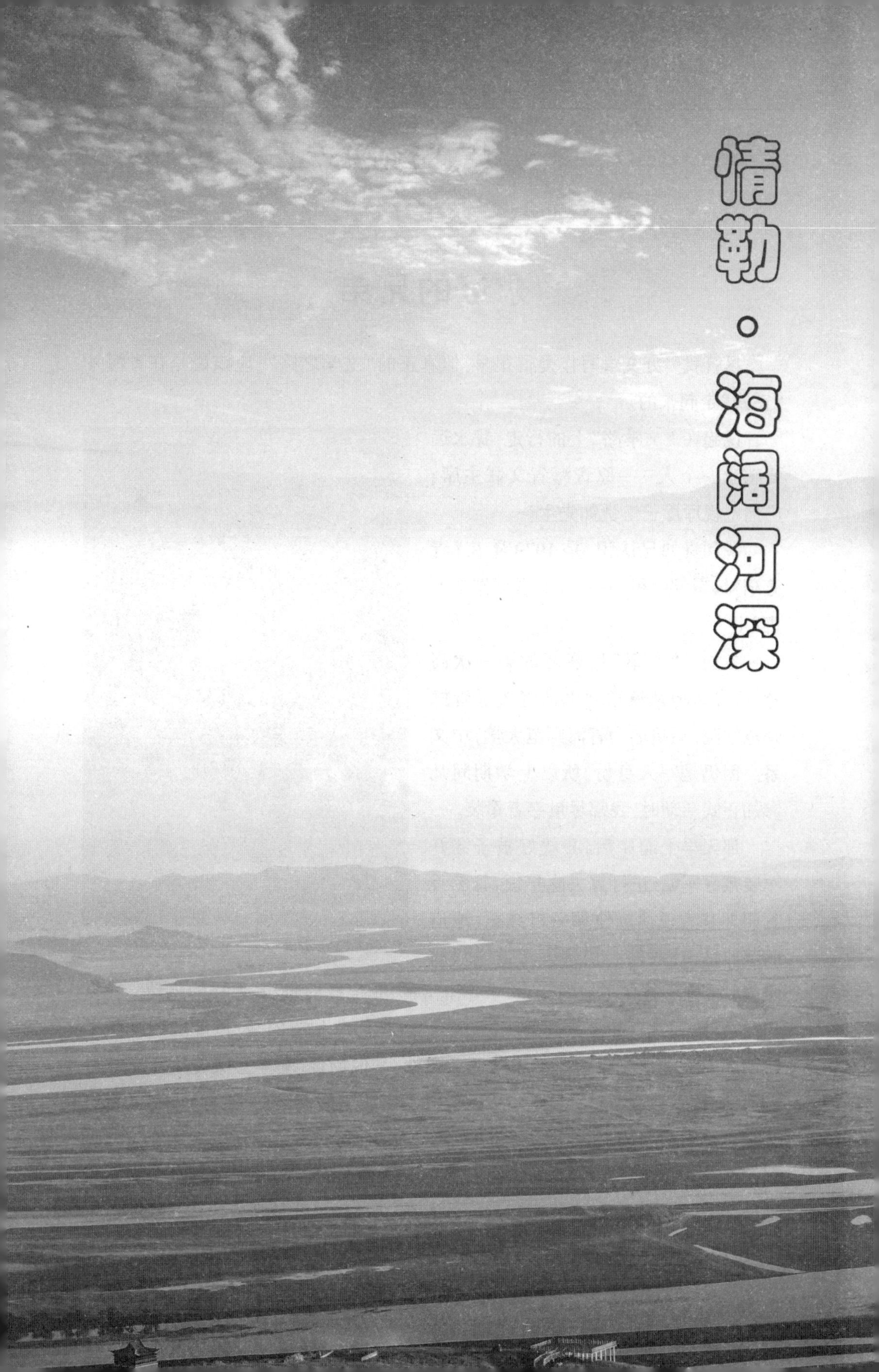

永远的兄弟

尽管我爱好文学写作爱得很早，但真正的“文学之路”，应该说是在青海才“正式”走起来的。

贵如兄在北京

说起在“文学路”上的行走，我永远要感激一个人——原青海省文联主席、广播电视厅厅长王贵如先生。

我和贵如兄认识，是1979年在《青海湖》编辑部组织的一个“文学创作学习班”上。

参加了“文革”后恢复的第一次高考，我侥幸地从铁道兵部队考进了青海师范学院（后更名为青海师范大学）中文系。因仍是军人身份，所以上学期间凡参加正式活动时，我都尽量穿着军装。

那天早上起床后，我叠好被子穿好军装戴好军帽，正打算去吃早饭，忽然听到门外有人说话。他那一口纯正、地道的陕西话，让我的心仿佛突然被一双温暖绵软的大手捧住了似的，热乎乎痒酥酥的，是那样的亲切，那样的感动。我自1972年12月离开故乡来到部队，见的是“五湖四海”，听的是“南腔北调”，除了陕西乡党在一块相聚大家都说陕西话之外，其他场合，基本上操的都是“醋熘”普通话（因普通话不标准，家乡话也变了味儿，听着酸溜溜的，故称）。到了青海师范学院中文系读书，更要讲普通话，所以很少听到陕西家乡话，今天在这儿听到这么动人心弦暖人心窝的陕西话，我的心仿佛已经和门外说话的那个人紧紧地贴在一起了。当然，乡音亲切是一方面，更重要的是我从那人说话的声腔语调上，听出了他不仅是个陕西人，而且是个非常实在的陕西人，立即产生了想和他说几句话的欲望。我拉开房门,门外果然站着一个中等个头,面容清瘦的中年人。他戴着眼镜,文质彬彬的样子,一望就觉得十分和善。我忙用陕西话问:“老哥,你是陕西人吗?”

他回答说:“是的,陕西富平的。你也是陕西人吗?”

我说:“我是陕西蓝田的。”

他又问:“你是省军区的吗?”

我说:“我是铁道兵。现正在青海师范学院读书。”

他又亲切地问:“你叫什么名字?”

我答:“我叫韩怀仁。”

一听我的名字,他突然兴奋地喊道:“噢?你就是韩怀仁?”

老哥的兴奋让我有点莫名其妙,不知道他为什么一听我的名字就那样高兴。

也许他看出了我的疑惑,连忙又说:“我叫王贵如,在海西州委宣传部工作。我们海西办了一份杂志叫《瀚海潮》,你给我们投过一篇稿子,是一个短篇小说,对吧?”

确实是这样。我写了一篇小说,题为《驱不散的冤魂》,投给了《瀚海潮》。可是将近三个月时间过去了,既没见发表,也没见退稿(那时绝大多数编辑都很负责,稿件倘不采用,一般都会退还给作者的),我心里还正纳闷,不知道是怎么回事呢。

老哥高兴地对我说:“你那篇稿子写得不错,编辑部的人都说是一篇好稿子。”

既然是好稿子,为什么就没有发表呢?

贵如兄进一步解释说:“《瀚海潮》准备近期改刊,把原来的三十二开本,改为十六开本。这样,刊物就会显得比原来的大气。为了不仅让外观大气、上层次,而且更重要的要让内容也大气、上档次,我们挑选了一部分优质稿件,留在改刊后的《瀚海潮》第一期上发。你那篇稿子就是留着准备第一期发的。只是由于编辑部人手少,工作特别忙,没有来得及给你发‘用稿通知’,有点对不住你。”

听了贵如兄这么诚恳的一番话,我眼眶立即有些潮湿,心里热辣辣的,波翻浪滚,真不知道该说什么好了。作为一个学生,尤其是以部队战士身份考上大学的一个学生,我那个时候是多么盼望能发表作品呀!我当兵最大的愿望是“争取提干”进而彻底“跳出农门”,然而惭愧的是,我在部队苦苦奋斗六七年了,至今依然是大兵一个。虽说上了大学回部队后提干的几率都在百分之九十以上,但有人大学毕业回部队后仍被处理复员的消息,也不是一次两次耳闻。为了保证大学毕业后能够提干的“保险系数”,我必须在读大学期间,争取在报纸杂志上多发表作品——不少已经提干的战友给我说过,在报刊上发表数量可观的稿件,正是他们能够“实现自己奋斗目标”的成功之道。更何况,我渴望多发表作品还有一个原因——我想尽快还账。1978年10月,我慈祥的老母亲不幸与世长辞,为了给母亲治病和料理丧事,我欠了同学和战友许多钱,而我每个月的津贴仅二十元多一点,我就是一分不花,要还完欠账也得好几年时间。战友是知心换命的战友,同学是特别要好的同学,以他们的品德心地而论,即使我三五年还不了,他们都绝对不会逼债的。可是人家不逼,咱好意思慢腾腾地拖么?所以,在那个时候,哪个刊物能发我的作品,能给我寄点稿费,简直就是我的恩人。现在,《瀚海潮》要发我的作品了,主管刊物的王兄还这样诚恳客气,我怎么能不感激得眼眶发潮呢?

然而,让我感动的情节并没有到此为止。

相识之后,越接触越觉得这位老兄心地善良,见识高明,值得敬佩,从心里真有相见恨晚的感慨了。听课的时候,我们坐在一起,讨论的时候我们也在一起。讨论时他说的话,几乎都是我想说而说不出来的。在给学习班讲课的人里,有一位“老革命”(此人早已离世,出于礼貌,恕我这里不写他的名字),也许是受极左思想影响太深的缘故吧,尽管那时粉碎“四人帮”已好几年了,可那位“老革命”讲的内容,几乎还是“文革”中的腔调。我听得十分反感,但却不知怎么反驳。王兄在讨论会上的发言就显得极有智慧,他既对那位“老革命”的观点明确表示了不同意见,又把话说得极有分寸,不至于让“那位”的脸面过不去。

该吃午饭的时候,王兄对我说:“中午咱不在会议上吃了,西门外边刚开了一家饭馆,卖的是咱陕西的岐山臊子面。咱到那儿品一回家乡味儿去吧!”

这话正合了我的心思,一是我也很想尝尝家乡饭的味道,二是我还正“思谋”着找个机会请一请王兄呢。请王兄,说高尚一点儿,是报答《瀚海潮》编辑对我稿件的知遇之恩;说庸俗点儿,就是还想“巴结”一下编辑。于是我们就边说话边向西门走去。路上,我们又议论起那位“老左”领导的讲话。贵如兄说:“极左的那套东西,已经渗到这种人的骨髓里去了,想要让他们彻底转变,那是非常困难的。不过现在的大形势已经发生了根本性的变化,极左那套东西肯定是要被彻底摒弃的。往后咱们搞创作,绝不要再受左的桎梏的束缚,一定要写出生活的本质,写出真实的人性,那样的作品才真正受人民欢迎,也才真正有生命力……”

我认真地听着,王兄的每一句话,让我都有醍醐灌顶一般的感觉。

说说话话，不知不觉就到了那家面馆。我们一人要了一碗岐山臊子面，尽管未必比别的吃食（如青海的手抓羊肉或羊肉揪面片等）味道更美，但那确实是陕西的味道，是家乡的味道，我们吃得特别高兴。

在我的“计划”里，这顿饭必须是我请王兄。可是吃完饭当我要开钱的时候，贵如兄竟一把拉住了我，死活不让我付账。他说：“是我叫你来的，咋能叫你开钱呢？我请客，你开钱，像啥话嘛？”

我说：“这顿饭应该是我请你才对呀！”

他紧紧地拉着我坚决不放手，说：“你要这样我就生气了！”

看着王兄真诚得脸色几乎都要变了，我只好不再坚持。尽管那顿饭也就几块钱，但王兄厚道为人的品德在我心里产生的震撼却是太强烈、太深刻了，以至让我一辈子都难以忘怀。

坦白地说，我那时候是个十足的功利主义者。写作，首先是为了“谋饭碗”——一个从黄土陇头走进绿色军营、父母都是老实本分庄稼人的农家子弟，我做梦都想成为“身穿四个兜、脚蹬黑皮鞋”的军队干部啊！当上了军队干部，我就能领取“旱涝保收”的工资，就能端上砸不烂、摔不碎的“社会主义铁饭碗”。可是这个“饭碗”不是轻易就能端上手的，那是需要“资本”的啊！可我有什么资本呢？一无位高权重的父母可倚仗，二无身份显赫的亲戚做靠山，我所能靠的，就是自己这一点可怜的写作能耐。倘有作品一篇又一篇在报刊上发表，那就是我提干的资本啊！而我的稿子能不能发表，决定权在编辑的手里啊！能结识一个对我的作品有所偏爱的编辑，那不就是我积累资本的“资本”吗？为了这个“资本”今后能长久地发挥效用，我难道不应该预先有点“感情投资”吗？可是今天竟然不是我请他，而是他请我！他发表我的作品，他要给我稿费，他居然还请我吃饭！这是多么令人敬重的人品、多么让人感动的情怀啊！

学习班结束了，但是我和贵如兄的友谊才刚刚开始。

不久，改版后的第一期《瀚海潮》以全新的面貌与读者见面了。果然，我的短篇小说《驱不散的冤魂》就发在那一期上。很快，稿费也寄来了，居然有四十多块！这对当时手头拮据经济困窘的我来说，实在是雪中送炭般的一大笔收入啊！

接着，贵如兄又给我写信，鼓励我继续给《瀚海潮》投稿。我也没有辜负他的期望，又写了几篇，《投案》《身后》《他比我笑得好》等，后来陆续都在《瀚海潮》上发表了，而且《驱不散的冤魂》《投案》和《身后》还产生了一定的影响，有好几篇评论文章对这几篇作品给予了很好的评价,安徽合肥的一位作者给编辑部写信,说不但十分喜欢《驱不散的冤魂》,而且还想把它改编成电视剧。编辑部把那封信转给了我,我也很快给那位从未谋面的朋友回了信,同意他改编。尽管后来那位朋友并未改编成功,但小说在当时的影响可见一斑。可以说,当时我能在文学创作上保持那样的热情,取得那样的成绩(除了在《瀚海潮》上发的作品外,其他十余家报刊上也有我的作品露脸),的的确确是受了王兄的影响。是他给我引导,给我鼓励,给我指点迷津,我才能不断地咬牙坚持,奋力前行。

1979 年读大二时,依据有关政策,我结婚了。也许是由于两地分居,也许是别的原因,总之结婚两年多了,我们却一直没有孩子。1981 年暑假,我因要完成部队急需的一项创作任务不能回家。为了实现能有个后代的愿望,便让妻来青海与我团聚。贵如兄和嫂夫人得知这个消息后,立即发出热情的邀请,要我们俩无论如何要到德令哈他们家里去住几天。完成了部队的创作任务后,我和妻乘部队运输货物的大卡车来到了德令哈,来到了贵如兄家。

和王嫂虽是头一回见面,可见面后的感觉,仿佛我们二十年前就认识似的。王兄王嫂待人都特别真诚,但表现形式却不大一样。如果要打比方,王兄就像是一座锅炉,里头是熊熊燃烧的火焰,可外头看起来倒是平平静静,平平常常,甚至平平淡淡,只有走近他的内心时,才会发觉那热量蕴蓄得竟是那样巨大,那样深厚,那样持久。王嫂则是烈焰腾腾的篝火,明亮、灵动、活跃,打老远那热火气儿便扑面而来。她笑得很亲切,也笑得很坦荡,一搭话就亲得像一家人似的。王兄家住的是平房,一家四口住得紧紧巴巴,为了接待我们,王兄老早就安排好了住处,王嫂则是倾其所有,把家里所有好吃的好喝的都拿了出来,手脚麻利地做了七八个菜:羊肉、牛肉、粉条豆腐、白菜洋芋……应有尽有。当时虽然已改革开放,但物资还不是十分丰富,一下子见到这么丰盛的筵席,我们两口子真跟进了大观园的刘姥姥一样,嘴里只有赞叹的份儿。

第二天,王兄又领着我俩到《瀚海潮》另外几个"当家的"——高澍、王泽群、董生龙的家里走了一圈。那些我曾经仰慕的文学老师、情感兄长,在王兄的引领下我全都见上面了。王兄的心意我明白,他想让我和《瀚海潮》的"大拿"们都认识一下,熟悉熟悉,以便今后有更多的联络,毕竟多一个朋友多一条路,"朋友多了路好走"嘛。同时,我猜想,他这样做也是为了海西的文学事业有更好的发展——编辑多和有潜力的作者(我感觉他已视我为"有潜力"者之一了)交朋友,稿源充足且质量不低,对刊物来说无疑大有裨益。

在德令哈待了三天,知道贵如兄和其他几位编辑老兄的工作都很忙,第四天我们便打算告辞。没想到临别时王嫂又给了我们一个意外的惊喜——除了牛肉干等吃食之外,她竟然还给我们准备了一包至少有三斤重的驼毛!我们夫妻俩当时真感动得手足无措,嘴张得老大不知该说什么。驼毛这东西,别说在内地是稀罕之物,就是在青海,在海西,也不是谁想要就能随便获得的东西呀!

以后的许多年间,每当回忆起青海的时候,我和妻都要反复说起1981年暑假那三天的德令哈之行,说起王兄王嫂的厚意深情。

1982年1月,我大学毕业从青海师范学院又回到了我的原部队——铁道兵第十师。一有明确政策,二有我在学校的表现(上学四年间发表的十余篇作品也是成绩之一),我自然而然由士兵变成了军官,顺理成章地端上了"铁饭碗",多年来悬在心上的一块"石头"总算是稳稳地落在地上了。

然而,我在文学创作道路上的脚步,却仍然没有停止。

如果说从前的努力创作是为了"谋饭碗",那么当"铁饭碗"已经端到手上之后,为什么还要劳心费神笔耕不辍呢?这,又和贵如兄的一堂课有关。

那是我大学毕业后在乌兰县师部文化科工作时的事情。

1982年夏,有一天,听说乌兰县文化馆要举办一个业余文学创作学习班,记不清是文化馆通知我们师文化科了,还是文化科听说这件事以后主动要求的,总而言之,我赶到学习班上听课去了。在学习班上,我意外地碰到了贵如兄。我惊喜地问他怎么也到乌兰来了,他说是学习班上请他来讲课的。

贵如兄在办公室

贵如兄的讲课绝对是一流水平。他语言幽默,词锋敏锐,一会儿引用哲人睿语,一会儿吟诵古典诗词,一会儿阐释经典的文学理论,一会儿又结合他的创作实践现身说法,听众都听得十分入迷,既十分钦佩他的渊博学识,又特别欣赏他的智慧表达。他讲课时举的一个例子,给我留下了特别深刻的印象(我不知这个例子他现在还记不记得,反正我是终生难忘。在我几十年的讲课生涯里,我不止二三十次给我的学生复述过这个故事)。他是在讲伤痕文学时说到这个例子的。当时讲述的观点是:有时候,含蓄的表达往往比直白的表达更具有震撼人心的力量。比如同是控诉“文化大革命”给人们心灵造成的伤害,刘新武的《班主任》、卢新华的《伤痕》、陈国凯的《我应该怎么办》等,都是影响巨大的作品,但是相对而言,都比较直白。那样的小说好不好?好!可要论对人心灵的冲击与震撼,有一个短篇小说(或者可以说是一个小小说)的艺术魅力似乎要更胜一筹。

那故事是这样:有一个在“文革”中蒙冤入狱的男人平反出狱了,他的朋友想要给他压惊洗尘庆祝一下,就决定请他吃一顿饭。他们俩是在广州街道上见面的,朋友说正巧对面那家饭店有一道罕见的“特色菜”——活猴脑,一般人轻易吃不到,想让受屈的朋友“尝尝鲜”。

对于某些心肠冷硬的食客来说,活猴脑也许是一道极佳的美味,但对可怜的猴子来说,“这道菜”无疑是惨绝尘寰的灾难。刚刚出狱的这位于心不忍,朋友说:“既然来了,怎能白跑一趟呢?”不由分说连拉带拖就把他拽到了饭店后院的“选猴笼”前。

在“选猴笼”前看到的情形,实在让这个劫后余生的男人心惊肉跳:笼里的猴子一看有人进来,他们全都诚惶诚恐可怜巴巴地向食客们作揖,那可怜的眼神分明在说:“饶了我吧!千万别选我!饶了我吧,千万别选我!”男人心里一酸,眼泪都快要掉下来了。朋友见状也有些尴尬,就随便朝笼里指了一下。万没想到就这一“指”,下边出现的情景几乎要把那蒙冤男人的心撕碎了——刚才是所有的猴子都在作揖,而此刻只有那个被“指中”的猴子在作揖求饶,而其他的同类则一齐用力把那只作揖的猴子向外推……

男人忽然想起了“文革”,多少可怕与辛酸的往事一刹那全涌上了他的心头,他几乎是哭着跑出了饭店,一路飞奔,再也没有回头……

王兄讲述这个小说时,他的喉头是哽咽了,而我则忍不住热泪横流。因为这个小说让我想到了1966年我在“四清运动”和“文化大革命”中的遭遇:

母亲因为不肯昧着良心诬陷他人,竟然在“四清”工作组的心目中成了“包庇坏人的坏人”,受歧视,被排挤,受打击,被批斗,因为看到母亲在一个批斗会上被辱骂甚至被殴打,我实在气愤不过,就骂了那些“积极分子”几句,结果十三岁的我也被拉上批斗会遭到“批斗”。后来在中学的教室里,一个同学“揭发”我“攻击过社教工作组”,刚刚还准备选我作为学生代表赴北京接受毛主席检阅的同学们,一下子全都变了脸面,愤怒地声讨我,说“攻击工作组就是攻击党中央、攻击毛主席”。这一罪名，不仅让我“接受毛主席检阅”的梦想成了泡影，而且班长一职也被撤销了……

王兄举的这个例子在我心里激起了强烈的共鸣——当灾难（不管是战争还是害人的政治运动）来临的时候，当人人自危而又个个想求自保、自免的时候，一旦有一个不幸者成了首当其冲的受害对象，曾经和他是同一营垒的伙伴们，有许多就会为了自保而落井下石，陕西话称这种行为或现象为“掀下坡子碌碡”。

作者用含蓄的笔墨揭示这种“掀下坡子碌碡”的社会现象，探索人性深处的劣根性，是多么令人深思啊！还有，那个出狱的男子拼命向前奔跑而再也没有回头，寓意也相当深刻——“文化大革命”那样的人类悲剧，再也不能重演了啊！

借着这个例子，王兄又讲了他的许多感悟：含蓄的表达有时比直白的表达更深刻、更隽永，具有更强的思想震撼力和情感冲击力。他号召业余作者一定要敢于写生活中的矛盾冲突，要敢于描写真实的人生，揭示真实的人性，要有社会责任感，要把文学当作一件神圣的事业来干，要有古人“文章合为时而著，歌诗合为事而作”的文化自觉，要有彭老总“我为人民鼓与呼”的历史担当精神，只有这样，搞文学创作才有意义，而且也才能干出名堂来。

贵如兄在公园

那一堂课讲得太好了，赢得了与会者一致的赞扬和热烈的掌声。而那堂课对于我的创作，则确凿地有一种拨云见日、指点迷津的功效。我早期的作品，总体来说“过于直白”，如果说后来的作品多少能变得含蓄一点，与贵如兄那次讲课让我茅塞顿开关系极大。我在“端稳了饭碗”之后还能继续把文学创作当作神圣的事业来追求，即便到了老境仍然有为时代、为人民、为历史而歌呼的愿望，也是深受贵如兄那次讲课的影响。

大学毕业后，我本来也是有一番“雄心壮志”的——我想用我在大学学习的知识加上名师大家的指点，好好写一部大戏，歌颂我们铁道兵可歌可泣的事迹和贡献。然而，突然传来消息：百万大裁军！数十万老铁弟兄将要脱掉军装集体转业！为了让妻子和儿女也能“跳出农门”，吃上所谓的“商品粮”，在几个好心人（他们的故事我将另文记叙）的帮助下，我从铁道兵调到了西安二炮工程学院。

离开了青海，当面聆听王兄教诲的机会少了很多，但是我们的通信一直未断。我在创作上有了问题或困惑，常常向贵如兄请教。2003年，我写了第一部长篇小说《脉脉此情谁诉》（即《大虬》的前身），我把打印稿给王兄寄去征求他的意见。王兄特别认真地看完全文之后，除了热情的鼓励，他还非常诚恳地提了几条意见。其中最重要的一条意见是："不着急，慢慢来。不必匆忙出版，要出就出一个打磨得比较精细的作品。"听从王兄的意见，我也真的就沉下心来，不再急功近利地弄什么"急就章"了。一边教学和参与学校的文化工作，一边慢慢地对小说进行修改。又经过了五年时间，在不少学生的催促下，我才将小说拿去出版，就是大家看到的《大虬》。

《大虬》问世后，我给王兄寄去了几本。很快王兄就给我打来电话，对《大虬》予以充分肯定。2010年，在学校和陕西作协联手给《大虬》召开研讨会前夕，王兄特意撰写了一篇评论文章，题为《气蕴含藏有真味》。在文章中，他用热情诚挚的笔触对《大虬》评价说：

"《大虬》用一种带有浓厚陕西方言韵味的叙述语调，用一种平实、质朴、俗中见雅的文学语言，为我们讲述了发生在关中农村碧竹寨的故事，让我们看到了20世纪30年代到70年代中国农村的风云变幻与历史变迁，看到了中国这一历史时段农民真实的生存状态和心路历程，看到了他们的爱情，他们的奋斗、挣扎和面对困顿时的坚韧、顽强、包容、温情的灵魂底色。无论是思想分量的沉重，还是艺术表现的沉着，都可以表明，《大虬》是近年来农村题材创作的重大收获。对韩怀仁本人乃至陕西的长篇小说而言，无疑也有着突破性的意义。"

这篇文章在《陕西文学界》、青海《党的建设》和《雪莲》等多家杂志上发表后，又被多家网站和《铜川文艺评论》等刊物转载。

自从1979年与贵如兄相识，至今已经整整三十五年了。无情的岁月让我们都已步入老年而青春不再，但是我们的感情却历久弥笃、愈加深厚了。我于2012年退休，与前多年相比，清闲了许多，也沉静了许多。可越是沉静下来，就越是想起从前，想起一路走来给我帮助的人。他们给我的深恩厚情我无以回报，只能用笔记下一个又一个恩人的故事，算是给自己心灵的一种慰藉吧。

我的人生路上，因为有了贵如兄，便与《瀚海潮》结下了不解之缘。我要感谢《瀚海潮》，感谢贵如兄。此生能与贵如兄为友，实实地三生有幸啊！

2014年5月23日　改就

刊于2014年《雪莲》第7期

我的患难弟兄

一

从右至左：雷积贤、张相民、韩怀仁

1974年摄于天峻县

2012年，积贤兄得了一个宝贝孙子，取名叫雷函璋。猛听到这三个字的读音，我的心弦竟不由自主地忽悠了一下，颤出了甜甜的温暖和暖暖的甘甜。溯字面之古义，函为“包容广大、蕴蓄深厚”之胸怀，璋乃“至贵极坚、耀彩生光”之美器。以此二字为孙命名，无疑饱含着长辈对晚辈的希冀、期盼与祝福，吉祥美满，显而易见。但若单听声响，“léi hán zhāng”三个音，则让我情不自禁地联想到“雷、韩、张”这三个字来。

我不知道雷兄给孙儿取名时潜意识里是否曾蕴藏“巧妙铭记弟兄深情”的美意，但可以肯定地说，当我产生这样联想的时候，绝对不是自作多情。

坦白地说，在众多感情笃厚的战友中，雷积贤、张相民和我的感情，是远远深于其他人的。说我们是“铁三角”也好，“三人帮”也罢，总之，三人情谊之深挚笃诚，不唯我们自家心知肚明，其他战友，亦皆有目共睹。

雷、韩、张三人，我与雷兄相识最早，1964年，他上小学五年级，我上四年级。我们共同的母校叫“华胥公社轩辕小学”。不过那时候只能叫互相认识，离“相知”还有十万八千里。

和相民认识，则是在1972年征兵体检复查时。

不怕笑话，在雷、韩、张成为“铁哥们”之前，韩曾瞧不起张，而雷则看不上韩。

二

第一次知道张相民叫张相民，是在蓝田县医院复查身体的时候。

我们在医院过道上等待“透视”的当儿，一个脸面白净、浓眉大眼、个头比我略高些的同龄人向我走了过来，主动对我说：“我是张村的，跟你班上的满仓是一个村的。我跟满仓到你学校去过，我认得你，你不一定认得我。我叫张相民。”

我们学校的“毛泽东思想文艺宣传队”在周边好多村子演过戏，而我这么个五短身材居然扮演过“样板戏”里的杨子荣、李玉和、郭建光等“主要英雄人物”，所以不少人认识我而我却不认识人家（也许这就是“名人”的荣耀或悲哀吧）。张村确实有我一位高中同学叫张满仓，但我对这位张相民却毫无印象。也许他真的跟满仓去过我就读的洩湖中学，但说实话，我真的不认识他。

他的长相比我好看多了，甚至可以用“英俊”二字来形容，可是当他开口说话的时候，我心里却隐隐地有些看不起他。我是个急性子，说话快走路也不慢，可他无论走路还是说话都是慢条斯理、不慌不忙，无论看还是听，都让人发急。他完全没有年轻人（更不要说年轻军人）那种风风火火、朝气蓬勃的精气神儿。这种人怎么能当兵呢？不要说部队上真枪实弹的训练了，就是我们学校搞的军训和“拉练”，他这种“扑扑塌塌、木木囊囊”的样子，怕都跟不上趟。他到部队能适应艰苦的训练么？一旦有了敌情他能参加打仗么？

果然，到了新兵连，我的担心应验了，或者说让我看不起他的那些缺点全都暴露并凸显出来了。在齐步走、正步走的时候，他那慢节奏的步伐常常踏不到点儿上，因而也常常受到新训班长的批评。特别是晚上突然袭击式的紧急集合，更是让他难堪而痛苦——黑灯瞎火打背包，而且还要以最快的速度跑出去集合，对他来说简直就是残酷的折磨。有一次，天不明搞紧急集合拉练，跟他同在一个班的雷积贤帮他拿枪，只让他背着背包，结果跑完几公里回来集合时，他不仅落到了队伍最后边，而且那背包全“散伙”了，他是把被子夹在胳肢窝里跑回来的。那狼狈的情形引得好多人偷偷地发笑，而他回到班里却哭了。他心里打起了退堂鼓，说是不想当兵了，想回家。张村大队只来了他和雷积贤两个人，每当他遇到困难时,积贤总是尽最大努力帮助他。见他居然有了退伍回家的念头,只好又批评又鼓励,宽慰他、安抚他:“好不容易有了这次当兵的机会,就这么回去不光惹人笑话,也对不住咱的亲人呀!不要再说回去的话,再难再苦也得咬着牙坚持。”好说歹说,总算把他劝住了。

我虽然没当面嘲笑过他,但是在心里头,是越发地看不起他了。

然而,后来,我们却成了可以“生死与共”的朋友。

促使我改变印象并对他心生敬重的媒介,是我那一身穿破了的旧军装。

在新兵训练将近一个月的时候,新兵团演出队队长到我们新兵一连来物色演员,我唱了《张思德之歌》中的一个唱段,就被队长相中调到了演出队,并且被委以“重任”——演一个小歌剧、说一段相声、在一个集体舞蹈中扮演“车把式”(属于领舞的角色),很是风光了一阵子。但是好景不长,由于自己过分天真(或曰幼稚),干了几件既可说是单纯也可说是愚蠢的事,惹得队长很不高兴,于是在老部队巡演结束后,我就下到了十三连,进了险滩沟隧道。而相民则因为原本就有裁缝手艺,被分到了团后勤仓库,在“钉补班”当了“钉补员”。

钉补班是一个很特殊的编制,今天的年轻人绝对很难理解。即便是不年轻的人,如果没有当过铁道兵,理解起来大概也不容易。

那年月,整个中国都不富裕,农民最为贫穷自不待言,即便是被称为“吃饭不要钱”的军队,物资也常常呈现出捉襟见肘的窘态。所以,那个时候在军队里,穿衣服坚持“新三年,旧三年,缝缝补补又三年”的观念,不仅不会被视为丢人、掉价,反而会被认为是具有勤俭节约、艰苦奋斗的高尚品德、优良作风。尤其是施工采用“人海战术”的铁道兵,干部战士的劳保用品本就是一笔数量巨大的消耗,为了让那些工作服、水靴能使用得长久一些,团后勤处就在仓库的编制里设立了一个“钉补班”,其主要任务就是把各单位送来的那些或破或旧的工作服、水靴等,通过补缀、缝连、粘贴等工序,“变旧为新”“变废为宝”,让其再度发挥“劳保”作用。

身在钉补班的战士,除了完成为公家“钉补”的任务之外,有时也会利用公家的设备——缝纫机,为个别战友缝补军衣、军裤。而能享受这种“优惠待遇”的人,必须有一个前提条件,就是和钉补班的人“关系亲近”。为什么这样呢?因为来自农村的战士,绝大多数都想节约点衣物给家里“减轻负担”或“增添荣耀”。减轻负担好理解:既不用花钱也不用发愁布票(那年月,没有“布票”光拿钱是买不来布的)就能得一件质量上乘的衣服;而增添荣耀的内涵则还要丰富些:农村人如果能穿一身“的确良”军装,那感觉绝对比今天的大款大腕穿所谓的名牌更幸福、更自豪。因为伟大领袖当时向全国人民发出的号召是“工业学大庆，农业学大寨，全国学人民解放军”。能有一身全国人民都要学习的解放军的服装，嘿，那是啥感觉、啥成色！

我和许多战友一样，也想给家里人省出一套军装、一双军鞋来，所以就在一个休息日里，和几个同乡战友一起到钉补班去“看望”有“钉补特权”的张相民了，去时带着那身有几个破口子的旧军装。说实在话，走近坐落在沙沟沟口的后勤仓库的时候，我心里是很有几分忐忑的。因为从前多次当相民对我表示友好亲近时，我则由于看不起他而表示过“残忍”的冷淡——分明看得出他很想和我多说几句话，我却往往敷衍了事地应付几句，找个借口转身就走开了。我相信这种冷淡相民是能感觉到的。然而，今天的所谓“看望”，其实是求他给我帮忙的，他会不会“还以颜色”也对我表示冷淡呢？他若拒绝为我缝补，我该怎么下台呢？我这张高傲的脸面该往哪里放啊？！然而让我大为意外的是，相民不仅没有一丝一毫的冷淡，反而热情得让我十分羞惭。他一视同仁地给我们几个同乡让座、倒水，一视同仁地给我们补衣补裤，临分别的时候，他竟做出了一个让我更加瞠目结舌的举动——他以极其快捷的速度往我的黄挎包里塞了一卷东西，并向我使了个眼色，不让我声张。

我回到连队打开挎包，才知道他塞给我的那卷东西是补好的一条旧军裤和一顶旧军帽。那个年代，有一段时间，领新军装时必须交旧军装，而收回去的旧军装，往往都是送到钉补班修补之后再作为施工服发放给施工连队。钉补班的地上堆了一大堆旧军衣和旧军鞋，谁也说不清具体数量，从中拿出一件衣服或一双鞋，本也难以追究。但是不管怎样“没数”，这些旧衣旧鞋依然是公物，个人送给战友，就是“徇私”。倘被别人发现，最起码也是要受批评的。然而相民却甘愿冒这样的风险给了我这样一份馈赠——那条旧军裤至少还有五成新啊！有了这条旧军裤，不但在平日的劳动中不会因新军装被弄脏而心疼，而且“交旧”时也有了“堂而皇之”的替代物，自然而然就能省下一套新军装给家里人带回去了。

那一刻，我在心里涌动着暖流的同时，深深地为我从前“蔑视”相民的行为而感到羞愧。从此，相民便成了我心中的一个牵挂。

三

也许是神秘的“缘分”使然吧，就在韩对张由于感激而亲近的时候，原先对韩印象不佳的雷,也悄悄地走到了韩的身边。

尽管在小学时我就经常和积贤见面,但由于不在一级,所以相互并无来往。印象中,他和我一样,也是个小个子,经常坐在班里的头一排。1965 年他小学毕业后,我们几乎没见过面。等到 1972 年入伍前数日一起在杨庄水库劳动时,我简直不敢相信他就是我在小学见过的雷积贤。他变得太好看了!光彩闪耀的鼻梁,顾盼神飞的眼睛,挺得笔直的腰板,流利洒脱的步伐,最令我惊讶的是他居然长成了一个大个子!总而言之一个字:帅!我这样瘦气且矮小的人物,往他跟前一站就有一种自惭形秽的感觉。而且从他的眼神里我能看出,他对我并不"感冒"。

新兵连,他在十二班,我在十一班,后来我又被调到了新兵团演出队,两人之间几乎没有交集。直到 1973 年六七月间,团里要举办各营演唱组文艺会演,我们才有机会聚在了一起。

也许正应了"天生我材必有用"那句话吧,尽管我从表演的舞台上被淘汰进了隧道,成了刨石砟、支排架队伍中的一员,但是当会演任务来临而要组建营演唱组的时候,从团演出队下来当领队的上海老兵王雪林却向连里点名要我,原因是他看过我投给团宣传股的诗歌稿,认为我能搞创作。而且,他也看过新兵团演出队的演出,认为我也是个不错的演员,于是我就成了演唱组的骨干,创作、表演,甚至管理的担子都让我担了一些。而十五连的雷积贤则因为多才多艺——字写得漂亮,有一副好嗓子,而且能拉二胡,当年在高中时就是毛泽东思想文艺宣传队的骨干,顺理成章地也被抽到了营演唱组。

演唱组是清一色的男性,住一个大宿舍,吃一锅大锅饭,吃喝拉撒,天天在一起。我冷眼旁观,觉得雷积贤不但模样长得帅气,而且心地也特别善良。脏活重活、公差勤务、打扫卫生,他都争着去干,且常常是默默地埋头苦干,没有丝毫"刻意表现"(即显摆)的意思。渐渐地,我们说的话多了起来。有一天黄昏,我们相约到险滩沟十二连营房旁的山坡上去聊天。谈了些家常话之后,积贤诚恳地对我说:"怀仁,说实话,从前我确实是有点看不起你的,不是嫌弃你的外表,而是讨厌你的作为。无论是你教唱歌还是演节目,总觉得你是个'显道神'(专喜卖弄自己的人),太爱表现自己。再加上听到别人的一些评价,我真的有点鄙视你。不过这次到演唱组跟你有了真切接触之后,我才发现你是个好人,是个很真诚的人,我才愿意跟你说心里话了。"

我脸上有些发烧,但心里又觉得特别亲切温暖。这么坦诚的表露心迹,让我和他的心一下子"血脉相融"了。

四

排练节目期间，我听到了一个不祥的消息：相民住院了！不是住在蜀河镇的团卫生队，而是住进了旬阳县的师医院。据说是精神上出了问题，而且病情不轻。我当时心里非常焦急，恨不得一步就跑到他的面前。可是会演在即，排练正紧，根本无法请假去医院看望他。好容易熬到演唱组会演结束，我又接到了一个通知，要求到安康师部宣传科报到，参加一个诗歌创作学习班。

由于我工余时间常写一些表现铁道兵生活的诗歌，写了以后就投给师部办的刊物《连队文艺》。虽然一首诗也没有发表过，但名字似乎在“上头”已经挂上号了。从师里一直通知到连里，点了名让我去参加诗歌创作学习班，而且说明了主要任务是改稿，大概就可以证明这一点。在学习班约莫有十天吧，我改好了自己的五首诗，还帮别人改了三首，算是“超额”完成了任务。尽管有一首“批林批孔”的“诗”若干年后看时会让我羞得身上冒汗，但能在《连队文艺》上发表可称为我的处女作的五首诗，毕竟还是很让人高兴的。我写的钢笔字终于有变成铅字的了，这对我的创作信心无疑是一个巨大的鼓舞。

8月上旬的一天，学习班结束，我从安康乘船向沙沟返回。此时相民住院已将近三个月，我们也足足有三个多月没有见面了。船到旬阳县城时，我决定下船去看望(这回是真正的“看望”)相民。问清了师医院的方位，我就直奔医院病房。没见相民时，我莫名其妙地有些紧张，胸膛里像有个拳头在砸一样，咚咚地直响。前一阵子有老乡传得很邪乎，说相民病得很重，而且是躁动型的，见人就骂，有时还想动手。我听了真的很难过，那么一个老实、坦诚、善良的人，怎么能得了这种病呢？如果真是由于部队的压力让他变成了这样，当初真不如让他退伍回去呢！谁知看见相民之后，悬在心上的那块石头咚的一声就落地了——他不但精神完全正常，而且精神状态还相当的好。医院的伙食不错，他还微微显胖了一点呢。他告诉我，刚进医院时，人家还真把他当精神病人看呢。原因是，他有一段时间神经衰弱，经常睡不着觉，而且夜里时不时就乱喊乱叫。他说，也许是太过压抑了。我猜想，他本身就动作慢，加上又是新兵，免不了被班长、老兵经常训斥。他肯定很苦恼，很难过，时间长了，神经怎能不衰弱？

给医生和护士打过招呼，我们俩来到汉江边的沙滩，一边散步，一边聊天，家乡部队、天上地下、前程婚姻、过去未来，说了很多很多，很晚了才回到病房。刚巧屋里有空床，晚上我也就住在他的病房里。

过了不久,相民出院回到了他的钉补班,而我和积贤则又去了一趟安康,在师机关大院遛了一圈。干啥去了?参加会演去了。在团里举行的演唱组会演中,我们三营取得了非常好的成绩(单是我个人,就得了三个奖——两个创作奖,一个表演奖),所以,当师里举行会演时,不仅抽了团演出队的节目,还抽了我们三营演唱组的节目。准备会演和参加会演的那段日子,我跟积贤真是过得很快活。团演出队的伙食比我们连的伙食好很多,会演时的伙食则更好,居然能吃上白馍夹虾酱或豆腐乳。这两样东西我长了二十岁还是头一回吃到呢!而且,不光是物质生活好,精神生活也是丰富多彩,天天不是听音乐就是看舞蹈,同时,我们的心也贴得越来越紧了。

大约到了11月份吧,会演任务完成,我们在演出队那种滋润的日子也结束了,都回到了各自的连队。此时,十三连开掘的险滩沟隧道和十五连开掘的罗家岭隧道都已贯通,而棕溪公社红号村那一段却出现了山体滑坡的征兆。如果山体继续滑动,原来修好的路基将全部前功尽弃。经专家分析研究后,决定采用给山体打"锚固桩"的方法,来制止山体的下滑。"锚固桩"就是在有可能滑动的山体上挖掘一定深度和宽度的井坑,然后往井坑里浇铸钢筋混凝土,使其成为坚固的桩体,就像把漂浮的船只用锚固定在岸上一样。这些"锚固桩"按照一定密度连接起来,就能有效控制山体滑坡,从而保证修好的路基不被毁坏,设计好的线路不改道。

启动"锚固桩战役",无疑是需要大量人力的,于是十三连告别了险滩沟,十五连离开了罗家岭,都来到红号原上安营扎寨了。十三连和十五连相隔不远,我和积贤隔三岔五也能见上面。见面聊天时我说过:在这场"锚固桩突击战"中,我一定要甩开膀子大干一场,争取有个好的表现!

为什么这么说呢?因为当兵快一年了,我是一会儿演出队,一会儿演唱组,一会儿写节目,一会儿改诗歌,看起来挺"红火",实际上蛮吃亏。因为同一个车皮拉来的同乡战友,好几个立了三等功,好几个加入了党组织,而我却连个营嘉奖都没有得过。长此以往,我那个"立功、入党、争取提干"的美丽梦想何年何月才能实现啊?

我开始塌下心来拼命干活了,即使严重的胃病犯了也咬牙坚持。因为胃疼本就吃得不多,就这不多的"进口物资"不一会儿又被哗哗地吐了出来,班长、副班长让我到卫生所去看病,我说:"不碍事,完全可以坚持到下班。"

就在我"表现"势头正猛的时候,六十三岁的老母亲到部队来了。

1974年2月中旬,元宵节过后不几天,我正在"锚固桩"工地干活,忽然听说有人找我。顺着“说话人”指示的方向，我看见了相民。我不知他有什么事，赶紧跑到跟前问：“你咋到这儿来了？”

他说：“咱婶看你来了。”

蓝田方言习惯，平辈人之间，为了表示双方关系亲近，常以自己对对方父母的称呼来指称，但前边须加一“咱”字。比如，我称积贤的父亲为叔，跟他谈及老人时就绝不说“令尊”而说“咱叔”。称“令尊、令堂”固然表示恭敬，但感情却显疏远；说“你爸、你妈”则不但显得更加生分而且显得缺乏教养。只有说“咱叔、咱婶”（临潼等地则称“咱叔咱姨”）才显得既亲热又尊敬。

相民说的“咱婶”，显然指的是我的母亲。母亲于辛亥革命那年出生，1974年她已六十三岁。20世纪70年代，饱经风霜、饱受苦难的六十三岁的农村妇女，实实在在已是年事较高的老太太了。老太太她是怎样翻山越岭渡江过河来到这个在地图上很难找到的红号村的呀？

我确实是大吃了一惊：“她在哪里？”

相民说：“就在下边公路上。”

我问：“她是咋样来的？你咋知道的？”

相民说：“是我带她来的。我到西安去出差，顺便回了一趟家，因到你村上给战友家送东西时，军民他妈说想到部队上来，一是看望儿子，二是有一件要紧的事要跟儿子商量。她想让我给她领路，又嫌一个人来孤单，就约咱婶一块来了。”

我赶紧给班长请假，跟着相民来到半山腰的公路上。看见母亲，我是既高兴又心酸。母亲见了我虽然在笑，但我明显看出她脸色蜡黄，双颊凹陷，没有牙齿的嘴巴深深地“瓢”着，满脸的皱纹里隐藏着强忍的痛苦。母亲一世辛劳，牙掉得早，不到六十岁就镶了满口的塑料假牙。有那假牙撑着，母亲还不显得十分衰老，但是现在嘴里假牙全不见了，六十多岁的人竟像七八十岁的样子。

相民很内疚地说：“我没有把咱婶照看好，她的假牙在路上掉了。”

母亲的假牙怎么会在路上掉了呢？

相民说：“我跟咱婶、军民妈都是坐在拉货的卡车顶上的。秦岭山里的路旋来转去，咱婶晕车晕得厉害，呕吐时把假牙吐掉了。她当时难受得很，没来得及给我说。等到后来说明白，我下去顺路往回找，怎么也没找到。”

母亲见相民一个劲儿地自责，便忙为他解释：“不怪相民。一路上为了照顾俺俩人，他受了好多作难。为给我寻牙，他往回跑了好几里路哩。我吐天哇地把衣裳弄得稀脏，夜儿黑（昨天晚上）在镇安住旅店，人家嫌脏都不让我住，是相民给人家说了好多好话，人家才让住下了。相民一路上够辛苦了，我的牙掉了不怪他。”

一是要返回单位交差，二还要送军民妈到团部，相民又说了几句道歉的话，就带着满脸的歉意往沙沟方向走了。

尽管老母亲还没有从晕车的痛苦中完全恢复过来，但是她见到儿子之后那满脸的欣慰和幸福，似乎把一路上的艰辛痛苦全都抵消了。

母亲的高兴是纯而又纯的，因为见着了儿子，她的苦念之情得到了巨大的安慰。而我的心情却比较复杂。高兴是肯定高兴的。多少回做梦梦见母亲，这回母亲真到身边了，能不高兴吗？然而高兴的同时我又有些难过。难过什么呢？难过我没能给母亲带来她期望的快乐。尽管母亲没有流露出一丝一毫的失望，但我心里知道，母亲一定失望了。因为我小时候常听母亲讲述大哥当年当兵的情景。大哥是1950年参军，在陆军二院（即现在的四医大唐都医院）警卫连当兵。由于有点文化，所以就当了文书。陆军二院距我家不过四十里，母亲曾抱着不满三岁的三姐到大哥的部队去过。大哥在部队的生活，让母亲感到非常自豪和幸福。大哥总是穿着整洁得体的军装，腰间的武装带上有时还别一把手枪，显得十分威武英俊。大哥是文书兼文化教员，常给那些文盲战士上课。全连从上到下，都对他十分尊重。连队的伙食，几乎天天都是白米饭、白馒头，一顿几个菜，菜里都有肉片子。特别是在饥饿至极的“三年困难时期”，听见白馒头、大肉片，真是不由得“口水直流三千尺”啊！从那个时候，我就对到部队当兵十分向往。参军时，“甘洒热血、保卫祖国”“听从召唤、奉献青春”“为共产主义事业而奋斗”的思想或信念，不能说一点没有，但我自己非常清楚，那最主要的目的，就是想到部队里先吃个饱肚子，然后争取端上基本不再饿肚子的铁饭碗。在这个“大目标”下潜藏着的一项重要内容，就是等“混出个模样”时，也让含辛茹苦一辈子的老母亲、老父亲享一点儿子带给他们的荣耀与幸福。

然而，母亲翻山越岭、摇晃颠簸、晕车呕吐、头昏眼花受了那么大的罪到部队来，她看到小儿子是怎样的一副形象啊！戴着安全帽，穿着施工服，肩上围着抬沙石筐的垫肩，衣服上沾满了搅拌水泥时溅到身上的混凝土点子，脸上大概也扑满了灰尘。这和她大儿子当年的军人形象，何止天壤之别啊！当年的陆军二院，虽然没有高楼大厦，但那房子的墙毕竟是砖砌的，屋顶也是瓦盖的。而小儿子现在的营房是怎样的营房啊！栽上几根木桩，钉上几片木板，在木板两侧裹上芦席，这就是营房的屋墙。在屋梁和屋墙之间，倾斜着铺上板皮（制作枕木后的废料），板皮上再铺上两层油毡，这就是铁道兵基层连队的营房了。儿子当的铁道兵，就住着这样的营房，就这样在汉江边上修铁路。

母亲脸上一直在笑着，一个劲儿说："好着呢，好着呢。多少农村娃想当这样的兵还当不上呢！"我知道母亲说的是实情，但我心里还是由不得一阵阵发酸，时不时就有想掉泪的感觉。

连队的首长对来队的战士亲属十分亲切热情。指导员孟庆宇把母亲请到连部，嘴里"大娘大娘"不停地叫着，又是递烟又是倒水，一边嘘寒问暖，一边向母亲夸奖："您儿子怀仁在部队表现不错，您老人家放心。"然后又对通信员说："告诉炊事班长，加两个菜，让老人家就在连部吃饭。"

那顿饭确实还是丰盛的，一共四个菜，居然三个菜里都有肉。母亲的假牙掉了，光秃秃的牙床咀嚼那些肉菜显然有些吃力，但她依然显得十分满足。

营区里没有战士亲属能住的房子，连首长出面，向红号村的村民借了一间房子。墙是土墙，顶上盖的是陕南山里人自采的石板。连里的战友们，尤其是和我同一公社的老乡一起帮忙，从连里抬来两块床板，自己动手钉木架子，很快就支好了两张床。那间屋子在山崖边上，而且是一间单独的房子，原本是那户人家存放杂物和自酿柿子酒的地方。最令我羞惭的是，除了指导员招待的那一顿饭之外，后来的饭食就都是我用一个小盆从连队灶上往回打。承蒙连首长和战友们照顾，粗粮不给我搭配，每次都是白米饭和纯白面的馒头，但菜却只能是食堂的大锅菜，有豆芽、洋芋、白菜、萝卜，有时有洋葱、豆腐、粉条。也吃肉，但很少。遇到吃肉菜的时候，除了炊事员能略微照顾多打几片肉之外，有几个同乡战友（名字我已记不全了，但肯定有赵恩宏和张选民）就把他们碗里不多的几片肉也拨到我的盆里，说是让好好孝敬老人。

战友们的好心让我感动，但老母亲却享用不了。大锅菜的肉一般都不很烂，老母亲凭着光秃秃的牙床自然很难嚼碎，所以只能囫囵往肚里咽。下咽时那艰难情状，看得我差一点要掉下泪来。我亲爱的妈呀，你儿子既不能让你吃上熟软透烂的红烧肉，也不能给你提供口感好又容易下咽的肉罐头，你的儿子无能啊……

母亲见我难受，反来安慰我："比起咱屋里的饭食，你部队上的这伙食就跟天天过年一样哩。这个年月，妈能吃上这么好的饭菜，真真也算是把福享了。"

母亲越是这样说，我心里越是像针扎似的隐隐作痛。

给我带来巨大安慰，也真正让我的老娘享了一点福的，是积贤。

母亲到来的第二天晚上，积贤和十五连几个同乡战友来看望母亲，来的时候带着他的黄挎包。他像在自己的亲娘跟前一样，和我母亲说了许多话，问身体，问吃喝,问老家的情况。快到熄灯时,他们准备返回。等其他几位战友出门后,他从挎包里掏出了一个深绿色的圆筒,迅速塞到我手里后说:“这是一听军用罐头,给咱婶改善一下生活吧。”

捧着罐头,我一下子愣住了,只说了一个“这……”字,竟再说不出第二个字了。

积贤严肃郑重地说:“这既不是偷的也不是白拿的,这是我从司务长那儿买的。旁人不一定能买出来,我在连部,话好说。连队条件不行,咱婶也吃不上啥好伙食,这算是我的一片心意吧。你啥都不要说,我得赶紧回去。要熄灯了。”说罢便扭身出门,大踏步追赶那几个同乡去了。

看着积贤越走越远的背影,我和母亲好久好久没说出话来。捧着那沉甸甸的罐头——不是一斤装的那种矮筒,而是二斤装的长筒铁皮罐头,我心头的热浪真似翻江倒海一般。这二斤重的猪肉罐头,花钱多少都放在一边,难得的是他对老人的关心体贴啊！他送来这二斤肉罐头,替我把心尽了,替我把孝行了！拂去了我心头的苦涩,铺满了温暖的甘甜。

有了这一筒肉罐头,每次我打饭回来,就用勺子挖出两三勺肉来,放在母亲的菜碗里,倒上一点开水化均匀。偶尔吃面条,就在面条碗里放上几勺。看着母亲吃得顺口、香甜,我心里那种浓重的愧疚感才渐渐地消失了。母亲每到吃饭时就要说:“积贤这娃真是个好娃,你交的这朋友是个好朋友。”

母亲在部队住了五天就返回了,可这筒罐头,四十多年来,我一直记着。

五

1974年4月下旬,我被调到团通信股当了收发员,6月上旬便随团部一起上了青海,驻到了天峻县城。而相民差不多也是那个时候到了天峻。仓库的位置在县城西边的荒原上,距团机关也就一千多米。他有了空闲就到我的收发室里来小坐,他那里偶尔弄到些好吃的,我也跑过去蹭点稀罕。

将近两年时间里,我们一起到布哈河边看过鱼,一起到藏胞的帐篷里喝过酥油茶,一起穿上藏民的衣服照过相,和同一个公社的战友“作战斗状”在草原上合过影……

俄罗斯大文豪托尔斯泰说过:“幸福的家庭有大致相同的幸福,不幸的家庭则各有各的不幸。”大致相同的幸福往往给人留下的印象不深,而不同的不幸则往往刻骨铭心。

在那将近两年的日子里,我是快乐的,相民也是快乐的,所以许多快乐就像天边的彩霞,绚丽过后多数都忘却了。而1976年春节过后遇到的那次打击,却如同一场罕见的狂风暴雪,在我的头脑里留下了永生难忘的烙印。

那一段经历,本书中多篇文章有记,这里叙述从略。

哭了一夜、想了一夜之后,我找国波团长把自己的委屈做了倾诉,然后就坐了一辆拉沙石的翻斗车上了关角山。

下车后我把行李往院子当中一放,目光逡巡着寻找连部。这时从好几个帐篷里走出了十多个战士,全都投来了惊诧中含着鄙夷的目光:这家伙不知干了什么坏事,竟然被发落到了咱这个连队!

还好,连里知道我要下来,提前已有安排。临潼籍战友李克功把我接到了九班,而且把我安排到了靠火墙的铺位上(单是这一点,我已十分感动)。

晚上睡觉时,我把被子大衣全都盖得齐齐整整,可是第二天早上醒来时发现,大衣全掉到了地上,被子也只有一半在床上。我知道那是夜里发烧所致。在那个"惊心之夜"的前两天,我就感冒了。也许是由于感冒未愈加剧了高原反应(关角隧道比天峻县城高三百多米),也许由于情绪低落导致病情恶化,我起来刚一下地,只觉得眼前金花飞迸,头疼得像锥子在扎,天也旋地也转,胃里一阵翻江倒海,嘴里一股苦水哇的一声就吐到了烧火墙的灰坑里。在团机关的最后三天里,我只吃了两个馒头,喝过三碗稀饭,所以这时吐的,几乎全是胆汁。

克功帮我把被子和大衣刚拢到床上,副连长进来通知:赶快整理内务卫生,一会儿营里要来检查。我挣扎着把被子叠好,对副连长说:"我头疼得厉害,想去营部卫生室看看病,要点药。"

副连长是通情达理的,也许是他看到我嘴唇上那一层焦黑的燎泡了吧,也许是看到了我那憔悴的脸色了吧,也许是在帐篷外听到了我的呕吐声了吧,总之他一点没有为难地说:"你去吧。"

也许施工任务紧张,大家都忙于工作抽不出时间吧,也许因为我是从机关被"下"到连队来的,虽然没有任何人明说这是一个"接受改造"的对象,但"这家伙肯定犯了什么错误"却是大家都心照不宣的共识。"这家伙"具体犯了什么错误或具有怎样的劣迹大家都还不摸底,所以谁也不敢(或不肯)轻易接近;或者也许见我并没到摇晃欲跌或昏迷欲倒的程度吧,总之,没有一个人问一声"要不要陪你去看病"。我默默地穿好皮大衣,戴上皮帽,头脑昏沉地走出帐篷。关角山上尖利的寒风迎面扑来,扎得脸面有些生疼。我眼前一阵发黑,便闭了眼站住脚缓了缓神,睁开眼抬起头,便看见了营区外关角山顶皑皑的白雪。脸上是冷的,眼前是冷的,心里,更是冷到了冰点。

我一步一步往前挪着,脚步沉重,心情更加沉重。想着自己的军旅前程可能即将终结,原先的宏伟抱负、美好憧憬全都将要化为泡影,心里不由得一阵阵疼痛。心里痛,头更痛,因而迈出的每一步,都像踩着冰雪,踏着泥泞。走出九连大门往右拐,上一段二十多米的缓坡就是八连。若在平常,这样一段路我几步就走完了,可是这天,我却走了很久很久。到八连门口时,我几乎走不动了,真想一扑摊坐下去。然而,残存的自尊在心底告诫自己:千万不能这样"显熊露怯"装孬种丢脸面!咬牙撑住,往上走,走过八连再往上不多远,就是营部了呀!

一步,一步……终于走到营部了。

没想到一进营部的院子,刚要寻找哪里是卫生所,竟看到了相民。我看见相民的时候,相民也看见了我。他一脸惊慌地问:"怀仁,你咋了?你咋到这儿来了?"

下九连之前,我就知道相民这一段时间一直在二营驻勤——专门来为施工连队修补帐篷和雨靴等。可他却不知道我突然被发落下连队的前因后果。

我摇摇头苦笑了一下,说:"一言难尽。我感冒了,头疼,想找医生要点药。"

相民赶紧扶着我走进营卫生所,军医看了之后说:"就是重感冒,再加上点高原反应,没有大碍。高原上的感冒拖得时间长些、显得重些。吃点药,多喝水,休息几天就好了。"

从医生那里拿了药,相民又扶我出了卫生所,说:"到我的帐篷里睡一会儿吧。"

二营专门给相民有一间帐篷,既是他的工作间也是他的宿舍。在相民的搀扶下走进帐篷,我觉得身上仿佛一点力气都没有了,就势便倒在了相民的床铺上。相民倒了一搪瓷缸开水,说:"叫水先凉着,我到刘忠汉那儿要些白糖去。"说完就急急忙忙跑出帐篷,走路全没有平常不慌不忙的"扑塌"样。刘忠汉是临潼战友,这阵儿是营部的"上士"(司务长的助手,分管伙食、财务)。几分钟后相民回来,手里端着半碗白糖,说:"我给忠汉说是你病了,他二话没说就挖了这些白糖。"他一边说,一边抓了一把白糖放进缸子里,搅了搅,然后端过来让我就着白糖水服药。

喝着甜甜的白糖水服完药,躺在床上,望着相民眼里透出的关切,我眼中的泪水竟像旺盛的泉水一样,骨碌骨碌往下淌,怎么忍都忍不住。我想起了在家生病时,母亲抚摸我额头时那温暖的手掌,想起了老人家看我时那充满焦虑的眼神,想起了给我端来退烧发汗的葱花酸辣汤和那一声声饱含疼爱的问候:"我娃这会儿觉着咋样?”相民不是能说会道的人,可他这一连串出出进进默默的行动,胜过多少问候话语啊!在我精神几乎崩溃、身体也极度衰弱的时候,相民端的水、拿的药、要的糖,让我那几乎临近冰点的心,感到了无法言喻的温暖。

在往营部走的路上,有那么一瞬间,我曾经萌生过这样的念头:复员!回家!不干了!——回到家,虽然粗茶淡饭,但总有父母的关爱、哥姐的操心,心里总能感受到那艰难之中的温暖啊!然而,在这里,当我浑身酸疼、头昏眼花的时刻,我只能一个人孤独地在寒风中挣扎前行。在不明真相的战友们眼里,我还是个来接受改造或惩罚的“有罪之身”啊!

然而,此刻,我心中的寒冰被温热的白糖开水融化了。在关角隧道旁,我知道自己并不孤独,知心的战友并未将我当作“罪人”看待,也没有因我“走了麦城”而冷落我。有这些温暖的感情支持,往后,无论遇到怎样的艰难挫折,我都应该继续坚持。因为,人生还远没到山穷水尽的时候。

六

3月下旬,我意外地接到通知,到师文艺演出队创作组搞创作。

这是文化科夏副科长给我带来的一次命运转机(尽管他调我时并不知道这是给我的转机)。因了这个转机,我想起了前一年的一件事。

前一年,在写关角隧道战塌方的故事时,我跟夏副科长住在一个屋子,得到了夏副科长在创作上的关心与指导。写完那个“基本不能用”的小戏后,我又回到了收发室。一个天气晴朗的日子,我从床下拿出了几张羊皮。当兵三年了,还没怎样对二老表示过孝心呢。受别人的启发,我也想给父母一人做一件皮褂子。于是就托天峻邮局的好朋友邮递员老曾,帮我从牧民手中买了几张质量很好的“四大毛”羊皮。这天太阳正好,我把羊皮洗干净晾在收发室门前的场地上,准备过几天“熟”好后,让相民给做两件皮衣。刚巧那天夏副科长和几个人从收发室外经过,笑着说:“小韩你挺有办法啊!这么好的皮子,能帮我也买几张么?”我当时也笑着说:“没问题。”话说完也就完了,我并没有把话放在心上。因为根据当时的场合与氛围,我觉得夏副科长不过是随兴说了一句玩笑话,所以就没有当真。然而,就在我感到前途无望的时刻,夏副科长却给了我一个难得的机遇——他点名让我到师文艺演出队创作组来搞创作。这个机遇,让我在“山重水复疑无路”的绝望中,看到了“柳暗花明又一村”的希望。我心里充满了感激,同时也生出了羞愧:夏副科长一直记着我的创作“才能”,而我却没能兑现给他的承诺。将近一年时间,他既没亲自打过一回电话,也没让别人传递过任何信息,我到了乌兰后,他对羊皮的事也只字未提。他似乎根本就不记得有那么回事,也许他当时真的只是一句玩笑。然而,我心里却很不安。如果去年分别后我们再不见面,如果不是在我倒霉背运的时候他给了我命运的转机,我相信我会一直心安理得地"不当回事"——他是玩笑而说,我是玩笑而应,大家不过一场玩笑而已。然而如今,当我几乎天天要和他见面时,那种愧疚感就一天比一天强烈了。他去年认为我"唱词写得还不错",今年要用写唱词的人时,他就果断地推荐了我。他是说话算话的,言信行果!而我呢,满口答应的事,过后却扔到了爪哇国,我是个食言失信的小人哪!

为了消除心中的愧疚,我抽空回了一趟天峻,又找到了老曾。老曾一听,立即回答说:"刚好我这儿有几张非常漂亮的'二毛'皮,你拿去吧。"老曾的慷慨痛快,让我又惊讶又高兴又有些不好意思。老曾说:"这个也是帮别人买的。你拿走我给他再买就是了。我的牧民朋友多,好办。你被弄下连队的事我也听说了一些。而今,你一是为了兑现诺言,二也有报恩的成分。这样为人处事,我喜欢。你又不白拿,有啥不好意思的?"

我带着皮子回到了创作组,刚好创作组长方干事也在屋里。他一见皮子,眼睛顿时放出了惊讶的亮光。他问:"小韩你从哪搞到这么好的皮子?"

一是我没有多想,二是多少有些炫耀心理作祟,我竟稍显卖弄地说:"天峻县里我有好几个朋友。"

方干事笑着,眼里满含着真诚,说:"那你能不能也帮我买上几张?"

一听这话,我头大了。在师部工作了一段时间之后,我才知道,乌兰县尽管也养羊养牛,但它毕竟是农业县,牧业所占比例很小。在乌兰要买点粮食不是很难,但要买到品质上好的羊皮,还真不是容易的事。这时候我才进一步悟到:夏副科长去年说的那番话也许是真话而并非玩笑。他之所以一直没有催问,肯定是不愿意让我有任何压力。听了方干事的请求,我心里有点犯嘀咕。虽说在天峻县买羊皮比乌兰县容易,但是随着筑路大军的涌入,急速增长的购买量使羊皮也渐渐紧俏起来了。1976 年,在天峻买羊皮已远不像前两年那么轻而易举,特别是想买到品质优良的皮张,没有一定的"关系"还真搞不到手。老曾虽然厚道,但他刚给过我几张"二毛"皮,我还能再腆着脸去找他么?

然而面对方干事的请求,我又不能"下软蛋"。既然得意地向他炫耀了自己的人脉资源,现在好意思"走悔棋",说自己没那个能耐而拒绝么?自从到了创作组以后,我一直和方干事住一间屋子。他人挺和气、很热情,性格开朗,喜开玩笑,身为生长于城市的干部,从来没有看不起我这个“土包子”战士,而且干部们分了水果(苹果、橘子等),他吃的时候从来也没有忘记过我(对我来说,这是相当奢侈的享受)。在等级观念还相当严重的部队里,能遇见这么亲切随和的干部,实在是很幸运的事。拒绝他,我还真不忍心。

除了这层心思,我还有一层忧虑:能留在创作组工作,就等于逃离了那几个小小权势者对我的整治;如果创作组不要我了,我就只能打背包向后转回乡当农民了。而让不让我留在创作组,创作组长的话绝对具有“兴邦丧邦”的巨大作用。如果他不喜欢我,一句“这小子能力不行”,或“这家伙虽然能写,但人品不咋的”,就完全可以让我“屎壳郎玩粪球——滚蛋”。尽管从几个月的相处中我觉得方组长是个很善良的人,但是善良人也有他的喜怒哀乐和所好所恶呀!夏副科长也许是一句不经意的玩笑话你能那么郑重其事地“践诺”,我这儿诚心请你帮个忙你却一推六二五,你不是个“看客下菜碟”的势利眼么?

我知道自己很可能是“以小人之心度君子之腹”,但在此情此境下,这“度”却是万万不可少的。前头在团里,由于太缺心眼吃了很大的亏,现在,为了前程,每一步都必须瞻前顾后、谨言慎行啊!所以,方干事的这个请求我必须答应。

我对方干事说:“好,我想办法。”

回到天峻,我先找相民。把那些曲曲弯弯的心思对相民诉完之后,我说:“老曾我绝不能再找了,即便人家不厌烦,我也不好意思了。我想找一找老李(蓝田乡党,天峻县财政局长,一个非常忠厚非常热情的老哥),或者再……”

没等我把话说完,相民说:“你谁也不用找了。刚好我这儿前些日子买了十几张羊羔皮,毛色很好,你把这个拿去就成了嘛。”

我说:“你买就是想给咱叔咱婶做衣裳的,我拿走了你咋办?”

相民说:“我这两年在天峻县比你的门路广,你拿走我再另找人。”

这话我信。他有裁剪手艺,加上厚道、热心,给部队和地方很多人裁剪过衣服,且全是义务劳动,所以积累的“人脉”相当丰厚。但是,尽管这样,在皮货已明显“供不应求”的交易背景下,他慷慨地把自己的心爱之物给了我,我还是十分感动。不过,交情已到了亲如兄弟的份儿上,任何感谢话都显得虚伪,所以我什么都没说,第二天便“满载而归”,返回了乌兰。

七

孟子说过:“天将降大任于斯人也,必先苦其心志,劳其筋骨,饿其体肤,空乏其身……”

也许老天真想让我和积贤成为情同手足的兄弟吧！它在冥冥之中驱使着我们,让我们风雨同舟、患难与共。

1976年,当我的命运之舟颠簸起伏、动荡不定的时候,积贤也遇到了人生路上的磨难与不幸。

积贤善良、真诚、厚道、大方,在连里,无论干部还是战士,他都相处得很好。他的字很漂亮,文章也写得相当不错,说话利落,办事干练且有主见,连首长对他十分器重,营部的书记(相当于秘书,并非党委主官的那个书记)蔡海盛也对他非常赏识。蔡书记把他推荐给营教导员刘茂轩,刘教导员也一眼就看中了这个既帅气又能干的小伙子,很快就把他从十五连调到了营部,意图十分明显:作为“苗子”培养,随时准备提干。

形势大好,令人期待,所有喜他爱他关心他的人,都断定幸运的光环已经罩上了他的头顶,都在心里暗暗地为他祝福。然而,可叹的是,“天有不测风云,人有旦夕祸福”这句古话,偏偏又在他的身上应验了。

1976年7月间,组织派他到乐山去学习。这“学习”,大家都知道,其实就是“提干苗子”去接受培训。一般情况下,学习回来不多久,战士就提拔成了干部。按说,这是积贤的喜事,也是值得大家庆贺的事。然而此时,我们竟谁都高兴不起来。为什么？因为积贤家里遇到了两件令人悲伤的大事:一是家里祖祖辈辈居住了很多年的一孔窑洞塌了,二是慈祥刚强的老父亲病倒了！家里住处原本就窄狭,窑洞一塌,家人的栖身之所立即就成了大问题。令人更加悲伤的是,老父所患之病,竟是可怕的绝症——食道癌！家境本就贫寒,再遇上这样两件祸事,放到谁头上谁能不精神崩溃？老父亲一辈子吃了很多苦受了很多难,流血流汗养育儿女,如今刚看到二儿子在部队的前程有了希望,他老人家却要撒手人寰……

想到不久之后就要和老父亲永远告别,积贤真是心痛欲裂、痛不欲生啊！

8月份,演出队进京会演的时候,我休假回家探亲。

回家后,我到雷家庄去了一趟,见着了积贤兄慈祥的母亲和刚强的父亲。老父亲虽然已经很瘦弱、很憔悴了,但说话的那股硬气、那种亲热却丝毫未减。不知是他对自己的病况毫不知情,还是他早已把生老病死看得很开,总之说到他的病时,他神情平静,意态淡然,丝毫没有忧戚悲苦的神色。但是所有知道他病状的人,心里都仿佛压着千斤重的石头一般,沉甸甸地喘不过气来。

面对不公的命运,面对冷酷的病魔,面对狰狞的死神,我跟积贤兄一样,一筹莫展,束手无策。我除了用心和积贤兄一起承受痛苦之外,实在给他帮不上什么忙。休完假回到部队后,我给他家寄去了二十元钱。虽然这点钱对遭遇了大不幸的家庭来说,无异于杯水车薪,但多少表了我一点心意,良心也多少得了一点安宁。

土窑塌了,老父亲走了,然而积贤兄的苦难却并未到此为止。

从乐山培训回来,突然风云变幻——原来一直很器重雷积贤的山东籍教导员刘茂轩从三营调走了,继任的教导员是原十一连指导员,姓王,湖北人。这王教导员"新官上任三把火",头一把"火"就朝雷积贤烧了过来——他原在十一连时的一个"亲密战友"被调到营部来了,雷积贤的工作由那位"亲信"接替。从语气到眼神,从吃饭到睡觉,人家显出了"水乳交融"的情谊,眼睁睁把雷积贤晾在一边成了"闲人"。只要不是瞎子的人都能看得出来,假如要王教导员推荐提干人选,他只会推荐"亲信"而不会推荐"上届领导选定的干部苗子"雷积贤。

人都是有自尊的,积贤的自尊心还特别强。尽管蔡海盛书记很舍不得他离开,但积贤还是义无反顾地离开了营部,重新回到了十五连。

八

我的探亲假休完了,而演出队还未返回高原,创作组暂时没有新的任务,我便又回到连队,等候再次"驻勤"的命令。

从9月初到11月中旬,我又回到了九连,以"回民班"副班长的身份,和十几个回族、撒拉族战士一起,为打通关角山隧道而出力流汗。在这两个多月的时间里,中国发生了几个惊天动地的大事件——毛泽东主席去世了,祸国殃民的"四人帮"被粉碎了,华国锋成了中国人新的英明领袖了。全中国在欢庆胜利的同时,似乎又隐隐地笼罩着动荡不安的阴云。

首长和机关的人都焦头烂额地忙着应付各种政治任务,夏副科长还能想起我这个无名小卒吗?一直得不到再次去创作组驻勤的通知,我的心像在火上烤着,又像在空中悬着,无依无傍,没着没落。夜里经常做噩梦:一会儿被一群鬼子兵追杀,躲无处可躲,逃无处可逃,常从梦中惊醒。有一天,我到仓库去找相民,晚上和杨年柱都睡在相民那个排的大通铺上。半夜里,全宿舍三十余人被一声惨烈恐怖的叫声惊醒,黑灯瞎火,大家都不明就里,全都跟着"啊——啊——"地惊慌呼叫,差一点酿成令人惊骇的"炸营"事件。

原来那一声惨叫是我发出来的。我做了一个极为恐怖的噩梦。

我梦见我被逮捕了。逮捕我的理由是我写了反动诗。因了这罪名,我将要被处以死刑。然而这死刑既不是砍头,也不是枪毙,而是接上高压电击死。击,还不是单个儿击,而是把一百个受刑者叠成一摞,从两头接电源。我眼看着和我一起被捕的难友被一群面目狰狞的魔鬼一个一个地摞起来,摞了好高好高,那些被摞在一起的人有的在悲伤地哭号,有的在尖利地喊叫,那哭声叫声令人毛骨悚然、魂飞魄散,我恐惧极了,刚想转身逃跑,忽然看见一个圆眼红发的家伙指着我喊:"九十九个,就差这一个,把他拉上来刚好一百!"话未落音,四五个青面獠牙的恶鬼就抓住了我的胳膊。我绝望到了极点,也恐惧到了极点,不由自主地就发出了惨烈的号叫……

那几个恶鬼把我放到最高头正要接电线的时候,我忽然觉得有人推我,同时也听见有人叫:"怀仁!怀仁!你咋咧?"我睁开眼睛,宿舍的灯已大亮,相民满脸惊疑地看着我问:"怀仁你咋咧?你喊叫啥呢?"我这才收回了惊魂,说:"我刚做了个噩梦。"相民和年柱都长叹了口气说:"你简直是给人'收魂'哩呀!全排的人都叫你吓醒了。"后来听说,能把全排人吓醒的那声惨叫,简直就不像是从人的喉咙里发出的声音,太吓人了。

听人说,人做噩梦是由于心情过于焦虑,过于惶恐。我知道我焦虑和惶恐的原因,也清楚焦虑和惶恐的滋味,自然也理解积贤此刻的心情思绪。我们真正地同苦同难、同病相怜啊!十五连距我所在的九连约有六七里路,休息时间,常常不是我跑到十五连去找他,就是他跑到二营来找我。我们一起到草原上去散步,说理想、说担忧、说惶惑、说苦闷,然后又互相激励:坚持!咬牙坚持!不到山穷水尽,绝不轻言放弃!好好做人,努力做事,创造条件,等待机会!

这一时段相互的精神抚慰,远远超越了同乡在一起包饺子、煮面条、做麻食那种"物质层面"的欢乐和享受。

心灵的抚慰常会激起一点诗意的浪花,我们之间也互相用"诗"来表达情感,记录行止。这些我当时都记在了日记本上。几十年后,当我重新翻阅那字迹稚拙的日记本时,往昔的酸甜苦辣自然而然就涌上了心头。

1976年9月6日,我写的《塞上随笔》三首中,第三首是这样写的:

我嗟吁兮边风叹,吾友积贤道亦难。
窑倾又逢老父病,洒泪别家心何酸。
还伍心头忧更重,政宜握权刘教迁。
"天子"变更"朝臣"换,升擢之事复茫然。
权将愤激方寸掩,岸畔系舟待波澜。

这些句子记录了积贤兄当时的处境和心情,也记录了我对积贤兄所做的劝勉(实质也是自勉)。所谓"权将愤激方寸掩,岸畔系舟待波澜",就是劝勉自己:暂时把委屈和愤怒藏在心底吧,眼下江中无水(或水浅),我们这"奋斗之舟"一时无法航行,那就先把船拴在岸边等一等吧。有一日天心顺畅了,风调雨顺了,江中兴起波澜了,我们也许还能乘风破浪呢。

苦瓜藤绕黄连树,世人都谓苦中苦。
我笑世人实在痴,有谁知晓其中福?

这四句,是1976年9月25日我记录积贤兄所作的一首七言诗。诗下有注云:"9月22日访挚友积贤,其时贤兄正复书与其未婚妻,因时境欠佳,感慨无限。诉衷肠,抒愤懑,成此绝句。余恐历久而忘,故录之。"

记得积贤兄给其未婚妻张香兰写信并赋此诗的背景,是刚刚收到香兰给他寄来手纳的鞋垫,以及手工编织的线背心。他感叹:"我家里穷,她不嫌;我而今没混出啥名堂,她也不嫌,还给我寄这些东西来。真真是一个瓜女子。我俩是一对儿的苦瓜蛋儿。"

虽然话语凄苦,但能看出,未婚妻寄来的这些看似微不足道的东西,其实是一种巨大的精神安慰,他于苦涩之中还是感受到了一种甜蜜的幸福。所以才有了"有谁知晓其中福"的句子。

在当时,我是知晓的。我想。

两个多月里,我们见过几回面,说过多少话,实在是难以尽述了。一言以蔽之吧,当时心里能想到的话,全都向对方倾诉,真正达到了"知无不言,言无不尽"的地步。在那些谈话内容里,两人既互相分担痛苦又不忘互相激励的话,占有相当大的比例。我于1976年10月4日写在日记本里的《感怀赠挚友积贤》,就应该是那时我们心灵交往的一个证明:

昔年曾把壮志立,意期青简留一迹。
今遭风欺暴雨袭,一腔赤焰岂便熄?!
时方东隅气正壮,安知困骏无驰机?
莫悲湿翅暂失意,当放长歌少叹息。
深省世途荆榛众,宁肯颅裂还碰壁。
纵令宏愿成乌有,临终不叹发徒稀。
若余先赴黄泉去,身后遗草烦故知。
识虽狭陋文虽浅,犹效子厚托禹锡。
此言酷肖伤怀句,反领却将壮心激。

诗后注云:“子厚乃唐人柳宗元之字。柳宗元与刘禹锡友情深厚,柳四十六岁即去世,临终时托刘禹锡整理其诗文遗稿。柳卒,刘将老友遗稿整理出版,遂使后人得见柳氏之文章情怀。”

这首诗是我经过一番痛苦思考后的心灵剖白,同时也是向积贤兄发出的共同奔跑的呐喊。“青简”也称青史,就是历史。从小学五年级开始向报社投稿起,到上高中阶段撰写五场秦腔剧《育新人》,我心中一直都有一个作家的梦想,因而高中毕业当兵之前,对河对岸西蒋村有个叫陈忠实的人非常钦佩和敬慕,因为他虽然也是个高中毕业生,却在报纸刊物上发表了不少作品。所以我当兵后也一直想通过勤奋的写作,将来在中国文学的“青简”上留下一点点痕迹。虽然现时段遭受了狂风暴雨般的打击,但是心中那曾经炽烈的火焰难道就此熄灭了吗?“东隅”指东方日出处,也指早晨。毛泽东主席不是说过“你们青年人,朝气蓬勃,正在兴旺时期,好像早晨八、九点钟的太阳”吗?古人尚且有“东隅已逝,桑榆未晚”的豪情,我们这正在“东隅”时光的年龄,怎么能早早就丧失斗志呢?不错,我们暂时都是被束缚住腿脚的“困骏”,但是谁又能料定我们这暂时被“困”的骏马永远没有奔驰的机会?所以,我们虽然像被打湿了翅膀的雄鹰,即便暂时飞不起来也要乐观地面对苦难,面对挫折。如果真这样做了,即便没能实现理想,那几十年的努力也有价值,我们为此而掉的头发也并没有白白地变得稀疏。

那段时间,我的身体状况非常糟糕,用自嘲的话说:除了心肝是好的以外,从头到脚几乎“坏”透了:头疼常作,眼疾时发,鼻中隔偏曲,鼻窦往往化脓,导致晚上睡觉不能用鼻而只能张着嘴呼吸;咽、喉、肠、胃,炎症不断;咳嗽气喘,痰中时带鳞甲样的硬片(后透视拍片,果然发现有时间久远的钙化点);小肠疝气,致使走路多有不便;关节炎严重时,六月天棉护膝不敢离身;脚气病厉害时,大冬天不能穿鞋……所以,我当时曾莫名其妙地有一种悲观的预感:我大概活不过四十岁。所以才有了“若余先赴黄泉去,身后遗草烦故知”这样的话。我自知才华是远远不能望柳宗元之项背的,但我和积贤成为情深谊挚的朋友,却和刘、柳相似。柳宗元能托刘禹锡,我为什么不托雷兄呢?相民固然也是知心朋友,但相民的文化程度低,让他帮我整理所写的文稿显然不现实。那么,假如我早早先死了,而自己所写的东西还尚未问世,就只有拜托积贤兄来了却我的这个心愿了。

话说到这个份儿上,肯定是伤心的,但是,假如从反面来理解领会的话,难道不正是最好的一种激励吗?——既然天不假年,来日无多,为什么不抓紧时间多干点事,多写点诗文,多留下一点自认为是“痕迹”的痕迹呢?

我的这些思想，自然也在积贤的心中产生了共鸣。1976 年的日记本里，记着这样的文字：

《至荒原与贤兄感怀唱和》

携手共到荒原上，触景生情心倍伤。
何日足登高山顶，同扶社稷做栋梁？

塞外漫步追往事，原上闲谈话明年。
面对雪山心含冷，心思荒火意复燃。

诗后小注：“1976 年 10 月 19 日，某与挚友积贤同赴十五连，步行至草原，见远山积雪如银，近旁有荒火余灰。二人心血来潮，以成斯句。上为雷兄所写，下为余之所和。即记于草原。”

看见这段文字，当年的情景便历历在目。脚下的草原曾被人放火烧过，没有引起火灾，但却留下了一片灰烬。眼望远处的雪山，近思曾经的荒火，我们忽然来了诗兴。贤兄在伤情的时候，依然不失“足登高山顶，共同做栋梁”的豪情壮志，而我也在心含冰冷的失意中，激励自己重新燃起希望的火焰。

自从在师创作组驻勤之后，我养成了随身装一小本随时记录的习惯，所以当时就记下了彼情彼景。

四十年后回头看，我们仍然不觉得当时的心声有什么羞惭。“社稷”就是江山，就是国家，想共同成为建设国家的栋梁之材，有什么可惭愧的呢？几十年后，无论是雷积贤还是韩怀仁，都曾在自己的工作岗位上做出了应有的贡献，不敢说是支撑国家大厦的长梁巨柱，起码也在某个“屋宇”内发挥过托椽举檩、负重承压的作用。面对“栋梁”二字，问心无愧！

九

1976 年 11 月下旬，我又一次接到了赴创作组“驻勤”的通知。

时间飞快，转眼就到了 1977 年的 1 月。创作组没有特别紧急的事情干，领导就给了我一个任务：到西安为演出队采购服装。

服装买好，打包托运，然后回蓝田，在家里待了三天。

三天后乘火车回到西宁，本来我应该从西宁招待所坐师里的班车直接回乌兰,但因太想见相民、积贤和四十七团的同乡战友,所以我就坐上了四十七团回天峻的班车。反正这段时间出差,我有一定的自由。

天快黑的时候,班车到了天峻县四十七团机关大院。我刚从班车上下来,就听到了一声大喊:“怀仁,得是人家叫你回来的?”喊声不仅惊讶,而且明显地带着惊慌。

发出这声大喊的,是相民。

我有点摸不着头脑,便问:“咋了?”

他不回答我的问话,仍然神情紧张地问:“得是人家叫你回来的?”那种紧张、焦急、惊慌、担忧,简直就像知道有人正在追杀我,而我不但没有逃跑反倒来自投罗网似的。

我忙说:“没有人叫我回来。我是到西安出差,想见你跟积贤还有咱公社的乡党,才专门坐咱团班车的。看你急的这个样子,出啥事了?”

他这才稍稍松了一口气,压低声音说:“人家今年叫你复员呢。复员名单都打好了,我在军务股看见了。”

这消息对我来说无异于晴天霹雳。现在的事实证明,我原来的猜测真不是以小人之心度君子之腹。那几个小小的权势者,果然就是我所推测的思路和安排:你逆了我的龙鳞,让我心里不痛快,我就要让你好好尝尝当“刺毛兵”的滋味。先到艰苦的劳动一线改造一年,然后,卷铺盖回农村修理地球。想在部队端上公家的铁饭碗,做梦去吧!本来是想让你小子吃点苦头再走,没想到你还跑到师里去吃了轻闲!对不起,复员吧。回你那又穷又苦的蓝田县去吧!和领导对着干,这就是下场!

相民说,消息千真万确!军务股有个人请他裁衣裳,最近跟他十分要好。他在军务股办公室的桌子上,清清楚楚地看到了全团的复员名单。九连的名单上,确凿无疑地写着韩怀仁的名字。

这消息让我震惊,让我愤怒,也让我十分惶恐。如果我晚几天得到消息,复员名单一经团党委或上级军务部门批准,木已成舟,米已成饭,我恐怕就只能听任摆布而一筹莫展了。莫非是冥冥中真有神助?本来从西宁回乌兰顺理成章,我却鬼使神差地到了天峻。到了天峻那么巧就碰见了相民,而相民则恰好刚刚看到了复员名单!

一切都似乎是天意!这消息来得太及时了!

眼下还没有通知我回连队准备离队,就说明复员暂时还未成定局。我必须背水一战,为自己争取最后一线机会。为了这一线机会,我必须马上赶到乌兰,找到善良的夏副科长，把我的处境和心愿向他说明，看看夏副科长能否帮我躲过这一劫。

可是眼看着天已黑了，而天峻距乌兰有将近一百公里的路程。

怎么办哪？

相民拉着我来到团部外边的公路上，说："咱们拦一辆去乌兰的军车。"

可是等了好长时间，却没有等到一辆军车。就在我近乎绝望的时候，过来了一辆地方车。见我们招手，那司机便停了下来。那时候军民关系相当融洽，只要是军人拦车，地方司机一般都会停下。听了我们的意图，司机有些为难地说："我的车快没有油了，本想在天峻住一晚明天再走。如果你们能想办法给加些油，咱就今晚往乌兰赶。"

相民说："好办。"然后上车把司机带到仓库，找到了和他关系要好的油料员王双保……

很快，加了油的汽车拉着我连夜赶到乌兰，第二天一大早我就去找了夏副科长。后边的故事，在怀念夏老的文章里有详细叙述，这里就不再多说。

后来，我经常想，那天我若是不回天峻，若是没在停车场见到相民，若是相民没有在军务股看到……我人生的命运，又会是怎样的走向呢？

四十年过去了，无论什么时间想起那一晚、那一幕，我都不由得眼眶发潮，鼻子发酸。

十

苦心人，天不负；有志者，事竟成。这是前人总结出的经验，也是被无数事实证明了的真理。

庆幸我们胸中的血液始终保持着应有的温度，我们始终没有放弃人生道路上的奋斗和追求，所以，终于，生活给了我们丰厚的回馈。

1977 年高考制度恢复，在夏副科长的关心支持下，我参加了中国教育史上具有里程碑意义的高考，穿着军装走进了青海师范学院中文系的知识殿堂，成了恢复高考后的第一届本科大学生。

而在我上学半年之后，积贤兄也以自己出色的工作表现，被提拔为干部，穿上了四个兜的干部服，领到了旱涝保收的国家工资，成了真正端上铁饭碗的公家人！对于出身贫寒的农家子弟来说，这就是命运的巨大改变，就是传统观念上的耀祖光宗！和我心心相印患难与共的积贤兄有了这样好的前程，我真想大吼一段秦腔向他表示祝贺！我仿佛看见他穿着那身干部服，站在三千四百米高的天峻草原上，向着故乡的蓝天，向着老父亲的在天之灵，发自肺腑地呼喊着：爸，您老人家一定看到了儿子不懈努力换来的今天！儿子堂堂正正做人，磊磊落落做事，没有给您老人家丢脸！

我是在青海师范学院的教室里读积贤兄那封报喜信的。我一边看信，一边流着喜悦的泪水。看完信我真是热血沸腾、心潮奔涌——曾经湿翅的大鹏，有了翱翔的天空；曾经被羁的骏马，有了驰骋的原野；曾经系在岸边的航船，有了波涛浩荡的江河湖海；曾经愁锁双眉的斗士啊，有了大显身手的战场！我激情难抑，当时就在教室里写下了这首《闻贤兄登云路感怀》：

喜讯方随鸿雁落，心潮骤涨泪滂沱。
展翅大鹏腾霄汉，脱羁骏马跃丘壑。
斗士舒眉酬壮志，征舟扬帆破洪波。
慈母晚年开颜度，老父应笑在冥廓。
几载云烟眼底过，万端思绪畅怀说。
不贺今日青云路，唯忆当年路蹉跎。
无边情意流笔底，不念颂词唱警歌：
愿君莫忘湿翅苦，百尺竿头应再跃。

日记本上注云："得贤兄提干喜讯，知其苦苦奋斗多年，夙愿今日始偿。余闻此讯，欣喜欲狂，热泪交流。复其信时，随寄此诗。"

西天佛祖特意给唐僧师徒补足了"八十一难"，据说是为了让他们"功德圆满"。那么让我经受跟积贤兄一样的心灵巨痛，会不会也是老天爷有意安排的呢？是不是老天爷觉得如果不那样，我们二人就称不上是患难弟兄？总之，在积贤兄总算是苦尽甘来之时，我却经受了一场透彻骨髓的心灵创痛。

1978 年 10 月间，我读大一的第二学期，忽然接到了"母亲病重，速回"的电报。当我从西宁急如星火回到西安赶至军大二院时，母亲已经因为庸医误诊误治，成了"去大脑皮层状态"的植物人了。她的眼睛虽睁开着，但谁也不认识。她说不了话，喝不了水，吃不成饭，全凭输液和胃饲管维持生命。据医生说，如果护理良好，维持两到三年也不是没有可能；但护理不好，能坚持半年就算幸运。那些日子，每当想到老母亲即将"大去"，我的心真像刀绞一样疼痛。她老人家养儿育女，劬劳一生，却几乎没享受过儿女给她带来的口腹之福。禽鱼肉蛋不要说，海味山珍更不必提，就是八毛钱一斤的普通蛋糕，她老人家都没能畅心可意地吃饱过一回。每次，在外头（仅是职工家属）的二姐回来，总会买上一斤鸡蛋糕。二姐本是让母亲吃的，可母亲却总是这个一块、那个半块地塞给孙子外孙们，直到最后只剩下指头蛋儿大一块了，她才会十分香甜地咽下去……

母亲一直盼望儿女中能有一个端上国家饭碗的人，好不容易盼着小儿子考上大学了，她自己却……听大姐、三姐说，她没有陷入昏迷之前，曾躺在炕上自言自语："你也真真的没福呀！刚刚盼得怀仁考上大学了，你却要走呀！怀仁还没娶媳妇哩，你咋走得利呢？"哥、姐问她："你病了，叫怀仁回来不？"母亲说："娃正上学哩，不敢耽搁。不要打搅。"可是她陷入完全昏迷之前，却是盼我能在她跟前的。大姐说，那天黄昏时分，一直昏睡着的母亲突然用极微弱的声音问："怀仁回来了没有？"问完，就闭上了眼睛，从此再没说过一个字。

"怀仁回来了没有？"这是母亲留在世上的最后一句话，也是留在我心上永远的伤痛。那几天，真正是肝肠寸断、烈火烧胸、椎心泣血、痛不欲生啊！有一天，我乞求医生想办法把我母亲唤醒，医生说："我们已经竭尽全力，而老人家不可能再醒过来了。"听完那句话，我脑子里轰的一声，只感到一片火海向我烧了过来，火焰越来越高，越烧越近，几乎要把我焚毁了。脑子里越来越热，越来越疼，似乎已经听见有一根弦马上就要绷断了……若不是有人在旁边提醒我"想开点，想开点"，也许那一刻我会成为精神病……

积贤兄远在青海天峻，但我相信我的痛苦他一定感同身受。因为两年前，这样的人间至痛，他是真切体验过的。

同样，他对我母亲的病也无能为力。他能做的，就是很快汇来了二百元钱。

二百元，在今天的年轻人看来，这似乎是一个微不足道的数字，但在1978年，这个数字已经相当惊人了。可做参照的是：我母亲在军大二院住了一个月，出院结账时，全部费用是二百四十块。

母亲出院后两天，我返回了学校（父亲和哥姐怕耽误我的学业，硬让我走）。回校后两周，就接到了"母病故"的电报。

料理母亲的后事必须要花钱，而大哥、二哥手头拮据且不敢向人借贷。因为生产队一个劳动日值还不到四毛钱。也就是说，辛辛苦苦出力流汗，即便一个月出了满勤，分到手的钱也不过十块左右（仅此一点，就可知当年的农村青年为什么那么急切地想跳出农门）。更何况家境贫寒的人，是没人愿借给的——借给你，何年何月才能还哪？所以，借钱只能靠我。因为我此刻有了向人借钱的资本：我是大学生了，毕业就能端上铁饭碗，那铁饭碗里就有"蝗虫水旱无伤损"的铁工资，那铁工资就可以给人还账，借债者一般不担心钱会打了水漂。

从母亲住院到为母亲举行葬礼，前前后后我付出了五百多块钱，以至在分家算账时,生产队的干部都感叹:怀仁是“背了大头子了”。

我敢背且能背这个“大头子”,多亏了积贤兄这个坚强而有力的后盾啊!

每当我回想并提起当年这些事情的时候,积贤兄总是批评我:既然是自家兄弟,无论做了多少、付出几何,全都是应该的。老提这些,没意思!

然而我却与他有着不同的看法:施恩于人,既不求回报,也不自我标榜,这是施恩者的美德。然而,受恩于人者总是默而不宣、缄口不言,匿人之美,藏人之善,既不勒之于石,又不志之于书,甚至也不在别人面前真诚称扬,非但不觉问心有愧,反而感到心安理得,往轻里说,是不知好歹,没心没肺;往重里说,就是忘恩负义、狗肺狼心!社会呼唤人们常怀感恩之心,即便是对亲生父母的养育之情,都应该深表谢忱,更何况对没有血缘关系的朋友、战友?

所以,我要用我的文字感恩!尽管数十年的深情厚谊在这短短的篇幅里很难述说穷尽,但是能说出一点来,我心中得到的安详和宁静就会多出一点来。

最后再惭愧地说句实话:雷、韩、张的故事,我原本想在构思的长篇小说《老铁弟兄》里做详细讲述,只是计划虽已实施多年,迄今仍未完工。眼看“耳顺之年”又已越过数载,真害怕到老死之时仍未能了却夙愿,故趁此散文集出版之际,先写此篇,聊作存念。

此心此情,不知雷、张二兄以为然否?

2016年7月6日　改就

2016年的三个老弟兄。7月17日摄于西安

有执而直 斯乃为挚

——记朋友马士琦

我和马士琦先生成为朋友,时间不算很长,但也不算太短,大约十年光景。

观察大千世界芸芸众生,几乎所有的正常人都有朋友。因为人要在世界上活得有点意思有点滋味,朋友绝对是不可或缺的“要件”。

按照中国汉字的创造方法分类,“朋友”两字当均属“会意”字(《说文》以为“朋”乃“凤”之假借,后世亦有不同说法。余取“会意”)。“朋”者,两个不分高低而又并行为伴的同类肉体也(凡“月”字旁的汉字,绝大多数都与肉体有关)。友者,两只共同用力、互相鼓劲之大手也(看篆文便一目了然。汉儒郑玄释《周礼》云:“同师曰朋,同志曰友。”)。故人类社会中有各式各样的朋友,爱喝酒的有酒友,好抽烟的有烟友,爱文化的有文友,迷“搓麻”的有麻友,共坐牢的是狱友,同住院的是病友,一起当过兵的是战友,共同受过难的是难友,两肋插刀不惜生命生死相帮患难与共的是铁血朋友,因吃吃喝喝而相聚因分财析利而离散的则是酒肉朋友,臭味相投者人谓狐朋狗友,惺惺相惜者人称高朋雅友……千姿百态,林林总总。

和马士琦先生多年相交,若要在友情上分个类别的话,他可以说是我的执友、直友与挚友。

所谓执友,就是“志同道合”的朋友。我与士琦先生能够相识相交,大概首先是“志”“道”同合而使然。

准确地说,十年之前,我们并不相识。真正见面接触,缘于一张报纸。

2003 年 11 月 13 日那天,我曾经给其上过课的一个学生来到我的办公室,说:“韩教授,向阳公司有个马士琦老师,你认识不?”我赶紧在记忆的仓库里搜索朋友的姓名,但遗憾的是没有“马士琦”这个姓名的储存,我只好如实说:“不认识。”学生又说:“他是一个挺有名气的书法家,又是一个发表了许多新闻作品和文学作品的作家。他的书法作品在《人民日报》《光明日报》等全国大报上都

温暖永远

刊登过好多回呢!”学生的话让我很惭愧。我的字写得很不像样子,常羞于示人,但却一直未能下苦功夫练习书法,和书法家接触不多,对书法作品也很少欣赏,见到报纸上刊登的书家名作,往往是只求能认识“是个啥字”就行,向来没有仔细琢磨过其书体风格,更不必说记住那些奉献墨宝者的名字了(也许这正是我字总写不好的原因吧)。所以我仍然据实回答:“我还真的没有注意过。”这个时候,学生捧出一份报纸,说:“这是马老师特意收藏的一份报纸,这报纸上有一篇专门写你的文章。马老师早就关注你了,这份报纸他已保存了多年,今天专意让我送给你。”

这一下我才真有些吃惊了:素昧平生非亲非故,我既不是文学名家又不是艺术大腕,只不过是军校里的一个普通教员而已,这位马先生怎么会关注我呢?他已是一个颇有成就的书法家、作家,居然把与我有关的文章保存了那么久,这其中包含着怎样的一种感情啊?!说实话,我真的有些“受宠若惊”了。我赶忙接过报纸,那是一张《军工报》,上面的日期是:1997 年 8 月 2 日,星期六。第四版头条即是两个年轻记者李友和周迎春写我的文章——《文华声茂缘根深》。在版面报眉的空白处,有两行钢笔字:

韩先生大鉴:久仰大名,早听朝晖多次提您,深感敬佩!此张报我收藏了六七年,现转您,较我藏之更有价值和意义。

马士琦敬上

2003 年 11 月 12 日于公安向阳分局

后面是两方鲜红的印章,一方上镌“半杓轩”三言,一方上刻“马士琦印”四字。

马士琦(右)与作者

在那一刻,我真的十分感动。字虽是钢笔字,但写得极有章法,极有情致,骨格朗然,力透纸背,一望便觉书者颇有书法家的风采,然而“大鉴”“久仰”“敬佩”“敬上”几个谦词,舍“你”用“您”的称呼,却又让人觉得他的态度是那样谦虚,语气是那样谦和,内心是那样谦逊,甚至“半杓轩”斋名的命意,也透着十二分的“虚怀若谷”——才华学问,“半杓”而已。不敢自大,不能自满之“自律”追求,显而易见。这样一个才学人品让人敬重但却与我从未谋面的人对我能如此关注,能把与我有关的文章珍藏那么久,我怎么能不感动呢?

感动之后,自然便生出了一个愿望:我一定要和他见上一面。凭直觉,我认为他与我一定志同道合。

于是我给学生说:“有机会的话,我想和马老师认识认识。”

时隔不久,我们便见面了。一见面我们都笑了。因为不说别的,单是外在形象,我们就有许多相似之处。一是个子都不高(尽管他比我略高些许,但总体上在人群中还属于“不高大者”之类);二是脸都比较黑,“白面书生”这样的词汇绝形容不到我们身上;三是笑起来都有一股憨劲儿,憨劲儿里都透着明显的诚厚。我相信自己是个“心灵不设防”的人,而一见马士琦,觉得他也是那种不需要设防就能相交的人。

于是,我们很快就成了朋友。果然,志同道合。

二十多岁,当我处于人生低谷须要对前途做出判断抉择时,我曾对自己的“能耐”做过“解剖”:第一,嗓子能唱几句秦腔,所以当时最“伟大”的理想就是复员后能到某个县剧团去当个演员,好歹也算个“吃商品粮的”;第二,有一点高中文化,而且嘴也能“叭叭”,算是有点“口才”,如果当演员无望,就当一个乡间的民办教师;第三,如果连民办教师也当不成,那么就只好走第三条路——写作。自己本就喜欢写,原先的作文也常受到老师的好评,前两条路都走不通时,那就一边在生产队参加农业劳动,一边坚持业余写作,走浩然(《艳阳天》的作者,当时是我崇拜的偶像)和陈忠实(他就在我家河对岸,其创作成就一直是我关注的热点)的路,没准儿哪一天还能实现当作家的梦想。几十年后,当我重新“盘点”当年的理想与追求时,终于发现,在唱戏、教书和写作这三条路上,我最喜欢的其实还是写作。

而马士琦先生在这一点上也正和我一样,他也非常喜欢写作。他比我幸运的是,他有非常良好优越的家学渊源。马先生的父亲学贯今古,通晓文史医药,且在书法领域有极高造诣,20世纪六七十年代就已是耀州区、铜川一带的文化名流,享有很高声誉。受父亲影响,马士琦从小喜爱书法,对写作亦极为痴迷。用他自己的话说,正是凭着书法与写作的特长,他从耀州区文化馆的电影放映员,被选调到了西安铁路局安康分局的宣传部门。

他热爱写作,更热爱生活,为了把他所热爱的生活反映出来从而让看了他作品的人更加热爱生活,他焚膏继晷,废寝忘食,深入铁路工人底层,与工人同吃同住同劳动,搜寻新闻线索,采集创作素材,安康分局所辖铁路沿线,到处都有他留下的足迹,到处都有他洒下的汗水。

苦心人天不负，有志者事竟成，他的写作水平迅速提升，他采写的稿件一篇又一篇见报。仅1980年8月，就有两篇散文特写在《中国青年报》二版头条刊发，影响巨大，赞誉之声鹊起。他写报道，写散文，写评论，写一切“可写”与“能写”……他觉得，用笔为时代讴歌的同时也能抒发自己的心声，实在是人间一种难以言喻的巨大快乐。在这一点上，我与他的感受是完全相同的，因而我们的心灵是完全相通的。

除了写作上的志同道合外，在阅读上，我们也有着同样浓厚的兴趣。因而只要引入写作和阅读的话题，他就有说不完的话，我们成了名副其实的“执友”。

交往稍稍深入之后，才发觉他更是一位可爱的“直友”。

所谓直，首先是生性直率、直爽，为人耿直、正直，说话往往是“扛竹竿进城门——直出直入”，谈问题直击要害，说毛病直截了当。这种“直”人有时可能让许多人觉得不好接受，但却是孔老夫子教导人们应该结交的第一种人。孔子语录有言：“友直，友谅，友多闻，益矣。”意思是说，应该交那些心地坦白秉性正直的人，敢于直言不讳说真话的人为朋友；交那些胸怀博大、能够包容他人的人为朋友；交那些见多识广、学问渊博的人为朋友。因为这样的人对自己立身行事大有补益，故称“益友”。

马士琦就正是这样的一位益友——直人。他对人对事态度鲜明，他所喜爱的，直言赞美，即使有“溢美”之嫌，也全无顾忌，因为他是真心喜欢，所以他就想把“已之所喜”说到极致。他所不喜，便直言抨击，哪怕因此而得罪人，也绝不后悔。我的长篇小说《大虬》出版后，我按照以往的惯例，给走动较多、交往频繁的文学界朋友每人赠送了一本，当然也给他送了一本。这本书我是费了不少力气弄出来的，送给朋友当然也急切地想听到朋友的意见反馈。一段时日之后，当灞桥区几位文友聚会时，鹿志锋先生率先拿出了洋洋七千余言，刘炳南先生、袁积特先生也都拿出了他们情不自禁写出的评价文字，马先生却真诚直率地说：“你给我的书我只简单地翻了翻，还没有细看呢。”明知道说这样的话会让我有些失望或失落，但他仍然实话实说，“我看书有个习惯，不看则已，要看就要一气看完。等有整块时间读完后，我再说话。”

交往多年，我相信他一定能说到做到。果然，2009年11月30日凌晨5时许，手机突然发出的声响将我从睡梦中惊醒，我不知发生了什么事情，睁开蒙眬睡眼，慌忙打开手机，原来是他发来了一条短信，内容竟是一首四言诗：

不舍昼夜，历时一周，

押运征途，潜读《大虬》……

诗后注云：

马士琦赋在《大虬》读完之际，时为2009年11月30日凌晨4时28分，于石家庄站编组场航天四院自备车包厢。此时半月当空，浓雾锁寰，万物寂静……

他在执行任务的征途中“不舍昼夜，历时一周”将《大虬》读完，又在“半月当空，浓雾锁寰，万物寂静”的黎明赋诗抒怀，且写完后当即用手机短信发出……所有这一切，一是足证他的守信敬诺：不读则已，要读就一气读完；二是足显他大有晋人王子猷雪夜访友之风——兴至而出，兴尽而返，直人直性，快人快语。读完之后真激动，激动之时就写赞美诗……尽管我知道自己的斤两，也大致清楚《大虬》究竟具有怎样的思想与艺术价值，但是当看到他在诗中所写“下届茅奖，当在其中”这样溢美与期盼兼而有之的句子时，心里还是十分温暖、十分感动和十分激动的。此后在我和他的通话中，他又告诉我，他不仅把这首“短信诗”发给了我，而且还发给了十好几家报刊编辑部。为什么？为的是《大虬》能得到更为广泛的宣传（后来事情也果如他之所愿，有七八家报刊发表了那首诗）。

他的“直”当然不仅是直截了当地对《大虬》的赞美，也有直言不讳对《大虬》的批评。那是在他用心读完《大虬》之后，当我们又见面的时候，他把我送给他的那本《大虬》又带回来了，带回来时书里面夹了少说也有近百个白纸条。落座后，他开门见山就说：“虽然我对《大虬》很喜欢，也说了不少赞美的话，但是书中存在的问题，我还是要给你指出来。”接着他就从夹纸条的地方翻开书，十分认真地指出书中存在的问题：这个地方掉了一个字，那个地方的语句有毛病，这个地方少了一个标点符号容易让人产生误解，那个地方用了一个别字意思表达不清，年月日用这种方式表示不符合规范，这句方言所用的字应是这个而不是那个……其间，他反复说的一句话就是：“哪怕是一个标点符号的错误都不能在书中出现，这是对读者负责，对社会负责，也是对自己负责。在自己的书里，一定不要留下任何遗憾！”

尽管在某些具体问题上他的看法并不完全准确或正确，但他那种一丝不苟的精神，那种严肃认真的态度，着实在我心中不断掀起温暖的波澜。什么是直友？这就是！能和这样直爽的人为友，值！

他所提的意见，有一大半都被我采纳。《大虬》修订版的面貌和初版相比，有比较大的改进，应该说，马士琦功不可没。

既为执友又是直友，毫无疑问，便是挚友。

挚者，诚恳之谓也。挚友，词典上的解释是：亲密的朋友。由于志同道合，更由于他的坦诚直率，自然而然我们就成了亲密的朋友。由于亲密，他就常把我的事情当作他的事情一样来操心。召开《大虬》研讨会，他比我考虑得还周到，从专家的邀请、会场的布置，到主持词的草拟、发言者的顺序等，几乎每个方面每个细节都给我提醒。太白文艺出版社和汉唐书城配合西安市文化部门搞读书活动，让我到现场去签名售书，他从头到尾都陪伴着我。签售的前一天，他不仅一再提醒我要准备一些宣传《大虬》的材料，而且还亲自弄了一摞宣纸短条，准备在签名盖章之后蒙于盖章处，以防印色染了书的封皮或书舌。露天广场上时不时就起一阵大风，我所带的“易拉宝”宣传广告画一次又一次被风吹倒，他显得比我还着急，到处搜索能使广告画固定的物件，一会儿搬来会场摆放的花盆，一会儿找来弃置场边的水泥预制块，发现这两样东西都不太管用，他又连撕带拽，在不影响签售台布置的前提下，利用台边的胶带纸，硬是费尽心力把广告画牢牢地固定在了签售台旁。大太阳底下，他累得满头大汗，但忙完这件事后他并没有休息，而是又“马不停蹄”地赶到了书店卖书的“货摊”旁边，拿着《大虬》的宣传简介，当起了《大虬》的宣传员和义务推销员（忙活半天，卖书的钱全归书店，他一分钱也得不到，故曰“义务”）。

最近，当听说我打算给儿子办婚事，他又早早地为我筹划起来了，说是要亲自挥毫书写喜联——为楼洞的大门写，为新人的洞房写，为酒店的门口写，还要为婚礼的现场写……和关心《大虬》研讨会、《大虬》签售一样，他把我儿子婚礼的许多细节都替我想到了，想得很细致，很全面。

有这样的挚友，我真的觉得挺好，很幸福！

其实，马士琦的朋友很多，而他能拥有那么多朋友，凭的就是他的热心、真诚和正直。因为直言不讳给太白文艺出版社所出的《东望长安》提意见，他和出版社的编辑曹彦、《东望长安》的作者郑征成了好朋友，当发现著名书画家季庆先生即将出版的诗集里存在一些格式规范方面的问题时，他又十分坦率地一一指出，于是他们也成了坦诚相见的朋友……

马士琦有众多的朋友，每个朋友与他都有一段故事，这一个个故事组合联缀起来，他的奋斗经历，他的品德才能，他在文学与书法领域的造诣与成就，以及他为贫困山区捐赠书籍、为地震灾区义卖书法作品等热心公益事业的桩桩件件，便都十分鲜活地展现在了人们面前，一个可敬又可亲的马士琦也就带着憨厚的微笑向我们的心中走来了。

我要再一次说：能和马士琦成为朋友，我真的很高兴！

首刊于2012年12月6日《西部法制报》，后被多家期刊转载

他是一朵智慧的祥云

——我所认识的郑智云先生

歌曲《永远是朋友》里有两句歌词写得好：千里难寻是朋友，朋友多了路好走。这确实是一句大实话。我和郑智云老师能成为朋友，完全得益于另外一位朋友——马士琦。换句话说，正是由于有了和马士琦这位朋友的交往，才有了机缘认识这位让我十分敬重的“新老朋友”——郑智云。新，是说我们认识的时间不长；老，一是指他的年龄，二是指心灵感受的深度。

去年，我写了一篇和马士琦先生相识相交的散文——《有执而直　斯乃为挚》。这篇文章马士琦推荐给了《铜川文艺评论》，文章很快就在杂志上发表了，我和马士琦自然都十分高兴。不几天，马士琦又在电话中告诉我：“《铜川文艺评论》主编郑智云先生很想与你认识，同时也很想看看你的长篇小说《大虮》。郑老师是蓝田人，和你是乡党，人特别和善、真诚、热情，也非常有才华。你们两人要是见了面，肯定能说到一块儿。”

我与士琦先生已为挚友，他所推崇、敬重的人，肯定错不了。于是便将签了名的一套《大虮》，让他带给了郑老师。

很快（大约不超过十天），我就接到了郑智云老师从铜川打来的电话。电话中，那中气十足、铜钟金磬般明亮的嗓音，让我一听就觉得十分振奋。那声音，完全是一个精力充沛的四十多岁的壮年汉子的声音，没有一丝苍老衰颓的气息。得知他已年届七十时，我真惊讶得有些瞠目结舌了。“美不美泉中水，亲不亲故乡人”，乡音往往是心灵沟通的媒介。他一口纯正的蓝田话，让我的心一下子就跟他贴近了。郑老师在电话里说，《大虮》一书他收到了，但他还没有来得及细看正文，只看了《再版序言》和《后记》，书就被老伴“抢”去阅读了。郑老师说：“我老伴看得很投入，很认真，而且对此书的评价也挺高。往往是看完一段或一章，就要给我讲一讲书里的故事和人物，显然是书的内容把老伴吸引住了。能把我老伴儿吸引住的书，一定是一本好看的书。老伴儿看完之后，我也一定要看。”

果然，一段时间后，郑老师又主动给我打来电话说：“我把《大虬》读完了。确实是一部值得向读者推荐的好书！不仅故事很好看，更重要的是歌颂了崇高的正义、美丽的爱情和忠诚勇敢等优秀的民族精神，是一部传递‘正能量’的书。我也看了你捎来的那本《<大虬>评论集》，觉得里面有不少文章写得相当好，你选出几篇有分量的，给我用电子邮件传过来，我想办法在《铜川文艺评论》给你再宣传一下。”

一番话真如一股暖流从胸间漫过，我深深地被感动了。我连郑老师的面还没见过呢，他就这样热情慷慨地为宣传《大虬》而倾注心血了。他这样热情慷慨地为一部他认为是“传递正能量”的作品劳心费神，说明了什么呢？说明他有文化人的良知啊！他以自己的行为向人们（至少是向我和我的朋友们）证明了在当今时代，不凭私人感情，没有物质交换，也不靠金钱铺路，还是有人会出以文人的良心和慧眼，对那些有益于社会的作品给予传播和宣扬的。

评论《大虬》的一组文章发表后，郑老师说要给我邮寄一部分刊物过来，我给郑老师说：“不用邮寄，我亲自来拿。”一者，我不愿郑老师再受麻烦。二来，也实在想见见这位真诚热情的老兄。于是，2013 年 5 月中旬，我专程从西安赶赴铜川去取刊物，终于和我钦敬的郑老师见面了。

我赶到郑老师所在的工作单位门外给他打了电话，他在电话中说：“你略等片刻，我马上下楼来接你。”在此以前，我既未见过他本人，也未见过他的照片，但当看见一楼大厅正向外走的那位面容和善、步履矫健、眉目间闪动着智慧灵光的男人时，我断定那一定是郑智云先生。

果然是他。

他满面春风，笑声爽朗，言语亲切，诙谐风趣。他说说笑笑领我上楼走进他的办公室，办公室的几个年轻人全都十分热情地和我打招呼，称我“韩教授”。显然，郑老师早就把我的情况对他们介绍过了，而他们也都真诚地把郑老师“介绍”的朋友当成了自己的朋友。郑老师像父亲一样吩咐年轻人干这干那，而年轻人也像他的孩子一样，非常愉快地落实着“父亲”的“指示”。感受着屋子里那种慈爱、随和、亲切、温馨的氛围，郑老师的为人，已在我的脑海中有了清晰而深刻的印象。

那天我们在一起吃饭，说了很多文学上的事，谈了许多文化界的人，郑老师喝了些酒，酒助谈兴，他豪爽、率真的秉性流露得更加淋漓尽致，也让我觉得更加亲切，更加可爱。他的人生观点、他的艺术见解，竟与我是那样相契相投。同为蓝田人，我觉得与郑兄实在是相见恨晚！

随着交往的日益深入,郑老师从电子邮箱里给我发来了他的一些作品。阅读之后,我不由得感叹:郑智云先生真是一朵“充满了智慧的祥云”啊!

祥云就是象征祥瑞的云彩,它能给人们带来和平、幸福、吉利、和谐、热烈、喜庆等。北周文化名人庾信曾有言:“祥云入境,行雨随轩。”唐人赵彦昭在他的诗中也写过:“祥云应早岁,瑞雪候初旬。”祥云过处,焦渴的人们能得到久盼的喜雨和瑞雪,饥饿者可得饱食,寒冷者可得温暖,疲累者可得休息,困窘者能得救助,美可得到弘扬,善能得到光大……一句话,祥云就是让世界和人类生活变得越来越好的云!

那么,郑老师这朵“云”,具有“祥”的特征吗?

回答是:毫无疑义!

首先,他是一个富有善心的男子汉。

他曾在一篇文章中这样评价自己:“**卑微的社会地位决定了我今世与权力无缘,更无法去体会使用权力役使他人的福祉和精神套餐,但我时时在提醒自己:做个正直的人,对社会有益的人。**”

“做个正直的人,对社会有益的人。”这是他给自己定的做人准则,也是他一直追求的人生目标。

在极左政治横行的年代,郑智云阴差阳错地领受了一个任务——在“五七干校”负责管理一批“牛鬼蛇神”(其实绝大多数是蒙冤受屈的老革命干部和优秀知识分子)。其中有一个干部,本人已经年逾花甲却还有一个年届九十的老父亲。知道“大去之期”不远的老父亲病中托人带话,很想在临终前最后再见儿子一面,可是被“管理”在“干校”的儿子没有人身自由,不可能想走就走。想到即将与世长辞的老父这样卑微的愿望都不能实现,那位干部心如刀绞,痛苦不堪。他流着泪来向郑智云诉说苦衷,希望能给他一个了却心愿的机会。郑智云对这位老干部十分同情,可是他又非常清楚:放这位被监管对象回去探亲,是有巨大政治风险的,一旦被人告发,给自己带来的将是难以想象的灾难。可是不放这位干部回去,他的良心又很难承受“忍看他人痛苦”的煎熬。就在他左右为难的时候,善良的老友吴树民给了他巨大的精神支持,在吴树民的帮助下,他们精心设计了一个较为妥善的“暗放”方案——悄悄找来便车,暗暗送人出行,然后让探亲者在第二天拂晓时分“神不知鬼不觉”地返回。两个富有善心的男子汉做了一件与人为善的事情——让一位孝顺儿子了却了“尽孝”的心愿,他们内心的善良则在那个冷酷的年代闪耀出了令人感动的温暖光芒。

其次,他是一个倾心为社会涂抹美丽色彩的有良知的文化人。

郑智云先生在日常生活中舍身帮人、热心助人的事,可谓“多如繁星”,与他相知、相熟的朋友,几乎人人都能说出一堆故事来。然而,在我看来,他更大的“善举”,还在于他以自己手中的笔,不断地向社会释放“正能量”。他在另一篇文章中这样说:“**我是个体力、智力和本事都微薄的人。我因自己不能为这个世界做几件像样的事而深感抱愧,唯一可自慰的是我曾经用自己的智识点燃过不少孩子们稚幼心灵的火苗……我也没有忘记用笔为这个社会涂几笔色彩。**”

诚如所言,几十年间,他的确用自己的笔为这个社会涂出了许许多多让人赏心悦目的色彩。几十年的写作成就向人们证明,他是一个富有良知的文化人。他是诗人,写出了许多激励人们上进,给人以人生启迪的诗歌佳作;他是作家,用自己的笔热情地为奉献者真情歌呼。《栉风沐雨二十载,披肝沥胆保平安》是他为铜川市公安局交警支队写的报告文学,记述了交警的辛劳,歌颂了交警的奉献精神。《路在脚下延伸》是他为铜川矿务局徐家沟煤矿矿长梁陆顺及领导班子吟唱的深情颂歌。赞美艰苦奋斗,彰显顽强不屈,昭示大公无私,讴歌忠诚无畏。而看到不良贷款给银行乃至给国家经济将带来严重损害的时候,他则慷慨激昂地振臂高呼:“努力改善信用环境,促进地方经济快速发展。”

文化人的良知在他身上体现得最为突出、最为明显的标志就是:他是一个敢说真话、实话的评论家!当今社会,尤其是20世纪90年代以来,金钱的诱惑力和侵蚀力已经弥漫到社会各个角落。在这种情形下,原本是社会良知代表的评论家,纷纷被金钱俘虏,有的甚至丧失良知,为文学垃圾、艺术毒瘤大献赞歌颂词,明明是广大读者嗤之以鼻甚至愤怒声讨的东西,那些评论家却还极尽美化之能事,把无聊当有趣,视脓疮为花朵,让无数的青少年不知美丑之分野。然而,郑智云却能在这种迷雾漫天、美丑难辨的文化环境里,保持自己心灵的纯净,做一个有良知的评论家。

他在评论杨智华的作品时说,智华写小说能“**跳出缠绵悱恻的‘思古幽情’,把笔触投向现实生活,切入政治和社会道德视角,这是有良知的作家所具有的社会责任。**”

在肯定作家的良知和社会责任感时,所凸显的不正是评论家的良知和社会责任感吗?社会需要有良知的作家写出真正对社会、对人类有益的优秀作品,给人民创造真正优质的精神食粮,更需要有良知的评论家对那些优秀作品做出准确而响亮的评价,昭示其美的内蕴,挖掘其崇高的价值,而不是拿了人家的“润笔”就廉价地吹捧,奉腐朽为神奇,把污秽当美味。

郑智云所秉持的评论家的良知,不仅在他的表白中,更在他的行动里。当铜川作家吕峻涛的长篇报告文学《中国西部农村性贫困调查》发表之后，郑老师不仅表现出极大的欣喜，而且情不自禁地为这部反映民生疾苦、揭示社会病状的优秀作品高声叫好。他立即写出了题为《作家的良心与责任》的长篇评论，在洋洋洒洒六千余言的文章中，他热情夸奖吕峻涛做了“一件功德事”，而且以鞭辟入里的分析，对作者直面人生的胆识与慧眼给予高度肯定。他对作家人文品格的美学认知，具有高屋建瓴的气势与风范。他在评论中指出：“大凡报告文学作家都有使命感、独立品格、忧患意识和牺牲精神，是那种‘周乎万物，道济天下’，努力‘经世致用’，对社会人生走向光明进步有着宗教般虔诚精神的人，吕峻涛就是这样的作家。”

是的，吕峻涛是这样的人，而郑智云又何尝不是这样的人呢？

当看到时下文坛上的种种乱象和恶浊风气时，郑智云就遏止不住心中由良知而产生的义愤，毫不留情地发出呐喊：

> 奇怪的是，眼下在我们中国，却从阴穴里吹出一股邪风：肆无忌惮地对代表中华民族精神的精英们戏说、恶搞、亵渎、糟蹋。说什么“一个章子怡比一万个孔子都有效果”，诸葛亮被诬为想篡位做皇帝；“诗仙”李白成了街头混混；屈原、司马迁、岳飞、鲁迅等一大批文化名人全无尊严可言了。让人难于接受的是恶搞、亵渎者大都是名牌大学有“教授”头衔的文化人。殊不知一个民族总有它坚守不能移易的原则，心目中有着自己的偶像。这一座座历史的丰碑，一个个核心价值人物是万不能被恶搞、被戏说和亵渎的……如果想以恶搞名人成为“名人”，我想其结局必然会是“尔曹身与名俱灭，不废江河万古流”！

他嘲讽那些恶搞者为“蚍蜉撼树”，奉劝他们“再别干那些伤天害理的蠢事了。”

除了上述诸多方面以外，这朵“云”的“祥”还表现在，他是一个既具有博大胸怀又具有过人胆识的悲天悯人者。当看到中国西部农村那既令人触目惊心又让人悲泪长流的性贫困现象时，他出于对性贫困者的深切同情，大胆地说出了他的振聋发聩的观点：

> 人对美的追求一般都是和性联系在一起的。爱美、好色是正常人的正常心理反应，也是一种正常的需求和正常的表达。但这些光棍们在那个远离文明的偏僻山村找不到爱。他们旺盛的性欲找不到宣泄的渠道……唯一的出路只有忍耐，持久的忍耐！好在我们这些淳朴的农民兄弟很自尊，很自爱，他们极少为此走向犯罪。他们在彷徨中期待，在期待中彷徨。由此，不难令人想到我们的道德法庭原本就是一个祭坛。我们社会在某些方面于毫无知觉中扼杀人性，纵容罪

恶,鼓励忍受,这是多么可悲!一想到这些,我心里就发紧,但我想这种非人的生存状态迟早总是要变的。

通过这样的文字,我们看到的不正是一个既非常善良又极其勇敢的郑智云吗?这样的“云”,又怎能不是祥云呢?

当然,祥云要真正发挥“祥”的作用,绝对是离不了智慧的。而郑智云这朵“云”实实在在是充满了“智慧”的。

他的“智”,表现在许多方面。

“文革”期间,帮助“牛棚”中的孝子看望父亲,没有相当的智慧,是绝对做不了这件善事的。

能让评论《大虬》的文章在《铜川文艺评论》杂志上发表,也是一件需要智慧才能实现的目标。第一,作者不是铜川的作者;第二,书中所写事件、人物与铜川亦无牵连;第三,《大虬》并没有在铜川开过研讨会;第四,作者没有给杂志掏过一分一文的版面费。四条理由,任何一条都可以成为阻止在杂志上发表《大虬》的评论文章的“太行王屋”。然而,那些文章竟然发表了,而且一下子发了六篇,占用了十多个页码。这一“奇迹”的发生,决然离不了郑智云先生的智慧。

当然,他的智慧更多地表现在他用笔、用作品给当代和后世留下了数量相当可观的精神财富。

在文学创作上,他是一个多面手。除了在文艺评论方面取得了令人瞩目的成就之外,郑智云先生还写诗歌、散文、小说,杂文、报告文学,写舞台剧、广播剧、电影文学剧本等,文学“武库”中的“十八般兵器”,他几乎样样都拿得起,放得下,件件“兵器”都使得风生水起,得心应手。广播剧《山月不知心里事》,早在20世纪80年代就被广泛传播,受到了无数听众的高度赞誉。

在大量的文艺评论和杂文中,他的智慧更是展示得多姿多彩。概要说来,我以为,主要体现在这样几个方面:第一,他的认识新颖、尖锐;第二,他的分析深刻、透辟;第三,他的感悟旷达、睿智。

能为我上述观点做论据的例子实在太多太多,这里,我只简要地列出几段来。读者诸君可以“窥一斑而知全豹”,通过这些片断的“语录”,对郑先生的人生智慧大致也就有个概貌性的了解了。

在讨论“祸从口出”“因言惹祸”“少说为佳”“沉默是金”等社会生活问题时,郑智云表达的观点是:

上苍给人造了张嘴,除了吃饭,其中一个重要的功能就是说话。人多是靠说话去交流思想,传情达意,去表达需求的。说话是人赖以生存、发展,走向文明的

重要手段和工具。人剔除了说话,变成哑巴,步入无声的洪荒时代,与鸟兽、植物何异?当然,上述这些聪明人所谓的“寡言”“少说话”,仅仅是“少”而已,但我想,人决不能因噎废食,当说话时不说话或少说话,作为有灵性的人未免太沉闷,太悲哀了吧!

关于审美,他这样说:

美,必须是真实的,真诚的,可以被感知的。虚假、虚伪,不为人知的东西不美。但是真实的东西只有当它是合理的,有生命力,有用的,合乎广义的善的,即于人有用、有益、无害的东西是美的。

关于人生晚境,他这样表述:

秋境的我们将闪耀着一丝明亮而不刺眼的光辉,鸣奏着一曲圆润而不刺耳的声音。我们不再需要对别人察言观色,从从容容地过自己的生活。

关于人生奋斗,他激励人们:

记住,成功有快车道,幸福没有高速路。所有的成功都是来自于不断的拼搏与奔忙,所有的幸福都来自拼力地奋斗和坚持。有志气的穷丈夫们,把一切都展现在行动中,有行动的穷丈夫会变成赳赳的大丈夫的。

郑智云先生给读者提供的许多有关人生的哲言睿语,是我人生中收获的一笔财富。当我进入花甲之年的时候,能认识郑智云先生是我莫大的荣幸。身边常有一朵“智慧的祥云”缭绕着,这人生该是多么幸福的一种境界啊!

写于2013年10月24日

刊于《华原》2014年第一期

"火星儿"与火焰

——我的文学路与陕西作协的温暖

2010 年 10 月 23 日，在为我的长篇小说《大虬》召开的研讨会上，李星老师曾经这样说过："严格地说，韩怀仁并不是文学圈子里的人，但是他业余搞创作，却取得了令人高兴的成绩。"

李老师的话让我很感动，因为我觉得他给我的定位非常准确。只有对我"知根知底"的人，才能说出这样真诚恳切的话。的确，我不是文学"圈子"里的人。我的文学创作，是地地道道的"纯业余"。从 1972 年入伍穿上军装，到 2013 年退休脱下军装，军旅生涯前后共计四十二个年头，属名副其实的职业军人。

不过在当兵十年之后，我身上又多了一个标签——作协会员。先是青海省的，后来又成了陕西省的。为什么会这样呢？因为刚入伍时，我当的是铁道兵，在汉江边上修筑襄渝铁路。襄渝铁路通车之后，又奔上"世界屋脊"，修建青藏铁路哈（哈尔盖）—格（格尔木）段。在铁道兵待了十一个年头后，1983 年 5 月，我调至西安二炮技术学院（现称二炮工程大学），先当宣传干事，后当语文教员，在这个单位一气工作了三十一个年头，直到退休。

能成为作家协会的会员，其缘由不言自明：因为业余从事文学创作，也还写了一些作品。从发表诗歌处女作到出版长篇小说《大虬》，历时四十年，出了七部书，说句大言不惭的狂话吧：虽然没在文学的"圈子"里混，但多少也算是为中国的文学事业做了点贡献的！

如果以自己手写的钢笔字变成文学刊物的铅印字为"起点"，那么，我文学之路的起点在陕西；如果以创作的文学作品引起"省级文坛"的注意为起点，那么，我文学路的起点在青海。

发表处女作的时间是 1974 年。那一年，我的五首诗歌第一次由钢笔字变成了铅印字。发表我诗作的载体是一个全中国极少有人知道的"师级刊物"（约等于地方上的"地级刊物"）——《连队文艺》。

1977年,我的一个堂侄告诉我,我的一首诗曾在当年陕西省最高级别的文学刊物《陕西文艺》上发表过。我听了非常惊讶,因为我从来没有给《陕西文艺》投过稿——不是不屑,而是不敢。我知道我作品的水平远远达不到《陕西文艺》的高度。但堂侄却斩钉截铁地说:"我绝对在《陕西文艺》上看见过,肯定是你的诗。"他在铜川一所中学教书,看到我们铁十师《连队文艺》的几率极低,而他们学校所订的报刊中,确凿地订有《陕西文艺》。况且他所述说的诗歌内容,也确实是我那五首诗中的一首,依情推理,他之"所说",似乎又并非空穴来风。然而我还是奇怪,觉得不可思议,思来想去始终摸不着头脑。许久之后仔细琢磨,才觉得也有"可能"。那"可能"就是:我们师分管文化工作的同志把部队的刊物给《陕西文艺》编辑部送过。当时我们的师部就在安康,宣传科与编辑部有联系也属正常,军队"内部刊物"上的作品能被《陕西文艺》这样的公开刊物选发,也是我们师文化工作的一种荣誉啊!

我至今仍不敢断定堂侄说的是否属实,因为我始终没见过那期《陕西文艺》。如果属实,那么,这应算是我在文学路上留下的第一个清晰的"脚印",这"脚印"是在陕西踏出来的。当然,话说回来,即便堂侄之"所说"完全是子虚乌有,而能于部队"驻陕"之时我的钢笔字变成了铅印字,陕西也应算是我文学之路的"起点"。

不过,那时候有这种"起点"的人很多,我的所谓"作品",如同大森林中背阴坡里一片没任何特色的叶子,注定了根本不会引起任何人的丝毫注意。

我的作品多少能产生一点"响动"从而引起"省级文坛"注意的事,发生在青海。

1974年6月,我随部队上了高原。1977年11月,被"文革"中断了十年的全国高考,石破天惊般地恢复了。在部队首长的关心、支持下,当兵六个年头、虚龄二十六岁的我鼓足勇气参加了高考,结果竟幸运地走进了青海师范学院中文系。由于入学前在师业余演出队搞创作,有写剧本、快板的基础,所以进了大学后,便开始尝试小说创作。1979年5月,我的短篇小说处女作《最后一次行使权力》在《青海湖》杂志上发表了,此后,《瀚海潮》《雪莲》《青海日报》等报刊又连续发了《驱不散的冤魂》《投案》《身后》《讨账》《分家》《两个毛遂》等九个短篇小说,我的创作终于开始引起青海省文坛的"注意"了——多篇小说得到了专家和读者的好评,不仅有评论家写评论,而且《分家》和《乐吧,庄稼汉》还都获得了省一级的奖励。

大学毕业后我又回到部队，本来还雄心勃勃地想在文学创作上甩开膀子大干一场呢，谁知突然传来了"百万大裁军""铁道兵要集体脱军装"的消息。为了妻儿日后能随军而吃上"商品粮"，在没有任何背景但却有很多善良人帮助的情况下，只付出了两支"牡丹"牌香烟的代价，我幸运地调到了西安二炮技术学院（而今听来，简直"天方夜谭"一般）。

我是1983年初在青海加入青海省作协的，因为回到了西安，1986年我将会员关系转到了陕西作协，于是便又成了陕西作协的会员。

成为陕西省作协会员后，我本人的创作以及我所在学校的文化工作，都和陕西省作协有了非常温暖、亲密的联系。

陕西是文学大省，有一支实力非常强大的作家队伍，甚至有在世界文学天空中都能看到他们所闪光耀的"亮星"。有他们夺人眼目的光耀在，我这个在青海文坛刚刚引起一点点关注的业余作者，无疑要被淹没得无影无踪、无声无息。

然而，尽管这样，我依然感到十分温暖。

首先是我有了和那些"亮星"级人物近距离接触的机会。陈忠实、李星、贾平凹、路遥、王愚、赵熙……好多好多陕西作家、评论家，我心里对他们早已十分仰慕，但可惜山阻水隔，一直没有和他们近距离接触的机会。成为陕西作协会员后，多次参加作协组织的活动，不仅能和我仰慕的作家、评论家面对面说话，手握手问好，而且还和陈忠实、李星等老师成了朋友。而他们痴迷文学、勤奋写作的精神，更给了我极大的鼓舞与激励。路遥为了写《平凡的世界》，几乎过着苦行僧的生活，他那种为了文学事业而奋不顾身的拼命精神，令我十分敬佩，万分感动。贾平凹一部接一部地出长篇，且问世的作品几乎都能在社会上产生强烈的轰动或激起较大的波澜，这种持续不断的"高产"，没有对文学的痴迷，没有坚忍不拔的毅力，是无论如何也做不到的。他的成就让我羡慕，他对文学的执着坚守，也深深地感染着我，激励着我。陈忠实扎根于民间，埋头于历史，摒弃热闹繁华，甘愿清贫自守，栖身于白鹿原下的农家小院，心无旁骛，潜心写作，最后终于向世界奉献出一部无愧于历史、无负于后代，同时也无憾于自己的"枕头作品"——厚重至极、堪称传世经典的《白鹿原》。他的行为，一直是我在心中默默仿效的楷模。

其次，是创作上得到了作协的关心和指导，学校的文化工作也因我和陕西作协的联系而得到了推进。从1988年起，通过我和作协联系而来到"炮校"（当地群众对我校的习惯称呼）给学员讲过课的，就有陈忠实、王愚、李星、闻频、肖云儒、雷涛等多位作家、诗人、评论家。几位大家名流的讲座,让学员们大开了眼界,人文素养也得到了很大的提高。

就我个人而言,常和这些名家大师接触交往,他们的指导、帮助,除使我的写作水平得以不断提高之外,说句俗气的话吧,甚至在我评定职称、提升职务方面都帮了很大的忙。我的第一部短篇小说集《今夜又是月圆时》是郑文华老师设计的封面;中篇小说集《朝霞红晚霞红》是陈忠实老师题写的书名;长篇小说《大虬》出版后,李星老师特意呕心沥血撰写了评论,并在《文艺报》上发表。陈忠实老师在接受记者采访时、李星老师在《陕西文学60年》的文章里,都对我的《大虬》给予了充分的肯定和很好的评价,让我心里感到十分温暖与欣慰。

作协几届领导与众多老师对我的指导帮助,桩桩件件我都铭记在心,鉴于篇幅,难以尽述。这里,我特别想说的,是陈忠实老师对我的深情厚谊。

我和陈忠实老师第一次近距离接触,是在1986年省作协举办的文学创作培训班上。我刚把会员关系转来不久,就获得了参加培训的机会。陈老师为培训班授课,我是听课的学员。陈老师在讲课中,多次说到了加西亚·马尔克斯的《百年孤独》。从他的言谈中,我听得出他对《百年孤独》的喜爱几乎到了推崇备至的程度。他的态度和情绪,让我受到了巨大的感染,于是趁午饭后的间隙急忙赶到鼓楼旁的一家书店,也买了一本《百年孤独》。授课之后,我们有过短暂的交谈,陈老师留给我的印象是:亲切、真诚、实在、没架子!于是1991年,当我想出一本短篇小说集的时候,就萌生了让陈老师为书写个"序"的念头。

经过友人的引荐,陈老师果然很痛快地就答应了。

见面后,陈老师非常诚恳地说:"我给你写序绝对没问题。只是我给人写这些文字,必须要把所有作品都看了以后才敢说话。我不能不看作品就胡发议论。所以你不要着急,略微等一阵儿。"

我见陈老师谈兴正好,便问:"听说你最近正在写一部长篇小说?"

陈老师点头说:"是的。"

我问:"进展顺利吗?"

陈老师说:"还好。"

我问:"写的什么故事?书名叫什么?"

陈老师笑了笑说:"咱这一带有一句土话,说是'锅盖揭得早了,就预死了'。我也害怕'锅盖'揭早了,把这作品'预死'了,所以我给谁都不说。等将来写完后,你就啥都知道了。"

“很辛苦吧?”

陈老师笑了笑说:“你也是搞写作的,其中滋味你应该明白。”

我说:“真不好意思,你这么忙,这么辛苦,我还给你添麻烦。”

陈老师爽快地说:“那有啥?朋友嘛。”

尽管后来由于多种原因,那个“序”最终并未写成,但陈老师待人的那种诚恳,让我终生难忘。他把我集子里的作品全都认真地读了一遍,并给我谈了他的感受。他说:“从你取的书名来看,你对《今夜又是月圆时》这一篇是偏爱的,但是我倒更喜欢你的《寻酒启事》,觉得那一篇的构思很巧,而且意蕴也好……”接着他又谈了对集子中其他几篇作品的看法。

这次交往,我从陈老师身上至少获得了两大教益:一是他对朋友的真诚——绝不愿敷衍塞责。既然要评人的作品,就必须认真地阅读,那种随便瞄两眼便天马行空、信口开河的“评说”,他是十分厌恶的。第二就是他对自己作品那种严谨、虚心与慎重的态度——没有完成的作品绝不胡乱吹嘘。“我害怕锅盖揭早了就预死了”这句既通俗易懂又寓意深刻的自律之言,实在让我感佩不已,感慨良多。

《白鹿原》问世之后在读者中产生了巨大的轰动,社会反响十分强烈,但同时也给陈老师带来了很多的麻烦,其他麻烦姑且不说,单是找他签名、题字、做报告的个人和单位就络绎不绝。同时作协的许多具体工作都得他或组织,或协调,或亲自动手,他的忙碌,完全可以用“焦头烂额”四个字来形容。可是尽管这样忙碌,却一直以没能给我写成“序”为憾,1996年,当得知我要出中篇小说集《朝霞红晚霞红》的时候,他问我:“这次的序有人写了么?”

我说:“既是文库组织者也是责任编辑的王世雄先生已经写了。”

他又问:“我能给你帮点什么忙呢?”

我说:“想请您给题写个书名。”

他很爽快地说:“这个不难。”说完,就在他的书房中展纸濡翰,聚气凝神,一会儿工夫,“朝霞红晚霞红”六个流利潇洒、自具风致的大字便跃然纸上。说句实在话,当年在自费出书的众多作者中,我的《朝霞红晚霞红》能够连出两版且近万之数很快售罄,绝对与“陈忠实题”那四个字的落款有着密切的联系。

最让我铭心刻骨的是在《朝霞红晚霞红》问世不久引发的一场风波中,陈老师给我的安慰、鼓励与帮助。1996年6月,单位上一位颇有背景并有一定权势的领导突然向《朝霞红晚霞红》兴师问罪了,他不仅搬出了“利用小说反党,这是一大发明”的最高指示，而且言之凿凿地指责这本书有三大罪状：一是有攻击邓小平理论的倾向；二是有性描写，属于“格调低下、精神污染”；三是“否定了单位的职称评定工作，给单位抹了黑”。一时间，真有“黑云压城城欲摧”的阵势了，我心里压力很大，分管政治工作的领导也有些惴惴然、惶惶然了。他对我说：“你能不能找到省作协，让作协给你的作品出一个鉴定性的证明材料。你这书不是陈忠实给题写的书名吗？如果他能以作协的名义对这本书有一个肯定性的评价，那么即便个别领导要兴师问罪，咱也就有了‘不怕’的依据了。”此事不仅关乎我的前途命运，而且还牵连到一些别的领导，事情确实非同小可。我赶紧跑到作协，找到了陈忠实主席。他听完我的叙述之后，非常惊讶，说：“呀！这都啥年代了，你们单位咋还有这种人呢？”我说：“没办法，现实中真就有这种人。”陈老师思考了一会儿说：“现在他们刚开始‘抓’我就去做解释，似乎不够妥当。让他们先‘抓’吧，如果他们真‘抓’得要影响你的个人生活了，作协一定会出面的。到时候，还可以通过法律途径解决问题。说不定一打官司，你的作品还火起来了呢！”有了陈主席的这颗“定心丸”，我心里一下子踏实了许多，便回单位向要“保护”我的领导做了汇报。

幸亏20世纪90年代中后期不再是“阶级斗争一抓就灵”的极左时期了，不但党的文艺政策更宽松，而且思想解放、心胸开明、态度稳健，既有政治头脑又有人文情怀的领导干部越来越多了。当时学校的主官秉持正义明确表态：“对于作品，完全可以见仁见智，发表自己的评论；但对于作者，绝不能用‘文革’时那一套，动辄就粗暴‘处理’。”有了主官的表态，尽管少数几个“左视镜”佩戴者一直在咕咕哝哝、嘁嘁嚓嚓，最终却并没有形成能置人于死地的风浪。加之当时单位正巧发生了一起大案件，那几个貌似革命性很强的领导干部因为众所周知的原因而自顾不暇，所以在开了几个座谈会之后，那场看似“山雨欲来风满楼”的政治风波竟不动声色地风息浪止，不了了之了。当我把这个消息告知陈主席之后，陈主席感慨万千，后来就写了一篇散文叫《朋友的故事》，发表在《新大陆》杂志上。

如果把陈忠实先生给我的关怀、帮助视为多少有点“私情”的话，那么，2010年由省作协和学校联合为《大虮》举办的研讨会，就绝对是作协组织对作者个人的“公意”了。

2009年7月，《大虮》第一版印行后，作协创联部的领导非常热情地对我说：为了扩大你作品的影响，建议给《大虮》开一个研讨会。我把作协的这一番盛情向学校首长转达之后，学校首长非常支持。在作协和学校共同努力之下，2010年10月23日，《大虬》研讨会在二炮工程学院隆重举行。陈忠实、李星、肖云儒、畅广元、雷涛、李国平等近三十位陕西文学界的名流、领导欣然赴会研讨；原青海省文联主席王贵如、中国作协著名评论家雷达均向研讨会发来了评论文章；陕西省委宣传部、第二炮兵政治部都向会议发来了贺信，学校首长及学员二百余人到会聆听专家研讨。领导之重视，气氛之热烈，在我校历史上可谓空前。尤其令我感动的是，陈忠实、李星、肖云儒、畅广元几位老师，他们有的已年逾七十，有的正在"奔七"，可是他们竟都把那几十万字看完了，而且在充分肯定热情鼓励的同时，都提出了非常恳切并富有建设性的意见。那次研讨会，真像是在我们学校点燃了一团熊熊燃烧的火焰，很久很久，那火焰的温度和明亮还一直在校园里回荡着，闪耀着！

如果说我的文学路上还曾经闪过几个微弱的火星儿，那么，我必须深深地感谢陕西省作家协会！正因为陕西作协始终在用燃烧着的火焰向我输送温暖和明亮，我的脚下才有了能够迸出几粒火星儿的热力与光能。

2014年5月12日　改定

收录于《作家与作家协会》太白文艺出版社2014年10月第一版

“重走”深情

离开青海回到陕西已整整三十一年了,但是至今,我的许多梦境却还常常由青海湖、关角山、布哈河、乌兰县、德令哈等名词与画面构成。我知道,那是我又想青海了。我想青海,是因为我曾在青海生活过十个年头。那十年,是我青春蓬勃的十年,是我满怀梦想的十年,是我艰苦奋斗的十年,是我汗水、欢笑、眼泪、鲜血相互交织的十年,也是我精神、思想经受“炼狱”考验从而向“天堂”飞升的十年!青海待我恩高情厚,青海在我的心中已成为当之无愧的第二故乡。青海有我终生难忘的恩人、挚友,有我永远尊敬的老师和经常想念的同学,更有我刻骨铭心而无怨无悔的人生经历——我修过青藏铁路,我当过铁道兵。

作为一个兵种,“铁道兵”已经在新中国的军事历史上消失整整三十年了。但是,作为一个寄托精神的殿堂,“铁道兵”不仅一直矗立在数十万曾是这支部队一员的所有官兵的心中,而且必将在中华民族的奋斗史册上,永远显示其不朽的巍峨与光辉。铁道兵里有无数可歌可泣的英雄事迹,青藏铁路有几天几夜说不完的动人故事。数十万曾经的“老铁弟兄”,很多很多人心中都有一个永远无法消散的“铁兵情结”,无论是早先退伍的还是后来集体转业的,心中都有一个共同的强烈愿望:重走一回青藏线,再回当年曾经战斗过的地方看看!哪怕驻留那么一小会儿,也是一种难得的幸福啊!

正是为了追寻这种神圣的幸福,2011 年 8 月,来自山东、江苏、浙江、广东、江西和陕西六个省份的近四十名铁道兵老战士和曾经在襄渝铁路上同铁道兵战士一起洒血挥汗、出生入死的陕西“三线学兵”(“学兵”是“学生民兵”的简称)自发组织起来,举行了一次“重走青藏线”的活动。这次活动,既是圆梦,也是寻根,更是一次心灵的朝圣。我有幸全程参加了这次活动,心中的感触很多。尽管事情已经过去三年了,但至今回想起来,仍忍不住心潮澎湃,热泪盈眶……

一

“背上了(那个)行装,扛起(那个)枪,雄壮的(那个)队伍浩浩荡荡,同志呀你要问我们哪里去呀,我们要到祖国最需要的地方……”

这是在启动仪式和前行的路途中,大家经常放声高唱的《铁道兵之歌》。每当唱起这首歌的时候,总有人忍不住眼眶湿润,忍不住喉堵声咽。因为歌声很自然地引起了老战士们的很多联想……

“辞别了天山千里雪,又见那东海万顷浪;才听塞外牛羊叫,又闻(那个)江南稻花香。同志们哪,迈开大步呀,朝前走啊!铁道兵战士志在四方……”

歌曲真实地描绘了铁道兵战士“四海为家”的生活状态,真切地抒发了铁道兵战士“志在四方”的豪迈情怀。歌曲的曲调是轻松欢快的,表达的情绪也是乐观放达的。然而,如果把这“轻松欢快、乐观放达”比作一枚“精神金锭”的话,那么,这“金锭”无疑是由许许多多的“生活矿石”冶炼提纯而成的。那些“矿石”有着怎样的质地呢?“矿石”里都包含着哪些“元素”呢?哦,对了,只要抚着“金锭”稍微多“看”两眼,那些“元素”便都会清晰地显现出来了,那是——强烈紫外线照射下的挥汗如雨,刺骨寒流裹挟中的奋力拼搏,打风钻呛人的粉尘,爆破后刺鼻的硝烟,突如其来的泥石流,猝不及防的大塌方,排除哑炮时意想不到的爆炸,支撑排架时难以预知的断裂,活泼泼一群战士走向工地,血淋淋几个伤员抬上汽车。还有,打进行囊的一本本伤残证书;还有,烈士陵园那一座座坟墓;还有……

既然构成“金锭”的“矿石”里含有那么丰富、那么复杂的元素,那么,吟唱这首老歌的铁道兵老战士心中流淌的,就绝不会单单是一种欢乐与豪迈,可以肯定地说,与欢乐豪迈“并辔而行”的,还应当有一种情愫,这种情愫就是“悲壮”。对,悲壮!震撼天地、激荡山川的悲壮!

为了修建青藏铁路,有许多铁道兵战友献出了宝贵的生命。因此,祭扫烈士陵园、怀念逝去的战友是这次“铁道兵重走青藏线”的一个重要内容。基于这一考虑,在这支队伍的行程计划上,早早就安排了三个“必去”的重点地方:一是天峻县城,二是关角隧道,三是乌兰县原师部所在地。

天峻县城之所以是这次“重走”必访且首访之地,一是因为1974年铁四十七团上高原后团部即驻扎在天峻县城,二是铁四十七团为修铁路而牺牲的烈士多数都安葬在天峻县城外的草原上，三是此次活动的组织者之一——袁武学和我都曾是铁四十七团的战士，都在天峻县工作、战斗过几年。

天峻县虽是海西州所辖之地，但它却和玉树、果洛为同一等级的艰苦地区（四类地区）。初到天峻时，我们发现了一个在外地人看来十分奇怪的现象：这里的厕所均修在半空中，须上半层楼的高度才可方便。厕所为什么要这样修呢？后来才知道，因为进入冬季后，天峻地区的最低气温几乎接近零下四十度，如果没有这样的“高度”保证，人们“方便”时的排泄物就会迅速冻硬而顶住人的下体，从而使“方便”变得很不方便（仅此一点，当地气候之恶劣即可见一斑）。冬天，寒风吹到脸上，无异于刀子在割。而狂风吹起时，拇指盖大小的石子会噼里啪啦朝脸上打来。“一川碎石大如斗，风吹满地石乱走”——唐代诗人岑参诗中所描绘的情景，在当年的天峻地区实在是司空见惯的现象（如今也许会好一些）。因为天气太冷，天峻县城没有一株乔木。四十七团进驻天峻之后，团机关曾在营房周围搞过一次规模不小的植树活动，栽过许多树苗。那些树苗当年夏天确实是活了，绿莹莹的叶片在那片广阔却荒凉的草原上，显得格外可爱。可是第二年，都快到夏天了，树干上仍然一粒绿芽儿也看不见。——经过一个冬天，所有的树全都被冻死了。天峻草原上的草也很矮，能长得稍稍高一点的，就是河边沙滩上的红柳。

然而，就是在这样的地方，我的战友们吃着只有七成或八成熟的馒头、面条，在自己没有打井之前，喝着用冰块化成的含有牛羊粪尿的冰川之水，照样精神抖擞地铺路基、打隧道、打风枪、刨石砟、排哑炮、战塌方……奉献着青春年华，也奉献着宝贵的生命。

离别天峻几十年了，天峻现在变成什么模样了？长眠在天峻草原上的战友们，你们还好吗？

由于急切地想要看到自己曾经战斗过的地方，尽管所乘的大轿车已经开得很快了，但是心里仍觉着跑得慢了点。

啊，终于到了！下午6点多钟的时候，我们赶到了天峻县城。尽管依然没看见一株稍高一点的乔木，但天峻县城的变化还是让我跟老袁惊叹不已：真是翻天覆地的变化啊！原来低矮灰黄的土坯平房不见了，代之而起的是令人目不暇接的一座又一座气势恢宏的崭新建筑，有的是厂房，有的是居民楼，有的居然是档次相当不低的宾馆酒店。原来用沙石铺成横贯县城的唯一的一条“街心大道”，如今已变成了沥青路面，而且这样宽阔平坦的大道有好几条，街道上居然有出租车来来往往！想当初，我们在县城街道上散步，从东往西把县城走个“穿堂正过”也不过十几分钟，哪里还有出租车的用武之地啊！我清楚地记得，当年埋葬战友的那片墓地，绝对是距县城偏远的“郊区”，然而现在烈士陵园已处在县城的“中心地带”了。

别梦依稀，今非昔比。变化真是太大了！

高原上，天黑得晚些。我们在义海宾馆安顿好住处之后，太阳尚未下山。为了不耽误第二天的行程，大家顾不上休息，便怀着肃然、愀然的心情，赶到了位于县城中心的烈士陵园。

由于日程紧迫，在祭扫烈士墓之前，我们都没来得及给天峻县民政局和县政府打招呼，因而来到烈士陵园时，心中实在是有点“感慨万千”。

远远望去，烈士陵园里竖着一座说不上雄伟但也还算高大的纪念碑，走近了即看到正面碑文写着“为修建青藏铁路光荣牺牲的铁道兵战士永垂不朽”，侧面和背面则镌刻着光荣牺牲的铁道兵战士的姓名和籍贯。我们知道烈士们的英灵还是有所寄托的，心里多少还是感到了一些温暖。

然而，陵园的整体面貌实在让人有些心酸：大门没有了，也许是为了拦住牛羊吧，“门”口挂了一张铁丝网。纪念碑周围的栏杆都已朽烂，满园的荒草让人心中陡增无限悲凉。落日正在西下，残霞宛如鲜血，凉风萧瑟，碧草凄迷，更增添了祭扫时的悲哀气氛。

轻轻摘下挂着的铁丝网，战友们走进陵园，在烈士纪念碑前排好队伍，默然肃立，此行的副领队王红旗同志主持祭奠仪式，未曾开言已热泪盈眶。他仰望长天，声音哽咽地高声呼叫着：“长眠在陵园的战友们啊，我们看望你们来了！”

一语未了，他已泣不成声。

没有过铁道兵经历的人，也许永远不会明白，只要提起那些牺牲的战友，王红旗这个堂堂男子汉为什么总会涕泗交流。

“男儿有泪不轻弹”，那是“只因未到伤情处”。王红旗从学兵到正式的铁道兵，从卫生员到军医，在隧道里，在掌子面上，在救护室里，参加过无数次的抢救，看见过许多许多的鲜血。不知有多少回，他亲眼看着十分英武帅气的战友成了残疾人；不知有多少次，活生生的战友在他的眼前停止了呼吸，永远告别了人间。他自己如今事业十分辉煌，一家人幸福无比，但他只要想起那些曾经为中国铁路建设献出过鲜血和生命的战友，总常常忍不住泪如雨下。

“无情未必真豪杰，怜子如何不丈夫？”说这话的人是个铁骨铮铮的勇敢斗士——鲁迅！

说出“相对无言，唯有泪千行”的苏东坡，是一个在中国文化史上光芒万丈的铁汉子！

感慨“倩何人唤取红巾翠袖，揾英雄泪”的辛弃疾，写“鬓先秋，泪双流”的陆游，叹“将军白发征夫泪”的范仲淹，个个都是气薄云天的男儿汉、大丈夫！

红旗的流泪，是真男儿、铁汉子的真情流露。

真情总是让人感动的。现场的男男女女，几乎全都受到了感染，无不鼻头发酸，泪光莹莹。毕竟，那一座座坟头下躺着的，都是跟自己一样在祖国的铁道建设工地上流过血洒过汗的战友啊！

一条青藏线，数万铁道兵，这里蕴藏着多少血肉情义啊！

默哀！

凉风吹着，夕阳照着。已不显得很高的天空中，有沉沉的乌云向我们的头顶缓缓移来，仿佛也在表达着一种沉重的怀念与哀思。

战友李甲明随身带来的音响，播放着《怀念战友》的歌曲：

“亲爱的战友，我再也不能听你弹琴，听你歌唱……”

那一刻，生者与死者的精神交汇，历史与现实的血脉相融，埋葬着五十五位铁道兵烈士的陵园，显得是那样宏阔，那样博大，那样肃穆，那样崇高与神圣。

我代表所有重走青藏线的战友向长眠的烈士们致怀念哀悼之辞：

“每当皓月当空的夜晚，每当雪花纷飞的清晨，总有人朝着这海拔三千四百多米的高原上仰望。那也许是你白发苍苍的父母，也许是你念念不忘的妻儿……”

队伍里的老铁弟兄、学兵姐妹，一个个忍不住吸鼻子擦眼睛，啜泣之声一片……

正副领队牛禧峰、王红旗深情地拿出千里迢迢带来的“铁道兵酒”，无比悲怆地呼喊着：“亲爱的战友们啊，请喝一杯咱们老铁自

袁武学、韩怀仁向刘孜过墓碑致礼

温暖永远

己的酒吧!”

散着洌洌芳香的酒水,酹向纪念碑前的地面,我们的泪珠,也随着潸潸而下。

奠酒之后,战友们一齐动手,擦拭烈士墓碑并为之重新涂刷油漆(出发时王红旗早有准备)。临行前,何为民、鹿曙光等临潼籍老战友多次叮嘱,要我到临潼战友刘改过的墓前照几张照片。为了不辜负战友的情意,我在层层叠叠的坟墓中寻找,好几个战友也帮着寻找。终于找到了,战友们争先恐后恭恭敬敬地用抹布把墓碑擦拭干净,袁武学接过油漆,手执毛笔,一笔一画十分认真地在墓碑上涂刷。当年刘改过牺牲时年仅二十二岁,为了给死去的他争取一身新棉衣、一床新棉被,好几个临潼的战友还和领导哭闹过一场,而在刘改过牺牲后很长一段时间,大家一直守口如瓶,不敢让他年迈的父母知道儿子牺牲的真相。而今他离开人世已经三十多年,而他年迈的父母也已经魂归西天,当年迈的父母和年轻的儿子在另一个世界相见时,他们会说些什么呢?从临潼到天峻,数千里之遥,改过即便有兄弟姐妹,怕也很难有人来这里看望……

想到这里,我不由得悲从中来,喊了一声:“改过啊,战友们托我们看你来了!我知道你很久没有听到咱家乡的秦腔戏了,今天,我就在墓前给你唱一段吧——”

我打开了随身带的便携式移动音箱,秦腔苦音慢板那沉郁慷慨、苍凉悲怆的音乐在长满了萋萋荒草的陵园上空弥散开来。我的声音已经嘶哑,但我仍用嘶哑的声音唱着:

忠义人一个个画成图像,
一笔画一滴泪好不心伤。
幸喜得今夜晚风清月朗,
可怜把众烈士一命皆亡!

这是传统剧《赵氏孤儿》中的一个唱段。

泪水在我的脸上流淌。我相信刘改过和陵园中所有的战友都听到了我心海里潮水的翻腾。

告别陵园的时候,已是暮色苍茫时刻。当大家再次把那张铁丝网张挂起来的时候,看到破败的塔基围栏、纪念碑后边一堆一堆的人粪和牛粪、离离落落的荒草……我的心头又一次涌上了难以抑止的悲凉。

……

我们在下榻的义海宾馆正吃晚饭的时候,领队牛禧峰进来对我说:“天峻县民政局长来看望大家了,你跟袁大校出去和局长见个面吧。"

民政局长很是客气,不住地表示抱歉,随行的几个工作人员给我们几个人献了哈达,并送来了矿泉水和抗高原反应的"红景天口服液",局长一再声称自己不知道我们要来祭扫烈士陵园,对自己的工作不到位很是愧疚。

听到这些话,我内心的郁闷似乎稍稍缓解了些。当我们提出烈士陵园那种荒凉甚至凄凉的状态时,局长解释说:"因为随着天峻县建设形势的发展,原来在荒僻之处的陵园,现在已处于县城的中心位置,民政局已向县政府打了报告,请求把烈士陵园迁出县城。新陵园建成之后,就绝不会是目前这种凋残破败、令人难过的状态了。"

他一再表示:当年为修建青藏铁路洒血流汗牺牲生命的人,是高原人民的恩人、功臣,如今高原人民的生活因铁路而发生了巨大变化,这些烈士是绝对不该也不会被忘记的。他请大家放心,说是一定会让长眠在天峻的烈士英魂得到安妥的。

我在心里长长地吁了一口气。但愿三年五载之后;这位局长的许诺当真能变成现实。

二

第二天吃过早饭,我们来到了关角山。

"关角"是藏语(一说为蒙语)音译,意为"登天的梯子"——上到这里,再有几步就可上天了。什么意思? 高啊! 关角山平均海拔三千八百余米,铁路要铺到格尔木,必须要敲开柴达木盆地的这道"东大门"。而敲开大门的唯一办法,按照最初的工程设计,必须在海拔三千七百米的高度打通一条长达四千零一十米的隧道。在20世纪七八十年代,这条隧道是世界上最高的铁路隧道。

打通这条隧道,可谓一波三折。1958年8月,在全国社会主义建设"大跃进"的汹涌浪潮中,西宁铁路局的职工在几近荒无人烟的关角山上打眼放炮,开工建设;1961年,因国家遭遇空前困难,隧道工程被迫停工。隧道两端的掘进深度折合成洞两千五百五十一米。尽管当时的全国性灾难使得铁路工人们撤离时非常难过,但他们仍然很用心地把已经打了半截的隧道"临时封闭"起来。工人们相信,当全国人民走出那可怕的饥荒灾难之后,在国家形势整体好转之后,这条隧道肯定还要继续修建的。果然,1974年,铁道兵十师四十七团的官兵们"三上高原",在这里安营扎寨,重新开始了异常艰辛的战斗。

四十七团接手的是一个"半拉子"工程,其施工难度甚至比开掘一条新隧道有过之而无不及。从1961年3月隧道工程下马,到1974年3月铁十师接手,整整过去了十三年。十三年的地质变化,十三年的积水浸泡,十三年的无人管护,使得当年的半截子工程呈现出"焦头烂额、百病缠身"的面貌,让新的施工者心焦头疼。**"其未成型的隧道衬砌、临时支护以及开挖暴露的围岩,在排水不良、无人管理维护的条件下,出现了严重的变形、坍塌等多种病害情况。"(摘自尹玉练先生所编著之《挑战极限·岁月如歌》)**同时,1961年设计的隧道高度,也已不适应1974年火车行驶需要的高度,因而还需要在原隧道"边墙"下继续挖掘数十公分,重新对边墙根基进行水泥浇铸,以增加隧道的高度。在这样的基础上重新施工,如果要打比方,就好比养育了一个虽然已经半大但却百病缠身的孩子,实际上比养育一个按照优生优育法重新生出的健康孩子要费神得多。可是为什么当时不能放弃旧隧道重新再开一个新隧道呢?原因有二:一是根据地理条件,最初设计所选的线路,从此处开掘距离最短,工程造价最低。若从别处另开,长度都将超过这里,而工程造价也必将会更高;二是西宁铁路局的工人老大哥已开掘了一大半,若将其废弃,无疑是一笔巨大的浪费,既有人力物力,更有工人老大哥那份珍贵的感情。归根结底,最主要的还是当时国家的经济力量薄弱。反复权衡,虽然施工难度更大,但从为国家节约资金的角度讲,让这个"病孩子"重新焕发生机是当时最好的选择。为了给并不富裕的国家减轻负担,铁道兵全体干部战士愿意慷慨奉献自己的一切——不就是多出力多流汗吗?不就是多受伤多流血吗?"为了不让毛主席拄着拐棍上拉萨,无论多大的牺牲,我们都在所不惜!""要奋斗就会有牺牲,死人的事是经常发生的。""为有牺牲多壮志,敢教日月换新天!""我们宁愿把骨头埋在风雪高原上,不修通青藏铁路,绝不下山!"……

在今天很多人看来,这些话简直不可思议,然而那个时候,这些话确实发自大多数铁道兵干部战士的内心。这些发自内心的豪言壮语掷地有声,震撼着隧道,震撼着关角山。关角隧道给人们留下了许多许多的故事。那些故事,可令天地变色,可令草木动容,能催人泪下,会引人深思,令人永生难忘。

在我和袁武学的生命历程中,我们都跟关角隧道结下了不解之缘。

袁武学于1974年3月底作为先头部队最早一批来到高原,一来就在关角山西侧的隧道出口处设防安家,然后就一直在隧道里施工奋战。我是6月份随团部一起上的高原,一直住在天峻县城。干的是战友们都比较羡慕的“轻松、安全、干净卫生”的机关工作。1975 年 8 月,袁武学被推荐上大学很荣耀地离开了关角山,我却于 1976 年 2 月被“贬”到了关角山。为什么说是“贬”呢?因为当时有一条大家都心知肚明却又心照不宣的“不成文法”:机关战士如果被列为“提干苗子”而下到工地去劳动,那叫“锻炼”;但如果被列为“复员对象”下到工地去劳动,就叫“改造”。后来的事实证明,我被“下放”,确实属于后者,明显地带有惩罚的性质。为什么要惩罚呢?因为我那时年轻气盛口无遮拦,曾因工作和顶头上司发生过激烈的争执,而且私下里也对某些干部的不正之风进行过抨击。世上没有不透风的墙,私下的议论,最后都被当事人悉数知晓。当面顶撞和背后议论,自然就成了我“骄傲自大、目无领导”的铁证,有如此“劣迹”之人,不改造怎么能行?改造一年之后令其复员回乡,这便是当时我得罪过的几个“掌权者”的计划。1976 年是中国人民大悲大喜的一年(三个伟人相继离世,松潘、唐山接连地震,斯乃大悲;祸国殃民的“四人帮”被粉碎,此为大喜),也是我个人经历极为痛苦复杂的一年。那一年,我从几乎完全绝望到又重新充满希望,完成了一次从“精神炼狱”到“思想天堂”的飞升。其间的苦辣酸甜以及富有传奇色彩的故事,我将在另一部著作里细说,这里,我只想特意说说我的战友袁武学。

袁武学之所以被推荐上大学,因为他是一个二等功荣立者。

他之所以荣立二等功,是因为他曾做出了“超人”的贡献。

那是一个惊心动魄的事件,也是一段荡气回肠的历史。

1975 年 4 月 5 日 10 时 45 分,关角隧道发生特大塌方,骤然间将一百二十七名官兵严严实实捂在了洞内。隧道本来就缺氧,通风的管道又统统被砸断,洞内人员生死未卜,情况万分危急。

本就在施工第一线的营首长,如同烈火焚身。

团首长得到消息,如同听到晴天霹雳。

师首长赶到塌方现场时,眼里几乎能喷出火焰。

铁道兵首长从北京乘飞机到青海共和县空军机场,再从机场驱车疾驰赶到了关角山下。

抢险!要以最快的速度抢险!

救人!要不惜一切代价救人!

这是当时所有获知消息的人——无论是部队的军人还是地方的老百姓——最急切的共同心愿。

一百二十七名官兵！一百二十七条汉子！一百二十七个鲜活的生命呀！

好在铁道兵是一支久经生死考验的英雄部队，他们奋力和死神搏斗并最终把死神打败的经历何止成千上万！他们有的是从死神手中夺回战友生命的经验！

现场抢险指挥部果断决策，抢险突击队迅速组成——排险专家、副连长肖崇炳担任抢险突击队队长，十一班副班长袁武学则成为突击队尖刀班最前端的“刀尖”……

无论死神布下怎样险恶的罗网，“刀尖”都必须竭尽全力把它割破！这是袁武学和抢险突击队所有战友坚定不移的信念。

起初，排险专家肖崇炳身先士卒，他察看了塌方的状态后迅速做出判断，塌方的岩土石块主要来自隧道拱顶，也就是说，塌方是拱顶坍塌，而左侧浆砌牢固的边墙则还稳稳当当地挺立着，沿着边墙刨掉塌落的土石，借助边墙的力量用方木做倾斜支撑，即可迅速在边墙和砟石之间搭起一个可容一人屈身活动出入的空间，这个空间不断向洞里延伸，就可成为一条通道，一条让被堵战友逃离死神魔掌的救命通道。

肖崇炳熟练地干着，袁武学认真地看着。不大工夫，细心机敏的袁武学就弄明白了支撑的原理，很快就掌握了操作的要领。他主动走到肖崇炳跟前，诚恳地说：“副连长，我年轻，有力气，让我来干吧。你在后边指挥就成了。有啥困难我立即向你请教。”

肖崇炳对袁武学的能力是绝对放心的，他二话没说，就把工具交给了袁武学。

接过肖崇炳手里的工具，袁武学就扑到了与死神“过招”的最前方。他知道，救人如救火，最重要的是速度，因此动作必须要快。但他同时又知道，要想救出被堵的战友，自己就必须活着，因此又必须十分谨慎小心。他趴伏在狭小的导洞里，机警地观察着，灵敏地动作着：先用钉耙把面前的石砟刨到自己的腹下，然后蜷缩身子，用双脚使劲把石砟蹬给紧跟其后的战友，战友把蹬出的石砟揽进畚箕，一个接一个往后传。袁武学根据刨出的安全空间，迅速估量出所需方木的长短，喊一声所需的尺寸，后边的战友立即把需要的方木递进来（外边的战友几秒钟就可用电锯锯好所需尺寸的木料），袁武学凭着矫健的身手和平日工作的丰富经验，在石砟中刨好支撑点，三下五除二将方木支撑妥当，再在两根支撑好的方木之间棚上短木板防止石砟继续下落。一段长五六十厘米的安全空间完成后，他接着又继续前边的动作，刨砟，蹬砟，要方木，要棚板……就这样，几十厘米、几十厘米地向前推进着，一米，两米，十米，十五米……生命的通道不断地向前延伸，一小时，两小时……战友的深情也在不断地向前传递。淋漓大汗早已把袁武学的浑身衣服浸透了，但他顾不上吃一口东西，也顾不上喝一口水，竟连续干了七八个小时。战友实在心疼他，连长便下命令让班长硬把他换了出来，叫他休息片刻，吃点东西。由于长时间缺氧，加上过度劳累，袁武学从导洞内爬出后刚一站起来，就觉得天旋地转，一下子就晕了过去。战友们把他从洞顶扶到平地上，给他吃了两个馍馍喝了几碗水，劝他好好地休息一下。然而洞内战友的生死一直揪扯着他的心，他担心其他同志不熟悉操作要领而耽误时间，便不顾战友们的劝阻，又一次冲上最前沿，当起了和死神搏斗的“刀尖”。

当导洞挖到二十多米的时候，袁武学感到呼吸特别困难，四肢无力，胸口像塞了一团棉花。他想，我们在洞外都憋得难受，堵在里面的战友一定更遭罪。要是能插进一根管子去，既能通气，又能传消息，那该多好啊！他的想法立即得到抢险指挥部的支持，一根长长的钢管很快就送进洞来了。可是当袁武学想要从拱墙和石砟之间那道小缝隙往进插钢管时，他忽然又犯愁了——管心是空的，一插不就堵住了？他身后的党百发此时急中生智，连忙递上一只工作手套，说：“把它套在管头上，捅透了塌方体，再一退不就行了？”

这一招果然见效，洞外的同志拼足全力向洞内打钢管，不一会儿钢管就从洞外捅进了洞内。洞内的战友接到钢管，立即敲打以示回应，然后取掉套在钢管上的手套，从钢管口向洞外报告：“首长、战友们，我们还活着——”

经过全体官兵的共同努力，最后，被捂在洞里的一百二十七人，爬过塌方顶部三十二米长的生命通道，全都安然无恙地回到了战友身边，创造了中国铁路建设史上人与灾难斗争的一个奇迹。

几十年后人们谈论这个奇迹时也许是轻松的，而在当时，那种风险、那种压力、那种辛苦与痛苦，今天在幸福中生活的人是很难体会的。在仅能容一个人屈着身体活动的小导洞里，即使袁武学是运动员出身，身体素质过硬，连续干十几个小时，那毅力也是超乎常人想象的啊！除了体能的巨大付出外，还须承受巨大的心理压力——塌方的体积究竟有多大？导洞要挖多长？多久时间才能挖通？捂在里边的人有没有身受重伤急待救治者？严重缺氧的情况下，没有死伤的战友还能坚持多久？头顶上的碎石还在不断下落，还会不会有更大的塌方发生？死神就在旁边狞笑，死神的巨掌就在头顶悬着，任何一个小小的疏忽或闪失，都有可能被死神掳走，丝毫不能大意……

凡在关角隧道奋战过的人，凡参与了那次抢险救人工作的人都知道：在那一时刻，"刀尖" 就是在鬼门关前捋死神的胡须，就是在拿自己的生命向上帝做抵押，就是为了战友而舍生忘死，就是为了使命而奋不顾身！那时袁武学胸中所激荡的，该是怎样豪壮的情愫啊！

然而，事后袁武学却对此壮举看得很平常，每当大家说起对他的敬佩时，他总是轻描淡写地说："那是亏了我有一个好身板。那种形势下，谁上去都会那么拼命干的。"而且为将自己行为的英雄特色淡化，常常会很低调地来点幽默："其实我也是怕死的。当时我就教了我身后的战友一招，一旦塌方，千万别乱喊，赶快一人抓住我的一条腿往后拖，残了不要紧，可别让土石捂死我。"

有过这样的经历，袁武学和关角隧道的感情便可想而知。所以，走近关角隧道时，袁武学如同见着久别重逢的亲人一样，他和洞壁拥抱，与铁轨亲吻，那种真挚，那种亲热，令人自然想起"几回回梦里回延安，双手搂定宝塔山"的诗句来。当年铁道兵的一片深情，霎时间感染了"重走团"的全体成员，感染了守卫隧道的武警官兵，感染了沉厚雄伟的关角山。

2011 年 8 月 13 日，关角隧道前合影

守卫隧道的武警官兵告诉我们：由于老关角隧道存在着先天的致命缺

陷——本地段独特而复杂的地质因素导致修好的隧道经常出现“病变”，因而国家已决定另外再修两条单线平行的新关角隧道。几年之后，这条老隧道将不再使用了。

听到这样的话，我们很为祖国铁路建设的飞速发展而欢欣，但不知为什么，心湖里却也荡出了几轮酸酸的涟漪。

2014年4月15日，据中央电视台报道：随着两声爆破巨响，新的关角隧道已全线贯通，全长三十二公里多。通车之后，原来需要两个小时才能越过的关角山，往后只需要二十多分钟……

真的，也许是明年，也许是今年年底，当年铁道兵曾经为之付出很多的老关角隧道，也将和铁道兵一样，成为一段供人回忆的历史了，但是我相信，发生在这个隧道里的故事，以及那些故事里所蕴含的精神，无疑仍然是一笔宝贵的文化财富，永远放射着耀眼的光芒。

……

三

告别了“天路卫士”——守卫关角隧道的武警官兵，上午11点左右，我们赶到了乌兰县。

在这里，我们看到了另一番景象。

在这里，我们受到了感动，更受到了震撼。

也许是事先打过招呼的缘故，乌兰县对我们的到来格外重视。县委书记因公务未能亲临现场，但他委托县委常委——县政法委书记以及县人大副主任（前民政局长）和现任民政局长等多人陪同。几位领导早早地乘车在县城外十几公里处迎接，并直接陪着我们来到烈士陵园。

这个陵园与天峻的相比，用“天壤之别”描述也许有些夸张，但用“景象迥异”来形容，却仍觉得难尽其意。纪念碑峭拔凝重、肃穆大气，烈士的坟墓和墓碑也都排列得整齐有序。墓碑上的字迹鲜亮，烈士的籍贯生平记述得清晰明了，言简意赅。虽然给烈士敬献的花圈早已准备妥当，但是许多女战友还是从草原上采来了鲜花。祭奠的程序和仪式，大致和天峻烈士陵园相同，但此时与彼时的感觉却完全两样。这时心里多的是温暖，当然不仅仅是因为天空中的太阳特别明亮。

作者在乌兰烈士陵园致辞

在这里，我听到乌兰县前任民政局何局长说了一番话，这番话让我的心弦发生了剧烈的震颤。他说前多年，乌兰县的烈士墓和民众的公墓是混在一起的（即使现在，也仍然只有一道短墙相隔）。而在那些公墓中间，有些墓主人的后人发达了，或当了官，或发了财，就给其先人立碑饰墓，弄得气象非凡，气派很是了得。而烈士的墓则相形见绌，显得破败，显得寒酸。有一年，当一群少先队员来陵园扫墓时，看到反差巨大的墓园景象，一个孩子感叹说：“看来，没有后人的烈士，还是很可怜哪！”

孩子的感叹如同一枚炸弹，在何局长的心海里“炸”起了久久难以平息的洪波巨澜。国家公务人员的良知使他不断地向自己的灵魂发出叩问：这些躺在陵园中的烈士都是曾经为国家做出过贡献的，今天国家的发展、进步，人民的幸福生活，是他们用鲜血、生命换来的。他们不仅是历史的功臣，而且是民族精神的标杆。让他们的灵魂得以安妥，让他们的坟墓展示光辉，就是让他们的精神昭示后人，就是为民族为国家的未来发展储蓄正能量。如果让孩子觉得当烈士很凄凉、很悲惨、很可怜，那么后代中谁还愿意去为了大众而奉献自己的生命呢？不把烈士陵园修得让亡者安心、生者欣慰，我这个民政局长就是一个千古罪人！

良知与责任感促使他下决心要让烈士陵园“旧貌换新颜”。于是，他四处反映，多方奔走，多次向县上打报告，三次下西安和铁二十局（即原铁十师）有关领导磋商。终于，在中铁二十局的大力支持下，各方资金汇合，投资数十万元，烈士陵园才有了今天这样的面貌与气象。

据工作人员说，陵园修好以前，曾有二十局一位姓周的首长来陵园凭吊，他看着陵园的情景，竟忍不住潸然泪下且痛哭失声……

中午饭是乌兰县的领导特意安排的接待，其丰盛是不言而喻的。席间的深情、盛情难以尽述，当我们向乌兰县的领导们表示感谢的时候，何局长说了这样几句话：“你们别谢我们，我们还要谢你们呢！铁道兵解散几十年了，你们还不忘老战友，千里迢迢风尘仆仆来这里看望、悼念战友，不忘旧情者必有大德！你们本身就是我们的榜样。”

我不敢说我们一行都是有大德者，但我敢说，我们此行，确实充满了深情！

来自江苏徐州的陈全林，曾在五〇团待过不到一个月的时间，部队就住在希里沟。当车子路过他们当年的驻地时，他情不自禁地高声呼喊着，手舞足蹈着，全然不像一个已过“知命”而将奔“耳顺”之年的人。为了回去能让老战友看到他们原来驻地的变化，他不吃饭也要赶回老连队驻地拍照，而与他同行的小任，则不仅在原部队驻地照了相，还捡了一块不小的石头装进了挎包，说要带回故乡，给那些老战友说：“看，这是咱们营房门口的石头啊！”

“铁道兵战友重走青藏线”的活动已经过去三年了，但那些场景至今仍时常在我的眼前浮动。我永远忘不了那一次非同寻常的“重走”，永远忘不了铁道兵老战友的那一片深情。

2014年6月17日　改就

刊于《今日柴达木》2014年第二期

大美海西文化人

因为从二十一岁到三十岁这段人生最美好的青春时光我是在青海度过的，所以，我一直把青海视为我的第二故乡。而在青海的十年里，除了在西宁上大学的四年，其余时间我都是在海西度过的，所以最难忘的还是海西。海西是艰苦的，但海西也是美丽的。海西可说可道的美景很多，可赞可颂的人则更多。在天峻、乌兰、德令哈，我接触过许多海西人，他们身上那种淳朴、憨厚、热情、直率的品格，都给我留下了十分美好的印象。然而，真正让我深刻感受到海西人崇高美德、大美情怀的，则是一个堪称"老海西"的文化人。他就是数十年来我一直感佩敬重的老哥——青海省文联原主席、青海省广播电视厅原厅长兼党组书记——王贵如。

真正的"老海西"

贵如兄 1968 年从兰州大学中文系毕业后，就到海西工作了，从州委宣传部干事、副科长、副部长直到州文联主席、州委副书记，一干就是几十年。那些年里，他奔波于草原，穿行于戈壁，在牧区救灾，到农村扶贫，顶风冒雪，栉风沐雨，迎风斗沙，吃过很多苦，受过很多累，甚至有过在草原上迷路几乎身陷绝境的惊险经历。所以，称他为“老海西”，我认为他是当之无愧的。

我和贵如兄认识是1979年在《青海湖》编辑部组织的一个“文学创作学习班”上。

第一次见面，当贵如兄知道我就是韩怀仁的时候，不仅非常高兴地向我告知了一个好消息：我的短篇小说被定为“优质稿件”将在改版后的《瀚海潮》上发表，而且他还主动掏腰包请我吃了一顿岐山臊子面（前文《永远的兄弟》中有详细叙述，这里从略）。

不久，改版后的第一期《瀚海潮》以全新的面貌与读者见面了。果然，我的短篇小说《驱不散的冤魂》就发在那一期上。很快，稿费也寄来了，居然有四十多块！

几十年过去了，为什么这件事一直让我难以忘怀呢？我想，这大概就是美德的力量。正是通过这样的小事和细节，我看到了一种境界，一种情怀，一种大美之德！这美德就叫：无私与公正！那时候，我的身份仅是一个士兵，一个学生，一个没有权势、没有背景、无人推介、无人引荐的投稿人，然而，就因为一篇编辑部认为“写得不错”的稿子，贵如兄跟我头一次见面就对我那样尊重、那样真诚热情，简直让我受宠若惊。他为什么会这样呢？除了他善良天性自然流露之外，我认为他这样做，实际也是以自己的行为向作者昭示海西文化人的美德——办刊物，既不是给某个“圈子”打造牟利的工具，也不是给所谓的“同志”建设营私的据点，而是要继承古圣先贤的文化传统——“为天地立心，为生民立命，为往圣继绝学，为万世开太平”！就是实实在在为社会主义文化事业做贡献！所以对于所有的稿件都一定“唯质是取”——不看来头，不看背景，不看脸色，不看关系，不看是否会“巴结”。凡是提供优质稿件的作者，无论其出身贫富地位高低有名无名，全都一视同仁，一律表示真诚的恭敬与尊重。

和贵如兄相识之后，我们便有了更多的交往。交往越多，领略“海西文化人”的美德也就越多，而那些美德对我人生的影响也就越深，越大。诚实地说，我最初从事文学创作时，是十分“功利”的，就是想以发表作品为“敲门砖”而为自己谋一个“铁饭碗”。然而，在“端稳了铁饭碗”之后还能继续把文学创作当作神圣的事业来追求，的确与贵如兄及“海西文化群”的影响分不开。

1982年夏天，在乌兰县文化馆举办的文学创作学习班上，贵如兄为业余作者讲了一堂课。在课堂上,他不仅讲了他对文学的许多感悟,而且还满怀激情地号召业余作者:一定要敢于描写真实的人生,揭示真实的人性,要有社会责任感,要有古人“文章合为时而著,歌诗合为事而作”的文化自觉,要有彭老总“我为人民鼓与呼”的历史担当精神。他说:“只有这样,搞文学创作才有意义,而且也才能干出名堂来。”

那堂课给我留下的印象极为深刻。在后来的日子里,每当我写作有所懈怠的时候,贵如兄的那番话便会在耳边响起。更为重要的是,贵如兄自己勤恳笔耕、不懈奋斗的作为,也为我树立了极好的榜样。贵如兄并不是专业作家,他几乎一直在做行政工作。别的不说,单是级别较高的领导职务就有:海西州委副书记、省文联主席、省广播电视厅厅长兼党组书记。担任领导职务,属下人员的业务能力、工作质量、职称评定、住房分配、家属就业、孩子上学、生病住院、去世追悼,以及关乎单位发展前景的种种大事小情,哪一样他不操心能行?然而,他却出版了短篇小说集《风儿吹过田野》、报告文学集《西部大淘金》(合作)、电视解说词集《离天最近的地方》等多部文学著作,由他撰稿并主持拍摄的电视专题片《青海湖之波》《古海潮声》《遥远的唐古拉》都获得青海省“五个一”工程奖;《青海湖之波》1994 年又荣获全国“五个一”工程金奖,与南京电视台的《伟人周恩来》、广电部的《解放》同登最高领奖台。这些成绩和荣誉,哪一项不要付出大量的心血和汗水?在了解他的工作情况并看到他的文学成就的时候,我便不由得在心里惊叹:贵如兄真把他生命的全部能量都燃烧释放出来了!他真是个“绝不肯浪费丝毫生命”的人哪!于是他不懈奋斗的美德,也就成了我不能懈怠的动力。

通过贵如兄的介绍引见,我很幸运地又认识了那个在“瀚海”上掀起文化“浪潮”的“海西文化群”。这个“群”里,除贵如兄外,还有高澍、王泽群、王文泸、安可君、董生龙、井石等。和这些文化精英们接触之后,他们的人生遭遇让我感慨万千,而他们忍辱负重、忠贞爱国、勇于开拓、乐于担当的美德,则更令我感佩不已。不说别的,单看学历,就可以看出他们都是天资聪颖、才情横溢的饱学之士——王贵如、安可君毕业于兰州大学,高澍毕业于清华大学,王文泸毕业于青海师范学院,王泽群毕业于山东莱阳农学院,董生龙毕业于西安公路学院。在 20 世纪 60 年代的中国,拥有如此学历的人,不说是凤毛麟角,起码也是稀有珍宝。然而他们却都因为这样那样的“原因”而被“分配”到了海西地区。王贵如、安可君进了都兰农场,高澍进了都兰农机厂,王泽群在“农建十二师”当了军垦战士，董生龙则在柴达木汽车修理厂当工人。那时候的海西，其荒凉与艰苦情状，今天“80后”“90后”的青年人是难以想象的。在那个“政治挂帅”的年代，把这样一批富有才学且志存高远的文化精英放到

两个“老海西”王贵如（左）、王文泸（右）在一起

那里，“政治歧视”的意味是不言而喻的。然而他们一个个虽有委屈却并无抱怨，都怀着建设祖国、改变海西面貌的一腔热忱，兢兢业业、勤勤恳恳地工作，在各自的岗位上都干得非常出色。尤其在“四人帮”被粉碎、中国进入历史新时期之后，他们身上所蕴藏的文化能量，全都像火山熔岩喷发一般，在海西的文化天空中“喷”出了一幅令全国文坛瞩目的绚丽图画。在当时州委领导的大力支持下，王贵如热情推荐，高澍、王泽群、董生龙纷纷从都兰、大柴旦等地汇集到了德令哈，虽然王文泸调动到了西宁，安可君调动到了兰州，但他们仍然心在海西，情系海西，力量贡献于海西，很快就形成了一个光辉闪耀的“海西文化群”。这个群体很快就创办了一个立足海西、面向全国、放眼世界的文学刊物——《瀚海潮》。《瀚海潮》以优秀的作品向世界发声，在中国当代文坛产生了广泛而令人惊叹的影响。这群文化精英不懈奋斗所取得的文学成就令人钦佩，而身处逆境却不甘沉沦的精神则更令人尊敬。王泽群出身于三代书香门第的高级知识分子家庭，“十年动乱”中，家庭遭受重大灾变，他在母亲自戕后精神痛苦不堪，竟至双目失明多年，直到粉碎“四人帮”后，才逐渐治愈。不幸的是在治疗眼睛时医生错用药物，又导致他双耳重听，使他的世界始终“半明半暗、未聋似聋”。然而就是在这样艰难的境遇中，他却一直笔耕不辍，创作了数量巨大的文学及影视作品，并获得国际、国家、省、市级大奖五十多项（次）。《青海日报》副总编辑王文泸、青海省作协主席董生龙以及英年早逝的高澍，全都是无论境遇顺逆，从来不

肯放弃文学的追求奋斗者，他们最终也都以其丰硕的创作成果，为后人提供了宝贵的精神财富。

回首身在青海的十年，我观赏到的美丽景色不少，接触到的好人美德更多。单是海西文化人的大美之德，再用数倍于斯文的篇幅也述说不完。最后胡诌小诗一首，聊表不尽之情吧。

高原岁月十秋春，霜风似火淬骨筋。
瀚海潮中试劣橹①，青唐②城外见真心。
澍泽群龙美若画，文暖万众贵如金。
花甲已过忆不尽，大美海西文化人！

①劣橹：指本人投往《瀚海潮》的稿件。

②西宁古曾有青唐之称。

2014年10月2日　改就

刊于2014年11月14日《青海日报》

难得“虎王”是知音

——“画说”阮班超先生对我的深厚情谊

早就想为阮班超先生写一篇文章了。可惭愧的是,这个念头在心中“冲动”了好几年,却一直磨磨蹭蹭拖到现在才动笔。什么原因呢?当然,家事繁多、杂务繁忙可以说是一个并非推托的借口,但最主要的,还是心中那份说来也许会让人生疑的“惧怯”——惧“步人后尘”,怯“拾人牙慧”。

在陕西乃至全国的书画界,阮班超早已是声名远播的大画家了。“中国杰出人民艺术家”称号的获得,独领风骚的“虎画”参加全国“百虎展”及在北京举办个人画展引起轰动,数百幅作品在《人民日报》《中国文化报》等数十家报刊上发表并广受好评,作品一再被国内外政坛要人及国家级院馆收藏,艺术经历赫然载入《艺术中国》《一代名家》等大型画册。许多名流大家都对他的画意、画风、画品做了精湛、高妙的评论。比如:

西北“虎王”阮班超

国家政协原副主席王忠禹说:“阮先生的虎,画出了一种和谐、一种理想,是我们当代中国繁荣富强的象征,具有代表意义。”

中国现代文学馆副馆长、作家周明说:“阮班超先生的画具有文学性,内涵细腻丰富,感情真挚动人。”

著名文艺评论家雷达说:“阮班超的画,俗中带雅,有着很高的品味。”

著名文化学者肖云儒说:“阮先生画出了虎自然属性下的一切品格,具有深厚的文化底蕴。”

著名画家崔振宽说:“阮班超的虎非常传神,具有人文情态,非常动人。”

著名评论家费秉勋说:“以我之见,班超画虎,在秦当为高手之一,在国内亦应有显著地位。”

……

面对着如许澎湃汹涌的高超评论,我心里忖度,无论我怎样搜肠刮肚、绞尽脑汁,也决然超越不过那些高人而写出有新意的评论来了。班超兄的画如同一座雄奇苍莽的大山,山间的风景绮丽,内蕴丰厚,“飞流直下三千尺”“横看成岭侧成峰”,我站在其间只有惊呼赞叹的份,用什么文词言语来形容都觉得难尽其意。已经“名家有评在前头”,我自然就“眼前有景道不得”了。这便是我一直迟迟未敢动笔的主要原因。

然而,每当我展开班超兄赠我的那两幅精心画作时,心里总难免涌起一种“对不起朋友”的歉疚。他慷慨地送了我两幅呕心沥血之作,以及非常精美的画册,我领受了他非常厚重的情谊却没有写出一篇哪怕是“豆腐块”般的短评微论来,若有人要给我戴一顶“辜负挚情、不识人敬”的帽子,我觉得一点都不过分。

时光在不断地流逝,流逝之速让我常常感到惶恐,我内心的歉疚也变得越来越沉重了。沉重的歉疚告诉我:必须得说些什么了。

说什么呢?当然,如果不惮“步人后尘、拾人牙慧”之讥,就阮班超虎画的人文意蕴、哲学思考、生命叩问等,依然有很多很多话可说。比如,我可以这样说:

阮班超的虎画之所以使人惊叹,让人敬佩,令那么多名流大家激赏,就因为无论是近代著名画家任伯年,还是被称作“虎痴”、被誉为“画虎大师”的张善孖(张大千的二哥),抑或是与阮班超同一时代的冯大中,尽管他们的虎画都价值高贵,但谁都无法遮掩阮班超虎画的价值与光芒。这其中的缘由就是:阮班超之虎画与往古当今画虎名家所画之虎有着迥然不同的神态意趣,他有自己独特的境界风骨。

细品阮班超众多心裁别具、意蕴新奇、独呈风致的画虎佳作,无论是谁,首先都得承认,阮班超画的确实是虎——非狮,非豹,当然更不是猫!那千真万确是虎的形体,虎的威势,虎的皮毛骨骼、姿容步态、生存环境、活动背景,然而当人们略微用心观赏片时之后,却又不得不拍案惊呼:他画的根本不是虎!他画的是“人”!而且是有着丰厚文化底蕴的“人”!他笔下那一个个活灵活现的虎,有着深沉的哲学思考,有着悠远的生命忧思,有着博大的母子之爱,有着缠绵的夫妻之情,有着高人韵士的风雅,有着名僧老道的仙风……比如《风神》中的那只虎,体态十分雄健威猛,但神情却十分亲切和善,虽然也张着大嘴,呲着獠牙,但却没有丝毫凶狠之像,反倒像是十分开心地对着山林、向着人间放声大笑,让人竟不禁想起寺院里那位笑口常开的大肚子弥勒佛来。

阮班超虎画的人文意蕴之所以特别突显,除了在构图、造型、着色、设意、传神、表情等艺术手法上有着不雷同于他人的精妙之处外,还因为他的创作有一个特色,就是画卷上常有画龙点睛的诗文。例如,当三只小老虎竖起耳朵、睁大眼睛,天真而惊讶地向远处观望时,画幅上方则有词题曰:“天籁不足惊,应宜倾耳听”;浮云掩映着一轮圆月,一只独虎在山间漫步,画面的题词是“山高月乃近,淡泊心自闲”;而在一只幼虎依偎母虎的画面上,则题着鲁迅先生的名句:“无情未必真豪杰,怜子如何不丈夫”;两只小虎临崖远眺,他题的诗句是:“少小遨游知仙子,一片闲云束行装”。其他如“当时明月在,曾照彩云归”“翠竹岂止近人物,白云何尝远灵性”“石含精神淡光冷,云挹澹然秋气清”等,无一句不是人的感悟、人的情怀。阮班超完全把虎“人化”了。而他把虎“人化”的目的,正是为了表达他对美好人间的一种理想与渴望……

类似上边这些话,如果要继续说下去,再说个“三筐两篓”应该也没有什么问题,但说来说去总觉得仍然在名家大腕那些话里打转转。而和名家大腕们相比,我没有他们那样的超拔学识和卓异眼光,怕是无论怎样努力,最终仍难免“步人后尘,拾人牙慧”。

所以,我一直在为这篇文章作难。

也许是“日有所思夜有所梦”吧,一日夜间,我忽然听到一个声音说:“为什么不从我们说起呢?”我惊讶地循声望去,原来是三只老虎正在深情地注视着我。我看着老虎有些眼熟,但却不知在哪里见过。正诧异间,虎们又说话了:“愣啥神呢?我们就是‘虎王’送给你的嘛!”梦醒之后我顿时豁然开朗:为什么不从这两幅画说起呢?从这两幅画作说起,也许还真能说出些“属于自己的”话呢。

班超兄以其大作赠我,缘于我的长篇小说《大虬》。

2010年4月在深圳,我曾将拙著《大虬》给书画家王继庆(笔名季庆)先生赠送了一本。是年11月中旬的一天,继庆先生来电话说:“有两个朋友看了《大虬》之后,非常喜欢,想到学院去和你见个面,认识一下。”

多年以来我一直认为:对于写作(尤其是文学创作)的人来说,读者就是上帝!所以每当听到有读者对我的作品有所回应的时候,我就像虔诚的教徒听到了上帝赐予的福音一般,心里总会涌起一阵阵温暖的激动与感动。更何况,继庆兄说要来的这两个“读者”,一位是铁路运输学院的蒲宏教授,另一位则是有着“西北虎王”美誉的著名画家阮班超先生。如此“有分量”的读者因看了小说而想来看我，这让我不仅喜出望外，而且还着实有些受宠若惊呢。

第一眼看到阮班超先生的时候，那气质和神态，就让我的心不由得怦然一动。他那栗色的国字形脸膛上，挂着温和亲切的微笑，但同时又分明透着朗峻、坚毅的神色，身上洋溢的阳刚之气浩浩乎沛沛然，用时下流行的话来说，就是他是一个“很有男人味儿”的男人！一瞬间，我脑海里竟电光石火般闪出了我小说中的主人公——大虬！眼前的“虎王”很有点我心目中大虬的气韵呢！

继庆先生介绍说，他把《大虬》带回西安之后，被蒲宏教授看到，很高兴地拿去读了，之后蒲教授又将《大虬》推荐给了阮班超先生。阮先生竟然对这部书产生了极大的阅读兴趣，连续几天手不释卷，不仅一口气读完了全书，而且还边阅读边在书眉和书侧写了不少的评语和感想。于是话题就集中到了对《大虬》的评论上。几位老师都对《大虬》表示了让我惊喜的赞赏，尤其是阮班超先生对《大虬》的喜爱，让我的眼睛和心灵都产生了一种湿漉漉的感觉。他诚恳的话语，赞许的眼神，让我仿佛看到了这样一个画面：

一个农夫，经历了无数的日晒雨淋，洒下了许多的心血汗水，终于有一天，他耕耘的那块土地上长出了几茎绿苗，一株绿苗上竟然还绽开了一朵小花。尽管农夫自知花朵的香气谈不上馥郁，色彩也算不得艳丽，但他仍很希望有人能注意到这花的存在。假如有人投来赞许的目光，农夫就会觉得是很奢侈的精神享受了。然而他却一直担心，担心花虽然开了，但却如同开在无边无际的沙漠上一样，没有任何回应，有的只是死一般的静寂。现在，他感到十分庆幸，因为不但有人对他的花朵给予了关注，而且还给予了那么热情的赞美。那“赞美者”竟然还是观赏过多种奇花异卉、具有很高审美眼光的高人！那高人取得的成就和声望，本是农夫应当仰慕和歆羡的，然而高人现在却对“农夫的花朵”热情地大唱赞歌！

农夫和赏花人原本素昧平生，不存在所谓“圈子里人”的互相吹捧，那赞美完全是发自肺腑的，不是聊表安慰的客套，不是照顾面子的应付，也绝非期待“交换”的敷衍……

一股温暖、甜蜜，深入骨髓的热流在“农夫”的心里流淌。湿漉漉的感觉无法阻遏地涌上了农夫的眼眶。

画面里的农夫是我，而那位神情最专注的赏花高人，就是阮班超。

很自然地，我想到了“高山流水遇知音”的美丽故事，而且不假思索地就断定，阮班超是我和《大虬》的一个知音！

“西部虎王”是你的知音？该不会是自作多情吧？起初，我心头确实浮动过这样的疑云。不过这疑云很快就被强劲的清风吹散了。这清风就是——我不仅当面听到了阮兄因喜爱《大虬》发自肺腑的言语，在《五色石》杂志上看到了他赞美《大虬》的文章，而且手机还收到了他填的一首词——《别调望海潮·三访韩教授》，其词曰：

洪庆宝地，校标指空，“二炮”护国称雄。坑儒坑畔，两千年矣！更兼武纬文经。《大虬》上银屏，捧再版新书，心潮翻涌。长安东里，崇文蔚然成劲风。

惺惺相惜惺惺，看酒溢樽盏，论座高风。诗就盈泪，谈吐玑珠，立地论文即成。逞兴争话锋。只恨时不我再，满鬓霜生。难得今逢，知音醉倒琴韵中。

除了这些文字，最让我心热、心动、心灵震颤的，是他赠送给我的两幅画作。当我反复对这两幅画用心揣摩之后，“我认他是个知己，他果然就是个知己”的信念就越发坚定了。

阮兄的赠画，常让我想起苏轼的《文与可画筼筜谷偃竹记》。那篇妙文记叙了这样一个故事：苏轼因对王安石变法有不同看法而遭到“新党”的打击排挤，他只好“自请外任”到基层工作。这位具有“宰相之才”的大文豪虽然外表很乐观，但是他的表哥文同（字与可）却清楚地知道他内心深处其实是藏着巨大痛苦的，于是就画了一幅《偃竹图》寄给了苏轼，并告诉他：“此竹数尺耳，而有万尺之势。”所谓“偃竹”，就是被压倒而不能直立伸展的竹子。这竿虽被巨岩恶石压弯但仍然不屈不挠昂首向上的偃竹，正是苏轼当时处境及其人格最好的象征。苏轼后来重览此图时之所以痛哭失声，就因为文与可在这幅画里寄托的亲切安慰、深情理解、真诚崇敬和由衷赞美，给正处于逆境的他以极大的精神鼓励。

伟大的艺术家用画面传达出来的情感与思想，往往比作家用文字表达出来

的更丰富、更真切、更深邃,更耐人寻味,从而也更具有情感冲击力和思想启迪作用。在反复欣赏班超兄赠予我的画作时,我常常这样想:

阮班超先生送我的第一幅画作,是他看完《大虬》之后,第一次来看我时特意带来的,题为《归去来兮图》。画面上那个七八岁的小男孩,眼睛如明净澄澈的秋水,像雪一样纯洁,如同刚破土而出的禾苗一样天真,他拍着一只雄壮的老虎的脖子。老虎大张着嘴,却显出了温和亲切,简直就像一个伟丈夫在咧嘴憨笑。葱葱郁郁的青松为背景,男孩肩上扛着几根竹枝,面带微笑,无忧无虑,潇洒自然……

“归去来兮图”五个字让人不能不想到《归去来兮辞》,不能不想到陶渊明。想到陶渊明,就不能不想到他所向往的人生境界,不能不想到他的高洁的精神品格,不能不想到他人性复杂的多个侧面。

诚然,“久在樊笼里,复得返自然”“采菊东篱下,悠然见南山”时,他是“潇洒飘逸”的,“放旷豁达”的,也是“其乐融融”的!正因此,很多人都“封”陶渊明为“田园诗人”,说他追求的是“自然平淡”。然而,清代龚自珍却有诗云:“莫道诗人总平淡,二分梁甫一分骚。”意思是陶渊明的内心既有追求和平、安宁、恬淡、自然,不受功名利禄羁绊、活得自由潇洒的一面,同时又有憎恨污浊社会、想要扫除邪恶的另一面。鲁迅先生说得好:(陶渊明)**“除了论客所佩服的‘悠然见南山’之外,也还有‘精卫衔微木,将以填沧海’‘刑天舞干戚,猛志固常在’之类的‘金刚怒目’式,在证明着他并非整天整夜的飘飘然。这‘猛志固常在’和‘悠然见南山’的是一个人,倘有取舍,即非全人,再加抑扬,更难真实。”**(《且介亭杂文二集·题未定草六》)

班超兄的《归去来兮图》,我以为是一幅与鲁迅先生“灵犀相通、思想契合”的杰作。画面所喻,正是陶渊明的“全人”或者“完全”的陶渊明!天真无邪的孩子,是靖节先生“平淡自然”的象征,而令人神旺的猛虎,则是陶潜先生“猛志常在”的神妙写照。虎的威猛之气丝毫未减,然通体却散发着善良正义的光辉。这正义善良的虎气,正是追求赤子般纯真境界的内在动力。孩童与虎如此和谐相处,正是陶渊明“全人”精神的美妙表达。

阮班超的画作为什么能达到这种境界呢?靳鸣翔先生是他的学友,几十年和他情谊笃厚,对他的人生经历及人格品性了解得十分透彻。靳先生曾在文章中这样介绍阮班超:

“他不愿意‘攀富结贵’,不愿意‘赶场子混个脸熟’,一切处之泰然,安之若素,这就是他‘处厚’‘处静’的定力……他漠视视穿衣吃饭这些被常人美其名曰

‘生活质量’的东西，自觉地和现世物欲拉开距离，把自己浸泡在‘据于德，依于仁’的自我修为中，始终如一地把‘德性’‘做人’放在首位。当个好人，当个有本事的人，当个对社会有贡献的人。”

既能挣脱名利的羁绊，同时还能用虎一般的威猛之气来为社会贡献自己的力量，这不活脱脱就是陶渊明精神的现代诠释么？在《归去来兮图》中，班超兄巧妙含蓄地表明了他的世界观、人生观和价值观。

那么他把这样一幅蕴含深意的作品送我，是认为我也属于这种境界中的人吗？

我感动极了。

2010年之前，我们从没见过面，可是不多的交谈中却发现我们的“三观”竟惊人的一致：饱受极左政治祸害但却没有对生活和社会绝望，虽然人生路途艰难但却从未停下奋斗的脚步。主动告别职务晋升可“近水楼台先得月”的军级单位政治机关，义无反顾地走向手执教鞭的三尺讲台；两次递交请辞教研室主任的报告，旨在给年轻人创造锻炼的机会与空间；主动要求免去教授职务，从而给其他同事腾出名额；努力从事文学创作，却不刻意攀龙附凤去钻所谓的“文学圈子”……我深知自己的学识才情永远不敢与陶渊明相比，但对人生境界的追求却一直以陶潜先生为楷模。老子的名言“吾不争，其谁能与我争”是我经常在心中默诵的“真经”。阮兄送我《归去来兮图》，定然深知我亦喜爱陶渊明。不是知音，怎会有此举动？

班超兄送我第二幅虎画是在2012年，那时距我们第一次见面又已经一年多了。他来参加洪庆文友在我校举办的诗文书画展示会，特意给我又画了一幅六尺整张的“双虎图”。他郑重地将画送到我手中时，情意款恳地说：“这是我特意为大虬而画的。”由于当时人多忙乱，我并未对阮兄的苦心大作仔细欣赏。及至活动结束回家后认真品味时，我的心弦又一次不由自主地强烈震颤了：

画面上是两只含情脉脉的老虎，一只神态安闲地伏卧于苍松翠林之下，若有所思，似有所待，双目微眯，满足幸福之情态仿佛山间的岚霭，氤氲缭绕，弥漫荡漾。而另一只则体格健硕，雄风洋溢，俯首垂目，雄健的身躯亲昵地向那只卧虎轻轻靠拢。它的左前肢稳稳实实地踩着地面，右前肢则轻柔地似举未举。那神情、那举动，分明是刚刚从远方走来，饱含深情地向自己的爱侣打着招呼：“亲爱的，你好吗？请相信，有我来陪伴，你永远不会孤独的！”那种亲切与温柔，任是槁木之心，也不能不为之而情动了。“有情方显真豪杰！”两只情意绵绵的兽中之王，即使是谈情说爱，也充满了英豪之气。画面下方题句曰：“不向峰顶吼，来伴林下卧。”

这是怎样的境界啊！那只远道而来的健硕雄虎，它本可以攀上高峰绝顶，睨视众生，君临天下，吼声响震四野，大展兽王雄威的。然而，他却放弃了那种作威作福的风光，而心甘情愿地奔到这安静而寂寞的林下，来陪伴由于种种原因而不能攀峰登顶的心中所爱……看着画面，读着诗句，我的鼻头不由得有些发酸，眼眶也不由自主地有些泛潮。好一个“不向峰顶吼，来伴林下卧”的英雄之虎啊！这不就是《大虬》中的陈大虬吗？以大虬的聪明才智和胆识气魄，他若是愿意紧跟“形势”，想要迎合“潮流”，只要稍稍转换一下“方向”，他完全可能出人头地，飞黄腾达，从而跃上人生的“峰顶”，抖几回令世人艳羡的威风，做一个让势利之徒仰视的风云人物。然而，他没有。他为了真心爱他而他也真心痴爱的毕莲仙，宁可承受世俗的嘲谤、儿子的不解、小人的攻击、极左政治的歧视迫害，放弃极有可能辉煌的“前途”，一辈子忠贞不渝，陪伴着美丽但却命途多舛、饱受苦难的毕莲仙。这种真爱，既像鸳鸯、鸿雁一样美丽温柔，也像猛虎长吟一般豪壮激越，令人感佩，令人惋叹，也令人心灵震撼。

班超兄说这幅“不向峰顶吼，来伴林下卧”是特意为《大虬》而画的，我真为大虬和莲仙感到幸福——茫茫人海里，他们也遇到知音了！

能得“西北虎王”阮班超为知音，我感到十分荣幸。我想，陈大虬、毕莲仙有知，他们也一定会感动、感激得涕泪交流的！

刊于《长安》2015年第二期

“柏赖子”的贡献

——襄渝铁路险滩沟隧道遇险亲历记

凡救过我们性命的人,我们都应该感谢他,记住他,否则就是忘恩负义。

所以,四十多年过去了,我一直忘不了那个曾被我们看不起但却救了我们十多人性命的“柏赖子”——一个四川籍的铁道兵战士。

1972 年 12 月入伍后,我被分在铁十师四十七团新兵一连。因多少有点“文艺特长”,新训一个月后,又被抽调到新兵团演出队去排练节目。新训结束,坐了三天三夜闷罐车,从西安绕湖北赶到了驻地在陕南旬阳沙沟的“老部队”。新兵团演出队在“老部队”各营巡回演出结束后,我即来到十三连,被分配到十二班——担负隧道排架支撑任务的木工班。

木工班有个 1971 年的老兵(1970 底入伍,其实就比我们早两年),名叫柏代志,四川开江人。他的老乡根据名字的谐音,给他取了个绰号,叫“柏赖子”。

我从团文艺宣传队到十三连的头一天,他就对我说:“你这个新兵蛋子啷个搞起的嘛?在文艺队不用打风枪刨石砟,漂亮的女娃儿又多,要起好安逸噢!你到这险滩沟来干啥子吗?”

单是这几句话,他在我的心目中就留下了很不好的印象。第一,我虽是新兵,但却很讨厌别人称我们为“蛋子”。可他却特别喜欢把我们这批 1973 年入伍的兵叫“新兵蛋子”。他嘻嘻笑着,说因为林彪外逃的“九·一三”事件,1971 年底全军都没有征兵。由于没有新兵入营,所以在其他老兵面前他们就一直是新兵,且一直是“蛋子”。我们入营后,他们才算是彻底摘掉了“新兵蛋子”的帽子。他说:“老子连着当了两年‘新兵蛋子’,吃了好大的亏,现在就要多喊你们几声‘新兵蛋子’,好把我们吃的亏补回来。”为了“补亏”,他就有意在我们面前拿老兵的架子——动不动就喊:“新兵蛋子,来帮老兵做件事情。”第二,我虽然对女人也很有好感,但他那种“跟漂亮女娃儿要起好安逸”的说法,让我总觉得有一股“流氓味儿”。

所以我就很“正气”地回答说：“毛主席的战士最听党的话，哪里需要到哪里去，哪里艰苦到哪安家。党认为十三连需要我，我就在十三连好好干呗。”能在新兵团演出队待，那些革命歌词我还是记得很熟的。

他听了后先是“扑哧”一笑，接着就“嘿嘿嘿”地大笑了一阵。笑罢，他说：“格老子的，你个新兵蛋子还给老子唱高调子哩。你是人家文艺队不要了才发落到这里来的。”

他这句话还真刺到了我的心痛处。我不得不在心里承认他的坦率和我的“虚伪”。新兵团演出队解散后，队长选了一部分“优秀演员”留在了“正式的”老部队演出队，“差火的”也就是不怎么优秀的，就分到各个施工连队了。我没有被留在“上头”而是被分到了“下头”，说明我是“不优秀”的。可是出于虚荣心，我还要打肿脸充胖子，用革命的高调来掩饰自己被淘汰的失落。

“你知道这条沟为什么叫险滩沟吗？”见我不说话，他又继续问。

险滩沟这地名儿是怎么来的，我并没有调查研究过，顾名思义想当然吧——也许，这条沟在进入汉江的地方，泥沙乱石在汉江的航道上形成了一处险滩；也许，这条沟本身就十分凶险，每当暴雨洪水时期，沟里的泥沙乱石会在拐弯或转角的地方形成多处险滩。不管怎么说，此沟能以“险滩”名之，肯定和“险”有关联。

不过我还是摇了摇头说：“我不知道。”

他又是嘿嘿一笑说：“险滩沟就是这沟里出的险事多。死的人多。”

接着，他就讲了一件令我不寒而栗的事情，和我同年入伍的一个洛南兵，第一次进隧道，就被电瓶车挤死了！进洞之前，排长、班长和老兵都反复交代过：隧道的洞壁上，每隔一段都有一个凹进去的避车洞，如果遇到拉石砟的电瓶车过来，一定要赶快跑到洞里避车。可是这位从山区农村来的战友从来没见过像小火车一样的电瓶车，当看到那个长龙一样的家伙跑过来时，他竟像吓傻了似的，虽然听到了躲车的命令，但两条腿却一步也迈不动，呆呆地站在轨道边茫然不知所措。偏偏那一段既是弯道而空间又比较狭窄，等到老兵发现险情想要拉他时已经来不及了。由于洞内光线昏暗，当司机发现这个战友想要急刹车的时候也已为时过晚。就这样，他被斗车挤伤了，大家连忙送他到卫生队去抢救，可惜最终还是因为失血过多而不治身亡了。

我本来就对进隧道心怀忐忑，听了这件事，心里越发紧张了。第一次跟随战友们进隧道时，心脏“怦怦”跳得跟怀里揣了个小兔子一样。不过，随着进洞次数的增多,那种“谈洞色变”的恐惧感渐渐也就消失了。因为熟悉情况后我马上就明白了一个道理:尽管洞内危机四伏、险象环生,但只要提高安全意识,随时注意观察,头脑灵活些,动作机敏些,一般是不会有什么危险的。

可是这个“柏赖子”总是给我们发号施令,一会儿说这里不敢去,一会儿说那里有危险,叫我们要注意这个注意那个,说是在隧道里干活,一定要听老兵的。偶尔有谁没听他的指挥,他就会很不高兴地教训人家:“这个鸡巴屌兵,老兵的话都敢不听!”我们几个新兵都不喜欢他,都暗地里说他是既没当上班长也没当上副班长,就想在我们几个新兵身上来过一过“当指挥员”的瘾,而且指挥我们完全是为了他自己不干活。

大约是我进隧道一个多月后的一天,我们上的是大夜班,任务是把上一班爆破后炸松的石砟装进斗车运出洞外。在那个大家都羡慕“商品粮”“铁饭碗”的年头,我们这些从农村出来的新兵,百分之九十以上的人心中都揣着一个梦想,就是想通过在部队“好好干”,最后能够争取“留队”从而彻底跳出“农门”。所以在工作中,人人都想给领导和老兵留个好印象。到了工作面,我们七八个新兵不管三七二十一就甩开膀子干了起来,有的用钉耙刨,有的用畚箕撮,遇到大块的石头,索性就伸开两只胳膊抱起来扔进斗车。谁都不想落后,眼前仿佛只有那些石砟,全然没想到还会有什么危险(起码我当时是这样,只想着干活,而没想着别的)。这天晚上,柏老兵还和往常一样,象征性地在石砟堆旁扒拉了几下,就站在一边点了一根烟,一边抽,一边指挥我们。同时,他还不断地向着洞顶望上几眼。我心想,这个懒家伙又开始摆他的老兵谱儿了,心里很有些瞧不起他。但部队就是这样,等级是比任何地方都森严的,老兵就是有这点特权,没治。我们头上边的洞顶,是上一个工班刚刚支撑好的排架。用大大小小木料支撑起来的棚架,遮住刚刚爆破以后洞顶和部分洞壁那龇牙咧嘴的面目,也挡住洞顶部因震动而可能随时掉落的碎石,这就是排架的作用。在我眼里,那排架是没有什么问题的,我们完全可以放心地在下面刨石砟装斗车。可是“老柏”却不断地说,这排架看起来有点不太稳当,他告诉我们干活时一定要机灵些,随时注意安全,千万别傻乎乎地光闷着头干活。我当时在心里说:你大概是想偷懒不干活,故意要充当义务安全员吧?其实每个工班儿都配有专职安全员的。我们那晚的安全员是九班副班长,一个1969年入伍的上海老兵。

干了一会儿,忽听老柏向九班副喊:“有一个小石块砸到我安全帽上了。”我听了很不以为然,其他的新兵大概也和我一样地不以为然。进隧道施工,没有浆砌的洞顶总难免时不时掉落小石块,我们都戴着安全帽,谁也没出过什么事。但是老柏却很认真地再一次喊了一声。这一声显然不仅是喊给九班副听的,所以我们也都不约而同随着他的声音抬起头来朝洞顶看了看。

身为安全员,九班副自然不敢大意。他连忙走到柏老兵身旁,打开装有四节电池的长筒手电,开始朝洞顶观察。就在这个时候,洞顶又连续掉下了四五块小石砟。柏代志大喊一声:"要塌方,快撤!"这一下我们才都慌了,慌急之间竟有些晕头转向。柏代志一个箭步冲到我们几个新兵跟前,把我们朝后搡了一把,大声喊道:"别朝外跑,快向下导坑里撤!"我们在他指挥下,连滚带爬跑进了石砟堆后边的下导洞里,还没来得及喘口气儿,就听得"轰隆"一声巨响,我们眼前什么都看不见了。我当时心里一沉,暗暗喊了声:完了!我们肯定被埋在导洞里了。待塌方的声音平息下来十几秒钟之后,我们的眼前露出了依稀的光亮,那是隧道口方向照进来的灯光。这一下我们才都把悬着的心放了下来——我们既没有被塌死,也没有被堵埋在导洞里面。

当确信头顶再没有塌方危险的时候,我们扒着塌下来的石头和木头,从导洞里爬了出来。出来之后全都惊出了一身冷汗——塌下来的石头和木头足足有二三十立方,如果不是及时躲避,我们十几个人肯定全都没命了。

死里逃生!我们逃过了一劫!这是柏代志的贡献啊!我们从心里感激他,不管是嘴上还是心里,都不再称他为"柏赖子"而称"柏老兵"了!这个时候,他平时劳动不积极、不卖力,却喜欢指挥新兵等等毛病,似乎都有了非常宝贵的价值。试想,假如那天晚上他跟我们一样都拼命地想表现,只顾着埋头干活……那后果真是不堪设想啊!

1974年5月,我离开连队到团部当了收发员,6月,因修建青藏铁路,我随团部上了青海,和"柏老兵"就再没见面了。后来,就听说他复员回了老家。几十年过去了,尽管我们失去了联系,但是当年险滩沟隧道里历险的情景,却仍然历历在目。每当想起那惊心动魄的一幕,就忘不了那个可爱的"柏赖子"。前年,有位铁道兵老战友从四川来,我还问起过"柏赖子"的情况,那位战友说:"我离他家也挺远,这多年也没联系过,不太清楚。估计日子是不会差的。啥年月了嘛,大家的生活都比过去好得多了嘛。"

"估计不会差",这就是我得到的关于"柏老兵"的最新消息。

刊于《军休工作通讯》2015年第10期

卷二

思绪如风

卷前碎语

风，

忽南忽北，忽东忽西，

时热时凉，时巨时细。

虽有方向，但不拘泥；

有所追求，却不刻意。

自然而生，自由流徙，

可兴祥云，能催暴雨，

倘被激怒，会狂呼怒吼，

若得抚慰，则气敛声息……

哦，

东拉西扯的这些文字哟，

就是我风一般的思绪……

"算账"的学问

中国有句成语,叫作"人无远虑,必有近忧"。这个"虑",就是算账——广义的算账。人类中,除了头脑有疾病的以外,大概个个都"会",也都"要"算账的,小到平民百姓的柴米油盐、针头线脑,大到富商巨贾的股票期货、国家政府的财经外贸。从古时候兵家的"知己知彼,百战不殆",到而今的电子战、信息战以及人民代表大会上的《政府工作报告》等,无一不是在算账。可以说,整个人类世界,就是一架大算机,人人都可能成为被别人拨拉的算子,而每个"算子"同时也在拨拉着别的人或物。

然而,尽管人人都在算账,但人与人的算法却大不相同。

朱自清先生二十四岁时写过一篇著名的散文《匆匆》,其中有这样一段话:"我不知道他们给了我多少日子;但我的手确乎是渐渐空虚了。在默默里算着,八千多日子已经从我的手里溜去;像针尖上的一滴水滴在大海里,我的日子滴在时间的流里,没有声音,也没有影子。我不禁头涔涔而泪潸潸了。"

这是一种算法。这一算,算出了生命的"惶恐感",算出了奋斗的动力。于是就有了这样的感悟:"我赤裸裸来到这世界,转眼间也将赤裸裸地回去罢?但不能平的,为什么偏要白白走这一遭啊?"

正由于不愿意"白白走这一遭",所以他成了中国文化历史天空中一颗让人不敢漠视的亮星。

和朱自清算法不同的,是这样算账的声音:我是某年月日参军(参加工作)的,张三比我晚多少多少年,然而人家现在已经正团(处)好几年了,我才是个副团(处)。算账的过程中,流露出了不满、嫉妒,乃至怨恨。

也有人算:当年在粮食困难时期,为了多分一点口粮,娘把我的年龄改大了两岁,可是如今退休,比实际同龄的人早退休两年。这两年里,在职的提升工资,每月比咱多拿若干,两年下来一共是若干若干。而这个差别是长久的,多了不敢说,往后再活二十年应该不成问题吧?二十年差下来,那该差多少啊!再加上住房补贴、生活补助、奖金津贴,杂七杂八,我的天哪,亏透了、亏死了!这世道真他妈的太不公了！

这一算，算出了遗憾与惋惜，也算出了不平和愤怒。

二十多年前，我所在单位有一位干部科长，对于送上门的礼物，无论贵贱轻重，一概来者不拒。而且面对“还望笑纳”的乞求之声，从来是只“纳”不笑。为什么呢？他坦率地说：“这个位子是我花了代价换来的，现在我要加倍地把成本往回收。”回收成本，天经地义，凭什么还要给你们笑？原来他心中是存着一个账本的。

二十多年后，有些地方的官职都明码标价了（例如福建省周宁县），科长几万，县长几万，大家全都心知肚明。于是大家都算账，我花八万买个局长，三年后收回的就可能是八十万，那是多大的利润啊！投资与收益相较，暴利的营生，何乐而不为呢？

除了经济账，也有算“人格价值”账的。二十多年前，有一部热播电视剧叫《新星》。《新星》里有个公社书记叫潘苟世，群众蔑称之为“潘狗屎”，因其身上的衣服非常富于变化：见了领导是“前襟长后襟短”，而见了群众则又变成“后襟长前襟短”了。在领导面前点头哈腰、卑躬屈膝，而在群众面前又腆腹仰首，不可一世。依照潘苟世们的思维逻辑，账大概是这样算的：我虽然在领导面前当了“孙子”，但我在群众面前却当了“爷爷”。一反一正，不就拉平了吗？在百姓面前抖了威风，领导还让我升官长工资，精神、物质双丰收，多划算呀。

不过这只是潘苟世们的算法，历史老人却是另外的算法。当潘苟世在领导面前弯下腰“前襟变长后襟变短”的时候，领导肯定没把他当“人”看，不管是高尚的领导还是卑劣的领导，都不会打心眼里敬重他，充其量视其为一条摇尾乞怜的哈巴狗；而当他在群众面前腆起肚子吹胡子瞪眼，衣服“后襟变长前襟变短”的时候，他自以为当了“爷爷”，殊不知群众心里同样把他当“孙子”看，而且还是可耻的“不肖子孙”。不但不会产生任何敬重，反而只会对其更加鄙视。他在“人格价值”方面得到的其实是双重的损失。当他“赤裸裸地回去”的时候，除了留下臭名、骂名之外，其价值和养殖场的公鸡、公猪绝不会有太大的区别。假如真有另一世界，当他在那儿查看他在这个世界来去的账目时，肯定会发现他的生命账簿上只有耻辱的“负数”。

网上有一个县委书记卖官的统计表，尽管还很不完全，但名单已经不短：河南上蔡的杨松泉，山西翼城的武宝安，陕西商州的张改萍，四川营山的杨毓培，安徽和县的杨建国（因名单太长，恕不一一开列）……仅安徽一省，到 2006 年就有十八名县委书记卖官受贿被揭露,其中安徽定远的陈兆丰最为“著名”,因受贿千万元以上,被人们称为“千万书记”。这些贪官在贪污受贿时肯定是算账的,但可惜他们只算眼下如何“进账”,却没想将来如何“结账”。福建省周宁县县委书记林龙飞,当年大权在握、炙手可热之时,也曾狂妄算计要当一个“把官卖光、把财政的钱花光、把看中的女人搞光”的“三光书记”,但就是没有算到2005年1月他自己会被判处死刑,而且财产全部被没收。假如他当初能把账算到这一层上,大概也就不会那样疯狂地卖官受贿了。

当上帝给了人类一个聪明的大脑的时候,人类就开始算账了。从原始人的结绳记事,到现代人运用每秒可进行亿万次运算的计算机,人们的账是算得越来越精细了。但是,有许多账却是无论多么高超的计算机都算不出来的。明朝被百姓呼为“海青天”的海瑞去世时,宦囊中仅余纹银数两,连丧事都是学生和下属募捐才得以办理的;起草过美国《独立宣言》,担任美国第三任总统的托马斯·杰斐逊,晚年生活极为困顿,以至于民众不得不自发捐款为其还债。周恩来总理为中国人民奉献了自己的一生,临终时他和邓颖超的积蓄加起来仅四千余元……我不知道把这些材料输进计算机之后,计算机会输出怎样的数字。但我在看这些材料时,却常会不由自主地热泪盈眶。如果单算钱财账,他们是贫穷的;可若要算“人生价值”账,他们又该是多么富有啊!

“古者富贵而名摩灭,不可胜记。”真的,且不要说茹毛饮血的原始人,单是自有文字记载、进入文明阶段以来,从这个世界上匆匆走过而被命名为“人”的这种毛少(或没毛)的两条腿动物,不知该用多大的数字来计算,但是,真正能被称为“人”的,又有多少呢?爱算账的人们,实在应该好好算算这笔账,算一算我们自己能不能计入这个数字。假如将来在“人”的账本上找不着我们的位置,到世界来这一趟,会不会觉着亏得慌呢?

刊于2007年9月28日《青海日报》

晚会·楹联·园记

——我与“砺剑文化”的情缘

第二炮兵工程学院文化建设的成就，是学院几代人辛勤努力的结果。但是，能让学院校园文化建设以“砺剑”为标识掀起一个高潮，成为在军内外都有较大影响的一个品牌，却是近几年的事情。特别是党的十六大以后，随着全党、全国对文化建设的高度重视，我院的砺剑文化建设也才在原有的基础上层楼更上，有了今天的光荣与辉煌。2008 年 5 月，“全军院校校园文化建设座谈会”在我院召开，与会代表在参观之后，都对我院的校园文化建设给予了很高的评价。总政首长热情赞誉说：“如果全军院校的校园文化建设都达到了二炮工程学院的水平，那么军队院校就走在了全军的前列；如果全军都能达到院校的文化建设水平，那么军队就走在了全国的前列。”这些赞誉，使全院人员都深受鼓舞，作为砺剑文化建设的参与者，我自然也感到十分欣慰和自豪。大会期间，大连海军舰艇学院的章润钦教授专门为我题写了一副“嵌名联”：“怀仁怀义军中文化高手，砺剑砺心校园艺术名人”。虽然朋友题赠未免有溢美之嫌，但是说我和学院的砺剑文化有着特殊的“情缘”，倒也确属实情。

屈指算来，我从军三十七年，有二十六年是在二炮工程学院度过的。我到学院的时候，改革开放刚开始不久。毫不夸张地说，学院在新的历史时期文化建设前进的每一步，都在我心里留有深刻的记忆。我不仅亲眼见证了学院文化建设前进的足迹，而且一直行走在建设校园文化的队伍里。

我是 1983 年从原铁道兵调入二炮工程学院的。自从来到学院以后，就一直没有脱离学院的文化工作。或参加文艺演出，或组织文化活动，1987 年到二炮多个基地二十多个连队调查研究，几人合作撰写了《连队文化工作手册》，1988 年以此为教材，率先在军队工科类院校开设“军队基层文化工作”课。该教材后被军事科学出版社出版发行，1990 年获全军优秀图书二等奖。1994 年由我撰稿、学院电教中心拍摄的反映学院文化建设成就的电视专题片《凝聚军魂的工程》,在全军院校文化建设经验交流会上,受到总政首长和与会代表的一致好评。

我和学院的文化建设的情缘是很深的,择其要者,“晚会·楹联·园记”六个字,大致可以勾勒出一个简要的轮廓。

晚会

重视校园文化建设,充分发挥校园文化陶冶性情、润物无声的功用,培育优秀的部队基层军官,是学院从初创时期就确立的指导思想,在近五十年的岁月中,除了“文革”十年,校园文化建设的步伐一直没有停止。

1983年5月我调入学院后,起初在宣传处任干事,因而对学院的文化建设也就了解较多。那时候学院的领导对文化活动的基本要求是:要有文化活动队伍,更要有学员自发组织的各种文化活动。要让文化活动充分体现“团结、紧张、严肃、活泼”八个字中的“活泼”二字。那个时候,学院有篮球队、体操队、足球队,还有军乐队和业余演出队。三支体育队伍参加陕西省的比赛,常常能夺得奖牌和锦旗。业余合唱队参加比赛,还获得过西安市第一名。尤其让人高兴的是,学员队的文化活动特别活跃,除了队与队之间经常组织体育比赛之外,各个队还经常在学院的露天舞台上自办文艺晚会。你一场我一场互相暗暗较劲,那形势也很有点“如火如荼”的味道。那时候,学员办晚会,常邀请教员和机关干部参加演出。我第一次在学院的舞台上亮相,就是参加一个学员队的晚会。他们知道我能唱几句秦腔,就向我发出了邀请。谁知从此一发不可收,这个队也叫,那个队也叫,在学员自己举办的晚会上,我唱过秦腔《血泪仇》,唱过陕北民歌《赶牲灵》,唱过当时很流行的《红高粱》插曲《妹妹你大胆地往前走》等。

1990年底,为了参加二炮于1991年5月举行的第三届业余文艺会演,我算正式跻身于学院的文艺“正规军”行列,担任学院业余演出队队长和创作组组长。除写了一个小话剧、一个相声、一个“诗乐舞”、一首歌词、整台晚会串联词以外,还担任了小话剧中的男一号。起初,由于二炮对演出队人员数量有限制,而舞蹈队员不够数,我和俱乐部主任王凤远还被导演安排去跳舞。那年我三十八岁,王凤远三十七岁,硬胳膊硬腿逗得大家忍俊不禁,最后导演才放了我们一马。那次会演,学院的节目虽不能与各基地的节目一比高低,但是鲜明的院校特色和比较高雅的文化品位,还是博得了领导与观众的好评。学院获了十多个奖,我自己获得了创作二等奖和优秀演员一等奖。从此之后,这业余演出队长一直当了七年。直到1998年我四十五岁的时候,改由年轻人接任。从1991年到

1998年，每年学院演出队要奉献两台晚会，上半年下半年各一台。节目基本上是自己创作。

搞文艺晚会最让我感到自豪的，是2002年为了迎接和庆祝党的十六大召开而举办的学院首届“文化艺术节”。在党的十六大精神的感召和鼓舞下，学院领导更加重视文化工作，专门成立了文化教研室，我被任命为第一届主任。在学院和政治部领导的关怀支持下，全院上下密切配合，使得那一届文化节显得特别有气势。除了大型的书法、绘画、摄影、文学作品展览和数十场各种体育比赛外，单是文艺晚会就组织了五台。让学员中有文化专长的人都得到了充分展示的机会，使得学院的文化氛围空前浓厚。至今，许多老学员回忆当时的情景时，还依然心潮澎湃，津津乐道。

当然，随着时代的发展，学院的文艺演出也在不断上层次。2007年，为了庆祝党的十七大胜利召开，也为了迎接总政在我院举办的“全军院校校园文化建设座谈会”，学院专门成立了“砺剑艺术团”，一批新生力量在蓬勃成长，演出水平在不断提高，在向“专业水平”迈进。去年11月和今年5月演出的两个版本的《砺剑青春100分》文艺晚会，把学院的文艺演出水平提到了前所未有的高度。

从文艺晚会的发展变化，可以看出学院文化建设的发展变化。看到今天有这样高水平的文艺晚会，我这个老文艺爱好者真是打心眼里感到高兴，时代在前进，祖国在前进，我们学院也在大踏步地前进。我没有理由不高兴！

楹联

说起我和“砺剑文化”的更为直接的缘分，不能不提到我为一系所拟的一副对联。而“砺剑”一词在学院的文化载体上首次出现，和我所撰写的一副楹联有关。

1998年，时任一系主任（现为武汉二炮指挥学院训练部长）的王耀鹏同志找到我，提出了让我为他们系写一副楹联的要求。

我知道王耀鹏同志是一个非常热爱文化并且也很有文化的人，他对文化育人的功用有着非常深刻而独到的认识，而且他对“楹联文化”情有独钟。早在他任军务处长的时候，就让我为军务处所管辖的警通连写一副对联。在提这要求的时候，我们曾经对楹联的功用有过讨论。我们说到了昆明滇池大观楼上的天下第一长联，自然也说到了当年黄埔军校大门的那一副对联：升官发财请走别路；贪生怕死莫入此门。王耀鹏当时就说：“你看这对联写得多好啊！学员们从学校大门出入的时候,每看一次对联,就是对心灵进行一次净化和陶冶。”早期在黄埔军校学习和工作过的人,那人格的品位都相当高,不能说和学校当时的教风、校风没有关系。早期无论是国民党还是共产党,能出那么多人中精英,这一副对联可以说也是大有功劳的。一副好对联给人的教育,常常比上几节政治课的作用还要大。他让我针对警通连的特点,拟一副对联,既要能给官兵鼓劲,又要能体现他们工作的特点。所谓“警通连”是警卫和通信连的简称。这个连队担负着警卫和通信双重任务,而通信中既有无线通信,也有有线通信。于是我就拟了这样两句词:线连春秋传捷报,枪挑风雨卫和平。上联说的是通信,连接春秋传送捷报,既包含着责任,也显示着自豪。下联的意思更明白:警卫,不仅应该想到只是保卫一个学院的安宁,而是通过这一方的安宁为祖国安宁和世界和平做贡献。

王耀鹏对这副楹联很满意,很快就在警通连的门外写了出来。

后来,王耀鹏荣升一系主任,1998 年四五月间,他又一次找到我,提出了同样的要求:对联既要激励斗志,还要能体现本系的专业特色。经过几天思索,我拟了一联。上联是:今日校园卧薪尝胆砺剑刃;下联是:来日疆场拉朽摧枯驭龙头。联中的龙头比喻导弹弹头,而剑刃则比喻学员的思想品德和能力素质。“磨砺剑刃”就是培养高素质全面发展的人才。“砺剑”是教职员工和管理干部的神圣使命。他们必须呕心沥血、尽职尽责地为国防建设培育优秀的导弹部队基层军官,就像把一块块尚带着铜绿铁锈的原材料磨成一柄柄锋利的宝剑一样,舞出去就能“一剑封喉”、克敌制胜。同时,“砺剑”也是学员自身的崇高义务。要想使自己成为祖国母亲御侮杀敌的“干将”“莫邪”“太阿”“龙泉”,在校期间就必须努力学习、刻苦训练,只有自己的“剑刃”锋利了,走进部队时才能真正做到“首战用我,用我必胜”。由于学院从 1988 年开始,就已经打破了原来单纯教学的办学模式,开始迈进了“教学科研两副重担一肩挑”新的历史时期。而学院的科研任务,多数和提高导弹性能、精度有关,因而“砺剑”就还包含着“磨砺大国长剑”这一层意思。无论是从教学说还是从科研说,无论是提高人才质量还是提高武器性能,用“砺剑”一词来比喻都比较恰切。

正由于“砺剑”一词比较切合学院的工作实际,于是这一词语很快便被不断使用。2000 年 6 月,学院将毕业学员每年举行的合成演练命名为代号“砺剑—20××”;2001 年 1 月,学院政治部将《校园文化报》改为《砺剑报》;2001 年 3 月,由二炮几位作家写的长篇报告文学《砺剑灞上》出版;尤其是 2002 年学院第六次党代会上,将“博学笃志,砺剑图强”确定为校风,使“砺剑”这一词语得到了更为广泛的传播；2003 年，前任院长、现任二炮副参谋长包富红创作了六首反映学院发展历程的歌曲，题为《砺剑组歌》；同年 10 月，学院新一届领导班子全力打造以展示“砺剑精神”为主要内涵的园区建设工程，使砺剑文化不仅有了规模更大的声势，而且也有了更为引人注目的承载形式。砺剑文化真正成了一道独具特色的文化景观。

园记

这一次飞跃，固然是学院党委集体的智慧结晶，但是在其中发挥重要作用的原政委袁有望同志所付出的心血是有目共睹、不可抹杀的。袁有望政委来到学院工作之后，曾经和许多同志就学院的建设和发展交换过意见。在和机关一位年轻干部交谈时，这位干部说了自己的观点：前人有言，大学之大，不在于有大楼而在于有大师；大学要提高品位，必须要在文化上下功夫。大师不在于知识，而在于文化。学院要想实现创建全军一流名校的大目标，必须从文化着眼，从文化着手，打造文化品牌，既要从精神品德、人文素养等“软件”上着力，也应从校园建筑设施方面着力。

谈话让袁政委深受启发，他想到了岳阳楼、黄鹤楼、滕王阁、醉翁亭……文化是虚的，它总得有一个醒目的载体让原本虚化的文化实在起来。经过较长时间的勘察与思考之后，一个宏伟的文化园区建设计划产生并很快实施起来了。他组成了一个文化园区建设领导小组，亲自任组长，经常带小组人员勘查现场，讨论园名，设计园中景点。在园区景观设计时，袁政委特别强调每一个园子都要有一个园记。而撰写园记的工作，袁政委和我有过多次交谈。他不止一次说过这样的意思：我们的园区建设，绝不仅仅是修几个供人乘凉的亭子，让小孩子玩耍的水池，或者种几株罕见的树木花卉，而是要在这廊台亭榭之间凸显文化，要让那些奇花异卉碧树绿草都洋溢出文化的气息。而在凸显文化气息的多种方法手段中，园记之类的文字尤为重要。如果没有范仲淹的《岳阳楼记》，没有“先天下之忧而忧，后天下之乐而乐”这样的千古名句，那么岳阳楼只不过是一个设计比较精美、气势比较宏大的建筑物而已。而岳阳楼不是普通建筑物而成了令古今中外无数游客仰慕的文化胜景，就因为《岳阳楼记》提高了它的文化品位。“楼记”是岳阳楼的“魂”，有了这个“魂”，整个楼才有了精、气、神。所以，我们所建的园子要显出文化底蕴来，“园记”绝不可少。而撰写园记的主要任务，一定要我来完成。

我觉得袁政委说得很有道理,而且态度又那样诚恳,同时,加强校园文化建设、提高人文教育质量原本就是我这个文化教员义不容辞的责任。于是我很愉快地接受了这个任务。

目前学院的七个文化园区有五个“园”——迎宾园、砺剑园、博学园、育才园、尚武园——的“记”上都署着我的姓名。实事求是地说,署着我名字的五篇园记,每一篇都是集体智慧的结晶,并非我单打独斗的果实。一般都是在我起草了初稿之后,交由各级领导和全院教员、学员传阅讨论。大家“横挑鼻子竖挑眼”,从各个不同的角度提出修改意见,然后由我根据大家的意见再做修改。如此反复几次之后,再由园区建设领导小组和学院党委拍板决定使用。

在七个文化园区中,砺剑园是核心园区,所以,在多篇“园记”中,袁政委也把《砺剑园记》当作重中之重的“工程”来抓,他提出要求:“砺剑精神”要在“园记”中予以阐释,文章要显得有气势。领导的要求高,我在这篇园记上花费的心思也多些。总的来看,这篇园记我自己也还是比较满意的。不敢说完全体现了砺剑精神,其文采也根本不敢望先贤名文之项背,但毕竟还是说出了一些应该说的意思。

杀敌御侮,我们固然需要先进的武器,但是,和需要武器相比,我们更需要掌握先进武器的人才。如果把导弹比作倚天长剑,那么,从某种意义上说,人才则是比导弹更有长度的“宝剑”。几十年培育人才,就是几十年磨砺长剑。“砺剑”是对几十年学院全体人员辛勤工作的比喻,也是一种形象化的概括。可以说,为国防建设培养高素质人才而不懈奋斗、默默奉献的精神,就是“砺剑精神”。

“人喻导弹为倚天长剑,故学院之事业可称为砺剑事业。”“砺剑者,不懈奋斗、自强不息之谓也。常砺思想之剑,则疑云可破、迷雾能穿,任凭风飞雨卷、霭横烟斜,全院官兵则始终目标明确,人生航向永不偏离;苦砺人才之剑,则学员皆是国之干将莫邪、太阿龙泉,需其崭露锋芒之时,均可闪紫电、凝青霜,呼啸而出,所向披靡;永砺武器之剑,则导弹横空出世,遨游九霄,于保卫神圣国土、捍卫世界和平之伟业中,神威大显。”

几篇园记,也许不会给人留下多么深刻的印象,但是在整个砺剑文化建设的浩大工程中,它也确实起到了添砖加瓦的作用。也许在多年之后它将被人们忘记,或者被更新奇的形式取代。但是,当我回忆起砺剑文化建设掀起高潮的那段岁月时,将永远难以忘记我和砺剑文化的这份情缘。

刊于2008年5月6日《砺剑报》 发表时有删节,此为原稿全文

爱之愈深　痛之愈切

——《秦之声》缘何衰败之我见

三秦儿女及西北五省区的秦腔戏迷们,至今大概都还记得,从 1986 年至 2002 年间,在全国戏曲不景气的背景下,西北大地上却掀起过一个历时十余年的秦腔热潮。“八百里秦川豪气飞扬,三千万儿女高唱秦腔”的动人情景,不仅构成了当时三秦大地上一幅波澜壮阔气势磅礴的瑰丽图画,而且也成了全国文化原野上的一道亮丽风景。掀起“秦腔热”的主力军陕西电视台“秦之声”栏目五次荣获全国电视文艺节目最高奖——“星光奖”,中央电视台戏曲频道主持人多次来陕西主持向全国转播的秦腔节目。一时间,曾经慨叹“秦腔即将灭亡”的论调变成了被人们讥嘲的笑柄,而热爱秦腔事业的人们则意气风发信心百倍,人们似乎已经看到,一个姹紫嫣红百花烂漫更加繁荣兴旺的秦腔艺术的春天马上就要来到了。

然而,曾几何时,一度已经销声匿迹的“秦腔将亡”论似乎又有了“甚嚣尘上”的势头。因为持论者有一个非常“有力”的论据——曾经领尽风骚、成为全省甚至全国收视率最高的金牌栏目《秦之声》,已经令人无比痛心地衰败了。

作为深深热爱秦腔艺术的一名观众,作为非常喜爱演唱秦腔的一个戏迷,我虽然对“秦腔将亡”之说十分反感,虽然对《秦之声》栏目始终怀有深厚的感情,但时至今日却又不得不痛苦地承认一个事实,那就是《秦之声》确实是衰败了。

凭什么这么说呢?论据至少有以下几点:

第一,被官方和大众都认可的“星光奖”,已经很久不再垂青《秦之声》,至少在近八年内的“星光奖”评比中,《秦之声》都名落孙山,甚至连一些“学会奖”、地区奖,《秦之声》也都榜上无名。

第二,节目收视率大幅下降。当年,报刊和电视屡屡公布“《秦之声》获最高收视率”:平时收看《秦之声》的观众保持在百分之十三到百分之十八(即每百人有十三个至十八个人收看),到了节假日,尤其是春节,收视率往往突破百分之二十。《文汇报》和《南方周末》曾发表评论，号召全国电视栏目“学学《秦之声》”。而近些年的收视率则每况愈下，从《陕西广播电视报》每周公布的收视率排行榜看，《秦之声》数年前就已跌出西安地区电视节目收视率的前十名，收视观众连百分之三都不到，让人有说不出的悲哀。播出时间从晚上的“黄金时段”被挤到下午这种说不出名目的时段，也已清清楚楚地表明：《秦之声》大势已去！

第三，当年中央电视台多次与陕西电视台联手转播秦腔节目，而近几年《秦之声》录制的节目几乎在中央电视台戏曲频道很难看见。当年《秦之声》录制的春节戏曲晚会、大型戏曲节目，一台比一台精彩，西北各省纷纷播放。而近年则连一台也没有了。

第四，只要稍微深入到广大民众中间去，听到的绝大多数都是对目前《秦之声》的抱怨与批评；“秦腔四大名旦”评选，声势造得挺大，然而不仅引来许多非议（只要上网看看帖子，就知此言并非空穴来风），而且也很快成为明日黄花，并未得到广大观众和同行的认可；“秦腔名人堂”的造势演出，台下稀稀拉拉的观众，也不能不让对秦腔振兴寄予厚望者黯然神伤……

那么，陕西电视台曾经风云激荡的金牌栏目《秦之声》为何会由当年的辉煌走向今日的衰败呢？笔者认为主要有以下几个方面的原因：

一、指导思想的错误转换，丧失了雄厚的群众基础

秦腔作为中国传统文化传承的重要载体，承载着秦人的精神内核、文明成果、伦理价值、审美取向等诸多内容。“戏以载道，戏以正风，戏以涵理，戏以弘德”，一直是真正的秦腔艺术所追求的目标，这也正是秦腔艺术魅力与价值之所在。通俗地讲，秦腔艺术之所以数百年来能在中国大西北广袤的土地上广泛流传、经久不衰，就因为它能表达广大民众（尤其是农民）的心愿，符合广大民众的精神需求和审美判断。因此，要想让秦腔艺术保持生命活力并不断焕发光彩，心中必须牢牢记着人民大众。

众所周知，当年《秦之声》之所以受欢迎，最重要的原因就是栏目的主办者眼里有观众，心里有人民。他们心中都有一个坚定的信念，那就是文艺工作必须坚持“双百”方针和“二为”方向。为什么要办《秦之声》？就是要宣传“道”，宣传“礼”，要为人民服务，为社会主义服务。就是要让三秦儿女、西北人民得到秦腔艺术的精神滋养，就是要弘扬中华民族优秀的传统文化，要让秦腔这颗中华艺术宝库中的璀璨明珠永远放射光芒。用当年《秦之声》创办人张西园的话说，就是“不能让先人留下的宝贝到咱手里失继了，不能让三秦大地的人民骂咱是白吃饭的”。

正是凭着这种“为人民服务”的社会责任感，当年的《秦之声》第一代编导呕心沥血、殚精竭虑，为继承和弘扬秦腔艺术想了许多办法。他们知道，一切艺术的根都深植于人民大众之中，不为人民大众着想，不以人民大众的愿望、喜好为出发点和落脚点，任何艺术都是没有生命力的。要想让秦腔“热”起来，秦腔工作者不仅要自己走到人民群众中间去，而且也必须让秦腔从人民大众中间走到电视传媒的“大雅之堂”上来。所以，自 1992 年到 2001 年，十年间他们不怕艰难，不顾疲劳，翻山越岭，让电视转播车开进山乡，开进村镇，在全省举办了六十多个区县八十多场的秦腔大赛。那时万人空巷争看秦腔大赛的场景，至今回想起来还让人感动与震撼。除了举办各区县的电视秦腔大赛之外，还举办了多次面向西北五省区乃至全国各地的秦腔大赛。仅以 1997 年的“尖庄杯”秦腔大赛为例，全国各地报名参赛的选手就达数千人。不但有业余选手比赛，还有专业演员的比赛。比赛要求专业演员“展示绝技，表演绝活”，促使专业演员努力提高自己的表演水平，也使那次大赛达到了历届大赛前所未有的水准。

节目办得好，收视率自然高。看到《秦之声》收视率高，许多大型企业、名牌产品都到《秦之声》来做广告，而且争先恐后举办以其产品命名的大型秦腔比赛：“公主杯”“钟楼杯”“太阳神杯”“尖庄杯”“西凤杯”等大赛，至今仍令人们记忆犹新，而大赛时发生的许多动人故事至今仍为人们津津乐道。

令人惋惜的是，2002 年之后，在创办《秦之声》栏目的第一代编导相继退休以后，栏目面向社会招聘，一批应聘者通过竞争上了岗（以下简称现工作人员）。为了所谓的“超越”老《秦之声》，现工作人员在“创新”的名义之下，将原来的许多优秀传统丢掉了，把原来许多行之有效的方法也抛弃了。大规模的群众大赛没有了，电视转播车下乡已凤毛麟角一般稀罕。尤其令人难过的是，现工作人员不再把满足人民大众的需要当作办节目的目标，而把“创收”当成了工作的追求。打着第一代编导打造的《秦之声》这个金字牌匾，到处跑赞助、拉广告。播广告成了远远高于提升戏曲艺术质量的工作，以致有人满含辛酸地戏称“秦之声”变成了“钱之声”。目光不再瞄着广大的人民群众，而让节目呈现一种少数人折腾的“贵族化”倾向。《秦之声》不再是出人出戏的平台，而成了少数人沽名钓利的“市场”。“四大名旦”“四小名旦”评选，“秦腔名人堂”造势，“戏迷大叫板年终十万元大奖总决赛”等，尽管花样变了不少，炒作也弄得“热火朝天”，但工作方向却严重偏离了人民大众。这种偏离所产生的“效应”，除了产生许多莫名其妙的矛盾之外，就是人民大众对《秦之声》节目的远离，从而使《秦之声》失去了雄厚的群众基础。

二、从东施效颦到邯郸学步，学标忘本，丧失了原本拥有的特色优势

实事求是地讲，《秦之声》是全国电视文艺节目中最早的戏曲栏目，它的许多成功的经验被许多兄弟省市电视台所借鉴。直到目前依然在全国声望颇佳的河南电视台的《梨园春》栏目，也是在《秦之声》栏目出现之后好多年才创办的，毫无疑问受过《秦之声》的启发。但人家之所以能“青出于蓝而胜于蓝”，就在于人家是善于借鉴而不是刻意模仿，人家学习，学的是文艺为人民服务的根本态度、基本精神，而不是简单模仿某种做法，因而人家就能在“电视戏曲群众大赛”的基础上创造出“打擂”这种观赏性、娱乐性很强的形式。然而，《梨园春》打擂形式的成功，并不意味着《秦之声》采用这种方法也一定出彩。因为在艺术上从来都是“第一个用花比喻姑娘的是天才，而第三个用花比喻姑娘的则是蠢材”。在艺术上，别人成功的“活”路子，往往就是自己的“死”路子。可惜现《秦之声》工作人员并未意识到这一点，也“照猫画虎”模仿《梨园春》来了个“戏迷大叫板”——每期四人参赛，产生周冠军、月冠军一直到年终的总冠军。其模式几乎就是《梨园春》票友擂台赛的翻版。然而最后的结果却是“画虎不成反类犬”，不仅没有收到《梨园春》擂台赛誉满全国的效果，反而因为其中出现的种种弊端而招来了各界的非议和广大观众的诟病，落了个东施效颦的下场。

为什么会这样呢？笔者以为，现《秦之声》工作人员在模仿过程中走进了两个误区：

第一，设置“戏迷大叫板”十万元大奖，把人们对艺术的热爱引向了对金钱的追求。十几年前的秦腔能够掀起那样令人瞩目的热潮，其中一个重要的原因就是范围广阔的群众大赛，大赛分为初赛、复赛和决赛三个阶段。这种比赛形式的成功之处，就在于能让所有愿意参赛并有一定演唱水平的秦腔爱好者都能得到展示的机会。比赛周期长，在所有参赛者都充分展示的基础上优中选优，就可最大限度避免遗珠之憾。这样经过反复筛选而进入决赛的选手，基本上都是经得起考验、能得到群众认可的优秀选手。参赛者个人演唱的水平高，大赛的整体水平自然也就高，秦腔艺术的整体质量就能不断得到提高。

当时的多届群众秦腔大赛，并没有多少奖金。以 1996 年的“太阳神”杯大赛为例：获得“太阳神杯秦腔大赛特等奖”，奖金不过五百元，一等奖也只有三百元。然而那时大家心里都十分愉快，并没有后来“戏迷大叫板”时的那些莫名其妙的矛盾。因为当时大家的心里看重的是秦腔艺术,看重的是为秦腔艺术发展做贡献的这份荣誉。而“大叫板”以十万元大奖为诱饵来调动戏迷的参赛积极性,立刻就把人们对秦腔艺术的热爱变成了对金钱的追求,无形中便降低了《秦之声》的艺术品位。

第二,标准混乱的淘汰,挫伤了参赛戏迷的积极性。每期只有四个选手的比赛,导致周冠军、月冠军的水平严重参差不齐——前一期四位选手水平都很高,而周冠军只能有一人,另外三人只能惨遭淘汰;后一期四位选手水平都很一般,仍然得产生一位周冠军。而前一期中淘汰的任何一位选手,其水平都比后一期的周冠军高很多。如此做法,不仅大大影响了节目的质量,而且也大大挫伤了参赛戏迷的积极性。活跃在民间而演唱水平很让人赞赏的秦腔戏迷(有的完全可以称为“票友”)很多,而“大叫板”出色的选手却凤毛麟角;专业院团里身怀绝技者大有人在,而《秦之声》舞台上“常露峥嵘”者的表演却往往令人大跌眼镜。为何如此?积极性受挫之故也——唱得好的遭淘汰,唱得差的成了“冠军”。失去了标准的比赛,要想吸引更多水平较高的参赛者,自然就非常困难。

三、艺术良知的失衡,导致艺术品质下降

近年来《秦之声》的收视率之所以不断下滑,就因为其艺术品质在不断下降。而造成节目艺术品质下降的一个重要原因,则是栏目主办者及参与者的艺术良知严重失衡。主要表现如下:

1. “戏迷大叫板”的评判失度,致使矛盾纷争不断。

在田秉毅、张西园等《秦之声》创办人相继退休之后,现《秦之声》工作人员中曾有人发出过这样的“豪言”:“×××时代已经超过了张西园时代!”(笔者在参加的一个座谈会上亲耳听到此“豪言”,著名评论家李星现场曾予以反驳。)如何证明“超过”了呢?有知情者透露,那就是:“要让当年在《秦之声》拿过特等奖、一等奖的选手,在他们主办的‘戏迷大叫板’中,往往连个周冠军都拿不上。”

后来的事实果然是:曾获“太阳神杯”特等奖的宗晓娟,获一等奖的赵芳、申北京、赵平良等,都在周赛或月赛中败下阵来。

艺术良知失衡,必然评判失度,所以就产生了许多矛盾,就有了许多纷争:宗晓娟曾要和《秦之声》打官司,孟金平的众多支持者则打着横幅在广电中心门外示威(网上也闹得沸沸扬扬)……2003年“年冠军”决赛,从现场观众的录像中可以清楚看出,康令智的分数已经进入前三名,但最终却被“黑”掉。据说当事人依据录像资料要打官司,主办方抵赖不过,则以别的方式将此事抹了过去……

偶尔出现不公，人们还可以理解为是失误，假如接二连三甚至更多地出现不公，人们就不能不对主办者乃至评委们的艺术良知产生怀疑。

2.“秦腔四大名旦”的评选不当，导致非议不断。

“秦腔四大名旦”评选，被现工作人员视为工作亮点，视为秦腔事业大发展、大繁荣的重要标志。然而未等此“盛举”锣停鼓歇，质疑声、嘲笑声就已云涌风起。无论是圈内的秦腔专业人士，还是圈外的广大人民群众，都对此颇有微词。“微词”的焦点就是“评选不当”！

首先，秦腔名旦的概念含混。网上“三月雪”的博文中就有这样的质疑与评论：“我不知道所谓的‘四大名旦’是什么时间、范围的名旦。倘若只是近十年的，勉强还说得过去；如果是一个概念模糊的‘秦腔四大名旦’，我想主办者、评委其实都是自欺欺人。”

其次，秦腔名旦的标准模糊。所谓名旦，首先得有“名”，而这个“名”是必须得到广大观众认可且经过一定历史阶段考验的演员才能享此荣誉。名旦必须有自己的代表剧目，而此剧目不仅广大观众耳熟能详，而且其艺术水准也一定是公认的上乘水准。“四大名旦”必须是在观众认可的“名旦”中评选“四大”。京剧四大名旦，个个都有自己的代表剧目而且形成各自的流派。即以秦腔为例，一提李正敏，人们马上会想到先生的《二进宫》《三击掌》，一说苏蕊娥，《花亭相会》四个字自然就跃入脑海，其他如肖若兰的《蝴蝶杯》《河湾洗衣》，马友仙的《窦娥冤》《断桥》，张咏华的《庚娘杀仇》《冼夫人》，郝彩凤的《游西湖》《祝福》等，爱秦腔者全都家喻户晓。而此次评出的“秦腔四大名旦”，除了李梅主演的《迟开的玫瑰》和李娟主演的《杨七娘》广大观众还比较熟悉，可以算作她们的代表剧目之外，另外两位的代表剧目就实在有些令人摸不着头脑。笔者曾在近一百名秦腔爱好者中做过一次口头调查，百分之七十的人说不出她们的名字和演过的让大家熟知的戏。因此，所谓的“秦腔四大名旦”就很难让人信服。“四旦”评出多年后，许多观众仍说不出其中两位的名字，不能不说是一个很大的讽刺。

再次，名旦评选方式多弊。评比或者选举，亲属应该回避（即亲属不能在评委圈内或者可能影响评委评比的权力范围内），这是地球人都知道的常识。只有按照这种常识办事，评比的结果才有公信力。当年的京剧四大名旦评比，其结果之所以令人口服心服，就因为评比的过程很有“君子风范”：艺术家只凭自己的艺术去赢人，而观众也凭着自己的良知去投票。然而“秦腔四大名旦”评比过程中，单是用手机、座机、网络等“现代化”的工具拉票、投票，就已使“名旦”的含金量大为降低。更有甚者,其中一位“名旦”(即很多观众叫不出名字的两位之一)的丈夫,恰恰就是现《秦之声》栏目的重要人物。这种“内举不避亲”的“壮举”之所以引起人们的议论纷纷,就因为这一举动违背了中国人“瓜田不纳履,李下不正冠”的避嫌常识,影响了主办单位的声誉。而不少在群众中颇受好评、很有影响力的旦角演员连参赛圈都没有进去,就更让广大观众对“秦腔四大名旦”评选“别有一番滋味在心头”了。此外,“秦腔名人堂”的草率炒作和尴尬收场,同样没能在振兴秦腔的大事业中起到积极的作用。用“网聚秦之声”里一位网友的话说,“名人堂”的运作,是典型的“无病呻吟,隔靴搔痒”。为什么呢?因为其艺术标准是莫名其妙的。正如有些戏迷在网上质疑的那样:名人的标准怎样界定,影响多大算是名人,哪个时期的名人,多少名人能装进名人堂?由于这些问题都没能从理论上搞清楚,所以热闹一番之后,也就无声无息了。用乡下戏迷的话说:“开了笸篮大的花,连米粒儿大的籽也没结出来。”艺术良知失衡,不在真正提高秦腔艺术质量上下功夫,单是折腾一些华而不实的名堂,广大观众最终是不会买账的。

关于《秦之声》衰败的原因,仁者见仁,智者见智,很多人自然会有很多说法,但对现工作人员素质不高(单看字幕中举不胜举的笑话,其素质即略见一斑)、又缺乏第一代编导的敬业精神,看法则是一致的。现工作人员中有的不懂戏、不爱戏,又不注意学习,正如戏曲界诸多老艺术家所言:“有的人就没看过几个戏,却跑到《秦之声》去导戏,不恶搞才怪!”

金牌栏目的衰败,令观众痛心。本人由于爱得挚切,所以更觉痛得深沉。当前陕西正在打造名牌,向文化强省奋斗,而原有的名牌却衰败了,这实在应该引起主管领导的高度重视!首先要倾听民意,特别要多听逆耳忠言,整顿队伍,提高素质,重新审定新形势下《秦之声》的办栏目方向,确定栏目的思想定位、艺术定位、文化定位、风格定位和经营定位,明确“创收必须以节目质量为支柱”的方针。若能够这样,《秦之声》或许还能重新焕发出辉煌光彩。

历史是人民写的,但首先是自己写的。自己用行动来写,然后人民才用心、用嘴、用笔(濡布帛、刻竹木、镂金石)来写。这是永恒的规律,谁也无法改变。

刊于2011年第3期《秦腔艺术报》

为师当“水火”兼具

——关于师德之我见

“高尚之师所具之德，既应是水，又应是火。”这是我从教数十年的一点感悟与心得。肯定有人奇怪：“水火不容”，这是常识，怎能同时比喻“高尚师德”呢？其实，妙就妙在这里：优秀的教师，本来就是一个“火性”与“水性”兼而有之的人。

一个好教师，首先应该是火源。或摩擦（钻木），或击打（碰石），总而言之，得让自己先具备了能够引燃他物的热度与亮度，然后接近那些原本具有发光发热潜质却不曾燃烧的木头、柴草、煤炭、原油……用自己的热能去感染它们，让它们也释放出热量与光芒。所以，善于发现具有潜质的学生和学生身上的潜质，让看似没有作为的人而大有作为，正是一个优秀教师应该具有的美德。那些动辄断言学生“难以成器”的老师，是愚蠢的，也是缺乏美德的。

好的教师，还应该是火种。当狂风暴雨、洪涛巨浪袭来时，它可以暂躲于洞穴，也可以潜藏于灰堆，但它身上的热力绝不能丧失。当暴雨洪水过后，它必须用自己的光和热，把那些淋湿了的树枝、煤块烘干，让它们重新燃起熊熊火焰。所以，那些自己曾经饱受磨难但却始终斗志不减，并鼓励失去热情、心灰意冷的学生重新树立信仰的教师，格外让人敬重。

蜡烛是早已被人用滥了的比喻，而且教师的真实处境也远没有“蜡炬成灰泪始干”那样悲壮，但是直到目前，蜡烛似乎仍然是个大家都喜欢、都认可的喻体。一个具有烈火情怀的教师，他的一生的确是在燃烧和照亮中度过的。“燃烧自己”是他生命的形式，“照亮别人”是他生命的价值。

一个深受学生尊敬和爱戴的老师，他绝对是冬天的火盆、火炉或者火堆。学生有苦恼愿意向他倾诉，有困难乐意找他帮忙。在他身边，冻僵的手掌会重新伸展，冰封的心门会豁然洞开，凝霜的原野会重新开放出鲜艳的花朵。他用心中的火焰给了学生温暖，自然，他就赢得了桃李满天下的春天。

美好的师德还应该是水，形态当然也各呈意趣。有时是泉源、雨滴，有时又是河流、大海。清澈纯净时，几乎不含一丝杂质；浩瀚博大时，又似乎一切都可包容。

如泉源般清澈纯净即没有贪欲。教师是人，固然要有基本的生活条件，但如果视教育为产业，既然教书就要赚钱，这样的“师德”就实在和清水相距甚远。教师不能脱离尘俗但却应该远离喧嚣，在淡泊名利中积极进取，在清苦宁静中乐观向上。真、善、美的统一，应是教师道德的理想境界。

如雨滴般亲切温柔，就会有“随风潜入夜，润物细无声”的举动——走在教学楼里，弯腰捡起学生扔下的废纸；行在大操场上，给迎面的学生送去一个亲切的笑容；对药家鑫之流的残暴行径愤怒声讨，对孟祥斌的高尚行为由衷赞颂……所有这些细节，都会给学生深刻的影响，有时候甚至会影响学生的一生。

如河流般勇猛坚韧，就是要正直无私，捍卫真理、伸张正义。面对邪恶，要敢于挺身而斗；遇见腐臭，要善于挥手扫除。激浊扬清，涤污荡垢，力争为民谋利之荣，不蒙助纣为虐之羞！一个追求真理愿意为正义献身的教师，不仅要给学生传授文化知识，更要培养学生具有追求真理、实现社会公正的勇气。

如大海般博大丰富，就是要把“给学生一碗水，自己必须有一桶水”的古训，变成自己实实在在的行为。读万卷书，行万里路，能者为师，不耻下问。“知之为知之，不知为不知”，万不可“充实自己”时懒惰懈怠，而“为人师表”时又打肿脸充胖子，强不知以为知。当一个好教师，就要既熟悉本学科的历史、现状、发展趋势以求知识层次之“深”，还要了解其他相关学科的知识，具有比较广泛的文化修养和兴趣爱好，以达知识面之“广”。只有具有“海”样的胸怀，才能拥有“海”量的知识。要想不误人子弟，不贻误事业，没有“水”样的师德如何能行？老子曰：“上善若水”。以此来指导教师建树美德，大概也是非常有用的。

毋庸置疑，任何比喻都不会十全十美，百分之百恰贴。把师德比作火与水，这是我的感悟，也是我几十年的追求。

刊于2011年9月12日《火箭兵报》

端午节的联想

说起端午,总会让人产生很多的联想。想起吃粽子,想起赛龙舟,想起佩戴的香包,想起戏曲《白蛇传》里那杯让白娘子现了原形吓死了许官人的雄黄酒……甚至想起了在申请世界非物质文化遗产的热潮中,韩国人居然要把端午节申请为他们国家的文化遗产……

关于端午节的叫法,据研究者称有二十多种,比如:端阳节、重午节、五月节、龙舟节、浴兰节等。从时令上说,农历五月初五是"阳气"最直(端)正盛的时候,而所有的动植物在阳气的滋育之下都非常活跃,所以,全国各地都有端午节做香包盛香药以防御毒虫侵害的习俗。

关于端午节的来历,说法也有多种,说是为了纪念东汉时期孝女曹娥者有之,说是为了纪念春秋时期吴国忠臣伍子胥者有之,说是早在周朝时期为了驱毒避邪而设节者亦有之,但是绝大多数中国人却愿意相信这种说法:端午节是为了纪念爱国诗人屈原的。

前面几种说法,研究者都有文字记载的史料为佐证,但问题是:为什么绝大多数中国人都相信且愿意认为是为了纪念屈原的呢?

纪念屈原这一说法,最早出自南朝梁代吴均《续齐谐记》和南朝宗懔《荆楚岁时记》。据说,屈原投汨罗江后,当地百姓闻讯马上划船捞救,他们个个心急如焚,每只船都划得飞快,但一直找到洞庭湖,却始终不见屈原的尸体。为了寄托哀思,百姓们纷纷回家拿来米团投入江中作为鱼鳖之食,以免鱼鳖糟蹋屈原的尸体。于是就有了后来赛龙舟和吃粽子的习俗。唐代诗人文秀曾作过一首题为《端午》的诗,诗云:"节分端午自谁言,万古传闻为屈原。堪笑楚江空渺渺,不能洗得直臣冤。"

读了文秀的诗,前边的问题自然而然也就有了答案:端午节之所以"万古传闻为屈原",没有别的原因,就因为屈原是一个"直臣"!

屈原之"直"主要体现在:第一,面对昏庸的楚王,朝中许多大臣都采取阿谀奉承的态度,而屈原则置个人生死利害于度外,多次忠言进谏,直言不讳指出楚国危机四伏风雨飘摇的形势,规劝楚王改弦更张。虽然一再遭受排斥打击,但他始终不改初衷。第二,当他看到“信见疑,忠被谤”的局面不仅未得好转,“赘施妒其臭,茝兰竟被芟葅”的情形反而更加严重的时候,他选择了直接而决绝的道路——投江自杀!他要用自行结束自己生命的形式,向污浊黑暗的社会现实表示抗议!他要向世人表白:具有纯洁高尚精神的人,绝不会苟且偷生而与恶浊社会同流合污!

在汨罗江边,他曾和一位渔父有过一段对话。渔父说:“看看朝廷那么多官员都活得那么有滋有味,为什么你却活得这样悲苦呢?”屈原回答:“因为那些人都醉了,只有我是清醒的;因为那些人的身上都沾满了污臭,只有我一个人是清白的。所以,我就只能是痛苦的。”渔父说:“别人全都醉了,你不妨也喝一点;别人全都脏臭了,你也不妨在身上弄点污秽,这样,你的痛苦不就会减轻些吗?”屈原回答:“这我根本做不到!”于是他选择了投江。

人们之所以纪念屈原,就因为屈原身上体现出了一种高贵的精神!他的苦闷,他的悲愤,他的忧心如焚,不是为个人的官职,不是为自己的利禄,而是为了国家,为了人民,“哀民生之多艰”,正是他苦闷、悲愤、忧心如焚的根源。恰恰因为这样,他才赢得了世世代代千千万万人的敬仰。

世人之所以敬仰屈原,就因为世上绝大多数人都选择了一种价值取向——应该清清白白地做人!人活什么?活的就是个精神,就是个过程,就是“过程”中所体现出来的“精神”!从古及今,想“万寿无疆”者不计其数,然而又有谁真正活过了二百岁呢?既然肉体生命最终都会从人世间消失,那么,只要能留下高尚的精神,少活几十年又有什么可遗憾呢?

屈原投江而给华夏子孙(包括中国大陆和所有海外华人)留下了一个端午节,对于后世的启发应该是多方面的。国家政府把这一天定为法定节假日,让全体中国人在放松身心的日子里,思考端午节的文化意蕴,无疑具有十分深远的意义。

刊于2012年6月26日《火箭兵报》

无法“逃离”的故土

一天,外孙指着我胸前的资历牌问:“爷爷,你这上边是多少数?”我说:“你数数看。”他数完后说:“是四十一。”我说:“对。爷爷当兵已经四十一个年头了。”说完,自己心里竟不由自主地生出了几许感叹:时间过得真快啊!军营中度过了四十一年,竟真像“一眨眼”似的。“人生天地之间,俯仰一世”“君不见高堂明镜悲白发,朝如青丝暮成雪”等诗文,刹那间也都从脑海深处跳了出来。

拥有四十一年军龄意味着什么呢?意味着我离开生我养我的故土,也已经四十一年了。这样思量着的时候,情不自禁地又想起了两个字来:逃离。

我曾不止一次地对我的学生说过:我当兵时的动机其实是并不纯洁、并不纯正的。要说“奉献青春、报效国家”的崇高思想一点没有,那肯定是不符合实际的,但说实在话,当时一心想当兵的最主要原因,却是想要逃离故乡——蓝田。因为在我二十岁之前的记忆里,蓝田给我留下最深的印象,就是一个字:苦!

蓝田曾经是全中国最贫困的县之一。

儿时,常能从长辈们的口中听到这样的话语:

顺口溜有:进了蓝田县,就像进了母猪圈。(县城之脏乱差可见一斑)

歇后语有:蓝田的老爷——“码卡”。(此词语来历复杂,含义丰富,但最基本的,有“糟糕”“差劲”“糊涂”“不优秀”等意思。)

用谜语猜县名时,别的县是:俩和尚抬西瓜——三圆(三原);两邻家无界墙——邻通(临潼);羊圈里放鞭炮——惊羊(泾阳);而我所居之县则是:狗舔油葫芦——难舔(蓝田)……

在我脑海中关于故乡的“词汇库存”里,几乎找不到多少赞美的词汇。这样的故乡,怎能不让人产生逃离的欲望呢?

然而,仿佛命中注定了似的,我最终并未能逃离蓝田,因为我无法逃离!

虚龄三岁时(1955年),我曾“逃离”过一次。那是随着父母一起走的。新中国刚建立不久,忽然传出了一个消息:政府计划在灞河上修建一座水库,而我家所在的拾旗寨将成为蓄水区。父亲想，与其将来被政府移民到不知怎样天高地远的去处，不如自己趁早寻觅一个比较理想的栖息之地。于是便在高陵县药惠乡银王村买了十五亩土地，带着三个未成年的儿女（二哥三姐和我），定居在了银王。然而，1959 年在我虚龄七岁的时候，我们又从高陵搬回了蓝田。原因有二：一是得到确实消息，原计划的水库已决定不修，百姓再无迁徙之虞；二是 1958 年全中国“大跃进”，大哥进了兰州炼油厂警卫队，家中只剩下大嫂和比我仅小两岁的侄子。那样一个大荒院，“院墙”是一道上崖的土坡，安全系数极低，尽管当时的社会风气很好，但一个年轻女人带着一个幼儿处在那样的环境里，也着实让老人放心不下。于是，十五亩土地无偿留给岳惠公社，一百五十卖了三间刚盖不久的瓦房，一家人又回到了蓝田。

从高陵回到蓝田不久，就发生了那场让几亿中国人永远难忘的“三年困难”。困难时期遭受饥饿的滋味，至今我仍记忆犹新。“三年困难”过后，刚过了几天能吃饱肚子的“好日子”，新的噩梦很快又来了：先是“四清运动”，接着就是持续了十年的“文化大革命”。

那样长的一个时段里，我对蓝田的总体感觉是：苦！而苦的最突出的标志则是：饿！从 1967 年虚龄十五岁开始，直到 1972 年参军离开蓝田，我几乎一直在“为解决肚子问题”而“奋斗”。

拾旗寨位于灞河北岸，河滩里有些水地可种水稻。然而种稻之人却难得吃上几顿大米饭，我们必须拿这种好吃的细粮到“河北”（渭河以北）或西安城里去换粗粮——苞谷或高粱，一斤换二斤，为的是多得一点谷物，把空虚的肚皮撑得稍微圆满一些。

1967 年腊月的一天，我跟大哥以及一位探亲的现役军人，用架子车拉了约一百五十斤大米，打算到渭北去换苞谷。不料突然变天了，寒流袭来，气温到了零下十几度，渭河结冰，渡船无法通行，我们只好在一个叫“行者”的村子里停下。呼啸的北风吹到脸上真像刀子割着一般，那“旧套子”（即已用过多年的旧棉絮）填充的棉衣棉裤裹在身上，和几张薄纸相差无几。我的脸冻得乌青，浑身不住地发抖，脚和手僵得几乎不能动弹，如果不是那位善良的生产队饲养员让我们躲进储备麦草的窑洞，那天我真有可能被冻死（几十年过去了，我虽然不知那位善良饲养员的姓名，但却一直忘不了他）。钻在那尚能保持一点体温的麦草里的时候，我在心里问：你为什么会遭这样的罪？不就是因为蓝田缺粮吗？所以也就在心中暗暗发誓，假如将来有可能，我一定要逃离蓝田这个穷窝！

如果让蓝田人聚在一起说当年为吃粮而奔波的辛酸故事,估计几天几夜也说不完。当年蓝田人广为流传的顺口溜中就有这么两句:“户口在蓝田,口粮在泾(阳)高(陵)三(原)。”然而,当时的各级“革命委员会”却往往不肯承认这样的事实,以致演绎出许多掩耳盗铃的故事。

1972年暑期,我高中毕业回乡不久,带着好不容易从“鸡屁股银行”(四只母鸡)、“鸭屁股钱庄”(四只母鸭)和“绵羊储蓄所”(一只绵羊)攒下的三十多块钱,骑车到泾阳县云阳镇一个亲戚家买了一百多斤小麦,不料返回时被埋伏在玉米地里的高陵县市管会的人拦住了,硬说是投机倒把,要把粮食没收。我苦苦哀求,声泪俱下告诉他们:真的是家里缺粮,买回去自己吃的,绝不是投机倒把。然而人家就是不信,非要拿出蓝田县革委会的证明来才能放行。没办法,我只好回乡开证明。大队的证明好开,因为村里因缺吃而买粮的人很多,所以几乎没说什么话,大队文书就把证明开了。可是到公社却打了“绊子”——公社的秘书一脸严肃地说:“这证明怎么能开呢?要证明咱蓝田人粮食不够吃,这不是给社会主义抹黑吗?”无论我怎样央求,人家就是不开。

公社革委会的证明尚且开不出来,要开出县革委会的证明就更是痴心妄想了。

一家人辛辛苦苦攒了那点钱就为了买粮,如今粮没买回来,连钱也都打了水漂。我痛苦极了,几次都想扑向迎面开来的汽车一头碰死。虽然心有不甘,但却一筹莫展。就在走投无路的时候,忽然在街上遇到了一位高中同学。他毕业后回村当了大队的文书。跟他聊天时,无意中看到了他手上拿的一张纸,那纸上有一个醒目的大红公章——公社革委会的公章!我的目光立即被那红红的圆圈拉直了,声音有些发抖地问:“你手上拿的是……”

同学笑着说:“是一个会议通知。”说着就把那张纸递到了我手里。

接过那张纸刚扫了一眼,电光石火一般,我脑海里的“灵感”迸发了。为什么不能用这张纸“改造”(准确地说应叫“伪造”)一个证明呢?因为那通知很短,只有两行字。而字和公章之间却留下了很大一片空白。把那两行字裁掉,不就可以弄一个“很像样”的证明了吗?于是我问同学:“可以把这张纸给我吗?”

同学很诧异:“你要这干什么?”

我把前因后果以及想要这张纸的真实动机原原本本给他说了,同学几乎想都没想就说:“拿去用吧。通知的内容我都记住了。能用它给你帮个忙,也算我做了件好事。现而今这世事,唉……”

最后的结局是:高陵县市管会的人看了那“改造”的证明信并未怀疑它的真假,但却说:“我们要的是县上的证明,公社的证明不顶用。”当我的心又一次下沉的时候,他又找补了一句:“不过有了公社这证明,基本可以定性你不是投机倒把,但粮食还是不能给你。”

我问为什么,他说:“上头有通知,粮食不准出境。”

也许是看着我绝望的眼神有些可怜吧,他想了想说:“可以按国家定价给你退些买粮款。”

我是三毛一分钱一斤买的,国家定价是一毛一分。受了许多辛苦,费了许多周折,一粒麦子没买回来,三十多块钱变成十多块钱,我又回到了蓝田。

见我沮丧难过,母亲宽慰说:“我娃不要难受。好歹钱还回来了一些,没全叫人家没收就好得很了。没有麦也罢,苞谷面、红苕片、浆水菜咱都能吃……”

我在悄悄流泪的同时又一次暗暗发誓:一旦有可能,我一定要逃离蓝田!蓝田太穷了!

1972年征兵时节,我终于穿上军装成了一名铁道兵战士。当我穿上从罩衣到裤头全都是崭新的军装时,又一次悄悄地流泪了。那时我就告诉自己:为了能永远吃上那可以放开肚皮吃的白馒头、大米饭,你一定要在部队好好干!只有在部队永远扎住脚了,你才能永远逃离蓝田!

然而,当我在部队待过几年之后,忽然又很想念我的蓝田了。收音机里听到一个秦腔的旋律,我的心就像被一只柔软温暖的手轻轻地摸了一下,心弦不由自主地就会久久地颤动,思绪立即就会飞到灞河边,飞到蓝田县,飞回我的拾旗寨,飞回我的水家沟;因公出差,走在大街上,只要听到陕西口音说出“蓝田”两个字,我就不仅要回头张望一下,而且一定要停住脚步问一声:“你是蓝田哪达(哪里)的?”

我终于明白:我其实是逃离不出蓝田的,无论是清醒时在天涯海角,还是做梦时在天宫地府,我的身上、心上都刻着这样几个字:我是蓝田人!蓝田那一方土地承载着我将近二十年的喜怒哀乐、爱恨情仇,我生命的根须扎在蓝田。

参军四年没回过家,我对蓝田的思念越来越急切,越来越强烈了。我想回蓝田去,看父母,看哥姐,看所有我想看的人。四年之间,家乡有变化吗?变化大吗?变成什么模样了?家乡人还再为吃粮发愁吗?看报纸、听广播,都说全国的形势一片大好,“到处莺歌燕舞”,到处凯歌飞扬,天天都有捷报传来,社会主义新农村在毛主席革命路线的指引下蓬勃兴旺,欣欣向荣……

写家信时，我也曾多次问到家乡的情况，回信总是说：“家里一切都好。”这样的话，我也不知真假，因为当年我给在兰州工作的大哥写信时，母亲总是叮咛：“远路上报喜不报忧，屋里无论多难，都要给外头的人说家里一切都好。”现在的情形跟那时的情形还一样不一样呢？

终于，1976年8月，我得到了参军以来第一次探亲休假的机会。

我满怀着激动的心情来到出站口，刚走到车站广场，呼啦啦七八个人朝我围了过来。他们一个个蓬头垢面，衣衫褴褛，有的伸过来一个脏兮兮的搪瓷碗，有的伸过来一只粗糙而乌黑的手，眼巴巴地望着我，一脸自卑地乞求着：“解放军叔叔，给点吃饭的钱吧！”“解放军叔叔，有馍给一口也成。”

我立即就明白了：他们是一群乞丐！

我当时仅仅是一个有着四年军龄的战士，即使在青海最艰苦的地方——天峻，一个月也只有十五元的津贴费。这次探亲，满打满算也就带了一百元钱。这么多要饭的，我怎么能打发得过来呢？可是看着他们那可怜的眼神（有的显然比我年长许多，却把我叫解放军叔叔），我又实在不忍心拒绝，就从兜里掏出了两块左右的零钱。这个一毛，那个五分地散着。正散发时，突然听到一声大吼：“解放军同志，别惯他们的毛病！”我抬头一看，原来是一个中等个头的男人，上穿白衬衣，下着蓝裤子，胳膊上戴着个红袖章，看样子是广场管理人员。那些要饭的见他来都慌忙跑开了，但眼睛仍恋恋不舍地看我。那人对着那些跑开的人骂道：“都是些懒垂子货！不好好在生产队干活，专门跑到这地方来给社会主义抹黑！”我问：“他们都是哪里的人？”那人鄙夷地哼了一声：“都是蓝田的一些懒垂子！”

我脑袋嗡的一声响，脸上顿时像着了火一样，拎起提包做了贼似的逃离了火车站广场。

“给社会主义抹黑！”这是多么熟悉的罪名啊！四年前，公社的秘书这样说过我，今天，这位广场管理人员又这样骂我的“乡党”！不是到处都“莺歌燕舞”了吗？他们为什么还要给社会主义“抹黑”呢？

带着一肚子的疑惑回到家，通过亲人的嘴才知道：四年间蓝田县并没有多大变化，还是照样缺粮……

母亲把四个荷包鸡蛋端给我，而她自己却端起了一碗蒸熟的红薯叶子，那红薯叶子里搅了一点黑麦面——准确地说，那只是磨得比较细的麦麸皮！当我要用鸡蛋换母亲那碗麸皮拌红薯叶时，母亲说：“这个好吃，我就爱吃这个。”

几颗泪珠落进碗里，那鸡蛋我是一口也咽不下去了。

那个时候，我在心里又一次发了誓愿：我一定要在部队好好干，一定要争取永远逃离蓝田，而且将来如果有可能，我要将父母也都接到部队，永远逃离蓝田！

然而，几十年过去了，我不但没有逃离蓝田，反而离蓝田越来越近了。1983年，当铁道兵即将集体转业时，仿佛鬼使神差似的，我竟调到了第二炮兵工程学院（现更名为第二炮兵工程大学），距蓝田县境只有几公里路程。从事文学创作几十年，薄薄厚厚地也出了七八本所谓的"著作"，然而仔细盘点时才发现，虽然我拥有四十余年的军旅生涯，而反映军队生活的作品却不到十分之一，百分之九十写的都是农村，所用素材几乎都来自蓝田。我终于又一次明白：我生命的根须早已深深地扎在蓝田这方热土上了，想"逃离"是逃离不开的。

更何况，改革开放以来，随着国家整体局势好转，蓝田的面貌也发生了翻天覆地的变化，尽管还有贫困，还有许多不尽人意的事，但是，如今无论走到什么地方，说"我是蓝田人"时，绝对没有一丝一毫的自卑和羞惭。值得蓝田人自豪的东西很多：蓝田的美玉，蓝田的名厨，蓝田的水晶饼、大银杏、大樱桃基地……尤其是蓝田悠久厚重的历史文化更让人心驰神往：从公王岭到华胥沟，从羲母陵到老冢湾，滚滚灞河，当之无愧是华夏民族血脉的源头（此观点已有学者论证）！大忠、大防"四吕"兄弟，关中大儒牛兆濂，文化巨子阎甘园……在蓝田的文化天空中，曾有多少耀眼的明星值得我们敬慕仰望啊！

生我养我的故土，原本是极富营养的。于是，我彻底明白我无法"逃离"故土的根本缘由了。

刊于《发现蓝田》2012 年第 3 期

梦逐青山问照金

2011年5月,随陕西省作家协会赴铜川采风团,我第一次来到了照金。

照金这个名称,我恍恍惚惚在什么书上见过,但这个名称所指代的空间究竟具有什么意义,却是一点印象都没有。当听说要去照金参观的时候,我心里还纳闷:那里会有什么好景致呢?然而,当我真正走近照金的时候,就像从未见过黄河的人突然见到了壶口瀑布,又像从未听过爆竹之声的人突然听到了大炮轰鸣一般,我的心灵被震撼了,被强烈地震撼了!

当乘车离开照金的时候,我回头又看了看身后山顶上那四个大字——点燃两支火炬的红“照金”和用碧绿青草精心结构而成的绿“照金”,一下子觉得那火炬已在我心中燃起了冲天的烈焰,那绿草也已在心里蔓延成了一片无边的绿海。返回西安以后,心情久久难以平静,照金成了我梦萦魂牵的亲人,好几次在梦中我又见到了照金,抑制不住内心的激动,我紧紧地拉住照金,和照金攀谈……

我问:当年,你觉得苦吗?

照金说:苦啊!但是……

照金是铜川市耀州区下属的一个镇的名称。据传,此名称为隋炀帝杨广所命。杨广北巡时路经此地,恰值夕阳余晖照耀在仪仗车辇及王公大臣的衣服上,金光四射,耀眼夺目,他便问此地何名,大臣们面面相觑无言以对,杨广当即颁旨:名此地为“照金”。从此,照金一名便传了一千余年。

当然,照金让我震撼的绝不是其名称的来历,而是中国共产党当时在这片土地上发生的悲壮故事。

照金之行,最令我心弦颤动的一个地方叫薛家寨。这里曾经是照金革命根据地的大本营。

据介绍:薛家寨总共有五个寨洞,其中四个寨洞可以互相连通。洞内十分宽畅,大者能容纳二三百人,小者亦可容纳二三十人。传说这里曾是薛刚反唐的起兵之地。故有“薛家寨”之名。在红军革命之前，这里曾是当地人朱吉祥父子敬神修道之处。朱吉祥之父去世之后，朱吉祥看到红军打富济贫，军纪严明，十分感动，便主动把寨洞献给红军作为营地，自己也参加了红军游击队。1933 年 4 月，陕甘边党政军领导机关从兔儿梁迁到了这里，这里便成了当时陕北红军的指挥部。

这里山势雄伟，奇峰突兀，三面悬崖，壁立千仞，地形险要，有“一夫当关、万夫莫开”之势。边区政府和红军游击队来到这里之后，修筑了北哨门、绣房沟口哨门等多处防御设施。除边区特委、苏维埃政府和陕甘游击队总指挥部外，苏区修械所、被服厂、仓库、运输队、红军医院等单位，也都驻在这里。

走近薛家寨，首先让我心弦颤动的，就是眼前的悬崖绝壁。如刀裁斧砍一般的百丈悬崖，看一眼就让人魂悸魄动，但是就在这样的险绝之处，竟有十一位红军女战士义无反顾地跳了下来！

“狼牙山五壮士”的故事，我们早已烂熟于心，东北抗联“八女投江”的故事，我们也都耳熟能详，但是照金有十一位女红军战士壮烈跳崖的故事，我还是第一次听到。

那是 1933 年 10 月 15 日发生的一次战斗。

由于红军主力转入外线作战，大本营里只有少量的战斗队员和后勤人员留守。

10 月 15 日拂晓是一个深带寒意的拂晓，山谷里吹着凄凉清冷的秋风。薛家寨的山谷里原本多树，在秋风的吹拂下，山谷里到处都是呜呜的吼啸声，像群狼、群虎、群狮的嘶喊。这个时候，一群比狼、比虎、比狮更凶残、更狠毒、更狡猾的两脚动物，趁着夜色悄悄地向着薛家寨红军大本营逼近了。在这群两脚动物中有一个卑鄙的小人叫陈克敏，他原本是红军队伍里的一个军官，但是，这是个心胸狭隘又心地歹毒的家伙，原本就贪婪成性、利欲熏心，投机革命原本就是冲着高官厚禄而来的，当尝到革命的艰难辛苦之后，深感大失所望，于是在国民党政府军的重金利诱之下，他叛变了革命而投降了敌人。

这个叛徒对红军在薛家寨的布防情况了如指掌，甚至连绝壁上那条极为险要、鲜为人知的二百多米长的石缝，他也知道得一清二楚。这个拂晓，他像一只训练有素的导盲犬一样，领着他从前的敌人，举着屠刀向着他曾经的战友杀过来了。

毫无疑问，红军是有哨兵的。红军在很多险要处都设有哨卡。但是，也许正应了“智者千虑，必有一失”那句老话吧，也许留守的指挥员对那条险道的安全性太信任了吧,也许留守的指挥员根本没想到叛徒陈克敏会知道那条绝密的险道吧……总而言之,偏偏在那条极为秘密的小路口上,留守的红军竟没设哨兵。

悲惨的事情就这样发生了:熟悉地形的叛徒带着敌军中身手利落的壮汉,从极其险要的绝壁石缝中攀上了山崖,尾随其后的敌军大部队在其前哨的导引帮助下,全都幽灵一般来到了山顶上,而此时对面山顶龙家寨又突然恶鬼喷火一般,用大炮向薛家寨开始了猛烈的轰击……

震耳欲聋的爆炸声中,留守的红军战士并没有慌乱,他们以平素早已练就的警觉与机敏,迅速摸起熟悉的枪杆,在各自的位置上投入了战斗,展开了还击……

然而,毕竟是处于敌军包围之中,而且又有许多战友被偷袭得手的敌人夺去了生命,尽管他们毫无畏惧,英勇还击,但"寡不敌众"这一血淋淋的战争规律是谁都无法改变的,他们一个个都在激战中壮烈牺牲了。

面对敌强我弱、敌众我寡的不利局面,为了不致全军覆没,指挥员下达了撤退的命令。接到命令的撤退了,那些没有接到命令的战士,也凭着战斗的经验和求生的本能,选择了退却——毕竟,"留得青山在,不愁没柴烧",这是老祖先留给后人的智慧格言。

有一队红军女战士(也许是服装厂的,也许是红军医院的)只剩下十一个姐妹了,她们想要突围,但是敌人猛烈的炮火和飞蝗一样的子弹,使她们无法前进。凶猛的敌人如张开了血盆大口的恶兽,喷着血腥吐着狂暴向她们逼近,她们只能一步步地后退、后退……哦,已经无路可退了!身后就是百丈悬崖。摆在她们面前的只有两种选择:要么跪下来投降成为俘虏,要么转身跳下悬崖壮烈牺牲。

"宁为玉碎,不为瓦全!"这是在她们心里早已固化了的信念!而且眼前的敌人也未必给她们"瓦全"的机会!越逼越近的敌人狂呼乱叫着,那些污言秽语淫声浪调使她们清楚地知道:成为俘虏之后的下场将更为屈辱和悲惨!女人落入这些禽兽之手后,首先受到的就是无尽的凌辱,受尽凌辱之后再像猪羊一样被任意宰割……

这时,一位女战士呼喊道:"姐妹们,宁死也不当俘虏!"说完便义无反顾地转身,纵身跳下了那刀切斧裁一般的百丈悬崖。另外十个姐妹几乎连想都没想,便手拉着手,高喊着"宁死不当俘虏"的口号,纵身跃下……

当十一个年轻女子高洁的身躯在空中坠落的时候,她们的衣衫是破烂的,她们的头发是蓬乱的,她们身上有伤,脸上流着血,然而,她们就在坠落的那一瞬间,全都美得无与伦比,成了十一位最美、最为圣洁的女神!

在梦中，我问照金：当年，那样的事情经常发生，你不觉得苦吗？

照金说：苦啊！怎么能不觉得呢？但是，如果不革命，你想想……

我首先想到了裴多菲的诗句："生命诚可贵，爱情价更高，若为自由故，二者皆可抛。"接着我又想到中国的古语："时日曷丧？吾与汝偕亡！"真的，如果当年没有那些不畏牺牲的革命者，今天的中国会是什么模样呢？

我问：后来，你觉得痛吗？

照金说：痛啊！但是……

毫无疑问，照金在中国共产党革命的历史上是建立过伟大功勋的。为了建立这片革命根据地，刘志丹、谢子长、习仲勋等无产阶级革命家付出了无法估量的心血与汗水。可以说，在20世纪30年代初期，共产党革命的业绩，如果以创建革命根据地为标志而论的话，"南有瑞金，北有照金"是实实在在、绝无虚夸的表述。当以瑞金为中心的南方革命根据地陷落敌手，中央红军被迫实行战略大转移亦即开始万里长征时，照金则以其稳固的坚守为革命保存了以后发展的空间。正由于有了照金这块陕北红军的革命根据地，才使历尽苦难的中央红军在征途的徘徊中，坚定了"向家奔驰"的信念，和陕北红军会师后才有了"到家"的温暖。完全可以这样说，如果当年没有照金这块革命根据地，被国民党军队追杀得只剩下一万多人的中央红军会在哪里扎住脚跟还真难以预料，而中国革命的前途会成为什么样子也真不敢设想。

饮水思源，抚木念本。按说，照金的功绩本不应该被淡化，更不应该被忘记。

当然，后来，延安成了中国共产党革命的大本营，全中国革命的中心，照金便渐渐不大有人提起了。

再后来，党中央从延安迁到了西柏坡，再后来，到了北京……

20世纪50年代初期乃至以后出生的人，在20世纪90年代以前，绝大多数对照金在中国共产党革命历史上的贡献不甚了然。为什么呢？因为解放后发生的许多事件，使照金蒙上了羞辱的阴影。高岗，这个曾经的陕北红军重要人物，后来成了"分裂党"的反党分子，1954年自杀了。为了纪念刘志丹，其弟媳写了一部长篇小说《刘志丹》，而这部小说竟被康生这个大阴谋家定成了"反党小说"。

《刘志丹》一书遭到了令人悲叹的厄运，习仲勋等一批当年和照金有着血肉联系的革命者，都遭到了灾难——被审查，被批判，被斗争……此种政治背景下，谁提照金的历史功绩，谁就可能给自己带来无尽的祸患，因而照金也便像一个被泼了一身脏水又被锁进深闺的女子，既不能抛头露面，自然就很难展示姿容了。广大群众对她感到陌生，也就不足为怪了。

“红军洞”的经历，就让人感慨万千。

在照金党家山（薛家寨东面山梁）一个叫黑石崖的地方，巨大的山峰之下，有一个可容数千人的天然岩洞，是当年红军的粮库，当地人称作“红军洞”。

1992年，有两位记者搞了一次“重走当年红军路”的采访活动。一次采访中，记者从一位红军遗属王启云老人那里知道了红军洞的线索，并且写了有关“红军洞”的报道：

“丛生的灌木将红军洞掩藏在两山之间，站在沟口的人根本无法发现。红军洞寨墙仍在，依洞口山势而建……洞内有土墙围子、土炕、十多处整齐排列的灶台、木炭、草绳及破烂的草鞋。一线水流从几十米高的岩缝中跌落洞中，在洞底形成一条小溪……在洞外崖壁自然形成的凹处，有五六处土围子，最大一处可容百人，从乱石堆垒和烟熏火燎的情景看，曾遭破坏。在一处土围中，有被挖开的六个方坑，拂去上面的浮土，下面是一层深深的焦灰，应该是被敌人焚毁的粮仓。”

残存的遗址证明：红军洞在革命历史上的贡献是不可磨灭的，然而由于前述众所周知的原因，它几乎被完全遗忘了。

据耀州区委宣传部的边疆先生介绍：自从两个记者重走红军路并写了有关报道以后，直到2004年陕西省摄影家协会又搞了一次“红色摄影采风”活动，这个似乎已经被遗忘的地方才终于重新引起了人们的关注。

听着介绍，我心中不由得翻起了多少有些悲凉的浪花：此前，肯定有许多人从这里经过，也知道这里曾经住过红军，但是谁也没有思考过它的文化价值和历史意蕴。这个石洞便像黄土高原上千千万万个土洞一样，默默地静静地在大自然的朝晖夕阴风雨晴晦中，度过一日又一日，度过一年又一年。当年曾经在这洞里呼喊过、歌唱过、欢笑过、哭泣过、战斗过、休息过的红军战士，有的早已倒在枪林弹雨之中，血肉化成云烟，白骨朽成灰土，他们是不可能再回来看望这曾经给他们遮蔽过风雨抵挡过寒冷的石洞了。而那些有幸活了下来而且在胜利之后在政府中有了一定职务的，他们住进了温暖而舒适小楼雅居……当然，最重要的是他们成了人民的公仆，要干很多的工作，他们太忙了，所以他们也想不起这个石洞了。至于普通百姓呢，他们只知道这个洞当年曾经住过红军，红军在这里煮过饭、睡过觉，要打仗了就从这洞里出去了，打完仗了带些战利品又回到了这个洞里。后来，随着红军大本营的迁徙，这里也许再没住过军队，这洞就成了一个冷洞,一个荒洞,成了山间的松鼠、小鸟栖息的居处,山间行路之人突然遇到了风雨会进来躲一躲,有时候实在内急了,这里也是一个很好的方便的地方……

石洞有些凄凉,有些寂寞,但它仍然一声不响地看着日出日落,看着叶绿叶黄,看着冬雪春露,看着夏雨秋霜,看着人间的红旗招展,看着人间的锣鼓喧天,看着人间的潮起潮落……它仍然一如既往地接待着能接待的一切,野兔来了,接!松鼠来了,接!人来了,当然一个也不拒绝……

在通往红军洞的山路口,边疆说:“大家转头向左边上方看,看看能看到什么?”顺着他的指示,我们又看到了一堵石壁,和薛家寨的悬崖一样如斧砍刀削一般,齐刷刷地显出一派威严、凌厉、冷峻的气势。乳白色(或浅灰色)的石壁上,有一块地方呈现出深深的绛色,显得格外夺人眼目。猛看起来,像是谁在悬挂的乳白色大帐上滴了一片酱油似的。这有什么好看的呢?

边疆问:“大家看那图案像不像一位肩挎钢枪的红军女战士?”

经他一点拨,大家全都惊叹地呼喊起来:嘿呀,还真像!一位留着剪发、头戴军帽、精神抖擞的女战士形象仿佛突然从石壁上显影出来一般,越看越像。尤其是肩上挎的那杆枪,尖锐的刺刀直指苍穹,更显出了战士形象的英武动人。有人说:这就是当年红军战士英魂的投影啊!尽管谁都知道这是艺术创造,但却全都随声附和:就是!就是!

在梦中,我问照金:前多年受到那些委屈的时候,你心里痛吗?

照金回答:痛啊!怎么能不痛呢?但是……照金绝不怨恨。历史从来都是曲折前进的。从古到今,不知有多少英雄豪杰受过委屈、遭过磨难啊!宋朝的岳飞不冤枉吗?明朝的袁崇焕,更是冤得让人眼睛滴血骨髓生疼,欲哭无泪欲喊无声。但是,历史最终不还是很公正的吗?唐代诗人刘禹锡有诗云:“莫道谗言如浪深,莫道迁客似沙沉。千淘万漉虽辛苦,淘尽狂沙始到金。”照金从来都相信这样一个真理:历史是人民写的,但首先是自己写的——自己用行动去写,之后人民自然会用心,用口,用笔去写,或濡布帛,或刻竹木,或镂金石。尽管也会有个别小丑在某一个时段内给历史的天空喷吐一些昏烟迷雾,但最终,迷雾是掩盖不了真相的。人民是永恒的,是谁都取代不了也欺骗不了的。

“历史是任人打扮的小姑娘”的说法,也许能让某些灵魂缺少定力者心神迷乱,但是,真正的历史唯物主义者都坚信:只要人民不死,不管谁怎样打扮,“小姑娘”终究会在文明的长河里“洗尽铅华现真容”的。

我问:今天,你觉得爽吗?

照金说：爽啊！但是……

当年“闹红”的时候，照金很红。拨开了历史的迷雾，照金终于在世人面前闪耀出了它金色的光芒，在新的历史征程中，照金的历史价值、革命意义终于被人们认识并且也被广泛地宣传与赞颂了。照金这块红色根据地，又一次“红火”起来了。

随着改革开放深入发展，尤其是党的十七大召开之后，以胡锦涛为总书记的党中央以彻底的历史唯物主义者的胸怀与气魄，对许多历史问题以更加求实、客观、科学的眼光予以观照，使历史的真实面貌更加清晰地展示于世人面前。照金又一次吸引了社会的视线，成了夺人眼目的“红色焦点”。不但研究革命历史的学者专家开始对照金的价值与意义进行深入的挖掘，而且恢复重建革命遗址的浩大工程也如火如荼地开展起来了。2005 年 2 月，“陕甘边照金革命根据地遗址”被国家发改委、中宣部、国家旅游局等十三个部门列为全国一百个红色旅游经典景区之一；2009 年 5 月，照金革命纪念馆被中宣部列为第四批全国爱国主义教育基地，11 月，又被中宣部、教育部、国防部列为首批国家级国防教育基地。

现在的照金纪念馆占地一百二十多亩。2010 年，在纪念馆老展厅基础上，又扩建了新展厅，使得纪念馆的气势更为宏大。展厅陈列设计新颖，声、光、电等现代化设施运用巧妙，塑、图、文等展出内容布局合理，既保留传统风格又富有现代气派，典雅精致又大气磅礴，敛放有度，张力十足，非常生动地再现了照金革命根据地在中国革命伟大历史征程中的重要地位。饱经沧桑的照片、文物，将参观者的思绪拉向遥远的过去，形神兼备的立体雕塑和大型浮雕，不仅把刘志丹、谢子长、习仲勋等老一辈革命家运筹帷幄时的音容笑貌刻画得惟妙惟肖、活灵活现，更将陕北红军和广大革命群众创建根据地的战斗历程也反映得淋漓尽致。巨幅油画《照金丰碑》让人热血沸腾，百米长卷《艰苦岁月》则让人心潮激荡又感慨万千。走进安装有现代化多媒体设备的小型剧场，用现代科技手段展示革命历史的新模式让人顿觉得耳目一新：灯光闪亮处，一个又一个学识渊博的中国革命史专家走到观众面前，画龙点睛般讲述一段历史故事，阐释一条革命理论之后，随着变换的灯光又悄然隐去。接着刘志丹、谢子长、习仲勋等革命前辈便走了出来，他们或亲切交谈运筹谋划，或披星戴月奔波操劳，虽然情节过程都是现代演员的表演，但比起单纯的看图片听讲解来，这种方式显然更具吸引力、感染力和震撼力。

穿过新展厅的后大门，顺着山坡望上去，山顶上有一座巍然屹立、势入云霄的英雄纪念碑。望着碑前刘志丹、谢子长、习仲勋等革命家的塑像，一种“高山仰止”的感觉便油然而生。上山的路说不上险峻却也颇显陡峭。沿着数百级新砌的石阶，享受着路两旁新植树林的清香绿意，参观者来到山顶碑下，转头旋身极目四望，照金镇的全貌尽收眼底。哦，好一派繁荣繁忙、欣欣向荣的景象啊！道路正在拓宽，广场正在扩大，推土机轰鸣，装载机喧哗，运水泥、运沙石，运各种建筑材料的大小汽车，如流水，如穿梭……

参观的人越来越多了，有党政机关组织的，有大专院校组织的，更多的则是自发自由的旅游者。的确，中国人民的生活水平提高了，衣食无忧的人越来越多了。当大家解决了“果腹问题”（食）、“蔽体问题”（衣）之后，心灵需求问题就日益呈现在突出位置了。旅游的人多了，热爱红色旅游的人近年来更是有增无减，当人们看了井冈翠竹、瑞金水井、延安宝塔、西柏坡窑洞之后，很快就要潮水一般向照金涌来了！照金已经成为人们目光聚焦的一个热点了！

在梦中，我问照金：面对着一拨又一拨的来访者，面对往后更多更大的繁荣、繁华，你觉得爽吗？

照金说：爽啊！比起前多年的冷落寂寞、冷眼相待，今天怎么会不觉得爽呢？但是，照金知道中国的老子有句名言：“为而不恃，功成而弗居。夫唯弗居，是以不去。”经历了那么多的风风雨雨，照金早已宠辱不惊了。照金曾经有功，但照金绝不居功。照金仍然一如既往地忠诚于中国人民，忠诚于中国革命。照金绝不会因为多了些关注的目光，就飘飘然起来。照金知道自己的分量。“举世而誉之而不加劝（自满得意），举世而非之而不加沮（灰心丧气），定乎内外之分，辨乎荣辱之境”，这才是照金的风骨，照金的底蕴。唯其如此，照金才会永远闪烁照耀历史的金色光辉。

这种境界风骨是让我敬佩的。

我问：未来，你有新的目标吗？

照金说：那，当然……

山顶上，展现着一红一绿两个“照金”。红色照金是历史的照金，而绿色照金则是未来的照金。参观时镇领导说：“建设新照金，我们必须一手抓历史，一手抓未来。抓历史就是要尽最大努力搜集一切和创建照金革命根据地有关的实物资料和文献资料，组织人力进行梳拢整理，深入发掘照金革命历史的文化价值，宣传当年革命者的事迹功勋，弘扬老红军的革命精神，站在历史的制高点上，高擎起当年革命前辈在照金点燃的红色火炬，让全中国、全世界的人都看到照金火炬放射的耀眼光芒，让照金革命者的奋斗精神永远激励后辈为建设更加美好的社会而奋斗！一手抓未来，就是要在做好‘红色’文章的基础上，演好更加气势恢宏的‘绿色’活剧——落实科学发展观，以人为本，建设生态环境更加美好的新照金。能种树的地方种树，宜长草的地方播草，要让现在还呈现枯黄的所有土地，在不远的将来全都铺上绿毯，披上绿装，山是葱葱郁郁的青山，地是碧波翻滚的绿地，沟坡涧边，到处都有香花绿草，一年四季绿意不断，山山水水生机盎然……”

指着山下的一片房舍，区领导告诉我们：“那一片区的居民将来都要移到那边去。对面那个背风向阳的山洼，不久将会有一片居民大楼拔地而起，而在每户居民都安住新居且心满意足之后，我们再对老居民区进行拆迁改建。拆迁之后，那里将成为照金的政治、经济、文化中心，除党政机关办公之外，学校、幼儿园、影院、超市、宾馆、文体活动中心等设施都要建设齐备，而且要既紧跟时代潮流，又有超前的风采……”

哦，望着山顶那一红一绿两个“照金”，我更加坚定了这样的信念：照金有过光荣的历史，照金一定会有更加光辉的未来！

刊于《华原》2012年第五期

播撒善良的种子

——20 世纪 60 年代学雷锋回忆

1963 年,毛泽东主席“向雷锋同志学习”的题词发表的时候,正是我读小学三年级第二学期的时候。那时我刚刚十岁。说实在话,起初我只记得学校的黑板报上画了一个戴着栽绒军帽的解放军战士头像,模样很英俊,笑容很亲切,他的名字叫雷锋。至于为什么要向他学习、学习什么,则全是懵懂的。

但是到了下半年我成为四年级学生时,雷锋的形象在我的心目中不仅变得清晰了,而且也变得十分高大了。伟大领袖的号召,如同浩荡春风吹遍大地,全中国都掀起了“向雷锋同志学习”的热潮,我们这个农村小学里不但人人会唱《学习雷锋好榜样》这首歌,而且也能看到刚刚出版的新书——《雷锋的故事》了。

我一遍又一遍地阅读《雷锋的故事》,一次又一次地被感动。心里常想:我要是能成为雷锋这样的人该多好啊!多光荣啊!可是怎样才能成为雷锋那样光荣的人呢?老师说:认真向雷锋学习,从一点一滴做起,只要雷锋能做到的我们也都做到了,我们也就成为和雷锋一样光荣的人了。

老师讲话时,我曾在心中暗暗发誓:凡是雷锋做过的好事,我一定要全都做到。不料下课后当我热血沸腾地把这个“宏伟理想”说给一位要好的同学时,他两句话就把我给问愣了。他说:“雷锋给战友、给灾区寄过不少钱,你有钱寄吗?雷锋出差一千里,好事做了一火车,你有钱坐火车吗?”可不是吗?我自己家里很穷,作业本全都是正面写完之后反面再写,我特别喜爱的两个秦腔剧本《周仁回府》和《辕门斩子》还是冒着被打骂的风险从炕席底下“偷”了母亲的五毛钱买的。尽管事后母亲并没有打我,但我从母亲话语里听出,那五毛钱她原是准备给全家买盐和煤油的。家里穷成那样,我哪有钱给别人寄呀?至于火车,我也只是在小人书上见过,现实生活里,坐汽车也几乎是一种奢侈的梦想,更别说在火车上让座、倒茶、打扫卫生了。我的“要像雷锋那样伟大光荣”的宏伟理想在贫穷的现实面前,看来只能是一种幻想了。

不过很快,班主任的一番话让我一下子豁然开朗了。那天,班主任把我叫到他的房子,说:“怀仁你是班长,在向雷锋同志学习的活动中一定要带好头呢!”当我把心中的迷茫和困惑说给老师时,他扑哧一声笑了,说:“学习雷锋主要是学习他的精神,并不是要模仿他做过的每一件事。只要心里想着要当个对他人、对社会有用、有益的好人,就是实实在在地学雷锋了。比如歌里有这样的唱词:‘学习雷锋好榜样,艰苦朴素永不忘。’我看在艰苦朴素方面你就做得很好,身上的补丁衣服,你从来没有嫌弃过,这就是向雷锋学习的表现嘛!”

说来惭愧,我是家里的老小,因为贫穷,我身上穿的绝大多数都是哥哥姐姐穿过的旧衣服,补丁摞补丁是再自然不过的事儿。从前,我为老穿补丁衣服还经常委屈难过,有几回还向母亲发过脾气呢,没想到今天在老师这里,这不嫌弃补丁衣服还成了向雷锋学习的表现。这可真让我有些喜出望外。

受到老师的启发,我自然又想起了《学习雷锋好榜样》中的另外两句歌词:“愿做革命的螺丝钉,集体主义思想放光芒!”不能像雷锋那样给灾区寄钱、雨夜送老大娘回家、到建筑工地义务劳动,但在力所能及的范围内为集体做点好事还是能办到的呀。从小学一年级到四年级,我一直是班长。原先,放学后打扫教室是各小组轮着来的,不该我所在小组当值日生时,放学后我就和其他同学一样背书包回家了。可是自从班主任和我谈话以后,不管轮到哪个小组,我都坚持和同学们一起打扫卫生,最后一个离开教室,我觉得这就是在学雷锋活动中班长的带头作用,就是“集体主义精神”在自己身上放出的“光芒”。我感到很光荣,很自豪。

在打扫教室的过程中,我又有了新的发现,打扫汇集起来的垃圾中,有一半是同学们从练习本上撕下来的废纸。我忽然萌生了一个念头,把这些废纸收集起来,攒多了以后卖给废品收购站,卖来的钱不是可以交给班里作为班费吗?于是我又开始了在垃圾中捡废纸的行动。有的同学不理解,问我:“你捡这些烂纸干啥?”我说:“卖钱。”他们都笑了:“这么点烂纸能卖几个钱?”我说:“咱们不是刚学过‘集腋成裘、积沙成塔’的成语吗?雷锋叔叔的‘百宝箱’,就是一个螺钉、一个螺帽,一针一线攒起来的。这点废纸一点点攒,时间长了就能积少成多。”同学们虽然都没再反驳我,可对这点破纸的“前程”基本都不屑一顾。只有两个同学有时候会给我帮帮忙。我们把揉成团的纸展开,把沾在纸上的泥土揩净,一张一张铺平,一张一张摞起来,一般情况下都能捡到二三十张,多的时候甚至可以收集到六七十张。收集起来的废纸不好在学校里存放，我就把这些废纸带回家。“收获”小时，我就用手捏着，“收获”大时，我就折条树枝剥下树皮，用树皮把废纸捆扎起来。

正所谓“苦心人天不负，有志者事竟成”，半个学期之后，我和两位同学捡的废纸居然积了五斤之多，拿到废品收购站，三分钱一斤，居然还卖了一毛五分钱。一毛五分钱当时至少可以买三个写字本，班里搞活动，是可以作为奖品的。

我把这一毛五分钱交给了班主任，说这是我们学雷锋挣下的班费。班主任非常高兴，立即就在班上把我们大大地表扬了一番，说我们就是向雷锋学习的好榜样。

从四年级到六年级，我仍然一直是班长，而且因为学雷锋做好事，年年被评为“三好学生”。说心里话，做了好事被表扬，那感觉真是好极了！

打扫教室捡废纸，卖了废纸作班费，我一直坚持到 1966 年小学毕业。虽然“十年浩劫”的打击曾让我一度心灰意冷，但是从 1963 年开始的学雷锋活动在我心中播下的美好善良的种子，一直都在生根发芽、开花结果。后来，当我成为人民解放军队伍中的一员时，我给有困难的战友家里寄过钱，给灾区人民捐过款，当年认为难度很大的“学雷锋行动”，不用多么费劲也就做到了。当我步入六十岁也成为“老人”时，在公交车上如果遇到抱小孩的人（无论男女），我都会不由自主地让出座位。没有别的原因，只因为班主任那一番朴实而又深刻的话语，还时常在我耳畔回响：“只要心里想着要当个对他人、对社会有用、有益的好人，就是实实在在地学雷锋了。”

刊于 2013 年 3 月 5 日《火箭兵报》

清明时,想起了那次"祭扫"

一天暖似一天的春风吹过几场之后,迎春花的盛大"演出"刚刚谢幕,梧桐花、碧桃花、樱花、贴梗海棠花全都浓妆艳抹急匆匆地联袂登场了。校园里的景色告诉我:清明来了。

清明是一个节令(气),也是一个节日。清明之所以为节日,除了人们在大好春光中赏花、踏青,享受大自然魅力无限的美之外,最重要的一项活动内容,就是祭祖。大到全世界华人瞩目的黄帝陵"公祭",小到千千万万平民百姓的上坟、扫墓,所表达的都是同一个意思:饮水思源,不忘根本。在这祭扫的过程中,追思怀念故去的先祖和曾为今人之文明幸福生活有过奉献的圣哲、英烈,无疑是一次心灵的净化和精神的陶冶。

望着门外那一排如霞似锦的樱花,隐隐约约的,我看见有一队小学生抬着花篮正在向一座烈士陵园走去。我的心头不由得漫过了一股暖流。是的,孩子们是应该去的!陵园中的烈士的确是不应该被忘记的!

望着那渐行渐远的队伍,我自然而然便想起了2011年我和战友们在青藏高原天峻县烈士陵园那次不同寻常的"祭扫"。

在调入二炮部队之前,我所在的部队是铁道兵。尽管这支曾为国家铁路建设和国防建设做出过巨大贡献的光荣部队后来集体转业了,但是早已不穿军装的铁道兵战友们仍然难以忘记当年那激情燃烧的岁月。2011年,一群早已退伍的铁道兵老战士,组织了一次"重走青藏线,弘扬铁道兵精神"的活动,我与"当年都是'老铁'、如今都在二炮"的袁武学副教授也应邀参加了这次活动。

这次活动有一个很重要的内容,就是到青海省天峻县烈士陵园去为烈士扫墓。我们都在天峻县关角山海拔三千七百多米的地方打过隧道,忘不了有几十个战友长眠在那里。

虽已时过两年,但那天"祭扫"的情景,至今仍历历在目:

战友们在烈士纪念碑前排好队伍,默然肃立,主持祭奠仪式的王红旗同志仰望长天,声音哽咽地高声呼喊:"长眠在陵园的战友们啊,我们——看你们来了!"一语未了,他早已热泪横流……

王红旗在部队十余年间,从卫生员到军医,参加过无数次的抢救。不知有多少回,他亲眼看着十分英武帅气的战友成了残疾人;不知有多少次,昨天还生龙活虎的战友,今天就在他的眼前永远告别了人间……后来,他转业到了地方。如今他自己的事业已十分辉煌,一家人过得幸福无比,但他只要想起那些牺牲的战友,仍常常忍不住泪如泉涌。

现场的男男女女,几乎全都受到了感染,无一不鼻头发酸,眼眶发潮。

凉风吹着。夕阳照着。已不显得很高的天空中,有沉沉的乌云向我们的头顶缓缓移来。仿佛也在表达着一种沉重的怀念与哀思。

我代表所有重走青藏线的战友向长眠的战友致辞。当我说到"每当皓月当空的夜晚,每当雪花纷飞的清晨,总有人朝着这海拔三千七百多米的高原上仰望——也许是你白发苍苍的父母,也许是你念念不忘的妻儿,也许是……"的时候,队伍里的兄弟姐妹们,啜泣之声一片……

奠酒之后,战友们一齐动手,擦拭烈士墓碑并为之重新刷油漆(出发前早有准备)。临行前,有几个战友反复叮嘱,要我到一位临潼籍战友的墓前照几张照片。为了不辜负战友的殷切情意,我们一起在层层叠叠的坟墓中寻找。找到那位战友的墓碑后,几位女战友争先恐后用抹布把墓碑擦拭干净,老袁则用毛笔蘸着油漆极其认真地涂描着墓碑上的文字。从西安出发时,一位未能同行的战友对我说:"老韩,你的秦腔戏唱得不错,可能的话,你给咱的战友在那儿唱几句,他几十年都没有听过咱的家乡戏了……"

我知道他不是开玩笑,所以就把平时用的便携式移动音箱带着。站在战友的墓前,我揿下了按钮,秦腔苦音慢板那沉郁慷慨、苍劲悲凉的音乐便在陵园上空弥散开来。我的声音已经嘶哑,但我仍用沙哑的嗓音唱着:"忠义人一个个画成图像,一笔画一滴泪好不心伤……"这是秦腔传统剧《赵氏孤儿》中的一个唱段。

我的眼泪潸潸而下,周围战友们的眼里也都闪动着泪光……

第二天,在乌兰县烈士陵园,我们又搞了同样的活动。吊祭之后,县民政局一位同志说了这样一番话:"躺在陵园中的烈士,不仅是历史的功臣,而且是民族精神的标杆。祭扫活动,不仅让烈士的英灵得到了安慰,而且也启示后人从烈士身上汲取精神,得到激励。祭扫陵园,怀念烈士,实质上就是为民族、为国家的未来发展聚集正能量啊!"

他的话赢得了热烈的掌声,大家都说他"说得真好"。

清明节又到了,想象着全国各地那千姿百态的祭扫活动,我似乎已感觉到了那无比强大的正能量正在华夏大地上奔突冲腾、汹涌澎湃……

刊于2013年4月6日《火箭兵报》

"红坑"叩问

引　言

西安城东约二十公里，有一镇名曰洪庆镇（现已更名为"洪庆街办"）。距其镇约三华里处有一村，名曰洪庆堡（相邻一村名洪庆沟，现均属临潼区）。细究根底，"洪庆镇"之名盖由"洪庆沟""洪庆堡"之名而来，而"洪庆"二字则由"红坑"演变而来。当地古方言，小而浅的"坑"读 kēng，大而深的"坑"则读为"qīng"，排泄污水的大坑，则呼为"渗坑"（sèn qīng），坐牢房叫"坐坑（qīng）子"，至今七八十岁以上的老者口中依然如此。

"hóng qīng"者，"红坑"也。

据传此地为当年秦始皇坑杀儒生之地——数百儒生，流血甚多，所覆黄土，皆成红色，居高临下而望，一个血色之坑赫然在目，此处即被当地人称作"红坑"。汉时，此地一度曾名"愍儒乡"，唐时亦有"旌儒乡"之称，清末民初，当地乡贤曾将"红坑堡"改为"兴文堡"，然"红坑"一名历经数千年却仍未被人忘却。

几十年间，"洪庆"一名在西安东郊（包括与其相邻的蓝田县西部地区）早已家喻户晓、妇孺皆知，后生晚辈中能知其由"红坑"演变而来者，实属凤毛麟角，少而又少。笔者出生之地距此不过二十余里，少年时期曾对长辈们把"洪庆"的"庆"不读"qìng"（庆，四声）而读"qīng（轻，一声）"甚感奇怪，但却一直不知端详，直到 1991 年底，洪庆镇几个文化人邀我去参加"红坑文学社"的活动，我少年时期曾在心头翻腾过许多回的疑问才算得到了较为明晰的解释。

一

我工作的单位是一所军事院校，距传说中的"坑儒谷"不过一公里之遥。来学校工作三十余年，我曾很多次在"坑儒谷"边徜徉漫步，眼望着弥漫在骊山西南麓谷间野上的朝岚暮霭，困惑，惆怅，莫名其妙的伤感等多种情绪，也像那些岚霭烟雾一样，常常在我的胸间萦绕纠缠。为了对“坑儒谷”的来历弄个明白，我曾一次又一次披经阅典，查寻资料。

《史记·秦始皇本纪》载：秦始皇所器重的卢生、侯生因对秦始皇不满而逃跑之后，秦始皇非常恼怒，说：“卢生这些家伙，我给他们的待遇十分优厚，他们反而诽谤我，加倍败坏我的声名。我派人考察那些(从六国而来)身在都城咸阳的儒生，发现他们中有的人居然散布流言蜚语以迷惑广大百姓。”于是就派司法官员立案全部审问那些儒生。结果那些知识分子们互相传言、攀扯举报，最后确定了四百六十多名“犯禁者”，在咸阳将他们全部坑杀(活埋)，并且发出布告，让天下人都知道，目的是要给后边(那些仍欲犯禁者)以严厉的警告。

原文是这样：“**始皇大怒曰：‘卢生等，吾尊赐之甚厚，今乃诽谤我，以重**(重：加倍昭示)**吾不德**(不德：没有美好德行)**也。诸生在咸阳者，吾使人廉问**(廉问：较为平和的审讯询问)**，或为妖言以乱黔首**(黔首：老百姓)。**’于是使御史悉案问**(案问：严厉地审问)**诸生，诸生传相告引，乃自除犯禁者四百六十余人，皆坑之咸阳使天下知之，以惩后。**”(《史记》·中华书局1959年版258页。括号内注释为本文作者所加。)

《史记·儒林列传》中还有这样的记载：“**及至秦之季世**(**即末世**)**，焚诗书，坑术士，六艺从此缺焉。**”

这大概是“坑儒”事件在史书上最早的记述。但司马迁说的是“皆坑之咸阳”，而今天之咸阳市与洪庆镇相距约四十公里，按古代的里程计，至少也有七八十里路，秦始皇为什么不嫌费事而把儒生们拉到这里来坑杀呢？

到了唐代，为《史记》做注解的张守节在其《<史记>正义》中，对坑儒事件又做了新的补充：在上文“坑术士”三字之后，张守节注解说：“**颜**(**师古**)**云，‘今新丰县温汤之处号愍儒乡。温汤西南三里有马谷，谷之西岸有坑，古相传以为秦坑儒处也’。**”

而颜师古引用的则是东汉卫宏《诏定古文<尚书>序》中的说法：“**秦既焚书，恐天下不从所更改法，而诸生到者拜为郎，前后七百人。乃密种瓜于骊山陵谷中温处，瓜实成，诏博士诸生说之，人言不同，乃令就视。为伏机，诸生贤儒皆至焉。方相难不决，因发机，从上填之以土，皆压，终乃无声也。**”(《史记》·中华书局1959年版3117页。)

到了元代，马端临在《文献通考·学校考》中，综合前人记述后这样记载：“**始皇使御使案问诸生，转相告引，至杀四百六十余人。又令冬种瓜骊山，实生，**

令博士诸生就视。为伏机，杀七百余人。二世时，又以陈胜起，召博士诸生议，坐以‘非所宜言’(犯“说了不该说的话”这种罪)**者，又杀数十人。**”从而推出秦代不止一次坑儒的结论。

当代人高云光(曾任陕西教育学院图书馆馆长)考证：今洪庆镇秦时属咸阳畿内，汉代为新丰县辖，名曰“愍儒乡”。唐玄宗时在此曾建“旌儒庙”，命中书舍人贾至撰文勒石，彰祭先贤，故此乡又有“旌儒乡”之称(公元1970年在洪庆堡发掘出土现存临潼博物馆的唐刻儒生像即为明证)。是乡老人记忆犹新的一座马王庙，于1958年“大跃进”时被毁，高先生认为“以此可证此地即为古之‘马谷’。”

也许史学界对这些资料还有许多不同观点在继续争论，然而我是相信，或者说，我是愿意相信这些记述的。第一，人类的历史，有许多就是通过口口相传而记录下来的，比如中国的黄帝、尧、舜，外国的特洛伊木马等，至今仍没有可靠的实物以资证明，然而人们却对这些传说深信不疑。一个红坑，流传了几千年，大概不会是无风起浪、无中生有之作。第二，汉时名此地为“愍儒乡”(愍，同悯，同情怜惜之意)，唐时在此建“旌儒庙”(旌，本指饰有羽毛的旗帜，引申为昭示、表彰)，肯定不会是当时统治者的捕风捉影和心血来潮突发奇想。第三，坑儒既是历史铁案，那么坑儒必有处所。在找不出别的坑儒遗址之前，而在秦时确属“咸阳畿”的“洪庆”地区，就极可能是司马迁所说的“皆坑之咸阳”中的“咸阳”。

退一万步说，即使这个地方压根儿与那场文化惨案没有任何关联，单单一个“红坑”的传说，就足以令人魂悸魄动，心神震撼。“红坑”两字，蕴蓄着很多的历史内涵，包藏着很多的人世辛酸，汇聚着很多知识分子的血和泪，因而它不能不让人久久地咀嚼与思索。

当我一回又一回在“红坑”附近徘徊驻足的时候，当我的目光一遍又一遍地在那些史书的字里行间游弋的时候，我眼前便一次又一次地浮现出那个惨不忍睹的场面，耳畔便萦绕了那惨不忍闻的声音……

二

那是两千多年前秦始皇统一了六国之后的一天。

那一天，虽然不一定风和日丽，但绝对不是凄风苦雨。一支浩浩荡荡的队伍从都城咸阳的城门中拥了出来。旌旗飘摇，伞盖如云，车轮滚滚如雷霆乍过，人声喧哗似海水翻腾。车上坐着的都是来自四面八方的知识分子，因知识渊博被称之为“博士诸生”。他们得到了皇帝的赏识，皇帝有一个让大家都颇费心思的问题向他们咨询，在都城咸阳畿内骊山西南侧的一个深沟里出了一桩怪事：冷冬寒天，北风凛冽，别的地方都冰封雪裹、草木凋零，而这个名叫“马谷”的沟里却有瓜生长，不但长得茎肥叶绿、花朵繁盛，而且居然还能结实，那瓜实居然还长得十分硕大。这到底是怎么回事儿？是天降祥瑞，还是预兆祸祟？谁能说得清楚？诸生博士们个个都饱读诗书，人人都学富五车，于是就纷纷以自己的学问对此奇怪现象进行解释。然而，你说的他不一定认可，他说的你又未必赞同，一时间还难以有个统一的认识、一致的结论。于是丞相李斯就发话：既然大家不见实物谁都说不明白，那么你们就到实地去考察一下吧。

博士儒生们虽然学识渊博，但是他们谁都没有未卜先知的功能，谁也没想到他们已经不知不觉地进入了一个早就设计好的圈套，谁也不知道那一天就是他们数百人生命完结的日子。他们不知道，始皇帝早已讨厌他们对新政策说长道短，早就想除掉他们了。而丞相李斯也早已向有关部门授意，一个秘密的阴谋早就在悄悄地实施着——骊山不是有温汤么？骊山的“汤”为什么温？因为骊山是一座死火山（当然李斯们其时未必能说出这种现代地理学的术语）。正因为这里曾经是火山，所以这里的地表温度较之别处自然要高出一些。沟越是深，沟内地表距离温度高的地层就越近（也许沟的地表就在那有温度的地层上），此沟地面的温度必然不低。其实早就有人发现，在马谷旁的这个沟里，即便是滴水成冰的数九寒天，青草依然碧绿，鲜花依然开放，为什么？就因为这儿温暖！这个秘密之地，“有关部门”知道，但来自四面八方的诸生博士却未必知道。“有关部门”于是就派人在沟里悄悄地种了一些瓜——也许是南瓜，也许是西瓜，也许是……总而言之，是能开花结实的瓜。

在让这些知识分子们前往“冬日瓜实”的马谷“实地考察”之前，早有人在马谷两边也许并不茂密的树林里埋伏好了持有强弩利箭的士兵。那些儒生博士们进入陵谷之后，看见那样叶绿实硕的奇异景象，也许都不由得得发出了一阵阵惊叹。正在他们引经据典、高谈阔论、各抒己见、争论不休的时候，突然间，从山谷两岸的树林里射下了蝗虫一般密集的箭镞，那些锋利的箭镞射进他们的头骨，穿过他们的眼眶，钻入他们的喉头，插在他们的胸腹上、心脏上……鲜血如同喷泉一样从他们身上喷涌而出，他们惊恐万状，乱作一团，他们的满腹经纶、五车诗书在此时此地全派不上任何用场。他们撕心裂肺地尖叫着、哭号着、乞求着、哀告着……也许还夹杂着几声愤怒的咒骂和懊悔的叹息吧，然而，这个时候全都没有了任何作用！他们倒下了，一个，两个，几十个，几百个……他们全都倒下了，有的已经停止了呼吸,有的还在呻吟挣扎……

也许是害怕有些头脑灵活者“诈死”而再逃脱吧(阴谋实施者一定认为:以这些家伙的智慧,完全有这种可能),也许是害怕把这些“人中精英”用如此阴险狠毒的手段杀害又暴露其尸骨会引起上天的恼怒吧(千古以来唯一的始皇帝是非常信奉上天的)。总之,用机弩射完了箭镞的士兵们,又开始“从上填之以土,皆压”。山谷两岸的黄土被士兵们用各种各样的工具和各式各样的动作“挥洒”着,一层一层压在了那些被射杀的儒生身上,以致“终乃无声”。

终乃无声!

好一个“终乃无声”啊!

没有了号哭,没有了呐喊,没有了呻吟,当然也没有了任何不同意见的声音。然而那鲜红的血液还在涌流,还在向压在身上的黄土渗透。射杀儒生的士兵们走了,指挥射杀儒生的将军也走了。空阔寂寥的蓝天下,留下了一个颜色殷红的血坑。

这一段血淋淋的历史,出现在东汉的官方典籍《诏定古文<尚书>序》中,撰写者叫卫宏。

有学者曾经质疑:《诏定古文<尚书>序》中言之凿凿的这一事件过程,为什么和秦始皇相隔仅七八十年时间的司马迁在他的《史记》里没有说到,而距秦王朝二百多年的卫宏却掌握了这些材料?他是从哪里掌握这一史料的?说不清史料的来源,他的记述可信吗?

确实,从做学问“态度要认真,原则要刚硬,方法要科学,标准要合理”等方面来说,学者提出上边的质疑完全无可厚非。卫宏没有点出他这些材料的来源,其说法的确是应该打上一个大大的问号的。但是,如果我们采用胡适老先生提出的“大胆假设、小心求证”的治学方法,似乎也可以得出卫宏之说大概“并非空穴来风”的结论。我们可以先拿远的类比,关于黄帝、伏羲、女娲、神农、尧、舜等人的事迹,最早的记录者大概也说不出其“材料”的出处,那“出处”就是人们的口口相传。公元1971年发现的秦兵马俑,司马迁没记载过,其他人好像也没有清楚地记载过,那么公元20世纪的人说这些兵马俑是公元前二百多年的秦时之物,到底可信呢还是不可信?

不管别人怎样质疑,当地的百姓是信的,信了几千年。

我觉得我似乎也应该是相信的。

我相信!

相信之后,我便常常站在那座石碑旁,向历史、向亡灵——包括那些被坑杀的儒生和杀死儒生的李斯及嬴政——发出一遍又一遍的叩问。

三

我第一个想问的，是李斯。

李斯先生，当年你被秦王嬴政那道逐客令驱出都城时，你当时心里究竟是怎样复杂的感受，我不能确知，但有一点是清楚的：你并不想离开都城，或者说得再直白一点，你不想放弃你在心中早就描绘好的人生蓝图———做鼠要做“仓中鼠”，为人要为“人上人”。而现在你却和其他的客卿一样，将要被驱逐出秦国了，你的人生目标眼看就要成为泡影了，所以你不甘心，你还想再拼一把，是吧？虽然没有人给你唱“爱拼才会赢”的歌，但是你仍然拼了。你的“拼”，就是在即将离开都城时，给胸怀大志但却刚愎自用的嬴政上了一道奏章，这就是被后来的司马迁录在《史记》里的那篇《谏逐客书》。

说实在话，你那篇文章写得真是太好了！无论是结构还是语言，都达到了炉火纯青登峰造极的地步。说理的技巧也堪称一绝，以致几千年来被人称颂，被人作为论说文的范本，到了公元21世纪，它还是《大学语文》教材中的重点篇目。这一点，你真得要感谢司马迁，如果他不把你的文章收到《史记》里，而是像你烧其他人的文章一样也烧掉了，也不记了，那么今天的人是绝不会知道你竟然那样有才，你的文章竟然那么有文采。

还是说你的文章吧。你说服人的技巧真是太高了，所以嬴政就被你说服了，而且服得五体投地（从他后来给你的待遇就可以看出他是真的很喜欢你）。你在文章里先说了他老祖先的功绩———说了秦穆公、秦孝公，又说了秦惠王、秦昭王，最后得出了“向使四君却客而不内（纳），疏士而不用，是使秦无富利之实而国无强大之名也”的结论。嬴政之所以能被你说得心悦诚服，就因为你很会揣摩他的心思。第一，你给他举的例子是他的祖先，既让他感到荣耀（有那样优秀的祖先），又让他不得不服。他可以对齐桓公的求贤“不避仇”（重用了曾经谋杀他的管仲）不以为然，也可以对燕昭王求贤“不拘格”不屑一顾，但是他绝不能对自己的祖先看不起。第二，你所说的是无可辩驳的事实。事实是最容易打动人的。你以“泰山不让土壤故能成其大，河海不择细流故能就其深”为喻，告诉嬴政一个道理：“王者（读wàng，称王之人）不却众庶，故能明其德。”——“明其德”目的何在？为的是“跨海内制诸侯”完成统一大业呀！那时候，你是何等的明白，何等的清醒呀！可为什么六国归为一统之后，你说过的这些让后人至今依然认为很有启发意义的名言,自己竟然背道而驰了呢?

我相信你绝对知道"广采博取、集思广益、广开言路"对于治理国家的重要性(这些道理你在《谏逐客书》里早已说得明明白白)。假如在统一六国之后,你能善待并且影响嬴政也能善待那些来自六国的知识分子,真诚地关怀他们,实在地重用他们,以"泰山不让土壤""河海不择细流"的胸怀,采纳他们合理有益的意见和建议,他们能不替大秦王朝效力尽忠吗?所谓"人同此心,心同此理",所谓"君待臣如手足,则臣视君如腹心;君待臣如犬马,则臣视君如路人"的道理,以你李斯所具有的冰雪聪明,怎么会不明白呢?如果你们(李斯和嬴政们)能像当年嬴政对你那样来对待六国来的儒生,不说高官厚禄,就是能像对待秦国上流社会的人一样来对待他们,相信他们都会对始皇帝忠心耿耿、尽职尽责的。即以引起焚书坑儒这一事件的肇始原因——齐人淳于越的直言谏诤而论,就足以说明六国儒士对秦的忠诚。不是吗?司马迁在《史记》里清楚地记着:

始皇置酒咸阳宫,博士七十人前为寿。仆射周青臣进颂曰:"他时秦地不过千里,赖陛下神灵明圣,平定海内,放逐蛮夷,日月所照,莫不宾服。以诸侯为郡县,人人自安乐,无战争之患,传之万世。自上古不及陛下威德。"始皇悦。

很显然,周青臣在这里只是一味地歌功颂德、拍马溜须。而拍马溜须的目的很明确,就是要讨秦始皇的欢心。他的目的"立竿见影"地实现了。因为始皇听完之后马上就"悦"了。

照常理,论常心,淳于越此时应该把秦始皇的心态看得很清楚了。如果他想得到安全(他是外来户——齐人,非产于秦者)并进一步得到荣华富贵,他完全可以随声附和,也献上一通诸如"伟大、光荣、英明、正确"之类的颂词。那样的话,无论"为自己求安求荣"的目的能否达到,有一点则是肯定无疑的,那就是秦始皇绝对不会不"悦"。

然而,博士淳于越是怎样表现的呢?

博士齐人淳于越进曰:"臣闻殷周之王千余岁,封子弟功臣,自为枝辅。今陛下有海内,而子弟为匹夫,卒有(卒通猝,突然;卒有:突然出现)田常[1]、六卿[2]之臣,无辅拂(bì,通弼,帮助之意),何以相救哉?事不师古而能长久者,非所闻也。今青臣又面谀以重陛下之过,非忠臣。"

且不论淳于越的主张到底是否正确,但他对秦始皇的态度是忠诚、恳切的,这一点则显而易见。他的话里有着明显的忧患意识:如果突然出现了像齐国的田常、晋国的六卿那样发动的事变,让原本属于姜姓(齐)、姬姓(晋)的权力位移到了别人的手里,该怎样应对、如何相救呢?他希望秦始皇"师古",也为的是嬴姓的统治能够维持得“长久”,无论如何那“动机”对秦始皇而言应当是不坏的。相反,周青臣刻意吹捧的“人人自安乐,无战争之患,传之万世”的所谓“圣绩”,则不仅是地地道道的谎言,而且还传达了一种可怕的麻痹思想,对国家政权的长治久安绝对有害而无益(后来不久“二世而亡”的现实就证明了这一点)。

面对这样针锋相对的两种意见,秦始皇是什么时候态度呢?《史记》说:“始皇下其议。”

“下其议”三字十分耐人寻味。这三字,曾有不同的解释。一说“下”为动词,即“交给下边”。意思是秦始皇把淳于越的“言论”(其)交给下边的大臣们去讨论(议);一说“下”为意动用法,即认为“其议”低下、卑下,不高明,不正确。按照第一种理解,秦始皇还是挺有“民主”作风的。他自己不表态,而是把淳于越的言论交给下边的大臣去讨论,最后若给淳于越定罪,那也是“大家”的意见,而不是我听不进你的意见。按照第二种解释理解,秦始皇压根儿就不绕那个弯子,直接就明确表态了:你的这番议论我认为不好——下!

究竟哪一种理解更符合司马迁的表达呢?我们现在已经无法向司马迁当面请教了,所以我只能按照自己的理解来选择了。我是选择后者的,因为就在这一段里,秦始皇有三次表态:当听完周青臣的马屁颂词之后,秦始皇的态度是:“悦”;而在后边听到你李斯先生的议论之后,“制曰:可!”“悦”和“可”都表示了明确的肯定和赞赏,那么对和他“悦”“可”意见相反的意见,他明确地表示鄙薄:下(以之为下),似乎更合乎情理,也更符合这位千古一帝的个性特征。

也许正由于看到了嬴政的明确态度,你李斯才更加大胆地放开来说了。

丞相李斯曰:“五帝不相复,三代不相袭。各以治,非其相反,时变异也。今陛下创大业,建万世之功,固非愚儒所知。且越言乃三代之事,何足法也?……臣请史官非秦记皆烧之。非博士官所职,天下有敢藏《诗》《书》百家语者,悉诣守、尉杂烧之。有敢偶语《诗》《书》者弃市。以古非今者族。吏见知不举者与同罪。令下三十日不烧,黥为城旦……”

制曰:“可。”

李斯先生啊,你的一番长篇大论,旁征博引慷慨激昂,确实很让人“震撼”。但通览之后,除了觉得你毁灭文化及文化人的心肠十分狠毒之外,就是给人留下了一个“一阔脸就变”的恶劣印象。想当初在《谏逐客书》中批评嬴政过失时,你是何等真切直率:“……然则是所重者,在乎珠玉,所轻者,在乎民人也。”“今乃弃黔首以资敌国,却宾客以业诸侯,此所谓籍寇兵而赍盗粮者也!”“内自虚而外树怨于诸侯,求国无危,不可得也!”然而到了功成之时,马屁竟也拍得十分高超而高明:"陛下创大业,建万世之功,固非愚儒所知。"对皇帝的吹捧和对儒生的蔑视,表露无遗,毫不掩饰。更让人意外的是:你当年为了说服嬴政留下你,不是也拿"五帝三王"说事吗?"地无四方,民无异国,四时充美,鬼神降福,此五帝三王之所以无敌也。"这不是你在《谏逐客书》中的原话吗?那个时候,你满怀崇敬地以"五帝三王"为榜样,怎么到了这会儿,就变成"三代之事,何足法也"了呢?你当年以"五帝三王"之"古",可以"非"秦王嬴政之"今",怎么到了今天,就要对"以古非今者"施行诛灭三族(族)这样残酷的刑罚呢?《诗》《书》那是前人留下来的多么宝贵的精神财富啊!怎么这会儿在你的眼里竟都成了洪水猛兽了呢?非但要把"敢藏《诗》《书》百家语者"全部送到守、尉那里"杂烧之",竟至狠毒到把"敢偶语《诗》《书》者弃市"(杀戮之后抛尸街头)的地步。你也是个知识分子啊,为什么对你的同类竟如此地残酷无情呢?你不仅置你的同学韩非于死地,而且还要把那么多的文化精英"处理"得那样的悲惨呢?这到底是为什么?是什么东西让你发生了那样"天翻地覆"的变化?

朦胧的雾霭中,我仿佛看到,李斯背着身子,似乎在擦眼泪。你羞愧了么?你内疚了么?你后悔了么?

你应该是后悔了。因为当你最后被处以"夷三族"的刑罚、将要被腰斩于咸阳时,你看到受你牵连的几百个鲜活的生命都走在奔赴刑场的路上,那些妇女和那些天真无辜的孩子都将要惨死在那雪亮刀剑之下时,听着那些凄惨的哀号之声,你肯定后悔了!那个时候,你如果仍没有丝毫悔意,那你就连人类最起码的良知都丧失了!三族!三族中该有多少人哪!当你荣华富贵春风得意耀武扬威吃香喝辣的时候,他们中间有的人可能跟你沾了点光,可是有许多的人也许连你掌权得势后的任何"优惠"都没有享受上(比如那些还在襁褓中的孩子),可是现在当你即将被处死的时候,他们也得跟着你终止自己的生命历程。那些可怜的妇女儿童他们知道什么呀!但是他们很快也就将在一道道刀光闪过之后,鲜红的血流喷涌……你肯定后悔了!因为你那时候对跟你走在一起的老二(也许是老三,史记中记载的是"中子")说了这样一番让后辈不知多少人都感慨万千的话。你满脸淌着纵横的老泪问儿子:"现在我想牵着一只小黄狗,从咱们老家上蔡的东门走出去,到田野里去抓兔子,你说这还办得到吗?还有可能吗?"你儿子没有回答你,你们父子两个只是抱头痛哭!

是的。这个时候你们父子只能抱头痛哭了。只是不知当你们抱头痛哭的时候,是否想到了骊山深谷中的那个鲜红的血坑?是否想到了那几百个华夏人种里头的文化精英被坑杀时哭爹喊娘呼天抢地时那悲惨的哭声?

照常理、常情，当你被关在监狱等待处死的那些日子，你肯定想了很多，也许你想到了你“焚书坑儒”的“壮举”，想到了你的同学韩非临死时那不甘心的眼神，想到了被你矫诏而害死的太子扶苏……但是，不知道你是否找到了形成这一切的最初根源？

不过从你和儿子那肝肠欲裂的哭声中，人们可以猜测：你也许真的找到“根源”了。那“根源”就是：你人生的目标就是要做一个“仓中鼠”。

在你漫长的人生历程中，你肯定有过无数的生活细节，但司马迁只记下了你的几个典型的细节：**(李斯)年少时，为郡小吏，见吏舍厕中鼠食不絜(洁)，近人犬，数惊恐之。斯入仓，观仓中鼠，食积粟，居大庑之下，不见人犬之忧。于是李斯乃叹曰：“人之贤不肖譬如鼠矣，在所自处耳！”**

这段记录真是精彩极了。当时你已经是一个小吏了，是一个可以吃官粮的“机关干部”了，已经和最底层的百姓(黔首)有明显区别了，但是你仍然不满足。当你看见厕所里的老鼠吃着脏兮兮的东西，看见人或者狗走近时，常吓得仓皇逃窜。可是粮仓里的老鼠，不但有吃不完的很干净的粮食，而且住着风雨无忧的大房子，丝毫没有见了人犬惊恐慌乱的狼狈相。于是你就有了对人生的感悟：人的有能耐或没能耐，就跟这老鼠一样啊！完全在于他自己所处的生活地位呀！处在好位置上，没本事也显得有本事，处在一个不好的位置上，有本事也会显得没本事。所以你就坚定地立下了人生的志向：做老鼠就要做大粮仓中的老鼠，做人当然就得做人上之人！

这大概就是你人生喜剧和悲剧最根本的原因。你的人生目标定位从一开始其实就出现了错位。为了实现你“做仓中鼠”的人生目标，你确实付出了巨大的努力，你拜荀况为老师，而且确实成绩优秀，学有所成，单是你的口头表达能力和文字表达能力，就让古往今来无数“想干一番事业”的“有志者”佩服得五体投地。后来事实也证明，你非常有心计，无论是外交还是内政，你都有非常过人的出色表现，然而，正由于你的人生观从一开始就出现了本质性的错误，所以你虽有如此高超的“工作能力”，最后的结局却仍然让人唏嘘不已。当你和你的老师告别时，你向老师坦率地说出了你的人生观点和价值取向：“故诟莫大于卑贱，而悲莫甚于穷困。”——人生再没有比处于卑贱地位更大的耻辱，也没有比穷困更甚的悲哀！所以，你奋斗的目标就是要脱离卑贱的地位，走出穷困的境遇，攀向荣华富贵的高峰！

当然，人往高处走，水往低处流，你不想卑贱穷困，你想尊贵通达，这原也是人之常情，本也无可厚非。但是悲剧的祸根在于，你把个人的荣华富贵看得太过重大了,其实在你之前,李耳先生(当时和后辈的人都称他为"老子")、孔丘先生、孟轲先生、庄周先生,甚至包括你的老师荀况先生都说过意思差不多的话,就是人当自己想要过得好一点的时候,也一定要想到让别人也过得好一点(己欲立而立人,己欲达而达人),而且在追求个人的"幸福指数"时一定要有个限度,千万不能贪得无厌。然而,可惜的是,你把他们的话全都忘了,或者说你压根儿从心里就没把他们说的话当回事,甚至你还可能对他们的理论学说、人生观点、价值取向嗤之以鼻(在你老师面前,你已经明明白白地嘲笑过他们了),所以,你就一步一步地向你想要奔赴和不想奔赴的人生驿站和人生终点走过去了。你以出奇的才华混到了秦国权臣吕不韦的门下,又以那篇千古流传的《谏逐客书》征服了秦王嬴政,你得到了嬴政的高度信任,不仅位居宰相,而且儿女们也都和王室攀了亲,你一家(也许还惠及了某些族人和亲戚)炙手可热、红得发紫,用你自己的话说,就是"当今人臣之位无居臣上者,可谓富贵极矣"。身在"富贵极矣"之时,你的学识和修养还让你记得你老师给你讲过的"物极必反"的宇宙哲理,也曾发出"物极则衰,吾未知所税驾也"的忧虑之叹。但是为什么在叹了之后却仍旧依然故我,我行我素呢?根子还在于,你对荣华富贵太迷恋了。正由于太迷恋荣华富贵,所以你之前的那些伟大的思想家们的那些至理名言,你此刻是并不会认真思考,更不必说切实地践行了。正是为了保住自己"仓中鼠"的地位,所以在个人私利和公家大义相冲突的关键时刻,你选择的是"个人私利为上"。当秦始皇突然在沙丘"驾崩",而赵高阴谋矫诏让胡亥篡位来和你商量的时候,他摸准了你灵魂的死穴——自己的私利重于一切,所以就连珠炮似的向你提出了几个问题:"君侯自料能孰与蒙恬?功高孰与蒙恬?谋远不失孰与蒙恬?无怨於天下孰与蒙恬?长子旧而信之孰与蒙恬?"

在这五个问题中,前三个问题你也许会不以为然(潜意识里你也许会认为你比蒙恬能力强、功劳大、谋划得更长远),但是后边的两个问题你绝对不能不正视!在和太子扶苏有长久深厚感情(旧)并深得太子信任(信)这一方面,你比不过蒙恬,尤其在"无怨於天下"这一点上,你更无法和蒙恬相比!你在百姓们(也许还有王公大臣)中间结的怨恨的确是太深了!蒙恬带领着将士们,栉风沐雨,披星戴月,不辞劳苦守卫在边疆,随时准备迎接出生入死的战斗;而你,身为丞相,虽然帮助嬴政结束了七国纷争的战乱,但是天下的百姓却丝毫没有得到休养生息啊!大量的兵役徭役、修长城、造皇陵、建阿房宫……哪一项不需要人民付出血汗乃至生命的代价?广大百姓的负担有多么沉重、生活有多么困苦是能用语言形容的么?而所有这一切,嬴政固然难辞其咎,但是你这"一人之下,万万人之上”的当朝丞相能脱了干系么？假如在那关键的时刻，你能清醒地认识自己并能以天下大局为重，舍“私利”而顾“公益”，坚决粉碎赵高的阴谋(以你当时的权势与地位，这是易如反掌的事情)，那么还会有后来发生的你个人的悲剧和大秦王朝的悲剧么？

司马迁在为你专门写的《列传》里，最后说了一段让后世无数人深长思之的话：

李斯……以辅始皇，卒成帝业，斯为三公，可谓尊用矣。斯知六蓺之归，不务明政以补主上之缺，持爵禄之重，阿顺苟合，严威酷刑，听高邪说，废適(嫡)立庶。诸侯已畔(叛)，斯乃欲谏争，不亦末乎！人皆以斯极忠而被五刑死，察其本，乃与俗议之异。不然，斯之功且与周、召列矣。(《史记》·中华书局1959年点校本)

司马迁说：人们都认为你李斯对大秦王朝是极忠诚的，最后却“身被五刑”而死，觉得你死得冤屈，死得可惜。但是他从“根儿”(本)上来对你进行了考察之后，则认为你的实际情况与世俗的议论是不一样(“异”)的。那“潜台词”我想你是明白的，那就是：你最终的悲剧其实是你自己一手创作、导演并表演的，你怨不得别人，你是自种恶果而自食，你是木匠戴枷、铁匠戴镣——咎由自取，自作自受啊！假如你从“根儿”上就没有做“仓中鼠”的欲念，没有把自己的个人私利放在至高无上的地位，那么，他认为，你是完全可以和历史上有名的周公姬旦、召公姬奭比肩并驾的。然而可惜的是，同样都是辅佐君王，周公、召公在历史上是个啥角色？而你呢？

司马迁对你的评价，你服气吗？

哦，李斯先生，你不说话。你在想什么呢？

四

接下来我要问的就是你——被称为“千古一帝”的始皇帝，嬴政。

不管你曾经拥有多么大的权力，也不管你生前或死后有人把你捧成神圣，或有人把你贬成魔鬼，我只把你当人看。因为你只活了五十岁，而且是突患重病不治而亡，死后尸体腐烂还发出了臭味儿，为了封锁你已死亡的消息从而实现他们的阴谋，李斯和赵高甚至动用了“令车载一石鲍鱼，以乱其臭”的法子。所以，你既不是魔鬼也不是神圣，你实实在在只是一个有血有肉的“人”。

那么，作为人，你从这个世界走了一趟，你自我感觉“走”得怎么样呢？

确实，单从“实现个体生命价值”这一点来说，你真的没有白活一回！“流芳百世”也好，“遗臭万年”也罢，你确实是成功了。在你的祖辈为你奠定的雄厚基础上，你凭着自己的智慧谋略、胆识勇气，灭掉了齐、楚、燕、韩、赵、魏六国，统一了天下，进而统一了文字，统一了度量衡，统一了行车的道路，实现了“车同轨、书同文”的目标，在你执掌天下的时期所修的万里长城，后来竟至成了华夏中国的标志，你为自己设计并派人监造的陵墓，至今考古界还不敢轻易开掘，为你“守护”陵墓的秦兵马俑，如今被称为可以和埃及金字塔等世界历史文化奇迹齐名的“世界第八大奇迹”，从而也让今天的临潼人民乃至陕西人民跟着你沾光，发了不少的“古迹财”。你把在你之前的“三皇五帝”全没放在眼里，你觉得自己比他们都伟大，所以把他们曾经使用的“皇”和“帝”一股脑儿全拿了过来，自称“始皇帝”，而且把从前普通百姓皆可使用的第一人称代词“朕”据为己有，成为你的专用代词，把原本属于公有的“非物质文化遗产”，无条件地变成了你的私有财产……不说别的，单从这一点来说，你就是不折不扣的“千古一帝”了。因为自从你独创了“皇帝”和独霸了“朕”之后，中国“帝制时代”的两千多年时间里，所有的最高统治者，谁也没能超越你。尽管后来的武则天也创造过几个字，但她和你比起来，那真是小巫见大巫了。你确实成功了！因为无论如何，谁都无法在历史的册子上把你的名字和你的人生经历抹去。你确确实实成了中国乃至世界文化史上一个独特的、其他任何形象都难以替代的符号。

然而，你真的成功了吗？

是的，华夏大地上几百年分裂混战的局面，终于在你手里结束了，你让这一大片土地上生活的人类重新实现了“统一”——大家“统统”来听从“一”个人调遣号令！但是，你“统一”的最终目的到底是什么呢？确实，“统”成一个国家了，国与国之间的战争是没有了，但是人民到底过上了幸福的生活没有呢？如果你“统一”的目的，就是为了让天下所有的生灵都成为你随心所欲摆布的棋子、任意揉搓的泥团、随便践踏的花草，那么，你的“统一”就没有太高的值得赞美的价值！

天下百姓盼望统一，是希望天下太平——统一了，都成一家人了，都“在一个锅里搅勺把”了，就不会你争我夺“恨不得你吃了我我吃了你”地混战厮杀了，母亲含辛茹苦养大的儿子、妻子相依相伴的丈夫，也就不会被不断地驱赶到战场上去表演那“白刀子进红刀子出”的生命惨剧了。天下百姓盼望统一，是盼望在那肥沃的土地上有强壮男人耕种的身影，在那丰收的原野上有幸福女人放飞的歌声，在那北风呼啸的寒冬里，有一家人闭上柴门走进茅屋围坐在火堆边的其乐融融，而绝不是把原来姓田姓赵的指令换成姓嬴的指令，依旧没日没夜无休无止地流汗流血、妻儿离散、背井离乡。

人类社会为什么需要一个最高权威的领导者？就因为人类在进化的过程中发现，只有形成强大的群体，才能有效地抗击野兽、天灾以及同类中别的族群的侵害。只有组成较为庞大而强有力的群体，才能保证个体生命的安全和生活的安稳。而要形成一个有效的庞大群体，就必须有一定的“秩序”和一个或几个极为优秀的同类成为“领导者”或“领导集团”。领导者的“优秀”必须体现在：要么具有极高超的智慧，要么具有极强健的体魄并能释放出非常巨大的力量，而最优秀之处，就是他们既有博大的胸怀又有仁慈的心灵。灾难来临的时候，他们会挺身而出奋勇搏斗，不惜牺牲自己的生命来保护本群体其他成员不受伤害。他们以自己的无私奉献赢得群体大众的拥戴，于是，“首领”就顺理成章地产生了。大家之所以心甘情愿接受首领的领导与指挥，就因为大家知道，只有服从“他”或“他们”的领导与指挥，群体才能最大限度地获得所期待的利益。女娲是这样受拥戴的，黄帝是这样受拥戴的，唐尧、虞舜、夏禹、商汤、周武几乎都是这样受拥戴的。在他们的领导下，众多零散的部落“统一”了，统一成了一个“天下”，大家在这样的“一个天下”生活得安稳而快乐，这“天下”自然也就维持得相对长久一些（至少也都在二百年上下吧）。这，才是天下百姓真正盼望的“统一”。

可是嬴政先生，你“统一”的目的是这样吗？历史是铁面无私的裁判者，他老人家给出的回答是最有说服力的回答。他说你不是！如果你还不服气的话，他就会问：为什么商汤、周武能在统一之后统治数百年之久，而你统一之后仅仅十几年，大秦王朝就土崩瓦解了呢？

所以，从做帝王的角度讲，往前看，你没有赶上商汤、周武，往后看，你也比不上汉文帝、唐太宗等。作为帝王，你开创并经营了一个短命的王朝，在“成功帝王”的考场上，你该给自己打多少分呢？

唐朝诗人章碣写过一首诗，叫《过秦始皇陵》，诗云：“龙盘虎踞树层层，势入浮云亦是崩。一种青山秋草里，路人唯拜汉文陵。”嬴政先生啊，当你的亡灵看到这样的诗篇时，心里会是什么滋味呢？你自以为功劳盖过了你之前历史上所有的皇和帝，但最终你在后世百姓心目中分量到底有多重，恐怕你永远也掂量不出来。你的被层层绿树掩映的陵墓虽然造得很有气势——虎踞龙盘（尽管到你进入这座坟墓时工程依然没有完全竣工），可是这到底有什么用呢？你就是造得“势入浮云”最终不还是“崩”吗？而且最可悲的是，同样的青山秋草，路人为什么“唯拜汉文陵”呢？汉文帝他体恤百姓啊！他与民休息啊！他才真正懂得为皇为帝之道啊！死后还一直让百姓怀念敬仰，那才算没白当一回皇帝啊！

当然，你也许会说，你看今天，我的陵墓前是多么热闹、何等风光啊！来看兵马俑的大多数游人（不管是高官政要还是普通百姓）也都要顺便来看看我的陵墓啊！而汉文陵前的景致能和我这儿相比吗？可是，嬴政先生，你如果仔细品一品两座陵墓前观赏者的目光，也许你会品出不同滋味的，尤其是当人们看到那些为你殉葬的男男女女白森森的骨殖的时候。

到了21世纪，人们多数都已经明白了一个道理：当官（皇帝可看作是部分人类中最大的官）是暂时的，做人才是长久的。因为当官仅仅是在某一个时段做人的一种形态。

那么从做人的角度讲，你成功了吗？当然，当初你肯定认为自己是成功的。因为当周青臣等献上那些谄媚的颂词时，你是“悦”的。按照现代心理学的观点，你也许表面上会谦虚一下，但你的潜意识里肯定认为自己是成功的，是从古到今（你的“今”）最最成功的一个人。单是“始皇帝”的创意和“朕”的专用，就已清楚地表明你心里对自己的评价了。当然，你生前“身边”的拍马溜须者和你死后“灵旁”的赞美欣赏者，也都说你的人生是很成功的。

不过在我看来，这要看对“人”的标准怎样界定了。自从人类成了“万物之灵长”之后，人不但能给其他生物命名，尤其是能给自己命名了。那么，在命名的时候，这名就一定有一个内涵标准。如果把能直立行走、能发出比较复杂的声音、表达比较复杂的情感、做出比较复杂的动作，在其他方面（体现生命本能的吃喝拉撒、争夺交配权和领地，为了自己欲望的最大满足而毫不留情地残杀异类甚至同类等）和别的动物基本没有差别的“高等动物”称作“人”的话，那么你绝对是极大地成功了！可是，如果换个标准，即超越前边所说的“那些”而赋予更多内涵的标准，符合这个标准才能叫“人”的话，你的所谓“成功”恐怕就要打很大的折扣。因为在你前边，庄周先生曾经提出过“人”的三种境界——“至人无己，神人无功，圣人无名”，你究竟达到哪个境界了呢？

“圣人无名”是能称得上圣人的人，是从不会刻意追求个人名声的高扬或长存的。然而辩证法就是这样有趣：他越是不追求名声，他却越有名声，最后竟被人们视为圣人。而最高境界的“至人”，他是连自己整个的肉体生命都不放在心上的。他让自己的肉体生命与大自然融为一体，自然而来，自然而去，在这“来去”的路途上，他把自己生命中所有的一切都自然地奉献给“路途”上需要自己的人。他是“忘我”了，“无己”了，然而他的生命却真正地永恒不朽了。至人，就是最高境界的人。达到这样境界的人，大概才能算是最成功的人吧？嬴政先生，你达到这样的境界了吗？

你笑了。

不过你笑得有些尴尬，有些羞赧。因为你知道，你远远没有达到！你虽然很有本事，但你的私欲太重了。你太看重你的肉体生命了，你想让整个的天下万物灵长都受制于你，以及你生命的延续——子孙后代。为了这一点，你把天下的美女都网罗在你的后宫，让那些女人为你生下千千万万的后代，然后便是：皇帝由你开始，一传二，二传三，一直千秋万代绵绵不绝。你称始皇帝，你儿子称二世，不就是这意思么？你不光拼命地繁殖后代，而且还要千方百计使这肉体保持旺盛的活力。可是，大自然的规律是公正无私也是残酷无情的，你忽然悲哀地发现，你的精力似乎越来越不济了，你开始恐惧了（和老子、庄子洒脱地笑对生死比起来，你真是太可怜了）。当你成为始皇帝的时候，你大概真的是无所畏惧的，可是你现在恐惧了——恐惧“天”，恐惧大自然铁面无私的规律了。然而，你不想死，不愿死，你想“万寿无疆、万寿无疆、万寿无疆！”你想“身体健康，永远健康！”你想“万岁万岁万万岁！”可是老天爷似乎不给你这个面子，所以你除了不远千里兴师动众地“祭天”之外，就是绞尽脑汁挖空心思地寻找“不死之药”。为了找到你梦寐以求的仙药和仙术，你确确实实是费尽了心机。

司马迁在专为你写的《本纪》里有这样一段：

始皇冀得不死之药，卢生说秦始皇：“愿上所居宫毋令人知，然后不死之药殆可得也。”于是始皇“乃令咸阳之旁二百里内宫观二百七十复道甬道相连，帷帐钟鼓美人充之，各案署不移徙。处所幸，有言其处者，罪死。始皇帝幸梁山宫，从山上见丞相车骑众，弗弗也。中人或告丞相，丞相后损车骑。始皇怒曰：‘此中人泄吾语。’案问莫服。当是时，诏捕诸时在旁者，皆杀之。自是后莫知行之所在。”（《史记》·中华书局1959年版257页）

摸准了你的心思之后，极力为你张罗不死之药的卢生出了个馊主意，说是只要把你和某个妃子睡觉的地方秘密起来，就能获得不死之药。其实这种谎话，只要稍微动动脑筋，就能看穿那是自欺欺人的鬼话——毋令人知？这个“人”是谁？如是泛指，就是天大的笑话：所居之处，岂能无人？与你同眠共枕的妃子不是人？给你担任警卫的不是人？所以，你在某个宫里秘密地“幸”某一个女人，怎么会没人知道呢？既然有“人”知道，你的不死之药就“殆不可得”，可你偏偏就相信这样的鬼话。

编出这套鬼话的卢生，肯定是早早就给自己留了后路——因为从一开始你的行踪就不可能没人知道，而且世上没有长生不老之药，他们比谁都清楚，所以，一旦因弄不到药而你要降罪于他们时，他们立即就会搬出这个冠冕堂皇的理由：“不死之药得不到，是因为你的秘密行踪被人泄露了。”他们戏弄了你，却很轻松地推脱了责任。然而，曾经聪明绝顶的你此刻却愚蠢至极地相信了那些鬼话。

有一段时间，你秘密地“幸”在梁山宫。从山上你看到了丞相把自己仪仗的排场弄得很大，脸上便现出了不悦的神色。可是你后来发现丞相仪仗队伍的车也减少了，马也减少了，不再那么张扬地招人耳目了。于是你断定，必是身边人泄露了你那天的反应；泄露了你那天的反应，就等于暴露了你的行踪；暴露了你的行踪也就等于断了你获取长生之药的路径。于是你专门成立了“专案组”严刑拷问，结果没有一个招认的。“没人招认”绝对难不住你，这样小小不言的“难题”怎么能难住你这样具有雄才大略的人呢？你只需轻轻地用手指头点一下，那天所有在你旁边的人就全都被抓起来了，并且很快全部被处死了，就像捻死了一群蚂蚁一样。

从此以后，你的行踪倒是真的都“莫知所在”了，然而你所祈求的“不死之药”得到了吗？你那贵重的生命“长生不老”了吗？从逻辑上说，你给自己定位为“始皇帝”的时候，其实应该是知道自己肯定会死的。因为如果你一直不死，就绝不会有“二世”乃至“万世”出现；同时，既然有“始”，就必然会有“终”，这么浅显的道理，你怎么就愣是搞不明白呢？

卢生“们”肯定知道所谓“不死之药”的骗局早晚会露馅儿，所以他们逃跑了。他们逃跑了，你这才意识到被愚弄了，于是你心里就积下了一股恶火，而这股恶火你必须要找一个方式来发泄，痛快淋漓地发泄！于是，那些对你并无深仇大恨的儒生们就成了你发泄恶火的对象，你终于下狠手把他们坑杀了……

坑杀儒生的理由，据说是为了你的大秦王朝江山稳固，然而，那么多的知识分子被“坑”之后，你的江山稳固了吗？还是唐朝那个章碣，他在另一首诗里这样嘲讽你：“竹帛烟销帝业虚，关河空锁祖龙居。坑灰未冷山东乱，刘项原来不读书。”你以为儒生们读的书多，思想复杂，爱发议论，杀了他们就能消除威胁你统治的隐患，可是，真正把你大秦王朝推翻的刘邦和项羽，却恰恰是两个不怎么读书的武夫啊！你把书烧了，把读书人杀了，究竟有什么用呢？

你想长生不死，然而“天”(大自然)的规律却要让你的生命之树在第五十个年轮上枯萎，而且最后还让你的“龙尸”在大热天里发臭，嬴政先生，你当初寻求不死之药的时候，想到过你会以这种方式结束生命吗？以这种方式终结生命，而且在身后还留下了那么多令人嘲讽与诟病的“污点”，你的人生真的很成功么？

我想，你如果能够开口说话，无论如何也应该以你的人生经历，给后来那些迷官、贪财、恋权、爱势、私欲膨胀的人类说点什么吧？

怎么，你不说？那么，你又在想什么呢？

五

最后我想问的，就是你们——用鲜血染出“红坑”的众位儒生了。

按说，我实在不应该再惊扰你们了。你们在毫无防范的情况下，死得那样惊慌失措，那样悲苦凄惨，的确是应该安安静静地不要再受打搅了。不过，根据当地村民的传说，我猜想，你们似乎并不愿那样安安静静地昏睡，你们还是想诉说的，一直想诉说。当地人把你们的葬身之谷称作“鬼沟”，原因是每当阴雨连绵的夜晚，常能听到从那条沟里传来凄厉的哭声。村民们说，那哭声，父亲听见过，爷爷听见过，爷爷说不仅他自己亲耳听见过，而且他爷爷的爷爷老早老早就听见过。两千多年了，那哭声就一直没断过。那哭声肯定是那些用鲜血染红土坑的冤魂，也就是你们——被坑杀的儒生发出来的。为了抚慰你们的亡灵，汉文帝时期，这里的行政区划被命名为“愍儒乡”，清楚地表明了对你们的同情与怜惜。到了唐玄宗时期，又在这里建过“旌儒庙”，既告慰你们的灵魂，又彰显文化的功绩。可村民说你们却一直在哭，这到底是为什么呢？

两千多年了，你们为什么哭？

我想，你们一定是感到委屈，感到哀伤，感到悲愤。你们学了很多知识，你们原想用你们的知识为新兴的王朝做出一份贡献。你们向始皇帝提建议，对他的不能恤民安民的行为提出批评，其实最根本的目的，是想要让这个新兴的王朝长治久安，更加繁荣，也建树起像文、武、周公一样的不朽事业呀！不管那周王朝后期的王权是否名副其实，但那大周的国号好歹也维持了八百年哪！春秋、战国那个时候，那个学术的风气是多么令人心神舒畅呀！老子讲他的清心寡欲，清静无为，“小国寡民”“无为而治”；孔子讲他的“仁者爱人”，“民不患寡而患不均”；孟子说他的“王道”；墨子说他的“兼爱”；庄子说他的“逍遥游”；孙子说他的“不战而屈人之兵”。表面看起来似乎谁都不服谁，但实际上谁都不会彻底否定谁。因为大家所有的学说和议论，都是为了一个共同的目的——让这个充满了苦难的人间减少苦难从而变得美好幸福。理论上尽可以争得面红耳赤、热火朝天，但谁都不对谁进行人身加害。而正是在这样七嘴八舌的争鸣之中，人类的智慧互相碰撞，从而绽放出了更加明亮灿烂的思想火花，皇皇华夏民族的思想宝库里才有了那么丰富而璀璨的思想瑰宝。依照以往的经验，你们都以为这个有着雄才大略的始皇帝一定会有更加广阔的胸怀,一定能够包容各种各样的声音,一定会保障人类的各种智慧都能得到闪耀光芒的空间……可是你们任何人做梦都没想到,自己最后竟然落了那样悲惨的下场。所以你们要哭,是这样吗?

当然,在老前辈的亡灵面前,我是没有资格说长道短的。不过,为你们着想,想让你们不致太过委屈,我还是要责怪你们几句:孔丘先生不是早就告诫过人们“可与言而不与言,失人;不可与言而与言,失言”吗?面对那种不值得给他出谋划策的人,你们为什么还硬要向他忠心耿耿地献计献策呢?你们那样做、那样说,不仅对不起你的那些“言”,而且更对不住你们的“命”呀!要说悔,你们真该把肠子悔青的呀!

怎么?我对你们的“批评”你们并不以为然?而且,你们也并不后悔?为什么呢?哦,你们觉得,既然身为知识分子,就应该有知识分子的担当,哪怕是遭到暗算,遭到屠杀,该挺身而出说话时还是要说话的。当他们应该担当道义的时候,不是依然有那么多的“脊梁”无所畏惧奋不顾身么?村民们以为你们一直在哭,其实是村民们的误解,如果仔细品鉴,听出来的,也许正是一种别样的笑声。

啊,起风了。

伴着阵阵微风,夕阳映照着的骊山红得十分艳丽。“长安八景”之一的“骊山晚照”,还真是让人心旷神怡啊。在怡人的晚照里,我凝望着刻有“秦坑儒谷”四个大字的石碑,久久地沉思着。石碑的背面,有一篇不短的碑文,那最后一段这样写道:

“始皇暴虐,焚书坑儒,民不堪其苦,二世而亡。先贤诸儒罹难,历代悼祭不辍。居是乡人,追念仰止,缮其冢,重修旌儒庙,今勒石昭揭,誌其崇文仰贤志也。”(陕西教育学院图书馆馆长高云光撰书,秦始皇坑儒遗址纪念馆筹建处勒石,1994年4月25日)

尽管由于种种原因,二十年过去了,除了竖起一座厚重的石碑之外,“坑儒遗址纪念馆”并没有修建起来,但是每年春末夏初,总有数百名军校学员在教师的引导下来到石碑旁,说李斯的功与过,说嬴政的败与成,说儒生的失与得。因为就在“坑儒谷”旁不远,有一所为导弹部队培养军官的大学,在这所高等军事学府里,文化建设近多年来一直搞得如火如荼;因为学校上上下下都明白一个真理和事实——文化是一个国家的软实力!文化强国、文化强省、文化强校,现在正成为华夏儿女的共识和切实行动。铁的事实证明:文化,其实是谁都毁灭不了的!既然人类需要文化,发明创造了文化,文化的生命就是强大而永恒的,谁想毁灭文化,只能说明他愚蠢。几百个儒生的肉体生命是被暴力消灭了,但儒生们所拥有的文化生命却是谁也消灭不了的。只要有人提起秦始皇和李斯，就不会忘记那些被坑杀的儒生。在儒生们被坑杀两千多年之后的今天，儒生们的“祖师爷”孔子——那个命运多舛、一辈子也没有十分风光过的教书先生，在全世界的威望却远远超过了秦始皇，据说现在全世界已有一百多所“孔子学院”，而“秦始皇学院”似乎还没有一所，看到这样的情景，儒生们能不发出欣慰的笑声么？

儒生们的笑声似乎已经回答了我的叩问，于是，我也笑了。

注释：

① 指春秋时晋国的之范、中行、知、赵、韩、魏六氏。《左传·襄公十九年》：“公（鲁襄公）享晋六卿于蒲圃，赐之三命之服。”《韩非子·孤愤》：“所以谓晋亡者，亦非地与城亡也，姬氏不制，而六卿专之也。”

② 齐国原是姜氏的封国。公元前481年后，齐国的大夫田常及其后人逐渐控制国政，以至于自立为国君，并由周安王册命为齐侯，姜齐遂变为田齐，史称“田氏代齐”。

刊于《终南文化》2014年春之号

把“约会”进行到底

从穿上军装的那天起,我就有个强烈的愿望——在部队一直工作到老。

当兵四十一个年头后,在达到退休年龄的时候办理了退休手续,我的军旅生涯算是画上了一个圆满的句号。可以说,自从和“八一”约会之后,数十年间,“八一”对我恩深情重,我对“八一”的深爱,也始终坚定不移。

我最早认识“八一”,是在电影银幕上。那是在我十岁左右(1963年前后)的时候,我在乡间的打麦场上看到了几部电影——《狼牙山五壮士》《苦菜花》《地雷战》《地道战》等。播放那些影片的时候,最先出来的总是一个四周都在放光的五角星,而五角星的中心处,便是用“八一”两字组成的图案。那些电影给我留下了非常深刻的印象:凡是开头有“八一”图案的电影,都让我激动得热血沸腾——拍的是激烈的战斗,颂的是不怕牺牲的英雄。不知不觉,我对“八一”二字便产生了深深的热爱。

年龄稍长,多读了几本书,我不仅知道了董存瑞、黄继光、雷锋、王杰、欧阳海等英雄的故事,而且也听到了毛主席关于“工业学大庆,农业学大寨,全国学人民解放军”的最高指示,于是心中就有了一个梦想:如果能在“八一”军旗下当一名解放军战士,那该是多么光荣、多么幸福的事情!全国都要学习的人,那该是多么高尚、多么伟大的人啊!然而那个时候心里却又常常自卑:我无比热爱解放军,可这支光荣伟大的军队能不能让我走到那鲜红的“八一”军旗下呢?假如要打比方,那就是:我很想跟“八一”有个约会,可“八一”肯不肯接纳我,我心里还真的没底。因为那个时候想和“八一”约会的农村青年太多太多了,我这个家庭成分是“中农”的“回乡知青”,部队会要吗?

幸运的是,1972年底,托父老乡亲真诚关爱的福,我被推荐参加了目测,参加了体检,最后又通过在粗瓷碗里放玉米豆的“投票”方式,我被“选”成了参军应征者。

为了考验我本人及家属对参军的诚意,接兵的排长到我家里进行了一次家访。排长对我父亲说:“我们是铁道兵,是修铁路的,打隧道、架桥梁,工作非常劳累、辛苦,你舍得让儿子去吃这个苦吗?"

我当时真害怕父亲有一句话说得不妥当而让我从军的梦想成为泡影,直想代替他说上几句有“政治水平”的话,没想到父亲的回答既出乎我的意料,也让我十分感动。

父亲说:“舍得。我这儿子从小就在庄稼地里干活,什么苦活、累活都干过,不怕。”

排长又说:“在我们铁道兵部队里,死人的事经常发生。万一遇到意外,就会有牺牲……”

父亲回答得更加斩钉截铁:“牺牲也不怕。我有三个儿子,就是牺牲一个,我还有两个呢。不怕,你就让他当兵去吧。”

就这样,我终于如愿以偿地穿上了军装,真正地和“八一”约会上了。

当兵以后,先是在陕南修襄渝(湖北襄樊至重庆)铁路。后又转战青海高原修建青藏铁路。1977年恢复高考,我从部队考入青海师范大学中文系,穿着军装从地方大学读了四年书,毕业后重又回到了铁道兵部队。我原本想用自己的所学的知识在部队大干一番事业,没想到回部队不久,忽然传来一个消息:国家要大裁军,铁道兵数十万弟兄全都要脱下军装集体转业了。那个时候,我和所有的铁道兵弟兄一样,心中感到十分痛苦。我们都爱这身军装,都爱军人这种职业,更爱军人的这份荣誉。然而为了国家大局,我们只能把这份痛苦埋在心底,默默地面对即将到来的现实。

由于太留恋部队了,于是有人向有关首长询问:假如自己能联系到愿意接收的部队单位,可不可以在集体脱军装之前调到别的部队去?感同身受又体恤下情的首长说:可以。

于是我也开始四处联系。通过一个朋友的推荐,我和二炮技术学院(二炮工程大学的前身)的干部部门取得了联系。我向学院写了一封自荐信,除了对自己的“能力”做了基本不夸张的介绍之外,还附上了自己的毕业证书和学位证书,特别将自己在上大学期间发表的九篇小说装订成一个册子,取名“学步集”(文学路上刚刚“学步”之意),一并寄给了学院。让我喜出望外的是,在没有任何背景的情况下,只付出了两支“牡丹牌”香烟的“代价”(来询问调动情况时,给干部处长和干事一人让了一支),竟顺利地实现了“跨兵种”调动。学校风气之良好,干部品质之正直,让我一下子对二炮部队有了极大的好感,也更激起了我对人民军队的热爱。我在心中暗暗发誓,到了这个新单位之后,一定要百倍努力地工作,为“八一”军旗增添光彩,绝不能犯任何错误给“八一”军徽抹黑。

在学院工作三十一个年头之后,我参军时的梦想得到了完美的实现——我真的当了一辈子兵,穿着军装在我热爱的部队退休了。二十年前(1994 年),我曾写过一篇散文,题为《军装赋》,其中有这样一段话:"也许有一天我将不得不和军装告别,但是,在进火葬场之前,我一定要给儿子留下遗言:假如还保留骨灰,一定别忘了在骨灰盒上放一套军装!"

今天,当又一个"八一"建军节来临的时候,我则要自豪地说:自从我和"八一"有了约会之后,"八一"始终没有抛弃我,而我对"八一"的热爱,也一直忠贞不渝。

刊于 2014 年 8 月 1 日《火箭兵报》

高碑挺立天地间

“为什么战旗美如画？英雄的鲜血染红了它。为什么大地春常在？英雄的生命开鲜花。”虽然已经年过花甲了，但每当唱起电影《英雄儿女》主题歌里这几句歌词时，我仍常常会不由自主地热血沸腾甚至热泪盈眶。眼前总会浮现出那一幅惊天地泣鬼神的画面：纷飞的战火，弥漫的硝烟，震耳欲聋的炮声，猎猎飘动的战旗，英雄王成高喊着：“为了胜利，向我开炮！”然后手握爆破筒，拉开导火索，满眼燃烧着对敌人无比仇恨的火焰，纵身向潮水般涌来的敌群跃去……然后是巍巍高山、滔滔江河和辽阔无边的大地。

每当想到这样的画面，我就在心里问自己：历经风霜雨雪春花秋实数十年岁月流水的淘洗，为什么这画面还是那样清晰，那样令人感动，那样让人血脉贲张、心灵震撼？这时，我也常常会听到一个声音告诉我：因为那画面凝结着的，是烈士之魂！烈士之魂不仅是极其珍贵的精神财富，更是人类社会的一种永恒存在——只要人类不灭绝，烈士精神就一直会被人崇拜，被人敬仰。烈士之魂必然永远生机蓬勃，永远枝叶葳蕤，永远花朵鲜艳！自然，那画面也就会永远清晰，永远生动。

烈士之魂之所以会成为一种永恒的存在，就因为，只有为正义事业而牺牲的人才能被称为烈士，只有“为人民革命事业而牺牲”的人才能被称为“革命烈士”，而“正义”和为了保持正义而进行的“革命”，则是绝大多数人类永远不可或缺的需要、向往和追求。

关于“烈士之魂”的定义，也许不同的人会给出许多种不同的说法。但是不管表述怎样“不同”，有一点却应当是完全“无异”的，那就是，当这个人献出生命的时候，他的目的绝对是为了“利他”而不是“利己”。三国时期的曹植曾在他的《白马篇》里写过这样的诗句：“捐躯赴国难，视死忽如归。”这诗句不仅给后人留下了“为国捐躯”“勇赴国难”“视死如归”的成语，更给人们留下了烈士之魂的“标准”——之所以能够“视死如归”，就因为捐躯所赴的是“国难”。革命烈士车耀先的英名之所以永远辉耀革命史册，就因为他以“愿以我血献后土”的精神，

“换得神州永太平”；何敬平“愿把这牢底坐穿”的誓言之所以掷地有声，就因为他“坐穿牢底”的目的是“为了免除下一代的苦难”；陈毅元帅当年在被敌军围困、形势万分危急的情况下所写的《梅岭三章》，六七十年来之所以一直感人肺腑，就因为他在那特定的历史时刻写出了永恒的烈士之魂：“取义成仁今日事，人间遍种自由花。”——我今日的牺牲，为的是广大人民群众的翻身解放，自由幸福！面对屠刀，从容高歌“杀了夏明翰，自有后来人”的革命烈士夏明翰，则更直接明确地道出了他勇于牺牲的真谛：“砍头不要紧，只要主义真。”——只要能实现让天下受苦人得解放享幸福的共产主义理想，那么，即便砍掉自己的头颅又有什么要紧?!

烈士之魂，就是为正义、为人民、为革命事业而甘愿牺牲的高贵精神。

烈士之魂之所以永恒，不仅在于因其高贵而永远被广大人民群众在心中珍藏，而且更在于它具有强大的生命力和感召力。“一个英雄倒下了，千万个英雄站起来”就是这种生命力、感召力的生动体现。烈士之魂就像一株耸入云霄的大树，历时越久，其根须越深远，枝干愈粗壮，花叶愈繁茂。不用看整个中华民族的发展历史，单是翻开中国共产党革命的史册，我们就会发现，在闪耀烈士精神光辉的天空里，亮星竟然是那样密集，那样繁多，多得令人目不暇接，简直数都数不清。从李大钊、赵世炎到杨靖宇、赵一曼，从方志敏、刘志丹到董存瑞、刘胡兰，从黄继光、邱少云到雷锋、王杰、刘英俊，从欧阳海、梁忠孟到孟祥斌、陈大桂、沈星……

于是我不由得便想起了鲁迅先生的名言：“我们从古以来，就有埋头苦干的人，有拼命硬干的人，有为民请命的人，有舍身求法的人……虽是等于为帝王将相做家谱的所谓‘正史’，也往往掩不住他们的光耀，这就是中国的脊梁。”这数都数不清的烈士，就是中华民族的“脊梁”。正由于有了这数都数不清的“脊梁”，中华民族才能够生生不息，繁荣强大，以不容任何小丑藐视、蔑视的高贵姿态，傲然屹立于世界民族之林。

“脊梁精神”就是“烈士之魂”！

烈士之魂是永远飘扬的旗帜，烈士之魂是永远盛开的花朵，烈士之魂是中华民族取之不尽用之不竭的精神财富，烈士之魂是整个人类文化历史的永恒瑰宝！只要我们永远高持这瑰宝，民族伟大复兴的“中国梦”就一定能够在不远的将来完美实现。

刊于2014年9月30日《火箭兵报》

我的“集邮传奇”

屈指算来，我集邮已有整整四十年的历史了。细想起来，多少还有点“传奇”色彩。

我爱上集邮，和老曾有关。

老曾全名叫曾玉德，青海省互助县人，1975 年时，他是青海省天峻县邮局的投递员。

与老曾相识，缘于我的工作。

我是 1972 年参军的，当的是铁道兵。

新兵训练是在户县进行的。新训结束后，坐了三天“闷罐子”火车，绕道湖北赶到了陕西省安康市白河县。在汉江边的石头滩上，我被分到了铁十师四十七团三营十三连。坐卡车来到陕南旬阳县蜀河镇，我和战友们一起开始向一个叫“险滩沟”的隧道发起“进攻”，流了很多汗，多少也流了一点血（一次从三米多高的排架上摔下来，锋利的石头在手掌根划了一道挺深的口子，缝了六针），算是实实在在为襄渝铁路做了一点微不足道的贡献。也许是工作还算踏实，也许是多少有点文化（高中毕业），1974 年初，当全党全军全国人民“拿起笔做刀枪”，满腔怒火“批林批孔”的时候，连队指导员把我作为战士理论骨干，带到团里参加了一个理论培训班。在这个班上我发了一回言，鬼使神差地又被通信股的股长发现并看中，不久就被调到位于沙沟的团部，当起了收发员。

收发员，其实就是负责接收发送全团报纸、信件的战士，名义上，“职务”与基层连队的班长相当。

就因为当上了收发员，我和集邮结下了不解之缘。

襄渝铁路修通之后，全师官兵又“背上了行装扛起了枪，满怀豪情斗志昂扬”地奔上了青海高原，开始了“雪域天路”的修建。1974 年初，我所在的铁四十七团到达青海省海西州天峻县，主要任务是打通海拔三千七百多米、全长四千多米的关角隧道。这隧道是当时世界上海拔最高的铁路隧道。团部设在天峻县城，收发室随团部，自然也在县城。由于干的是收发报纸信件的工作，所以和县邮局打的交道最多，尤其和几位邮递员非常熟悉。

最熟的就是老曾。老曾很善良，也很热情，不但帮我从牧民手中买过羊皮，而且还常给我讲一些做人的道理。他不仅健谈，而且谈话也很有“文化”水平。一件很偶然的小事，他让我爱上了集邮。

那是1975年的一天，他把报纸、信件和我交接完毕之后，说是今天所有投递任务都已完成，就顺势在我房间的椅子上坐下了。我很喜欢和他说话，就给他倒了杯开水，然后便一边分拣信件一边和他聊天。突然，他指着我的脚下喊道：“小韩，这张邮票你要不要？”那表情，惊讶、欣喜，同时还充满了神往，好像哥伦布发现了新大陆似的。

我顺着他指的方向看去，看到了脚旁的一枚邮票。邮票画面上，正中间是一个身着蒙古族服装的青年妇女，她牵着一匹白马，两旁各有一个戴着红领巾的孩子正亲切地向她微笑。我知道这是新近刚发行的邮票《乡村女老师》中的一张，面值八分。

那年月，部队官兵和亲友交流感情的主要方式就是写信，而且百分之九十以上是平信。人多信多，几乎每次都是一麻袋。信件在袋子里互相摩擦，往往就有粘贴不牢的邮票被“挤”得掉了下来。我把信件倒在地上分拣，每次分完，地面上总会落下些脱离了信封的邮票，少则一两枚，多则三五枚甚至七八枚。收信的战友最关心的是信封里头的内容，对信封外的邮票则很少有人留意。我原本也和他们一样，对那些邮票毫无兴趣。只要信能到达战友手中，没有邮票有什么要紧？在我眼里，那些掉下来的邮票和撕碎的废纸没什么两样，厕所旁边的垃圾堆将是它们最后的归宿，所以就随口说道：“我不要。”

老曾立即弯腰捡起了那枚邮票，脸上居然布满了欢喜的颜色。

我对他的行为和表情十分不解，就问：“这旧邮票还有用吗？”

老曾没回答我的问题却反过来问我：“你不集邮吗？”

“集邮？”这两个非常陌生的字眼弄得我满头雾水，我问，“什么是集邮？”

老曾似乎明白了我在这方面完全是一张白纸，于是笑着给我解释：“集邮，简单说就是收集邮票。把零散的邮票或者其他邮品收集起来。”

我依然丈二和尚摸不着头脑：“收集这些有什么用呢？”

老曾想了想说：“大道理我给你也说不来。明天，我把我的集邮本拿来给你看看，也许你就明白了。”

第二天，他果然拿来了两个很精致的绸面大本子，兴致勃勃地对我说："来看看我的集邮本吧。"

他刚小心翼翼地打开本子，我的目光立即就被拉直了，仿佛看见了一幅奇异的图画。那些平时在我眼里普通之极的邮票，在他的本子里竟放射出了那样令人惊叹的光彩——那些小小的带着齿牙的彩色方块纸片，既平整又光洁地粘贴在白净的纸面上，仿佛受过训练的队伍似的，整整齐齐地排成了不同的行列。那行列有的长，有的短，但汇集到一个页面上，宛然几支将要参加大型联欢会的舞蹈队在同一场地上待命，五光十色，异彩纷呈，自成姿态，各有意趣。

老曾轻轻地一页页地翻着，一行行地给我解释："这是1962年发行的一套'纪'字头的邮票，内容是'梅兰芳舞台艺术'，你看，这一枚是他演《抗金兵》的画面，这一枚是他演《宇宙锋》的画面；这是1965年发行的一套'特'字头的邮票，内容表现的是少年儿童体育运动，一套共八枚。这是一套……"

他如数家珍一般向我展示着他的收藏，我则看得如痴如醉，听得似傻似呆。天哪！原来这集邮竟是这么神奇有趣，竟有如此美妙的风光景致啊！那一枚枚小小的邮票，不仅是一座座微缩的艺术花园，而且也是一套套精炼的历史丛书啊！观览这些邮票，不仅能任意游览色彩斑斓的艺术花园，而且也能随时步入悠长的历史隧道，去参加"开国一周年""建国十周年"的庆典，去会见"革命青年的榜样金训华"和"石油铁人王进喜"……

通过老曾的介绍，我增长了许多集邮的知识，知道了什么是特票、纪票、信销票，懂得了首日封和小型张、小版张的区别等。也就在那个时候，我突然有所感悟：集邮原来是一项很高雅的业余文化活动啊！能让人开眼界，长见识，能让人怡养性情，陶冶心灵。

从此，我爱上了集邮，并开始了集邮的行动。我是收发员，身在收发室，自然有着得天独厚的"优越"条件。每次从信封上"自动"掉下来的邮票，我再也不往垃圾堆里扫了，而是全部装进了一个备用信封。同时，我采用"三个面向"的方式，开始主动搜集。

一是"面向机关，当面求索"。往机关各个办公室送报送信时，若发现了自己尚未收集到的"新"票，我就开诚布公地向收信人询问是否保存邮票，如果对方没有保存的意向，我就等着他把信拆开后，用自带的小剪刀从信封上把邮票剪下来。让我欣喜的是，绝大多数同志都非常慷慨，我要哪一张，他们就让我剪哪一张。我早期所集的邮票，几乎有一半就是通过这样的途径得来的。

二是"面向基层,电话请留"。当然,"请留"的对象主要是我一个公社的同乡战友。原先,每当在收发室看到同乡战友的信件时,我常常"以公徇私"——利用收发室的"专用电话"早早地向他们报告。虽然当时并无"烽火连三月"的战争,但对于身在高原远离亲人的战士来说,哪怕是半张纸的一封平信,也有着"家书抵万金"的价值。能早几个小时得到"有家信来"的消息,心里就会早几个小时得到安慰和幸福。自打懂得集邮的意义后,在"徇私"向战友报告消息时,就会加一句"你信封上的邮票还要不要"的询问。乡友们几乎百分之百地回答:"不要。"这时我就提出要求:"那你就把信封和邮票都留着,别弄脏弄破了,过些日子我找你去拿。"尽管有的战友为了让我少受麻烦曾多次说过"你要觉得有用就直接从信封上撕下来"的话,然而我却很少那样做。一来,直接从信封上撕很容易把邮票撕烂,二来,我也不愿战友看见信封被撕的痕迹心头不愉快,所以基本都是采用"电话请留"的办法。这种途径收集到的邮票,为数也不算少。

第三就是"面向邮友,互相交换"。在天峻县时,主要是和老曾交换。他手头有不少富余邮票,多是建国初和"文革"前的老邮票,而在新邮票的收集方面,他却没有我的"成果"多。他虽在邮局工作也很爱集邮,却从不随便撕扯别人邮件上的邮票,他的这种职业道德很让我感动。我之所以要当面向战友索求而不擅自利用"优越条件"强行撕取,和他的影响有很大的关系。

1977年恢复高考,我从部队考进了青海师范学院。我们班的团支部书记王宏伟(现为新华社甘肃分社社长)也是一位集邮爱好者,"集龄"比我长,"库藏"也比我的多。不过世上的事往往总会应了那句老话:"尺有所短,寸有所长。"——在我总量远不及他的"库藏"中,也有他所没有的"稀罕物儿",于是我们在互相鉴赏邮册时也交换各自的富余,邮册就又丰富了不少。

在西宁,第一次买到了专用的集邮册,集邮生涯算是迈上了一个新台阶。

20世纪80年代后期,随着本人经济状况的不断改善,我也逐渐改变了"四处求索"的集邮模式,开始从邮局订购集邮年册了,实现了从"土八路"向"正规军"的飞跃,一年买一本,每本都是新票,二十余年来从未中断。

不过说实在话,虽然后来集邮的"档次"提高了,但我从中感受到的乐趣却少了许多。因为我看到很多人把集邮变成了一种拜金色彩非常浓烈的商业行为,特别是某些邮局把卖集邮册作为"任务"向员工硬性摊派,实在让人心中有一股说不出名堂的滋味。我爱上集邮,是因为觉得这是一项高雅的文化活动,除了丰富自己的精神生活外,还能为自己的工作提供帮助(**比如讲课讲到"中国古**

代服饰”这一知识点时，我把1980年发行的那套J58邮票拿到课堂让学生浏览，就收到了很好的教学效果）。我从来没想通过集邮去发财，所以当有人知道我集邮而想要买我的部分收藏时，我一概都拒绝了。将来我的后辈会不会用我之所集来换钱，我无法预知也无法掌控，但起码在我的有生之年里，我不会那样做。我只想在检阅我的集邮成果时，欣赏奇丽的艺术，追忆逝去的历史，回味寻觅的乐趣，思考多彩的人生。

上边说的，就算是我的“集邮传奇”吧。

刊于2015年7月10日《青海日报》

冰山仙境梦中游

——观《青海风光》邮资明信片之《格拉丹东》随想

看到《青海风光》邮资明信片里的格拉丹东雪峰,我便想起了我到过的一个地方。那里,天上飘着纷纷扬扬的雪花,地上积着能将人埋没的积雪,左看是险峻奇绝的冰山,右看是晶莹剔透的冰宫,举目四望,冰塔林中,有高耸入云的冰柱,彩虹一般的冰桥,有神秘莫测的冰洞,还有鬼斧神工雕琢出来的冰斗、冰舌、冰沟、冰桥、冰草、冰针、冰蘑菇、冰钟乳……令人不可思议的是,在这冰雪的世界里,却奔跑着野牦牛、藏羚羊、藏野驴、高原兔等多种珍稀野生动物。银装素裹的山上山下,炎炎烈日照耀着,冰消雪融成一道道清澈明亮的小溪,潺潺溪水滋润着辽阔的草原,草原上盛开着五颜六色的野花,成千上万只蝴蝶在姹紫嫣红的花朵间翩翩起舞,罕见的黑颈鹤在熠熠闪光的冰柱林中惬意地飞翔,成群的牛羊在碧绿的草原上云朵一般轻轻地飘动,穿着美丽服装的藏族同胞跳着欢乐的舞蹈,数十名藏族青年骑着各色骏马在举行赛马大会,马儿像箭一样向着那些冰塔林奔驰,而且一边奔驰一边高呼:格拉丹东!格拉丹东……

奇怪吧?您一定会说:世上哪有这样的地方?这种神仙待的地方,你大概是在做梦吧?您还真说对了,这种仙境,我确实是在梦里见到过,而且见过不止一次。为什么会做这样的梦呢?这就得说说几年前我的那次青藏之行。

那是2011年8月,我和四十余位"老铁战友"重走青藏线时,曾在唐古拉火车站向一处美景远远地眺望了几分钟。那处美景的名称就叫作"格拉丹东"。

"格拉丹东"是藏语,意为"高高尖尖的山峰"。位于青海省西南部格尔木市唐古拉山乡境内,是唐古拉山脉的最高峰。系由南北长达五十余公里,东西宽三十余公里,攒聚约五十余条山岳冰川群所组成。格拉丹东冰峰西南侧之姜根迪如冰川是长江正源沱沱河的发源地,故这里亦被人们称为"长江之源"。

格拉丹东雪山除了是长江的源头,它还是一个绝佳绝妙的旅游胜地,因为在它东面的山脚下,有一个面积约八百平方公里的冰塔群,被当地人们称为岗加巧巴(意为“百雪圣灯”)。

由于“重走”活动的行程计划中没有到冰塔群观光的安排,所以我并未能亲自走近格拉丹东冰川,但是,听去过冰川观览的战友介绍:那里有高达六七十米的冰塔林,高耸入云,一座挨一座,有的像撑天玉柱,有的如摩天水晶楼,有的似宝剑,寒气凛凛直刺云天;有的状如奇塔千姿百态,简直是一座奇美无比的艺术长廊。有些冰塔的底部经过融化,形成了许多干净而舒适的冰房,门前挂着由许多细长的冰柱构成的帘子,步入其中稍坐片刻就有一种温暖如春的感觉。造物主的神工鬼斧,实在让人叹为观止。

听着战友的描述,除了生出些“只能耳闻不能目睹”的惋惜之外,就只能对那神奇的仙境注目远望了。当我站在站台上向格拉丹东雪山眺望的时候,却情不自禁地就想到了 1974—1984 这十年间我的老铁弟兄们修筑青藏铁路的那些日日夜夜,想起了隧道大塌方后战友们与死神搏斗抢险救人,想起了我在零下三十多度的气温下顶风冒雪推斗车、倒石砟……

1984 年铁道兵集体脱军装转业的时候,青藏铁路只修到了格尔木。除了当时国家政治经济条件不允许这个大背景之外,唐古拉山区“永冻层”的难题,也是铁道兵战士当年把铁路未修到拉萨而不得不憾离青藏高原的原因之一。格拉丹东冰川地段,是青藏铁路全线气候最恶劣、地质条件最差、施工难度最大的区段。斜坡湿地广布,高地温、高含冰量冻土地段较长,冻胀、融沉作用强烈;安多以南还分布有岛状冻土和深季节冻土。冬春时气温很低,寒风凛冽;七八月份天气转暖时,雨水又非常丰富,常常会出现这样的情况:几分钟前还是晴空丽日,可是转眼之间,刚刚飘过来的一片云彩就变成了雨雪或者冰雹。

为了攻克在高原“永冻层”上修铁路的科技难关,当年铁十师五十团十三连的战友们曾在唐古拉山区高寒地带进行过异常艰苦的探索与实验。当他们从山上下来体检时,发现许多战友的心脏都发生了变形。尽管后来战友们带着遗憾下了高原,但当中铁二十局(即脱了军装的原铁道兵十师)的弟兄们“四上高原”(我们 1974 年上高原是铁十师“三上高原”)再次擂响“要把铁路修到拉萨”的战鼓时,当年十三连战友用青春热血与生命换来的宝贵经验,却发挥了巨大的作用。铁路终于通到拉萨了,铁龙终于向着布达拉宫高声鸣唱了,许多战友们流下了感慨万千的泪水,他们为自己当年的血汗没有白流而感到万分欣慰。

远远望着格拉丹东雄伟而俏丽的身影,我们在回味当年艰苦奋战历史的同时,也真切地感受到了后来筑路人的一片苦心:唐古拉车站地处多年冻土区,位于青藏铁路的最高点，海拔五千零六十八米，是当今世界上海拔最高的火车站，也是青藏铁路最重要的旅游观光车站。为了方便旅客在唐古拉车站观赏并拍摄到唐古拉山主峰——格拉丹东的雄姿，筑路人精心选择车站位置，在能望见各拉丹东雪峰的最佳地段建设站台。旅客只要站在站台上往西望，就可以看到唐古拉山六千六百二十一米的最高峰格拉丹东雪峰的美丽容颜。拿出性能稍好点的相机，就能清晰拍到格拉丹东令人惊叹、令人神往的画面。

我用相机也拍了几张格拉丹东雪山的远景，重新上车后那些曾在冰塔林一饱眼福的战友又开始了绘声绘色的讲述。他们说：那些冰塔林，其形状真是千姿百态，有的就像雕刻大师精心雕刻而成的水晶塔，塔身在阳光的照射下，闪动着五颜六色的光柱，那些光柱纵横交错，让整个冰林仿佛变成了一个彩虹的世界。风儿吹过高耸直立的塔顶，立即就传出法铃一般悦耳动听的声音。有的冰峰简直就像玛瑙雕成的骏马的耳朵，两边对称和谐得实在让人击掌叫绝。最神奇的，是在冰林深处，有一座断体的冰塔，其残存的根部有个深深的裂缝，这个冰缝中竟能闪烁出灿烂的七色光，色彩缤纷，变幻莫测，引人入胜。究竟这是哪里来的光，竟无人能说得清。有人说是山神头顶的宝珠闪的光，有人说是龙宫里龙女颈上项链的晶光，也有人说是冰山仙女掌上明灯闪耀的灵光……

听着战友口若悬河的讲述，看着车窗外草原上的野牛、野驴、藏羚羊和雪鸡，不知不觉，人世间有生命的美和无生命的美全都交织融合成一个和谐的世界了，于是我就有了本文开头那个美丽的梦境。

格拉丹东，我虽然没能走近你身旁触摸你那纯洁晶莹的肌体，但是能在梦中畅游因望你而生的仙境，也让我感到非常幸福了。

刊于《国家名片上的丝绸之路》陕西师范大学出版社 2016 年出版

赤岭日月千古情

——观《青海风光》邮资明信片之《赤岭胜景》有感

我曾在青海工作、生活了十年，青海相当于我的第二故乡。所以当看到2002年发行的《青海风光》邮资明信片，我的心就像一张安静的古琴突然被一双大手使劲拨了一把似的，久久地颤动不已，久久地余韵难息。看到第八幅图片《赤岭胜景》时，我不由得轻轻地喊了一声：这不就是我多次经过的日月山吗？

想起日月山，沉睡在心海深处的一些句子，竟像随水游动的鱼儿似的，忽然全都向脑际涌来了——

迎风冒雪，站在日月山上，
我睁大双眼极目远望——
望见了千里之外的长安，
望见了千年之前的大唐，
望见了文成公主西进吐蕃的队伍，
望见了贞观之治的大气与辉煌！
传说中公主留下的日月宝镜呵，
至今依然在这里闪耀光芒！

迎风冒雪，站在日月山上，
我张开双臂让激情飞扬，
铁道兵肩负着神圣的使命，
定要把通天的铁路修到西藏！
山高路险，雨雪风霜，
任何困难都无法把我们阻挡！
今日的人民子弟兵啊，
大无畏的精神与日月同光！

如果上边这些文字也能称之为诗歌的话,那么这首近乎标语口号式的诗歌,是三十多年前我在青海时信笔涂鸦的产物,题目叫《日月山抒怀》,记在我的日记本里。诗前有一小序,文曰:**“前日乘师机关班车自西宁回乌兰,途经日月山,风雪交加,坡陡路滑,几处危险路段,乘车人需下车并推车前行,情景颇狼狈。至山顶,环视漫天风雪,忽有所感……”**这段文字,记录了那次乘车路过日月山被风雪所困的经历,也记录了那时候自己心中的所谓“豪情壮志”。

我1972年参军,当的是铁道兵,在陕南修完襄渝铁路后,1974年6月又奔上了青藏高原,投入了修筑青藏铁路的战斗。在海拔三千七百余米的关角隧道干了一段时间后,被抽调到设在乌兰县的师政治部创作组工作。因工作关系,我多次往返于西宁与乌兰之间,日月山也成了我多次驻足逗留的地方。

日月山,南北朝至唐代时叫作“赤岭”,是北魏和吐谷浑、唐和吐蕃的界山,因山顶砂土赤红而得名。2002年发行的《青海风光》邮资明信片上,展示日月山风光的图片,就命名为《赤岭胜景》。

赤岭,地形险峻,战略位置重要,早在汉代,就已经是我国“丝绸辅道”的一大驿站,唐代时,赤岭更是唐蕃古道的必经之路。

那么“赤岭”后来为什么又被叫成了“日月山”呢?这与一段豪迈的历史有关,也与一个美丽的传说有关。

据《唐书》记载:贞观(627~649)年间,唐王朝与边疆各民族和睦相处,各族首领纷纷派遣使者向唐朝公主求婚。当时的吐蕃国王松赞干布开明治国,为引进文化、加深友谊、安定边境,在与唐朝建立友好关系后,派禄东赞到长安求婚。唐太宗应允了求婚要求,便将容貌美丽又德才兼优的文成公主许配松赞干布。公主远嫁,唐太宗准备了各种日用器皿、珠宝饰物、绫罗绸缎及书籍、药物、蚕种、谷种等众多物品作为嫁妆,还派乐队、工匠等一起随同。

公元641年正月,礼部尚书、江夏郡王李道宗护送公主从长安起程,经咸阳、陇西、临夏,渡过黄河,进入青海,沿湟水西行。过赤岭后,先与嫁给吐谷浑王诺曷钵的唐朝弘化公主,在大河坝附近的馆驿中,举行盛大宴会,唐、吐蕃、吐谷浑三方亲朋欢聚一堂。之后,公主一行继续南行。松赞干布亲自率兵在扎陵湖南岸,筑馆安营,迎接公主,李道宗主持了隆重的婚礼。松赞干布和文成公主经玉树进入西藏,4月15日抵达今之拉萨,受到吐蕃人民隆重欢迎。

这是历史上真实的事件,在民族团结的史册上放射着永不磨灭的光辉!

文成公主为加强汉藏人民团结远赴吐蕃联姻,沿途留下了很多史迹。汉藏人民出于对公主的热爱，便根据这些史迹创作了许多美丽的传说。日月山的故事，就是诸多传说中一个典型的代表。

传说，文成公主将要离别长安的时候，皇后亲自送给她两面宝镜，一为日镜，一为月镜，说是有这“日月”两镜相伴，她往后的日月一定会更加光明。同时，如果她思念故乡和亲人，只要打开这两面宝镜，故乡的青山绿水就会有声有色地浮现在眼前，亲人的音容笑貌也会栩栩如生宛在身边。

文成公主行至赤岭，知道这里是大唐和吐蕃的分界之地，越过赤岭，就将离别大唐王朝管辖的土地，心中不由得便生出无限的眷恋与酸楚来。向前西望吐蕃，天阔云低，草原苍茫；回头东望长安，烟云渺渺，踪影全无。思念故土、故人情切，于是便拿出皇后赐予的“日月宝镜”来看。在镜中，她果然看到了长安的景色和亲人，感到分外亲切温暖，但一想到故土、故人从此之后只能成为镜中之影而不能真实亲近，便不由得伤心地落下泪来。思乡的泪水汇集成了一条河流，由东向西，一直流进了青海湖，就成了今天有名的“倒淌河”。不过文成公主尽管思乡思亲之情十分热切，但一想到自己身负着唐蕃联姻通好的重任，便决定把“日月宝镜”留在赤岭之上，以断眷恋之情，下定决心毅然前行。公主离开赤岭后，两面宝镜便在赤岭的山口南北，化成了两座状如人乳的山峰，峰顶平阔圆满，如同一轮太阳和一盘圆月，从此，人们便称赤岭为“日月山”。藏语称“尼玛达哇”，蒙古语称“纳喇萨喇”，都是太阳和月亮的意思。

从地理学的角度看，日月山具有独特的地理价值和意义。《中国国家地理》称：日月山为南北走向，海拔三千五百多米，属祁连山的一个支系。它是青海省农业和牧业的分界线，是中国季风区和非季风区的分界线，还是青藏高原和黄土高原的分界线，而它更重要的划界功能，则是分开了中国河流的内流区和外流区。青海境内日月山以东的河流均是外流河，以西的河流则是内陆河。

由于地理位置独特，所以构成的景色自然别具风致。这里山峦逶迤，峰耸岭峙，虽然气候寒冷但却雨水充沛，山之两侧均生态优良，各呈其美。山之西边，苍茫的大草原广袤无垠，丰茂的牧草如同连天的绿毯，成群结队的牛羊和粗犷豪放的牧歌，把这片神奇的土地装点得如同仙境一般；山的东边是农业区，远远近近的村落里飘动着袅袅炊烟，层层叠叠的梯田，纵横交错的阡陌，以及绿如碧涛、黄似金海的麦田，实在是美不胜收，让人流连忘返。

随着国人生活水平的不断提高，近多年到日月山旅游的人越来越多。人们喜欢日月山，除了它的自然景观引人入胜之外，更具魅力的则是它的人文内涵。

为了纪念文成公主进藏和亲，赞扬她促进藏汉团结的精神，人们不仅将赤岭称之为日月山，还在日月山顶修筑庙宇，供奉文成公主塑像虔诚参拜。唐玄宗开元二十一年（公元733年），唐朝和吐蕃友好协商，约定以赤岭为两邦之分界，并树立界碑以为标志。界碑既明确了各自的疆域权属与责任，又表示了双方互相尊重的友好态度，成为民族和睦友好的象征。而供奉在分界岭上的文成公主像，更成了民族团结、血脉相连的最好见证。

2011年8月，为了寻访当年战斗的踪迹，也为了告慰牺牲的战友，铁道兵老战士和西安的学兵战友共四十余人，举行了一次“弘扬铁兵精神，重走青藏线”的活动，我亦随队前往。途经日月山时，当年风雪中推车的情景犹在我的脑海浮现，而眼前的景象更让我们这些老铁战士感慨万千。山还是那山，峦还是那峦，但三十年间的变化真是有如天渊啊！三十多年前这山峦是落寞凄凉的，而今则是喧闹欢腾的。公路更宽阔似乎也更平坦了，山坡上绿草蓬勃，盛开着五彩斑斓的野花，漫山遍野五光十色的彩旗飘得人眼花缭乱，再加上各式各样星罗棋布的帐篷，景色愈发显得壮观。山顶的日亭和月亭在明媚的阳光照耀下，格外绚丽鲜艳。半山腰那洁白的文成公主雕像，既亲切温和，又肃穆庄严，瞻拜者虔诚焚香，而升腾缭绕的轻烟，更给这座大山笼上了一层神秘而圣洁的光环。有人问：日月山高不及昆仑山，险不如积石山，既无苍翠的森林，又无嶙峋的怪石，为什么还有这么多的人到这里来朝拜观光呢？我想，友人所作的下面这首小诗，也许可以作为答案：

赤岭的远山，
谱写着优美的诗篇。
巍巍的红岩啊，
凝铸着不朽的忠心赤胆。
可爱的公主啊，
虽然你的脚步已经走远，
但你留下的日月宝镜啊，
却要辉映千年万年……

2015年4月26日

刊于《国家名片上的丝绸之路》陕西师范大学出版社2016年出版
修订稿《我心中的日月山》刊于《集邮情怀》陕西人民出版社2016年出版

盐湖，我擦肩而过

——《青海风光》邮资明信片之《盐湖夕照》勾起的回忆

看着《青海风光》邮资明信片上的《盐湖夕照》，我的心一下子又飞上了高原，飞回到了三十多年前，想起了我几次擦肩而过的茶卡盐湖，想起了我的战友在其间修筑铁路的柯柯盐湖。

盐湖的风光是神奇的，神奇的盐湖确实是青海值得自豪的美景之一。

现代地质科学认为：盐湖的形成缘于地壳的运动。若干万年之前，现在的青藏高原本是一片汪洋大海。后来，在剧烈的地壳运动中，海底越升越高，渐渐地就变成了今天世界上最大的高原。在海底变成高原的过程中，一部分海水留在了一些低洼地带，就形成了人类今天所能见到的许多盐湖。

青海有大大小小的盐湖一百多个。在众多的盐湖中，最出名的是茶卡盐湖、察尔汗盐湖、柯柯盐湖和马海盐湖（一说为昆特依盐湖），它们都分布在柴达木盆地，号称"柴达木四大盐湖"。

四大盐湖中，茶卡盐湖是面积最小的一个，但却是名气最大的一个。在我上小学的时候，四年级的语文课本上就有关于茶卡盐湖的内容。它之所以最有名气，首要的原因就是：它是人类开发最早的一个盐湖，距今已有三千多年的开采历史。早在公元前206—公元25年的西汉时期，当地羌族人就已经知道采盐食用。《汉书·地理志》记载："金城郡临羌西北至塞外，有西王母室、仙海、盐池。"仙海就是今天的青海湖，盐池指的就是茶卡盐湖。

茶卡盐湖位于青海省海西蒙古族藏族自治州乌兰县茶卡镇。茶卡镇地处109与315国道交汇处，是古丝绸之路的重要站点。

"茶卡"是藏语，意即盐池。它夹在祁连山支脉完颜通布山和昆仑山支脉旺尕秀山之间，呈椭圆形状。湖面海拔三千一百余米，原本是一个外流湖，向东流入共和盆地，然后注入黄河。约10万—13万年前，地质又一次发生构造隆起，茶卡盐湖就变成了内陆湖。湖水面积及水深受季节影响很大，雨季来临时，湖面东西长可达15.8公里，南北宽9.2公里，总面积105平方公里，相当于10个杭州西湖。而到了干旱季节,湖水面积就大幅度缩减。湖底部有石盐层,一般厚5米,最厚处达9.68米。在湖的东南岸,有长十几公里的玛亚纳河注入。由于有这条主要河流和其他几条季节性河流的不断注入,湖中开采过的卤水,几年之后又会重新结晶成新的盐层,是人类取之不尽、用之不竭的一个宝库!

除了产盐,优美的自然风光也是茶卡盐湖格外诱人的因素之一。四大盐湖中,唯有茶卡盐湖是固、液并存的卤水湖,镶嵌在雪山草地间而非戈壁沙漠上。水域宽广,银波粼粼。悠悠白云在天空飘荡,巍巍苍山在湖边耸立,蓝天、白云、雪山映入湖中,如诗如画。湖边漫步,在盐的世界里徜徉,再放眼望一望四周的牧草与羊群,真有说不尽的惬意舒畅。

正因为茶卡盐湖具有生产、旅游两相宜的特点,因而在国际国内旅游界和青藏高原风光游中享有较高的知名度,它与塔尔寺、青海湖、孟达天池齐名,被称作"青海四大景"之一,同时还被《国家旅游地理》杂志评为"人一生必去的五十五个地方"之一。

然而可惜的是,这么好的地方,我却几次和它失之交臂。三十多年前,我身为铁道兵之一员,在修筑青藏铁路期间,多次翻越关角山,往来于天峻和乌兰之间。其实,出了天峻县城,由东向西行进,翻过关角山再向西南斜插下去十几公里就到了茶卡盐湖,但时至今日,我仍然没能"零距离接近",亲眼一睹这位"高原素女"的芳容。

眼看和茶卡盐湖就要"零距离接触",最终却只能与之擦肩而过的经历,我印象最深的有两次。

1975年8月的一天,身为团部收发员,因要向师通信科报送一份材料,我乘专车去了一趟乌兰。那时候正是草原上最美的季节,芳草碧绿,鲜花芬芳,农区的土地上麦浪如海,牧区的原野上羊群似云。临去乌兰时,我暗暗地在心里做了计划:完成工作任务后,一定要去茶卡盐湖看一看。在小学的课本里早就知道有个茶卡盐湖,现在这茶卡盐湖就近在咫尺,怎能不到实地去看看呢?更何况回来时只需司机多踩几脚油门,多年的愿望就能实现。然而人间的许多事,往往是"人算不如天算""计划赶不上变化",仅仅因为通信科参谋的一句话,我的如意小算盘就被彻底打碎了。

交接完材料,参谋说:"这儿有个保密急件正好要送到你们团,你来了,又带着军车,顺便捎回去交给你们保密员,好吧?"我能说"不好"吗?经我手发送接收的秘密、机密乃至绝密的文件少说也有数百上千份,这本来就是我分内的工作,我没有任何理由拒绝。在保密文件登记本上签名的时候,我心想:完了。想去茶卡盐湖看看的计划彻底泡汤了。身带保密文件，必须专车专送，绝对不能随便转游，这点保密常识我有，坚决执行纪律和保密规定的觉悟我也不缺，就这样，第一次和茶卡盐湖失之交臂。

第二次，是1977年刚过完春节，我因为要完成一项创作任务，到基层连队采访了一些时日。当素材收集得差不多的时候，我决定从哈尔盖返回乌兰。这次我又做好了计划：乘一辆到乌兰去的运料车，路过茶卡的时候，让司机把我放下。自己看完盐湖之后，再到公路上挡一辆军车回师部（开军车的司机碰见军人拦车，绝大多数都会停车）。就在我收拾妥当准备出发的时候，宣传股的同志突然告诉我：刚接到师政治部电话，要我火速返回师部，说是有紧急任务。军令如山且十万火急，我哪还敢再去盐湖看！回到师部才知道，我们师里出了一位英雄——四十八团副团长梁忠孟，回乡探亲途经青岛，拦惊马救小孩壮烈牺牲。为了宣传英雄事迹，师里要紧急组织一个写作班子，我即是这个班子的成员之一，要立即赶赴四十八团进行调查采访。那天回乌兰路过茶卡镇时，我只能在心里惋惜地说：茶卡盐湖，咱们只能后会有期了。

然而后来却再没有遇到机会。1983年我调回西安后，虽也回过几次青海，但都没能去成茶卡盐湖。每当回忆两次与茶卡盐湖擦肩而过的经历，在略觉遗憾的同时，也感到十分欣慰，毕竟为了工作而误了旅游，还是挺有意义的。

有幸的是，我的许多铁道兵战友都与茶卡盐湖亲近过，从他们对盐湖之美的描述中，我也得了许多美的享受。

2014年，为了寻访当年曾经流过血汗的故地，缅怀为修建青藏铁路而牺牲的战友，中铁二十局的十几位战友，驱车奔赴青海，其间，也顺道去了茶卡盐湖。他们说，茶卡盐湖现在已经成了青海省著名的旅游景点。在这里，可以看现代化大型采盐船采盐时喷水吞珠的壮丽场景，可以透过清亮的湖水，观赏形状各异、正在生长的朵朵盐花。特别是太阳将落时的晚霞夕照，把湖面装点得无比绚丽，置身其间，人会陶醉得如同进了仙境一般。而艺术家精心制作的巨型盐雕，也让人感到十分震撼。

一位战友说："站在盐湖边，最突出的感受就是：太壮观了！"

哦，令我神往却又两次擦肩而过的茶卡盐湖，有机会我一定要了却我的这个心愿，一定要去看看你！

2015年4月27日

刊于《国家名片上的丝绸之路》陕西师范大学出版社2016年出版

江东门街上的思绪

在纪念抗战胜利七十周年的时刻,我不由得便想起了十多年前的南京之行。

2000年春节刚过不久,我因出差到了南京。公事忙完,自然也想转转看看。毕竟,南京是中国历史上的“六朝古都”,值得观赏的人文景点很多。而身为从事人文教育的教员,这样好的学习机会是不应该放过的。在观览了夫子庙、贡院等几个景点后,我又去拜谒了中山陵,瞻仰了雨花台烈士陵园,自然也参观了“南京大屠杀纪念馆”。说实话,在中山陵和雨花台,我的感受相对来说是单纯的,那就是崇敬和感动,然而在江东门街418号的大屠杀纪念馆,我的心情却是极其复杂的。有苦痛,有愤怒,有悲哀,也有难以准确描述的惆怅……

沐浴着和煦的春风,我站在江东门街上,心潮起伏,难以平静。回想着在馆内的所见所闻,我陷入了久久的沉思。

在纪念馆里,我看到了许多幅日本强盗屠杀残害南京同胞的照片,那些场面触目惊心,有的简直令人发指,看着,听着,我时而心如刀割,时而怒火中烧,时而咬牙切齿,时而感叹嘘唏……走出纪念馆,我仍然不能忘记那一篇篇浸满血泪的文字:

“1937年12月13日,日军进占南京城,在华中方面军司令官松井石根和第六师团师团长谷寿夫等法西斯分子的指挥下,对我手无寸铁的同胞进行了长达六周惨绝人寰的大规模屠杀。”

六周!四十多天哪!南京城里手无寸铁的男女老少被嗜血成性的日本鬼子任意杀戮,那血腥的场面和凄惨的哭声是怎样的惨不忍睹和惨不忍闻啊!只要闭上眼睛略略展开一点联想,我的心就疼得颤抖不已。

“在日军进入南京后的一个月中,全城发生两万起强奸、轮奸事件,无论少女或老妇,都难以幸免。许多妇女在被强奸之后又遭枪杀、毁尸,惨不忍睹。”

《远东国际法庭判决书》中写道:“日本兵完全像一群被放纵的野蛮人似的来污辱这个城市”“江边流水尽为之赤,城内外所有河渠、沟壑无不填满尸体”。

……

惨哪！三十多万中国人鲜活的生命，竟在一个多月的时间里被那些灭绝人性的野兽用极其残忍的手段毁灭了！一座原本美丽的城市竟到处弥漫着血雨腥风！我恨哪，我恨到极端之时，真恨不得让老天爷来一次亘古未有的海啸，把那个生长了那么多"人形野兽"的岛国彻底淹没……

然而，当我对侵略者切齿痛恨的同时，我不由得又想：那场惨剧的发生到底是为什么呀？为什么会发生那样的惨剧呀?！日本侵略中国时，中国有四亿五千万人口，而日本人口当时仅七千三百多万。为什么一个人口六倍于敌、国土数十倍于敌的泱泱大中华，竟被我们称之为"小日本"的打了进来，而中国的军队在侵略者面前常常"土崩瓦解"，打进中国的日军在初始阶段简直"如入无人之境"？

早在南京大屠杀之前十二年（即1925年），鲁迅先生就曾经非常痛苦地思考过这个"为什么"的问题，思考之后也曾给出过他的答案："**中国一向就少有失败的英雄，少有韧性的反抗，少有敢单身鏖战的武人，少有敢抚哭叛徒的吊客；见胜兆则纷纷聚集，见败兆则纷纷逃亡。战具比我们精利的欧美人，战具未必比我们精利的匈奴蒙古满洲人，都如入无人之境。'土崩瓦解'这四个字，真是形容得有自知之明。**"

先生说得太深刻、太准确了！泱泱大中华之所以屡屡被外族蹂躏，"祸根"其实原本在我们自身！今天，当我们在"公祭日"祭奠那些死难同胞的时候，在"胜利日"欢庆胜利的时候，除了对屠杀者予以谴责和憎恨之外，我们恐怕更应该想一想怎样才能使那样的历史惨剧永远不再重演。炎黄的后辈子孙应该永远记住的究竟是什么？

前辈哲学家老子有言："胜人者，力；自胜者，强！"要想让那些凶恶的丑类永远不敢对中国人蔑视和凌辱，我们必须自身强大！而自身强大的根本途径，首先就是我们必须铲除自己身上的那些"劣根"！

这就是那一天，我站在江东门街上的思绪。

十多年时间过去了，那思绪却依然挥之不去地缠绕于心。

为什么？因为鲁迅先生当年憎恶且痛心的那些"劣根"，在九十年后的当今，依然司空见惯地呈现着。比如：

"见胜兆则纷纷聚集"——当运动员在奥运会、"世界杯"等竞技赛场上得了冠军的时候，当歌手在大赛中获得金奖的时候，他们马上就会被鲜花簇拥，被赞美包围,被欢呼笼罩……无数的媒体记者趋之若鹜,要签名的,想合影的,人山人海;想要一睹“胜利者”金面的“粉丝”们排成长队,络绎不绝,获了“诺贝尔奖”之后,作家莫言老家的墙土都被许多“崇拜者”包回家中去供奉……

“见败兆则纷纷逃亡”——昆明暴恐案发生时,“**附近的商店和餐馆也成为临时避难场所。王定庚跑进了一家商店,里面挤满了年轻人,商店老板把门上了锁。过了一会儿,听到外面有人喊‘安全了’,挤在店里的人走出来,准备返回站前广场。但不久,广场上又有人喊‘还有危险’,大伙儿又跑了回来。**”(摘自2014年3月3日《人民日报》:昆明火车站的十二分钟)

多么生动的描绘!多么可悲而又可耻的现实啊!——能够避难的商店里,居然“挤满了年轻人”!听到“安全了”就纷纷走出来,听到“还有危险”“大伙儿又跑了回来”!这“跑了回来”的“大伙儿”里,除了老人孩子之外,里头该有多少“年轻人”哪!

还有,央视播放过的一个又一个令人痛心的案件:在一个小区内,众目睽睽之下,一个醉鬼将一个男人活活踢死,围观的数十人竟无一人上前阻拦凶手或对受害者救助!小女孩玥玥被汽车碾压,十八个路人从她身边路过,竟无一人伸手救助!后来的评论说,假如那十八人中有一人伸手,小玥玥就有生还的可能。然而可叹的是,没有……他们都怕什么呢?怕给自己惹麻烦!“麻烦”就是“败兆”,劣根深长的人们,怎能不“纷纷逃亡”?

正由于“见胜兆则纷纷聚集,见败兆则纷纷逃亡”的劣根依然在蓬勃旺盛地生长着,所以“少有失败的英雄”就依然是一个普遍的、大家都习以为常的社会现象。那些尽管经过千辛万苦的努力,但却没能拿回奖牌的运动员、歌者、舞者、奋斗者,谁见过他们的门前被记者围得水泄不通?有几个仰慕者会去找他们签名、合影?

“少有敢抚哭叛徒的吊客”,大概至今仍然是一个令人羞愧而不安的社会现实……

如果鲁迅先生九十年前就痛心疾首呼吁消灭的“劣根性”不除,若干年后,“战具”胜过我们或者不如我们的他国异族,就可能再次对我们侵害欺凌,而且“如入无人之境”!

这不是杞人忧天,也绝不是危言耸听。

值得庆幸的是,今天的党和国家领导人对“强国自胜”的认识已十分清醒:“劣根旺长”必然会“腐败丛生”,腐败盛行必令民“异心激增”,上下离心离德必导致国家“体弱多病”，而多病之国焉能不受人欺凌？因此，以壮士断腕、刮骨疗毒的勇气与毅力，强力反腐、“打虎拍蝇”势在必行。铲除腐败则民心振奋，民心振奋则国力强盛，国力强盛则外敌畏惧、人民安宁。因此，打死吞噬民脂民膏的“老虎”，消灭传播病毒、细菌的“苍蝇”，猎回逃往海外的一个个“狐狸”，就是铲劣根而“自胜”的一个具体行动。如果我们每一个人都能保证自己既不是“老虎”“狐狸”和“苍蝇”，而且能成为主动“打虎灭蝇”的主人，那么，华夏子孙也许才能称得上是真正强大的“龙之传人”，南京大屠杀那样的人间惨剧才能永远不在神州大地上重演。

刊于《百花岭》2015 年第 2 期

「卷三」

赏艺品人

卷前碎语

活了六十多岁，经了许多事情，认识了很多好人，交了不少朋友。

朋友群中，多有才艺非凡者：其或纵横文坛，著书立说；或驰骋舞台，艺冠群芳；秉右军之风者，临池挥毫，大放异彩；具唐寅之能者，泼洒丹青，独树一帜。饱经风霜者，如山中之古柏；风华正茂者，若岩上之青松。其在各自领域内之建树，均令人赞赏敬佩。而每当其成就展现之时，我则情不自禁，心有所感，倘其款恳约请，我即欣然命笔，既赏其艺，更品其人。不知觉间，亦有数篇所谓“评论”问世。如斯篇章，或载于报刊，或录入卷帙。虽皆为旧文，但重抚之时，仍觉温度依然，故此次汇编，均辑录卷中，一为志情久远，二为余温发挥。读者能阅，我即深为感激。

宛然多彩百花园

——田影文唱腔集锦 VCD 赏鉴

一日,一位朋友兴冲冲地拿着一盒秦腔 VCD 光碟来对我说:“你认识田影文吗?”我说:“当然认识,不仅早先在电视里看过她演唱秦腔的节目,而且多年前我在《秦之声》参加秦腔大赛和参加秦腔戏曲晚会演出,还经常和她见面呢。”虽然交谈不是很多,但小田对工作认真负责的精神和热情谦虚的待人态度却给我留下了十分深刻的印象。

朋友又兴奋地说:“你知道吗?田影文出了一张她演唱秦腔的 VCD 光碟,一盒两张装,两个多小时,挺好看的。你不想欣赏欣赏?”

我自然万分高兴。回家打开播放设备,一口气把两张碟全看完了。

看完之后,我的第一感受就是:《田影文演唱集锦》的出版发行,的确是给热爱秦腔的戏迷朋友奉上了一道别致精彩的艺术美餐。著名书法家石宪章先生曾挥毫大书“东府明珠”四字赠送田影文,我以为,这正是石老先生对田影文艺术造诣的由衷赞赏。

在观看田影文演唱专辑的时候,我脑子里自然而然冒出了这样几句诗:

东府明珠唱乱弹,
别样光辉耀艺坛。
姹紫嫣红览不尽,
宛然多彩百花园。

之所以会产生这样的感觉，是因为“集锦”展示了田影文秦腔表演艺术的一个重要特点：三多。一是歌唱的剧种多，二是扮演的人物多，三是跨越的行当多。一边听，一边看，简直就像走进了一座美不胜收的花园——其间高雅素淡的秋菊有之，香远益清的红莲有之，芬芳浓郁的玫瑰有之，艳冠群芳的牡丹亦有之，莺啭花底，泉落溪涧，姚黄魏紫，玉润珠圆，真令人如痴如醉，流连忘返……

田影文的戏路子非常宽，单是在“集锦”里看到她表演的就有多个剧种：秦腔、眉户、碗碗腔等，无论是古典戏还是现代戏，她样样拿得起放得下，而且皆有上佳表演。她扮演的人物也很多：《贵妃醉酒》中的杨玉环，《借水赠钗》中的陶小春，《状元媒》中的柴郡主，现代戏《杨开慧》中的杨开慧，《红色娘子军》中的吴琼花等数十个不同身份不同性格的人物，个个人物都被她演得形神兼备，惟妙惟肖；说她跨越的行当多，不是说她“生旦净丑”行行精通，而是说她在旦角行当里既能演花旦、小旦，也能演青衣、正旦。她能把贤惠善良的受害妇女杨素贞演得感人肺腑催人泪下，也能把位势煊赫的得宠贵妃杨玉环演得雍容华贵国色天香，她能把“打不死的吴琼花”演得刚烈豪壮，也能把“做天使信义为上”的王昭君演得柔肠百转，温婉而坚强。

田影文之所以能把每个人物演得各有风采，关键是她在用心演戏，她演的是人物的内心，演的是人物的情感，演的是人物的独特个性。每个唱段似乎都有她自己独特的诠释与演绎。下面，我以几个不同风格的唱段为例，对其演唱略做赏析。

《四进士》中的杨素贞是个遭遇不幸的善良妇女，其大伯哥图霸家产，将亲弟（杨素贞之夫）杀害，尔后又将弟媳杨素贞转卖他人，嫂子娘家有钱有势无人敢惹，可怜的杨素贞有恨不能诉，有冤无处申，柔肠寸断，肝胆欲裂，叫天不应，呼地不灵……幸遇买她的布商杨春心地善良，不愿乘人之危、雪上添霜，几经周折后，杨素贞终于有了一次痛诉冤情的机会，她怀着满腔悲愤，对苍天，对大地，对着所有的听众，发出了对黑暗的控诉。田影文在演唱“告状”这一段时，“慢板”唱得凄楚婉转，“二六”唱得波奔流涌，快节奏的“双锤”唱得如同钢水出炉、火花四溅，最后的“散板”（也称带板）则唱得如同飓风过海、电裂长空。把人物的内在情感展示得既层次分明又分寸得当，具有强烈的艺术感染力。

听着这个唱段，我不由得便想起了春风中那带雨的梨花——洁白的，忧郁的，但却是极美极艳的。阴郁、沉重的天空中，一层一层的乌云堆积着，汇聚着，乌云下的世界布满了湿漉漉的水气，让人感到压抑，感到郁闷，甚至感到窒息，但是在那翻卷搅缠的云团中，你又分明听到了隐隐的雷声。那雷声慢慢地由远而近，虽不是石破天惊的炸雷，但也足以让人的心灵震撼，心房颤动。在那沉雷冷雨之下，那洁白忧郁的梨花，让人久久地，久久地不能平静……

《屠夫状元》中的党凤英的抒情，《血泪仇》中王桂花对边区政府的赞美，《三滴血》中李晚春对天伦之乐的留恋，都是欢音（也叫花音）唱段。田影文把这几个唱段也都演绎得十分柔媚动人。其中，尤以交响乐《夺锦楼》中的“琼英劝妹”最具风致。

《夺锦楼》的故事，秦腔迷们尽人皆知；琼英劝妹的唱段，熟悉此剧的人也都耳熟能详。这是一段“二六板”唱腔，从头到尾是娓娓劝告，没有情感上的大悲大喜，大起大落，本不是一个特别脍炙人口的唱段。但是田影文在交响乐的伴奏下演唱这一段，却唱得别开生面，与众不同。“论起他背信食言少年做事太狂妄，就与他断绝有何妨。全不想你我姐妹当初订婚一切与人不一样，县官验婿在公堂。”虽只四句唱词，却有四十七字。处理不好，不是显得冗赘、拖沓，就是显得生硬、别扭。然而田影文却不仅字字送得清爽响亮，而且语气情感也表达得恰到好处，分寸得当，如同行云流水，十分自然顺畅。欣赏这一唱段，就如同夏日临池观赏荷花，艳阳高照，碧波荡漾，而池中“清水出芙蓉，天然去雕饰”，高逸淡雅，清芬素芳，更令人心驰神往、心旷神怡。

在唱腔集锦中，最具复杂况味的，则要数她演唱的碗碗腔《昭君出塞》。王昭君自请出塞和番，有“关键时刻为君分忧”的大义，有为“汉匈和好、民族团结”而献身的崇高，当然也有依恋故土的伤感，一路的情绪极其复杂，表演上有相当的难度。但田影文把这种复杂的心理表现得丝丝入扣，跌宕自然，大有举重若轻之感。“望云天思绪飞无限遐想，离汉宫入胡天倍觉忧伤”两句，唱得如同草原上蜿蜒曲折的小河细流，波行草底，潺潺淙淙。“奴情愿化春风胡地荡漾，奴情愿化甘霖播向北方。奴情愿做天使信义为上，奴情愿以此身永安家邦”四句，又唱得慷慨豪放，如同草原上掠过的劲风，风过处，“草低牛羊见，绿涛连长天……”让人仿佛望见了秋日里的花中高士——菊花，黄亮亮光鲜鲜一片灿烂。

的确，观看田影文的演唱集锦，真如同走进了五光十色的百花园，红似胭脂白如雪霜，琳琅满目相映生辉。没看过的，真应该看一看，走进这座花园，你一定会感到惊诧，也一定会发出赞叹。

刊于《东府明珠背景》陕西音像出版社 2008 年 10 月出版

晚霞金辉耀军营

——赞李新建和他的文化拥军小分队

在西北边陲的许多边防连队，人们常能见到他的身影。

塔什。军分区某连。正打快板的战士问：“李老师，这‘花点儿’里的马蹄儿声我老打不好，您给我再把要领说一遍……”

阿尔泰。边防某连。正在排练小品的战士说：“李老师，这个角色实在不好把握，您再给我把台词儿顺一顺……”

阿克苏。某边防团。文艺晚会的气氛正如火如荼，一位刚演完节目的战士眼含感激的泪水来到观众席，走到他身边，动情地说：“李老师，没有您的精心辅导，我绝对演不到今天这样的水平……”

西安。他的家里。桌上那一大摞部队官兵来信中，69223 部队排长徐勇军说：“李老师，您为我们树立了榜样，为我们连赢得了荣誉，为所有的复员军人也树立了榜样。您在连队的日子，我们连的士气最高，正因为有了您，才使我们连的业余文化走在了全团的最前列。”

……

这个“李老师”，就是西安市“双拥办”文化拥军小分队的发起人和领头人——李新建。

近十年间，在西安，在西北，李新建其实早已是一个广受媒体关注、拥有许多荣誉光环的人。由于悉心奉养卧病在床十八年的老母亲，其孝行善举感动人心，1996 年他被评为西安市、陕西省和全国“敬老模范”。2007 年被西安市委评为“文明市民标兵”，代表西安市市民去青岛慰问海军官兵。

由于在拥军工作中做出了突出贡献，2006 年他被陕西省政府授予“爱国拥军模范”光荣称号。他的事迹早已被中央电视台和《新疆日报》《陕西日报》《西安晚报》等十余家新闻媒体相继报道。

构成这一串串荣誉花环的，是一个个生动感人的故事……

李新建是1963年入伍到新疆某部服役的，1969年退役回到西安航空专业学校工作。虽然离开了部队，但他始终不忘部队对他的培养教育，1998年李新建怀着一颗感恩之心，回到了阔别三十年的老部队。从那时开始，他就走上了让许多人觉得不可思议的拥军之路。退休了，他原本完全可以像许多退休干部一样，逛逛公园，遛遛街道，养花养鱼养鸟养其他宠物，和儿孙一起享受天伦之乐，但是他却不辞劳苦一次又一次自费到部队去为驻守边疆的官兵做好事：

在老部队，他和战士一起浇菜地、扫猪圈，一起抗洪抢险、抗震救灾，一起参加植树造林活动；主动到炊事班帮厨，让战士吃上了面皮、臊子面、醪糟、大饼、菠菜面等可口的家乡饭。

为了营造连队的文化环境并提高战士的文化品位，他把自己珍藏的八幅字画送给连队，挂在了连队饭厅。

为了在夏季驻训时能让战士在野外也吃上凉面，他煞费苦心，在西安请人加工陕西特有的饸饹机，千里迢迢送到部队。

他不但花费几千元为部队战士买来文体用具，还特别拿出一千元钱，让连队党支部奖励那些贡献突出的战士。

为了给老部队的官兵提供方便，他专门腾出自己家里的一间房子作为“家庭兵站”，接待新疆老连队探亲和归队的战士，替他们买车票，把他们接来送往，并让来往人员在家中免费吃住。到目前为止，他的“家庭兵站”已接待上至团政委下到普通战士等各类人员共二百六十余人次。

他主动请人牵线搭桥，为老连队十几位大龄战士解决了婚姻问题。

为了让陕西籍的战士了解家乡的变化，他主动为战士订了《三秦都市报》，又花了八百元钱做了不锈钢阅报栏。

做了这么多拥军的好事，在无数人的眼里这已经非常难得、十分可贵了，但他仍觉得很不满足。帮厨、植树、挖菜地、打扫卫生……这是多少年的老传统了，有意义吗？有。但是，在建设现代化国防的伟大事业中，目前，还有没有部队更需要也更有意义的事情呢？

经过观察了解，他发现部队在物质生活条件和训练设施等许多方面都有了翻天覆地的变化，但是官兵的业余文化生活却仍然显得有些单调、贫乏，尤其是不少战士的文化品位、审美修养与建设威武之师、文明之师的时代要求还不大适应。为了帮助部队官兵进一步提高文化素养，也为了更加活跃部队的文化生活，李新建萌生了一个新想法：发动那些具有文化特长的退休老同志组织一支队伍，开展文化拥军活动。这个想法提出之后,很快就得到许多退休干部的大力支持,组织文化拥军小分队的工作便迅速展开。

组织这支队伍,李新建提出的条件是:第一,本人当过兵或者儿子孙子当过兵,和部队有深厚感情;第二,不讲条件,不计报酬,具有乐于义务奉献的精神;第三,要有一定的文化特长。

如今,"义务文化拥军小分队"已有二十余人,平均年龄六十二岁,都曾是舞台上的风云人物,个个身怀绝技,在多年义务文化拥军的历程中,有许多令人感动的故事。

今年七十二岁的朱志杰,是小分队里年龄最大的老兵,为了慰问哨所的战士,他居然爬上了海拔四千七百多米的高山,连续为战士说了七个快板段子。在辅导战士排节目时腿扭伤了,不能再到排练场去,他就把战士请到自己的房间里来辅导。

五十九岁的王芙蓉女士,是小分队里最年轻的战士。2008 年,正当他们按照计划将要赶赴部队时,她的婆婆突然因病去世。是改变计划留下来料理婆婆的丧事,还是按照计划准时赶往部队,这曾经让她很为难。经过反复考虑之后,她在把料理后事所需的各项用品准备妥当之后,给家人做通思想工作,未参加婆婆的葬礼而赶到了部队,按计划为边防战士演出了节目。当官兵们知道了她家中的事情之后,都非常感动,为了向她表示敬意,全团战士向她齐声高喊:"王妈妈好!"

十年间,李新建和他的文化拥军小分队东到河南、山东,南到广州,西到新疆边防哨所,行程二十余万公里,在全军五十多个团队留下了足迹,也留下了部队基层文化工作的种子。他们义务为部队培养文艺骨干五千余名。李新建已被四十多个团队聘为艺术指导、客座教授和革命传统教育辅导员。

常有人向李新建提出这样的问题:"你们为什么要这样做?这样付出到底图的是什么?"也许他在 2007 年 8 月 4 日的日记里的一段话,能够予以回答。

"今天省人艺单××导演打来电话说有一部二十集电视连续剧让我拍。当时有几个人都劝我:别去部队了,白尽义务不说,还要贴钱;去拍戏,不贴钱还能挣钱呢!我想,人不能见利忘义,钱当然重要,但为部队服务,为咱们的'长城'服务,更重要。"

"为咱们的'长城'服务,更重要。"这就是李新建和他的文化拥军小分队的价值观,这就是"原因"!

李新建在他的作品集《军营·激情·感悟》一书中曾写了这样一首诗："一棵小白杨,美名传四方,不畏风霜苦,伴军守边疆……以你为榜样,军营发余光。"

的确,如果把晚年的人生比作晚霞,那么李新建和他的文化拥军小分队就是要用自己晚霞的金辉来照耀军营。相信在这些"晚霞"的金辉照耀下,军营文化的旗帜一定会越飘越高,越来越鲜艳。

刊于2009年10月10日《解放军报》。刊用时有改动

移山泼墨　书苑生香

——二炮工程大学军旅书法家赵移山及其书法艺术品鉴

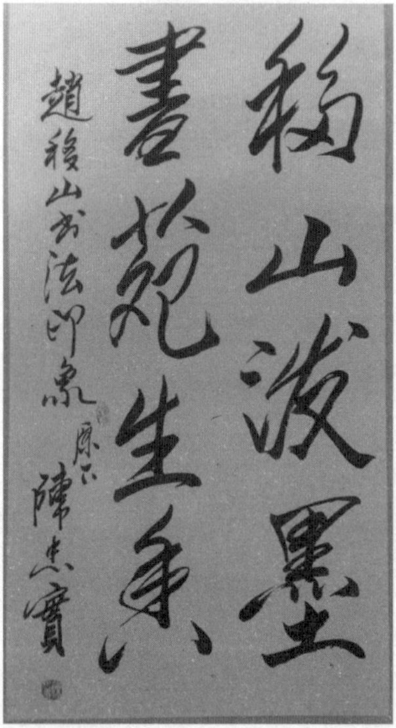

走进第二炮兵工程大学,人们总会被学校独具特色的“砺剑文化”所吸引和感染。当人们在多种文化承载形式中徜徉漫步的时候,那多姿多彩的书法作品往往会让人产生特别浓厚的兴趣。当人们对那些风格各异的书法作品进行欣赏品鉴时,“赵移山”三个字常常会给人留下格外深刻的印象。庄重严肃的会议室里,底蕴厚重的校史馆内,气势磅礴的砺剑园中,雄风飞扬的训练场旁,偌大一个校园里,几乎所有重要的场所,都能看到赵移山那笔力遒劲而又洒脱飘逸的书痕墨迹。“院士亭”三字豪情奔放,“香与赞”之联骨气飞扬。观者在品味他书法作品的同时,无不赞叹赵移山为学校的文化建设所做的贡献。

1978 年,赵移山以知青的身份招工进了二炮技术学院(今更名为二炮工程大学),成为学校的一名军工。尽管“第一学历”仅为高中,但他凭着刻苦勤奋不懈努力,自学成才,最终于 2001 年获得中央党校本科学历,成为一位高级工程师。数十年来,他以“咬定青山不放松”的痴迷精神业余学习钻研中国书法,取得了十分骄人的成就。如今,他不仅是陕西省书法家协会的会员、陕西教育书法研究会会员,而且是西安市以军人、转业军人以及军队职工为主要成员的“长城书画院”副院长。他的作品曾参加第二炮兵举办的书法展、于右任研究会举办的书法大赛、全国“东方红书画大展赛”并多次获奖。部分作品还被日本友人收藏。他的书法艺术得到了中国作家协会副主席、著名作家陈忠实的高度欣赏，看完赵移山的书法作品后，陈忠实抑制不住喜悦赞美的心情，欣然挥毫题词曰："移山泼墨，书苑生香！"

"书苑生香"四字，的确是对赵移山学书、习书经历及书法作品所臻境界的精辟总结与概括。赵移山同志"泼墨"的历程及"泼墨"的结果，的确是生出了许多值得人们品鉴的"香"味的。

"苦香"沁脾

走近赵移山，品鉴他的书法作品，我们首先会"闻"到一股十分浓烈的"苦"香。这说的是他苦学苦练书法的经历过程。

因为祖父写得一手好字，赵移山从小跟着爷爷，耳濡目染，不知不觉便对中国书法产生了浓厚的兴趣。

尽管受爷爷影响，他写的字从小学到中学一直都受老师、同学的称赞，但他却非常清楚，要想在书法领域中进入更高的境界，必须要寻找大师名家予以指点。可是，学校距市区较远，本职工作又十分紧张，一个年轻的军校职工想和那些身居市区的书法大师近距离接触，显然十分困难。然而，他不灰心，不懈气，1979 年，当他遇到了书法家于井涣老师之后，便开始了在书法艺术这片海洋上以"苦"为舟的航程：每到星期天，他总会骑着自行车赶往西安，下午二点多准时到于老师家，拿出自己的习作请求评阅。晚上 7 点 30 分则赶到书法交流会场，把自己的作品挂到会场布置的铁丝上，请其他老师或同好批评指点。学习交流结束的时间通常在晚上九点半，而他骑车走五十多里路赶回学校时，往往就到了深夜 12 点。天气晴和倒还好说，可是老天爷仿佛要考验他似的，经常不是突然来一场暴雨，让他回家时变成"落汤鸡"，就是猛乍送一股寒流，让他回家时冻成"大冰棍儿"……但是，为了在书法艺术上有所增益长进，他觉得这些"苦"吃得值，苦得快乐，因而他坚持不懈，一跑就是好几年。

赵移山学书法不光拜师求教辛苦，就是在家里习书练字的条件也十分艰苦。父亲虽是学校的老职工，但一家五口人也就只住着筒子楼里两间屋子。他和弟妹三人共用一张小书桌学习，平时工作紧张，他练习书法只能在工余时间，而此时正在读书的弟、妹也非常需要那极其宝贵的学习空间，没有办法，他只能在弟妹完成作业之后才练习临帖。住在顶楼，夏日酷暑时节，烈日喷火，屋顶几乎都被晒透了，室内如蒸笼一般，他不得不端来一大盆凉水放在屋内降温，写字时光着上身“赤膊上阵”，头上的汗雨点一般落，胸前的水小溪一样流，胳膊上的汗水常把写字纸弄得湿透一大片……

就这样，经数十年不懈努力，终于学书有成。假如要以花香为喻，那么赵移山的书作中散发出来的无疑是女贞子花的香味儿、中国槐花的香味儿、柏枝朵儿的香味儿，明显地带有几许清苦，但却令人心神清爽，回味无穷。

“异香”扑面

在中国书法的艺术海洋中，流派风格可谓琳琅满目。真（楷）草隶篆，各有许多代表人物。张旭的狂草，如黄河飞泄；王羲之的行书，如长江奔流；颜真卿笔端有泰山之骨；苏东坡墨底具华岳之势。而欣赏赵移山的书法作品，则如同走在春天关中大地的田野里，麦苗儿青，菜花儿黄，到处生机勃勃，带着大地深处的精气神，朴实，扎实，却又不乏俊秀与灵动。也许你不会发出走进洛阳牡丹园时的惊呼，也许你不会发出看到黄果树瀑布时的感叹，但是你一定会感受到一种生命底色氤氲弥散的快感。

这种快感，来自他书法作品的独到韵味，也就是他的个性特色。

有人曾让赵移山描述一下自己作品的特色，他沉吟有顷之后说：“我是在军校长大的，几十年来一直生活在军人中间，我对军人很熟悉，也特别热爱军营，所以我想在我的笔下体现一种军人的气度、气概、气派，想让自己书写的中国字能散射出一种雄赳赳气昂昂的军人之美。”

他想到了，他也做到了。凡喜欢赵移山书作的人，无不对他书作那种厚朴、凝重，沉稳、扎实，但同时又蕴蓄着锐利、勇猛豪气的独特风格表示赞赏。他的书法能达到这样奇异的境界，正是他颇具特色的学书理念的必然结果。

不死守一家，就能取百家之长。能集众家之长，方显自家风骨。“转益多师是吾师”嘛。在陕西的书法家中，他敬仰崇慕的人很多，但最喜欢的是茹桂和吴三大。茹桂的书作雄健豪爽、恣肆跳宕、奇崛中见平易，以飘逸烂漫的格调、浓郁典雅的书卷气息为众人所赞赏。而吴三大书法粗犷豪放，健硕雄浑，鬼斧神工，气势恢宏，赵移山在于井涣老师指点下苦习颜体，但同时又不断琢磨茹桂和吴三大两人书法的特点，再参考其他一些名家的独到之处。久而久之，他便有了自己的风格，不少行家评价赵移山的作品时说：“有将军的气概，有战士的风神，藏锋之处有十面埋伏之象，露锋之时有万箭齐发之势。”在书法领域独具异彩与异香。

“名香”渐浓

凭着对中国书法的挚爱，在繁忙紧张的本职工作之外苦习书法，经过几十年不懈努力，赵移山在中国书法的艺术海洋中扬起了自己的风帆，他的名气也渐渐地大起来了。

陈忠实和赵移山，2013年1月摄于西安

首先是他的作品频频获奖了(尽管笔者并不赞成“以成败论英雄”的观点，但在全世界都把获奖看作是对某种水平的标准认可的文化背景下，获奖还是能说明一些问题的)。

1984年，他的作品首次参加在陕西三原县举办的“纪念于右任逝世二十周年书法大赛”，得到专家名流的称赞，获得银奖；此后，1987年，在第二炮兵举办的书画展上，获二等奖；1996年，陕西人民出版社编辑在一份报纸上看到了他的书法作品，对他书作的风格十分欣赏，特意约请他为该社出版的四大名著题写书名；2002年，为纪念毛主席《在延安文艺座谈会上的讲话》发表六十周年，全国举办了规模浩大的“东方红书画大赛”，他的参赛作品在资深评委中大受好评，一举夺得金奖。

其次，他的书作境界越来越高，因而越来越受到书画界名流的认可与赞赏，陕西省书法家协会副主席张山、西安市书协副主席杜毓成等人都对其有较高评价。张山先生曾说过："移山的书法作品很有神采！"杜毓成先生在欣赏过赵移山的书法作品后，慨然挥笔题写了"无心是道"四个大字，表达了杜先生对赵移山书法作品所达境界的充分认可。正因此，他的书法作品被越来越多的人收藏。由于他在他的书法作品中寄托了对军队、对军营、对战士的深沉热爱，作品中散射着军人的风骨与神韵，所以，部队的战士、军校的学员都特别喜欢他的字，纷纷慕名来索求他的书法作品（有的在即将转业、复员时专门来向他求字）。如今走进二炮部队，在许多基层官兵的储藏柜（包）里，都能见到所收藏的赵移山的"墨宝"。

他的墨宝不仅战士、学员收藏，军队中许多高级领导干部也都十分乐意收藏。看到兄弟院校及军地友邻单位的领导都对赵移山的书法大加赞赏，学校领导便特意将赵移山的书法作品作为礼品予以赠送。据赵移山一位知情的朋友说：赵移山的墨宝，省级领导那里有，解放军总部首长、军委首长那里有，甚至全国人大委员会副委员长、国际友人那里也都有收藏。正所谓：山因峰高人自仰，艺缘境佳名必扬。移山泼墨倾心血，书苑更生别样香。陈忠实先生所题之八字，可谓精确矣。

刊于2013年2月16日《火箭兵报》。刊用时有改动

竹品人生

——陈坤山先生意象

记不得是什么时候、什么地点与陈亚红认识的了。也许是在一个什么会议上，也许是在一个什么酒宴上。我最早与灞桥区文化界人士打交道，大概是在1995年，由于参加了陕西电视台《秦之声》栏目为灞桥区拍摄的电视秦腔演唱会。从那年起，我和灞桥区文化人士的交往越来越多，渐渐地，在记忆仓库里存储了一个名字：陈亚红。每当这三个字在我脑海中浮现的时候，眼前总能看到一个年轻小伙子的形象——白里透红的面庞(我一直觉得那红和白搭配得十分美妙，分寸极佳)，浓黑如漆般的眉毛，星星一样晶亮的眼眸……总而言之两个字，英俊！用现在“新新人类”的时髦话讲：那是一个帅呆了的帅哥！后来，随着交往日渐增多和加深，这个帅哥给我的印象又有了变化：他不仅外在形象好，其内涵也很美——见人十分和气，态度十分谦逊，而且能写得一手相当有水平的毛笔字。后来，随着岁月的流逝，他渐渐成为公认的书法家，又成了灞桥区文化局的局长。

说实话，陈亚红给我留下的印象虽然十分美好，但我却一直没有仔细了解过他的出身。仅从他的言谈举止、气质风度上，我想当然地认定：他生长在城市，生活于德望高重的干部或学养深厚的高级知识分子家庭。及至有人告诉我，他的家在一个叫新合乡的农村，他的父亲是一位农民的时候，我心里还真有些惊讶：这样的人生背景，怎么会有那样的气质与风度？

2011年4月初，应灞桥区文化馆馆长李君利之邀，我和灞桥区文化界的几位朋友来到了新合乡陈家村陈亚红的家中聚会。进门后，那精致清雅的小院让人心旷神怡，尤其是大门东南角上那一丛青竹更是让我眼前一亮。看见那几竿竹子，我立即便想起了苏东坡的名言：“宁可食无肉，不可居无竹，无肉令人瘦，无竹令人俗。”想起了据说是国画大师李苦禅赞美竹子的诗句：“未出土时先有节，到凌云处总虚心。”想起了郑板桥的“衙斋卧听萧萧竹，疑是民间疾苦声。些小吾曹州县吏，一枝一叶总关情”“咬定青山不放松，立身原在破岩中。千磨万击还坚劲，任尔东西南北风”……

刹那间，我心中豁然开朗，积存多年的谜团似乎突然找到了答案。我猜想，在这个院中，一定有一个酷爱竹子自然也有着竹子一样品性的人。在这样一个人的培养熏陶下，这个院子里走出陈亚红这样的人物，实在应该是顺理成章、不足为奇的。

人们的谈论很快证实了我的猜想，果然，就有这样一个人。这个人就是陈亚红的父亲——陈坤山先生。

亚红的家人非常热情地接待了大家，一桌极富乡土气息的农家饭菜下肚之后，大家坐在院子的绒线花树下开怀畅谈，说得最多的就是陈坤山先生的经历与品德。

听大家谈论的时候，我一直面向着门口，自然也就一直面对着那一丛竹子。温煦而又清爽的春风时断时续地轻轻吹拂着，那一丛竹子就在微风中轻轻地摇曳并发出沙沙的声响，似乎忍不住激动也想向人们诉说些什么。

亲友们满怀着对坤山老人的敬意，缅怀他平凡而又十分了不起的人生，故事一个接一个，每一个故事都让人感动，每一个故事都体现着老先生某一方面的品德。听着亲友们对陈坤山先生人生经历的介绍，我在感慨、感动的同时，不由得感叹了：坤山老先生就是一竿挺立于天地之间的大竹啊！他的一生就是竹一样的人生。他的人品如同竹品，他在人生的劳碌奔波中品竹，而今人们则在他离去之后品评他的“竹样人生”。

自古以来，中国真正的仁人志士都很看重气节，而这个“节”字，就是由竹子的品性而产生的（“节”的原字是竹字头）。竹之所以千百年来被中国优秀的文化人士所推崇、所赞美、所仿效，首先是因为竹有“节”。那竹节是坚硬的、顽韧的，不肯轻易屈服或改变的。狂风暴雨袭来之时，也许整株竹子会被吹得弯下身躯，但是那每一个节段，却基本上保持着原貌，越是底部的竹节，越能保持得坚定。而且正是靠着这种坚定的保持，当狂风暴雨过去之后，整株竹子又能很快恢复它那高洁挺拔的形象。

说坤山先生的人品如竹，无疑是因为他身上有“节”。“节”的本质意蕴就是“坚守”，而坤山先生的“坚守”则体现在很多方面。

首先，他坚守孝敬之道。中国有句古话：“百善孝为先。”坤山先生最令人感动的也正是他的孝心与孝行。他房间的墙上曾贴过一幅字，那是他手书的一首元曲小令《四块玉·意马收》，其词为：“意马收，心猿锁，不为名利染风波。槐阴美梦谁惊破？家中伴老娘，侍奉汤与药，务田禾。”这是一幅他根据元代关汉卿的小令《四块玉·闲适》改写而用以自励的作品。关汉卿的原作是：“意马收，心猿锁，跳出红尘恶风波，槐阴午梦谁惊破？离了名利场，钻入安乐窝，闲快活！”两相比较，关汉卿曲作在看似潇洒超脱的态度中，潜藏着深沉的悲愤，明显能感到他对他所处时代的憎恨。表面上似乎快乐，实际上非常郁闷。而坤山先生的改作，却透露着真诚的恬然与淡定，散发着由衷的满足与温暖。“跳出红尘恶风波”是一种无奈，是被动的且充满了惊险。而“不为名利染风波”却是一种自觉，是主动的，洋溢着宁馨。“离了名利场，钻入安乐窝”，虽然也不乏与当时黑暗社会抗争的意味，但毕竟显得消极了点。关汉卿的“快活”是“闲”的，闲得有几分悲凉；而坤山先生之所以“不为名利染风波”，是因为他要在“家中伴老娘，侍奉汤与药”。一颗令人感动的孝心，十分鲜活地跃然纸上。伴老娘的同时，在家乡“务田禾”，他是忙的，忙得充实，忙得快乐。这快乐是真快乐，没有丝毫的矫饰与伪装。同是“意马收，心猿锁”，但“锁”出的是不同境界，“收”到的也是不同的人生况味。

陈坤山先生原本是有公职的人，是吃“国家饭”的人，但“三年困难”时期他却主动提出申请，舍弃公职，回乡务农。当时此举有双重意义，一是国家处于困难时期，不吃“国家饭”就是为国家减轻负担，就是为国分忧，为国尽忠（当然，当时还继续吃国家饭者，是另一种形态的为国分忧与尽忠）；二是家中父母日渐衰老，而几位妹妹很需要人照料，身为长子，他要替父母分担重负，回家即为尽孝。后来“落实政策”，原单位让他“复职”，重新去吃在当时仍让数亿农民极其艳羡的“国家饭”。这是多少人梦寐以求而求之不得的好事啊！然而他却拒绝了。原因无它，只因为老娘有病在床，他要陪伴老娘，侍奉汤药。

品竹论人，以竹喻人，孝顺父母且终生无改、无悔，这难道不是一种令人钦敬的“竹之大节”吗？

其次，他保持虚心之态。“到凌云处总虚心”，这是竹的特点，也是所有被人真正崇敬的伟大人物的共同特点。虽然终陈坤山先生之一生，也不过是一个乡间农村的基层干部，按照习惯的、传统的标准，他大概算不上那种“到凌云处”的大人物，但是从他去世后乡邻亲戚对他的深切怀念与高度评价来看，他的人品、人格却能当得起“伟大”二字。他的一生是平凡的，但这平凡中却蕴藏着实实在在的伟大。他的伟大就存在于他的“乡信好、威望高”之中。他之所以乡信好、威望高，除了他的心地善良、乐于助人之外，一个重要的原因就是格外虚心。“三人行，必有吾师”，始终是他遵循的人生信条之一。办“民庄”，他向所有在牲畜配种领域有知识、有经验的人虚心学习。为了让生产大队文艺队演的“样板戏”能有模有样，达到一定的水准，他除了请行家来现场指导外，还自带干粮赶到陕西省戏曲研究院，简食陋宿，不耻下问，虚心向名流专家请教，一招一式、一词一句、一腔一调，绝不马虎敷衍。

他向今人学，更向古人学，他向曹雪芹学，一部1957年作家出版社出版的《红楼梦》与他一伴就是几十年；他向杜甫学，萧涤非的《杜甫研究》一书，也几乎是他一辈子不分不离的老师和朋友。杜甫有言：“不薄今人爱古人，清辞丽句必为邻。”坤山先生之所以能信手挥笔写出“春满园乐满楼霞光满屋，酒盈杯笑盈腮喜气盈门”“渭水桥边春潮涌，灞岸柳色绿宜人”“春风细雨文明礼貌新庄户，锦阁华堂勤俭和睦好人家”这些既清新朴实又意境深远的楹联，就因为无论是《秋窗风雨夕》还是《自京赴奉先县咏怀五百字》，他都能倒背如流。

其三，他如竹一样坚韧。他有竹子那种“咬定青山不放松”的精神。他是乡间牲畜配种站的一名普通兽医，但却写出了令许多专家都十分佩服的专业论文，而且所办的“民庄”（即牲畜配种站）在方圆几十里地域内都赫赫有名；他是农村里一个小小的生产队长，但是在他带领下的社员却早早地喝上了当时只有城里人享受的“自来水”，而且能使一个劳动日的价值达到一元钱，成为当时集体致富的典范，不仅让许多外村的姑娘以能嫁到陈家村为幸福和荣耀，而且让许多吃“商品粮”的城里人也歆羡不已；他是一个深深扎根于黄土地的农民，但他在戏剧舞台上扮演的角色连许多专业演员都非常佩服：他不但能演高、大、全的英雄形象，如《红灯记》中的李玉和，而且能演阴险狠毒的反派人物如黄世仁、南霸天，无论正面角色还是反面角色，他都能演得形神兼备、惟妙惟肖。他所领导的陈家村业余演出队，居然参加了西安市的文艺调演并且广受好评……他能写剧本，写小说，在书法方面也很有造诣。由于深受王羲之的影响，他的书法作品字态丰富而内敛，气息冲和刚柔相济……没有“咬定青山不放松”的“竹之精神”，他的人生画图绝不会如此丰富多彩！

我没有见过陈坤山先生，因而说不上对坤山先生的直接印象。但我看到了先生院中栽植的青竹，于是脑海中便有了他的“意象”。

又一阵爽人的清风吹过，我面前的那丛竹子又在轻轻地摇曳，并且发出沙沙的声响。此刻，我仿佛看见从未谋面的坤山先生正满含着微笑，缓缓地向我们走来……

收录于《仰止集》2012年内部印行

唯因无华故动人

——摄影专题报道《父爱如山》赏析

刊发于2012年6月17日人民网军事频道的摄影专题报道《父爱如山——“热爱人民好军官”沈星的父亲痛失爱子之后》,是近年来少见的一篇令人感动、令人感慨、令人赞叹的好新闻作品。近日其获得“《解放军报》好新闻作品奖”,确属实至名归,当之无愧。

《红楼梦》中有一句富含哲理的诗:“淡极始知花更艳。”这是美学中一个层次极高的境界。真正的“大美”,就是达到极致的纯朴自然,而《父爱如山》这一摄影专题最突出的特点,恰恰就是以真实自然感人,以朴实无华动人。

几幅照片,没有刻意的“制作”,没用特别的“技巧”,完全是跟踪人物的“抓拍”。通过“抓拍”的照片来展示人物的内心世界,这原本是相当有难度的,但这一摄影专题的作者做到了,而且做得相当出色。摄影者抓住了极为动人的一瞬,并且把那动人的一瞬定格为永恒,使人们无论在什么时候看到,精神都会受到一次陶冶和洗礼。

烈士沈星的父亲在儿子为救人而牺牲之后,其内心经历了怎样的情感波澜和心灵激荡呢?专题的作者用其敏锐视角捕捉的朴实画面,向读者做了十分动人也非常准确的诠释。

当人们看到沈希望一个人静静地伫立在儿子牺牲的河边这张照片时,谁能不跟画面里的主人公一样百感交集?的确,“坚强的沈希望一下苍老了许多”。他怎么能不苍老呢?正当英年的儿子突然与世长辞,这对他是多么巨大的精神打击啊!他已年过花甲，又有严重的腰疾，他和老伴的晚年将面临许许多多未知的生活困难，他在未来的岁月里是多么需要儿子的关怀和照料啊！于是，“他久久地盯着河水”，“希望儿子能死而复生”。然而无情的事实是，就在眼前的河水中，为了另一个陌生的生命不被河水吞噬，儿子永远地离开了父亲，他再也不会以生龙活虎的形态扑到父亲怀中来了。沈希望此刻的心中肯定在流血，但是，为了不给更多的人带来更多的精神压力，他必须把痛苦压在心底。就这样神色凝重地久久地看着河水，他似乎想和儿子说话，又似乎在目送儿子远行，他无疑盼望儿子回来，但他又得告诉自己：你必须面对这无情的事实……这样一个画面，能给人极其丰富的联想，突破了文字“规定性明确”的束缚，拓展了表达的空间与内涵。

另外两幅对儿媳蔡相珍说话的照片，也具有“一可当百”的撼人力量。一幅是看到儿媳悲痛欲绝，几近昏倒的情景，患有严重腰疾的沈希望强忍内心的伤痛，挺直腰杆劝慰儿媳：“孩子，坚强些，沈星不喜欢眼泪。”一幅是送儿媳从阎良返回青州时，沈希望不停地叮嘱蔡相珍：“照顾好自己，培养好孩子，有空常回家看看。”画面所传达的感情如同大海浪潮冲击海岸一样，令读者的心灵一次又一次不由自主地震颤。

从画面上看，沈希望劝儿媳要坚强，说“沈星不喜欢眼泪”时，他的表情是慈祥中带着冷峻，似乎还有那么一点点责备；当叮嘱儿媳“照顾好自己，培养好孩子，有空常回家看看”时，他的表情亲切而温暖，甚至有那么一点“若无其事”的感觉。然而，当我们对这两幅照片仔细品读的时候，就有了这样的感觉：他的“冷峻责备”和“若无其事”其实都是“装”出来的。他是把无比巨大的悲痛强压在自己心中，极力用“若无其事”和“冷峻责备”的假象来掩饰自己心中那难以承受的痛苦。而所有这一切，都是为了不让儿媳太痛苦，不给别人（被救者以及其他与沈星感情深厚、关爱沈星的人）增加更多的悲伤。核心精神和他儿子扑向河中救落水者一样：舍己为人！为了别人不痛苦，他必须先“装”出不痛苦的样子！而没有大山一样雄伟坚实的心胸和坚强毅力的人，是绝对“装”不出来的！从画面上我们看到，他那被严重病痛折磨着的身体，始终在用一支拐杖支撑着，而他脸上那看似“不痛苦”的表情，又何尝不是凭借着一种高贵精神的顽强支撑才得以表现出来的呢？“父爱”是怎样一种“如山”的状态，这两幅照片给了读者非常精彩的回答。

在这篇通讯的几幅照片中，给读者心灵冲击最大、让人止不住热泪横流的，还是沈希望在儿子坟前失声痛哭的那一幅——“在即将离开青州的那天清晨，

沈希望独自一人来到儿子的墓前。在众人面前一直表现非常坚强的他此时失声痛哭，把压抑很久的悲伤释放出来。”整个画面，既是自然天成的，又是匠心独运的。苍翠碧绿的背景，象征着青春也象征着永恒，既隐喻着年轻的生命，又暗示着不朽的精神。在这一片苍翠间，身着灰白T恤的沈希望的背影格外让人鼻酸心痛。他双手掩面，那微微倾斜的后背让人联想到他躯体的病苦，明显隆起的肩胛骨，让人仿佛看到了一直被他压在心底悲痛的冲腾，捂在眼睛上微露一角的手绢，让人仿佛看到了他泉涌般的泪水，整幅画面让人似乎听到了他那惊天动地的哭声。此时，面对苍天大地、青山绿水、苍松翠柏，沈希望把压抑了许久的悲伤无遮无掩地倾泻出来了。是的，男人必须是山，父亲必须是大山，但是大山也必须有山泉的喷涌、溪流的奔腾、瀑布的飞动来宣泄，才能成为一座有担当、能承载、有灵性、能滋育的大山。英雄的父亲是坚强的，坚强的父亲也必须有情感的宣泄。正是这样的宣泄，才更显示了英雄父亲那刚柔兼具的真男人的性格，也更突出了“父爱如山”这一深刻的主题。

配合照片的文字报道，朴实无华的特色也是十分鲜明的。

沈星的父亲被部队人员接往部队，走下飞机时，“尽管没有人直接告诉他不幸的消息，但他已猜到了最坏的结果。沈希望忍着悲痛问部队的领导，被救的那个孩子没事吧？在得到肯定的回答后，老人喃喃地说：‘那就好，那就好，那就值了。’”

这里，作者没有使用更多的形容词语，没有泼浓墨施重彩，使用的是完全写实的“白描”手法。沈希望说话时的情态，不是慷慨激昂，也不是声泪俱下，而是极平凡的一声“喃喃”。这声“喃喃”，活画出了一个伟大的普通人的内心世界——儿子去世了，自己老年丧子了，到部队是白发人哭黑发人来了，这是人生何等巨大的悲哀和不幸啊！所以，老人不可能慷慨激昂地唱什么高调。然而，尽管沈希望心中的伤痛无比沉重，但他又是有文化的，同时更是有觉悟的（“沈星是军人，人民需要他的时候，他就得冲上去，要不怎么叫子弟兵呢?”只这一句话，其平日思想境界之高即可略见一斑)，因而他肯定会对儿子的死亡做一个价值判断。儿子在别人有危难时勇于挺身而出，毫无疑问是好事，但是，如果搭上了自己一条命而被救的人仍没能生还，多少还是有些令人惋惜和遗憾的。得知被救的人安然无恙，按照普通人最普通的价值标准来衡量，那就是“不亏”的。因而他才能“喃喃”地说：“那就好，那就好，那就值了。”这里的十个字，如同高明的画家绘画一般，轻轻几笔勾勒，就把人物的神韵画活了。作者没有刻意“拔高”，没有特别“升华”，就是极普通、极普通的一句话，英雄父亲的伟大情怀与崇高境界便展示得淋漓尽致！因此，当读者读到这里时，谁能不像“车上所有知道‘结果’的人”一样“忍不住潸然泪下呢”?

类似的文字还有许多，都恰到好处地阐释了照片的内涵，真正起到了画龙点睛的妙用。

总而言之，《父爱如山》这篇摄影专题报道，无论是照片还是文字，都具有“朴实无华”这一突出的特点，然而正由于朴实无华，才实实在在地触动了人们的心弦，让人感动，让人欷歔。“淡极始知花更艳”“唯因无华故动人”，这就是《父爱如山》这篇摄影专题报道成功的奥妙所在。随着时间的推移，相信这篇优秀的新闻作品的价值，一定会被越来越多的读者所认识，也一定会让越来越多的读者受感动。

刊于2013年10月30日《火箭兵报》

“旗杆”的品格与风致

——路桃畅“文化凝聚魅力”鉴略

西安东郊洪庆地区,有一个规模不小的民间文化群体,近十余年间,在很少有官方资金支持的情况下,文化活动搞得风生水起,很有气势。这个群体由地道的农民、工人、军人、警察、企业干部、自由职业者自发、自由组合而成,虽然和官方的文化机构联系较少,但他们却经常快乐相聚,探讨文学、研究艺术,开展作品展示、欣赏、研讨等活动,出版了长篇小说、中短篇小说集、散文集、诗歌集等文学著作数十部。其文化活动的声色影响,很让周边地区的民间文化人心生羡慕。若要询问其中的根由,了解内情的人都会说:青年诗人、小说家、民营企业家路桃畅功不可没。

我认识路桃畅是在二十多年前。那时候,洪庆的民间文化人士准备创办一份刊物——《红坑文学》,约我为刊物撰写稿件。在创刊座谈会上,我见了英气勃勃又十分谦逊的路桃畅。桃畅当时刚刚二十出头,但是对文学的钟情热爱已令我十分感动。我们认识之后,二十余年间联系一直未曾中断,他曲折而带有传奇色彩的生活经历和他在文学事业上执着而痴迷的追求,一直令我感动和钦佩。

在改革开放浪潮涌动的初期,桃畅的父亲曾经带着年轻的儿子一起创办了一个规模不算很大的民营企业。刚开始时,企业经营也曾顺风顺水,取得了相当不错的经济效益。但后来不幸发生了一次事故,桃畅的母亲在那次事故中眼睛严重受伤。在这样的重大的打击面前,年轻的路桃畅没有向苦难低头,没有向不幸屈服,他勇敢而顽强地挑起了生活的重担,继续殚精竭虑经营着父母开创的事业,在原有企业生产稳步前进的基础上,他又奔向了中国改革开放最前沿——深圳。在深圳打拼几年后,他的工作经验更加丰富,人生阅历更加多彩,文化底蕴更加深厚,他对人生价值的认识和体验也更加深刻了。从深圳返回西安后,除了在经营自己的企业上一如既往地呕心沥血外,他还把很多精力投入到了繁荣民间文化事业上。正是由于有了路桃畅的穿针引线和热情邀集,洪庆地区原本处于散兵游勇状态的文化人,便通过桃畅的凝聚而形成了一个向社会散发正能量的文化群体。有人说,如果把洪庆地区民间文化人士取得的成就比作迎风飘动的旗帜的话,那么,路桃畅就是撑起并高扬这面旗帜的旗杆。

路桃畅之所以能将大家凝聚起来,是因为他身上有一种"凝聚的魅力",这魅力来自于大家公认的优秀品质。

桃畅身上所具有的优秀品质,可说可道者甚多,撮其要者,我认为最起码有以下几点:

他热情真诚,心胸坦荡,乐为人友。路桃畅交友的范围非常宽广。以业界分,有文学艺术界的,有企业商业界的,也有其他社会各界的;以身份职业分,有工人、农民、教师、警察、军人;以年龄老幼分,有二十郎当岁的毛头小伙,也有七八十岁以上的耄耋老人。大家之所以喜欢桃畅,愿意跟他成为朋友(包括很多忘年交),首先因为他为人既热情又真诚。他离别西安在深圳打拼的那些年里,虽然商海里的险风恶浪让他时刻得绷紧了神经勤奋工作,但每每逢年过节,他总忘不了给所有的亲朋好友都发一条深情问候的短信;凡有到深圳出差或者旅游的朋友,不管给他打没打过招呼,只要听说了朋友到深圳的消息,他肯定要亲自驾车,或迎接,或看望,总之是要见上一面,之后则必然要隆重招待一番。2010年下半年,他从深圳返回西安后,得知洪庆的文友们很久没有在一起相聚,他便多次慷慨解囊,创造条件让大家在一起开怀畅饮并开怀畅叙。正是有了他的这一次次真诚的相邀相请,洪庆地区文化人才越走越近,越走越亲。活动才开展得越来越活跃。

他疏财仗义,慷慨助人,不求回报。虽然中国有句古话说"君子之交淡如水",但是在现实生活中,恐怕人人都有这样的体验:假如有一人招呼朋友聚首会面,每次都是白开水应酬(连茶叶也不舍得放几茎),却以"君子之交"为据而显其清高,无须更多,只消三五回,朋友们除了不再应邀赴约之外,恐怕背后难免会以"铁公鸡"对其讥讽嘲笑的。水泊梁山上的宋公明之所以深孚众望而被誉为"及时雨",一个重要的原因就是他"疏财仗义"。路桃畅之所以朋友众多,也与他的"疏财仗义"有很大关系。他的"疏财",既不是居高临下的"施舍",也不是博人眼球的"作秀",更不是如某些暴富者那样,为争寺院的头柱"高香"而轻掷狂抛千金万银的"炫富",而是实实在在的济困解危,默默不语的雪中送炭。亲戚邻里得病急需救治而手头拮据,他二话不说即伸出援助之手;有贫困学生急需资助,他会不声不响送去一份爱心;朋友经营生意资金周转困难,尽管他也并无似河如江的滚滚财源,但只要朋友张口,他一定竭尽全力送上所需。走在大街上,但凡看到那些真正残疾确实值得同情的行乞者,他一定要给他们一点钱才觉得心里安然……

他虚心谦逊，能者为师，不耻下问。论年岁，桃畅在洪庆（近些年已不仅局限于洪庆）文化人的“民间团队”里无疑属于“青春方阵”，但是他的号召力和影响力却是不少比他年长的叔叔伯伯们所不能企及的。只要桃畅发出倡议，团队里的长辈们无不响应。之所以如此，原因就是桃畅对这些年长者历来十分尊重。数十年来，桃畅一直以孔老先生“三人行，必有我师焉”的名言为其人生奋斗的一条准则，无论是生活还是艺术，他都能做到能者为师，不耻下问。尽管他的诗歌、小说都已获过许多奖励，但他在文友（无论老少）面前都从无骄矜之色，任何时候都十分谦虚。老子曾经告诉人们一个哲理：大海之所以比所有江河都伟大，就因为它把自己的位置摆在了所有江河之下。桃畅能让老少文友在其发出召唤时都能“欣然领命”，其谦逊虚心的待人态度，不能不说是一件具有公开性质的“秘密武器”。

他勤奋刻苦，热爱文学，痴心不改。人所共知，在当今价值取向多元化的时代里，尽管著名作家陈忠实先生仍始终如一真诚地坚守着“文学依然神圣”的崇高信念，但“文学已然不再神圣”却也是无法改变也不可能视而不见的客观现实。当许多以文学为追名逐利敲门砖的“聪明人”都纷纷转身投入“宦海”或者“商海”去掀风鼓浪的时候，文学这片海域与三十年前的热闹繁华相比，无疑已显得冷清萧条了很多。难能可贵的是，桃畅虽然一直在商海中搏风击浪，但他对文学的热爱始终痴心不改。他认为文学不仅是自己心灵栖息的一方圣土，而且也是促进社会发展、推动文明进步的助推器，也就是说，他和陈忠实先生抱有同样的信念，坚信“文学依然神圣”，因而他在百忙之中坚持文学创作从不懈怠，二十余年间，他写了近千首诗歌，数十篇小说，尤其在“信天游”的创作方面取得了令人不得不刮目相看的成绩。近期，他正在筹备出版自己的诗歌专集。不仅如此，他还尽其所能为文学朋友们创造交流、展示的平台，使热爱文学的“草根文人”能在更大的范围内发挥其作品的作用，为和谐社会建设贡献可贵的“热能”与“动力”。

以上所述，我以为就是路桃畅身上闪耀出来的“凝聚的魅力”！当然，路桃畅身上的魅力绝不仅仅是“以上所述”。

路桃畅正当年富力强的美好时光，文学创作潜能巨大。我相信，只要他继续努力，坚持不懈，他的“创作爆发期”肯定会在不远的将来出现。当那一天到来的时候，他就不仅是洪庆民间文化群体中高挺的旗杆，而且还将是高扬的旗帜上最新最美的一幅图画！

刊于2013年11月30日《三秦文化报》

胸有山河　胜境自生

——禚江基画作《黄山胜境》鉴赏

在第二炮兵工程大学“东风骊苑”黄山厅里，挂着一幅焦墨山水画——《黄山胜境》。画面上那磅礴的气势，灵动的笔法，澎湃的激情，深厚的内蕴，常让观览者不由自主地发出赞叹。这幅令人称赏不已的国画，出自黄山市美术家协会副主席、黄山马头墙书画院院长、著名军旅画家、二炮某部后勤部副部长禚江基的手笔。

军旅画家禚江基

从古至今，以黄山为内容的绘画作品数不胜数，到了现当代，以黄山为题材的摄影作品，更可用“汗牛充栋”来形容。然而，当我看到禚江基的这幅“黄山画作”时，仍不由得眼前一亮，精神顿时也为之振奋起来。因为禚江基的这幅《黄山胜境》，的确显示出了与众不同的神采与风韵。

黄山风光之胜，以奇松、怪石、云海、温泉“四绝”著称。禚江基《黄山胜境》一画，把黄山的这些“绝”妙之处，几乎都描绘得淋漓尽致，入化出神。

这幅画，首先给人巨大视觉冲击力的是铺天盖地的茫茫云海，那无边无际的白云，如同汹涌澎湃的滔天海浪，翻腾着，滚动着，扑向了大大小小的千条深谷，万道山梁，和耸立万丈的高山紧紧地拥抱在一起。那些傲岸无比的高峻峰峦，此刻仿佛都成了银色海洋上的一座座岛屿，奇花异卉，走兽飞禽，全都淹没于云涛雪浪之中了。尤其令人惊叹的是，作者把浩瀚的云海与湍动飞流的瀑布，亦真亦幻、似实若虚、水乳难分地融为一体，是那样的波澜壮阔，直令人情不自禁拍案叫绝！在这奇异的景象面前，我忍不住心潮激荡、浮想联翩——那不是三峡大坝上一泻千里的长江水么？那不是惊心动魄的壶口瀑布么？那里似乎有震耳欲聋的涛声。诗仙李白仿佛又在高吟“飞流直下三千尺，疑是银河落九天”的千古绝唱，崖下谷底似有“风在吼，马在叫”的激越旋律轰鸣……

云海飞瀑给我的震撼正在胸间弥漫，雄伟峻峭的山峰崖壁又扑面而来了。虽然画面的布局上，纵向有三道峰峦，横向也只是三道峰峦，然而茫茫云海中若隐若现的峰头山脊，却分明给人一种千峰万壑连绵不断、层峦叠岫苍莽无边的感觉。那或远或近的山头上，奇岩妙石，千姿百态，有的像鸟，有的如兽，有的若人，有的似物，神情各异，形象动人。凝神细品，既为造物之鬼斧神工感叹，又为拥有这绝佳胜境而自豪。

在那一座座山峰或一片片山坡上，一株株一排排的黄山松，既给人无尽美感，又引人无限遐思。黄山松以石为母，得雨露霜雪滋润，顽强生长于巨岩裂隙之间。苍翠浓密，干曲枝虬。有的傲然独立于峰巅，有的顽强倒悬于绝壁，有的冠平如帝王之伞盖，有的尖削似将军之剑锋。有的循崖度壑，绕石而过；有的穿罅越隙，破石而出。那种顽强的生命力和不屈不挠的斗志，无不让用心观赏画作的观览者，在精神上得到激励。

熟悉禚江基的人都说，禚江基作画速度极快，一幅山水大作往往在两三个小时内能一气呵成。这让我很自然地想起了“胸有成竹”这一成语。宋代大文豪苏轼在他的《文与可画筼筜谷偃竹记》里，称道其表兄文同（字与可）高超画艺的同时，说到了文与可画竹的创作经验与感悟：“画竹必先得成竹于胸中，执笔熟视，乃见其所欲画者，急起从之，振笔直遂，以追其所见，如兔起鹘落，少纵则逝矣。”文与可之所以能“如兔起鹘落”一般快速画竹并且传神生动，就因为他在深入细致观察竹子的过程中，胸中早已装下了千千万万竿各种竹子的形象。

“胸有成竹”虽然说的是画竹，但这经验也完全适用于画山水和其他的艺术创作。要想画出山水佳作，胸中必须先装着祖国的大好山河。没有足历名山大川，没有亲身栉风沐雨，没有亲眼目睹云卷云舒，没有亲耳聆听惊涛拍岸，没有与大山同呼吸，没有与江河共奔腾，没有对大好河山的深情与挚爱，即使能画，画出来的也是没灵魂、无生机、板滞干涩的呆山死水，几无美感、意趣可言。诚如有的评论家所说，正由于禚江基怀着崇拜父亲般的敬意、热爱母亲般的深情，把祖国山河的奇秀壮美全都装进了自己的胸中，才有了他笔下那些令人赞赏并且感动的美景胜境。几十年间，他不停地在祖国各地奔走穿行，无论是一马平川的中原大地，还是风光旖旎的黄山之麓；无论是白雪皑皑的青藏高原，还是苍莽雄浑的白山黑水，都留下了他辛勤写生的足迹和汗水。胸有山河，胜境自生。当那些花草树木、岩石溪水、朝霞夕晖、田园村舍全都沉凝于骨髓、奔流于血管，成了他生命组成部分的时候，无论选什么角度，画什么季节，勾勒什么骨架，皴擦什么色彩，自然都能够恣肆奔放、随心造境，创作出给人强烈视觉冲击与心灵震撼的优秀作品来。让人们在观赏作品之后，能够更加热爱自然，热爱生活，热爱美丽的祖国，珍惜人类的生存环境，更加自觉地为生态文明建设付出努力，这是禚江基创作山水画的愿望，当然也是每一个“真、善、美追求者”的追求。

禚江基画作《黄山胜境》

国画《黄山胜境》让我得到了美的享受，也让我得到了精神的激励，因此，我要感谢这美的创造者——禚江基，也要对这一佳作送上我由衷的赞语：

东风骊苑黄山厅，《黄山胜境》笑面迎。
连天云涛腾大气，动地飞瀑有奇声。
石诉千秋百代语，松摇四海九州风。
江基胸怀山河爱，笔底胜境自然生。

刊于 2014 年 7 月 2 日《火箭兵报》

乡友“再励”

他姓王，再励是他的名字。

我相信，凡真正具有初中以上文化的人，一听到这名字，肯定都会产生这样的感觉：这名字挺有文化味儿的。因为这两个字的读音很容易让人马上想到一个成语：“再接再厉”。尽管语文老师一再指出，“再接再厉”的“厉”应该是严厉的“厉”而不是勉励的“励”，而且“再接再厉”这一成语出自唐朝韩愈与孟郊联句的诗篇，那“厉”的本字应是“砺”，磨快的意思；而“励”的意思则是劝勉、激发和促进，把“再接再厉”写成“再接再励”是错误的云云，但是，我依然认为“王再励”这三个字是有着丰厚文化内蕴的。不管此名是父母所命还是他后来自己所取，总之这个名字所蕴蓄的文化含量是不容置疑的——这“励”中包含着期冀、希望与憧憬——这个生命要一辈子努力奋斗，一个目标实现了，接着又向下一个目标继续奋进，不断追求，永不止歇。

王再励是我的乡党，也是我的朋友。和他做朋友时间长了之后，我觉得他的人生把他的名字演绎得真到了淋漓尽致的程度——他果真是一励再励，总是在自我劝勉、自我激励，一路奋斗不息。他在农村奋斗，从农民奋斗成了煤矿工人。他在煤矿奋斗，由工人奋斗成了机关干部。他在机关奋斗，从机关奋斗到了高等学校，奋斗成了书法家……他的每一个脚印都留下了熠熠闪光的奋斗火花。尽管他自己曾在一篇文章中说过这样的话：“20世纪70年代初，当我每天晚上和我的矿工兄弟们在经历了一天的疲累，摸进矮小的土窑，躺在荆笆和麦草铺成的大通铺上的时候，我从来没有想过有朝一日，我会走上大学的课堂，以书法家的名义面对莘莘学子，教授中国汉字的神与美，讲述自己艰辛曲折的书法人生。”但是我依然认为：他能“以书法家的名义面对莘莘学子”绝不是偶然或侥幸，而是势所必然，理所当然。为什么？就因为他一直不断地在自我劝勉，自我激励。

从少年时期开始，他就激励自己要有担当。

再励和我一样，个子不高。我们在一起聊天回忆少年时期的艰辛生活时，常会辛酸地幽默一番说：我们之所以能成为这么“浓缩的精品”，都是那个“伟大的时代”造就的。那个“时代”就是中国绝大多数“六零前”的人永远难以忘却的“三年困难”时期。那时候，正是我们长身体的时候，我们的身体太需要钙、需要铁、需要碳水化合物、需要蛋白质来促进我们的成长，可是，当我们在家里翻箱倒柜甚至想把老鼠洞挖个底朝天来寻找一点粮食的时候，无情的现实总会把我们的梦想彻底击得粉碎，我们只能流着眼泪从“浆水菜”缸里捞一把红苕叶子或萝卜缨子来填充碌碌饥肠。好不容易大人从大食堂里打回一盆“糁糁面”来，可是除了数也数不清的萝卜棒棒以外，苞谷糁子廖廖无几，面条儿就更加屈指可数。大人把那可怜的几根面条捞出来后，我们只能眼巴巴地看着而不能吞咽到自己的肚子头去。为什么？因为再励是他家中的老大，而我则有一个比我小两岁的侄子。在我家，面条捞出来后，我母亲总会很郑重地对我说：“娃（指我侄子）小，这些面要给娃吃，你是当爸的，要让着娃呢。”而在再励家，大人则确定无疑地说：“你是当大哥的，这点儿面条要留给弟弟妹妹吃。”此类事情的结局当然始终是，我们只能吃萝卜棒棒，喝那和“光汤”（纯水）相差无几的苞谷糁儿。顺理成章自然而然地，我们都“浓缩”成了“精品”。但是，再励从那时起，确实也就有了“精品意识”——要有担当！尽管身躯是那样瘦小，但他要在家中担当大任，他之所以早早辍学回家，在农业社生产队里参加劳动挣工分，为的就是要用瘦弱但却坚强的肩膀来替父母分担重担，真正做父母的“大”儿子，做弟妹的“大”哥哥。然而，尽管他已尽了百分之二百的力，家庭贫困的面貌依然没有太大的改善。一是当时遭到“文革”严重破坏的农村本身就“整体贫穷”，而他的家里又情况特殊——父母年迈且多病，弟妹均年幼无力，人口多而劳力少，所以就显得比别人更加贫困。他平日听弟妹们喊得最多的就是“我饿，我饿！”听得他心如刀绞，常常忍不住涕泗交流。为了让父母少一点愁容，为了给弟妹多一点温饱，当韩城煤矿在农村招收下煤井的矿工时，他毅然决然地报了名，怀揣对父母的眷恋和对弟妹的责任，来到韩城上峪口煤矿，每天深入离地面千米以下的矿井，迎接生与死的考验，他学会了忍耐，学会了理解，熬尽了苦心，面对“矽肺”病的纠缠，把最宝贵、最美好的青春年华献给了矿山。建矿三年，他没回过一次家，每月省下的每一分钱每一两粮票都要按时寄回家里。他知道，那是父母最大的期盼，也是弟妹最大的快乐。

当然，如果仅仅只是解决自己家里的困难，那么他只能算是一个孝子和仁兄而已。然而他却成了一个在工友中威望极高的矿工班长，而且有了后来那一连串的发展进步、成绩、荣誉。原因就在于,他再一次激发、勉励自己:人生在世,除了顾惜亲人家庭之外,还应对社会有更大更多的贡献,换言之,就是做人就要做一个品德更为高尚的人。而要实现这一人生目标,就必须有拼命硬干的精神、舍生忘死的气概、关心他人的情怀和勇于吃苦、乐于吃亏的人生理念。正由于有了这样的目标,他才在工作中更加努力,吃苦在前,享受在后,遇危险就挺身而出,人有难则慨然相助。不少人因承受不住井下艰辛的劳动而离开了煤矿,而他却无怨无悔地在井下一干就是十多年。他的行为不但赢得了工友们的信任和赞颂,也得到了有关领导的关注与肯定。正如唐人刘禹锡诗云:“千淘万漉虽辛苦,淘尽狂沙始到金。”领导既为了关心他的身体健康,也为了发挥他的业余特长(书法技艺),把他调到了机关,后又将他调到原煤炭卫生学校党政办公室(现陕西能源职业技术学院)。

如果说努力工作服务社会从而获得回报以满足生活需要是人生的第一境界,那么再励兄对这一境界是不满足的。他经常“再励”自己:人不能是个仅有物质属性的动物!还必须有更高境界的精神追求!于是,他爱上了中国书法艺术。矿井下的工作有多么辛劳,这是稍有知性的人都心知肚明的事。可是王再励在那样艰苦的环境中辛勤工作之余,却开始了对书法艺术孜孜不倦的追求与钻研。他坚持临写柳、欧楷书十余年,一丝不苟地描摹,无论寒暑,从不懈怠。在练就楷书的基本功后,他开始揣摩王羲之的《兰亭》《圣教》,继而又攻米南宫的《蜀素帖》。他一遍一遍地走碑林,看碑帖,一次一次地向书法名家求教。最终成功地将唐法、晋韵、宋意融会于腕底,贯通熔铸,而自成一家。先后有三百多幅作品被《中国书画报》《中国老年报》《书法世界》《中国人事报》《西安晚报》《银潮》等报刊推介。有多幅作品被宋庆龄基金会、毛泽东诗词研究会、中国人才艺术家学部委员会等机构永久收藏。他本人现在是陕西省书法家协会会员、中国书画家协会会员,并被授予“中国当代艺术名人五百佳”称号。山西省《生活晨报》记者“艺兴谈艺”撰文称:“观王再励的书法是一种美的享受,满纸的文人气息扑面而来,无滞涩怪诞之流俗,呈现出一种和谐之美,健康之态。”“那些道德文章、名言警句,以及当下的政治、文化生活主题,都是王再励书写的重点。因而,其书更多了一层思想美,更为耐看,有味。”几十年奋斗不息,号称“矽肺”的病魔也常在他的身上逞凶肆虐,咳嗽气喘,夜不能眠……但他依然斗志旺盛,一再激励自己:“我虽已年过花甲,但是人老心不能老,笔不能老,面对莘莘学子,面对父老乡亲,我的热情依旧蓬勃而出,我想只要生命不止,我依然要用我手中的笔抒写属于这个时代的华章。”

再励兄待人非常热情又特别真诚，办事认真，说到做到，其“言信行果”之作风，我有过多次亲身感受。那一年，我的中篇小说集《朝霞红晚霞红》出版后，曾给他送过一本。几天后他在电话中对我说：“你的书我看了，写得挺好的。我知道你是自费出书，完了还得自行销售。你给我拿几十本来，除了给我们学校图书馆放几本之外，我在学生中为你宣传、销售。这么好的书，让学生读一读，对他们也是有教益的。”此后，只要听说我出了新书，他都会非常热情地主动提出帮忙销售。他对朋友真诚，对那些与他生死与共患难相依的工友更是义重如山。2014 年 2 月，再励兄拿着一张老照片找到了《三秦都市报》的记者，想借助报纸帮他完成一桩心愿。这张照片是四十年前他在韩城上峪口煤矿掘进队当班长时全班工友照的一张合影。对着这张合影，老王眼眶湿润感慨万千，他告诉记者，这张照片上的不少工友，都因为患了职业病而早早地离开了人世。当他听到这些噩耗时，心里真如刀扎箭穿一般疼痛。他自己因为长期在井下工作也患上了矽肺病，尝到了酸甜苦辣，尝到了做人的滋味，因而在年逾花甲之后就特别想念当年的工友。然而由于时代变迁岁月流逝，生活大潮奔腾翻卷，当年的许多工友都天各一方，失去了联系。他很想通过媒体联系到如今还健在的同班工友，由他出面组织，老工友们搞一次聚会。2 月 11 日，“老班长”想和上峪口工友见面的消息见报之后，2 月 19 日就有好几位老友和老王取得了联系。老王再一次激励自己，人生无悔，过去的留不住，未来的难预测，把握好今天，一定要把工友重聚这件事情办好。他说：“感谢党和政府的好政策，感谢时代进步给人民带来的福祉，我如今不愁吃不愁穿，孩子们也都过得很幸福，真正到了该含饴弄孙颐养天年的时候，可是每每想起上峪口煤矿那些老工友，就常常夜不能寐。如今老友重聚，畅忆当年，给自己的晚年生活增添色彩，也能为后辈儿孙做一个好样子，留一种好精神。”古人云：“念旧情者，必有大德。”此语用在老王身上，实在妥帖恰当。

老王虽然个头不高，人也比较瘦，可是他走路却永远是一副风风火火的样子，充满了活力与朝气，仿佛一团永远也燃烧不尽的火焰一般。

这也许和他的名字有关吧！再励，再励，永远不断地劝勉、激励自己，就一定能够不断跃向更高的人生境界！

刊于 2014 年 11 月 7 日《健康导报》

史海有大鲲　化鹏即飞翔

——读史飞翔的文与人

五六年前在报纸上看到“史飞翔”这个名字时候，我判断他的年龄一定不会小，即使不比我年长或与我同龄，也不会小到哪里去。因为他的文章不仅笔法显得老道，而且文中所展现的见地、胆识都像是一个很有阅历的人。及至和他见面之后，才知道我是大错特错了。真没想到，他竟是那样年轻！这是我和史飞翔第一次见面时留下的最深刻的印象。

最早和飞翔的交往，是因我写的一篇文章被飞翔编辑的《终南文化》刊用了。那篇文章写的是马士琦先生与我的友谊，马先生将文章投给了《终南文化》。他曾向我说过飞翔，但一直称的是“史老师”却没有说“史老师”的年龄，而我没有和飞翔见过面，所以依旧想当然地认为飞翔是一位年龄不轻的“老师”。我们第一次见面，是2013年5月，在西安的丈八宾馆，我和他都参加省作协六次代表大会。飞翔可能看到了桌牌上我的名字，便过来和我打招呼。听了他“自报家门”之后，我真大吃了一惊：这就是那位在文章中从容潇洒纵横捭阖、谈古论今臧否名流的史飞翔么？他竟然那么年轻，看上去仿佛还不到三十岁啊！询问之后方知，飞翔跟我是同一属相，都属小龙，但却比我小整整两轮。那年我整六十，他只有三十六岁。

三十六岁的年龄，竟已经出版了十一本书，这实在让我有些瞠目结舌了。我从1974年开始发表所谓的“处女作”，舞文弄墨四十年，凑凑合合满打满算才出了七本书，他的年龄还没有我的“写龄”长呢，然而其著述成果却让我只能远远地望其项背而汗颜不已。我除了内心惭愧之外，油然而生的就是对这个年轻人由衷的敬佩了！别的不说，单是能公开出版十一本书——不是“编”，不是“选”，而是实实在在地“著”——他要写多少字、要看多少书啊！这是怎样勤奋的一个年轻人啊！这种勤奋精神是多么值得我这个老朽学习啊！

会议期间，我们交谈得并不多，但他身上那种活力与激情已对我形成了强烈的冲击,同时,他的言语行动和神情态度所流露出来的那种真诚与坦率,也让我心里感到十分温暖与感动。他送了我一本他出版不久的新书《学问与生命》,说是让我看看,提提意见。

回到家后,我把《学问与生命》先概略地浏览了一遍,第一个也是最突出的感觉是:飞翔读的书真多!紧跟着的第二个感觉就是:飞翔确实大胆!就因为这两个感觉,我不得不对这个年轻人真心诚意地敬重了。活了六十岁,我自信也还是读过一些书、知道一些人的,可是读飞翔的《学问与生命》时,我对我的孤陋寡闻和视野狭小真是惭愧得无地自容了。他在书中介绍评论的那些名流大师诸如鲁迅、胡适、蔡元培、陈寅恪等享誉世界者,我还算不太陌生,但是对于王世杰、朱维铮、于省吾等许多著名专家学者,我的脑海中竟一点儿也找不着他们的影子,更不用说对他们人格品行、学术成就的深入了解了。而飞翔不但了解他们(当然多是从书上了解),而且还能对他们的为人处事、品格操行进行见地独特的评论。至于飞翔的大胆,就更让我佩服得五体投地了。在我几十年的写作生涯里,也许是生性使然,也许是身上的军装使然,写东西时总是战战兢兢,小心翼翼,不是怕"撞磕"了这种那种政策,就是怕冒犯了这个那个权威,所以提笔时总是瞻前顾后,以写出比较"稳妥"的文章为标准。然而几十年后回头看,稳妥固然是稳妥了,可惜的是没有锋芒,缺少棱角,所以也就失去了很多的滋味与价值。而飞翔在《学问与生命》中的文章,几乎篇篇锋芒犀利,章章棱角分明,认为值得褒扬者就极力赞颂,觉得应该贬抑者则无情批评(比如对冯友兰、钱穆等名人品格上的缺陷或污点的指斥),读来就像吃麻辣火锅一样,有一种很强的刺激感,而且看过之后能够给人留下久久的回味。

后来,我把《学问与生命》又细读了一遍,在这细读的过程中,除了对飞翔勤奋、大胆这两个特点的印象更深之外,我又读出了他的另一优秀品德:谦虚!从他行文所拥有的资料看,他无疑是博学的,而他文中的思想观点又说明,他读书不是读死书、调书袋,而是借古论今、指斥时弊,能紧密结合现实生活。比如《教授的真精神》一文中,在对西南联大教授们的高贵精神赞颂之后,他这样写道:**"大学是一个民族的思想库、智囊团,是最应该产生思想和精神的地方。在一般**

公众的心目中，大学有着崇高的地位，大学教授往往也代表着一个民族的良知和公正，遗憾的是西南联大教授当年的那种精神今天已经是越来越稀薄了。”其对时弊的憎恶、对现实的痛惜，溢于言表。在《学者切忌曲学阿世》一文中，他对陈寅恪、胡适等著名学者的骨气给予了高度评价，之后更直言不讳地感叹道：“可惜的是，‘行走江湖’多年，发现一个小小的秘密：无论著书立说或现场发言均不受外界影响，气定神闲，‘吾道一以贯之’，这样的学者越来越少了。”除了这类在书中比比皆是的坦率恳直的议论外，他对人生价值、社会走向、文化功用等诸多问题的思考，也都达到了相当的深度和高度，然而，他自己却说：“我在学问上是典型的‘二道贩子’，通常的做法是读了某本书或某篇文章，被书中的某个材料和观点所吸引，于是稍稍发挥一下就热蒸现卖。因此从严格意义上讲，我的这些文章压根儿就不是什么文化散文，充其量只能叫读书随笔。我的文章缺乏严谨，情感有余、理性不足。”

这一番话是真诚的，这真诚的话语让我进一步看到了他身上潜藏着的美德：谦虚。

飞翔谦虚地称自己为学术上的“二道贩子”，而且似乎“二道贩子”的研究成果价值就不高。然而我却并不这样认为。说起“二道贩子”的价值，很自然地，我便想起了于丹对中国传统文化的传播。尽管有一些人对于丹的“心灵鸡汤”很不以为然，但我却觉得正是于丹“端鸡汤”式的传播，让深奥的《论语》变得通俗从而也变得亲切，让很多原本对传统文化敬而远之的年轻人乐于走近传统文化。单是这一点，我以为就“功莫大焉”。同理，飞翔的文章固然是在读了其他人的文章之后产生的“随笔”，但是，那些零散的材料经了这“二道贩子”的精心整理和热情“叫卖”之后，那些原本对“好货”并不关注的“买主”，其眼球就很可能被吸引，很可能一下子围了过来，从而让“好货”的价值顺理成章地得到彰显。那些有趣的文化人和文化人有趣的事，这里闪烁一点光芒，那里漏出几许色彩，如果没有集中整理，则完全像是漫漫沙滩上散落的贝壳——无人捡拾贯穿，它们不过是零散的贝壳而已，而一旦有人把它们串起来，就变成了别具光彩、引人瞩目的工艺品。这难道不正是一件大大的“功德之事”么？

飞翔勤奋、大胆、谦虚的精神与品德令我感动与敬佩，在陕西的文化界内，他也以自己的努力与成就，赢得了众多名家的高度评价。

著名作家朱鸿指出：“他的一些文章，论人生之意义，人生之境界，关于爱情、幸福，显然都有独到的见解。”

著名散文家、中国散文学会副秘书长陈长吟说:“飞翔之文和人,有三个特点:其一为传统之气。其二为清正之气。其三为新锐之气。他的言论中常流露出一些激愤、一种批判精神和一份人生的执着,因此作品中也就平添了许多穿透力。”

著名作家安黎感叹:“在一个精神普遍萎靡的年代,他却怀着一颗拯救者的善心,观察着世态,思考着人生,这就使他呈现出一个思想者的冷峻面目,也使他的文章有了沉甸甸的分量。”

文化学者孔明的评价是:“史飞翔好读书,求进取;善思考,能守志。揣读书人情怀,思天下人忧乐,字里行间充盈激情而弥漫悲悯。”

2014年,我在六十一岁的时候,终于被中国作家协会接纳为会员了。当我在中国作家网上浏览“新会员名单”时欣喜地看到,陕西被批准新入会的十八人里,史飞翔的名字排在最前面,俨然是我们这支十八人队伍的“领队”呢!当时我就想,飞翔如此年轻,成果又那样丰硕,这“领队”还真非他莫属!

庄子《逍遥游》曰:“北冥有鱼,其名为鲲。鲲之大,不知其几千里也;化而为鸟,其名为鹏。鹏之背,不知其几千里也;怒而飞,其翼若垂天之云。”在对史飞翔人与文的“阅读”过程中,我常常想起庄子创造的这两个形象,而且也常常想用来比喻史飞翔。不知不觉,“史海有大鲲,化鹏即飞翔”两句话就跃入脑海了。我相信,在浩瀚的历史文化海洋中,史飞翔就是一条搏风击浪的大鲲,而且只要一如既往,他一定能像大鲲化鹏一样,“水击三千里,抟扶摇而上者九万里”,前程辉煌,不可限量!

2015年4月7日

刊于《西安文艺界》2015年第3期

「卷四」

序抒襟怀

卷前碎语

据说,“序”这种文体是从孔子对《易》的赞美开始创立的。数千年来,以“序”为名之美文屡见不鲜,“赠序”有之,“自序”有之,“他序”则更为多见矣。所有序文,看似言“他”,其实皆为作者自抒情怀襟抱也。即以“他序”中最著名之《兰亭集序》而论,虽缘起于众友人之诗文集,然“人之相与,俯仰一世”“固知一死生为虚诞,齐彭殇为妄作”等语,则确定无疑是王羲之自己人生感悟的表达。

拉扯古人,无非是想给自己找点“依据”。

近些年来,承蒙错爱,不少朋友和学生请我为其或公开出版或自费印刷的著作写作序文。尽管我自知根本没有给人作序的资格,但鉴于请者态度诚恳,自感盛情实在难却,便也不揣鄙陋,勉为其难地写出了几篇。虽然没有多少文采,但自信态度还是坦率、诚实的,也还有些“对读者负责,对社会负责”的意思在里边。其所含的“正能量”,多少还是能散发几分“温度”的。正因此,编选这本散文集时,把“序”这类“应用文”也编进来了。

讲写作的教材说:“在各种应用文体中,序是具有较大的文学价值或史料价值的。”有这话支撑,即使难免有“把应用文也拉来滥竽充数”之讥,我也不十分惭愧了。

另:本卷文字以写作时间先后为序。凡文后未注明出版社者,其著作均为内部印行,我之序文自然也是“内部”读者所见了。特此说明。

《学习与传承》序

袁武学是和我从新兵连就在一起的老战友,几十年相知相交,感情颇深。最近他和高树清合作出版这本《学习与传承》约我写一个序,我还真有几分踌躇。我想,给书作序的,原是要有身份的人,或是级别较高的领导,或是文化领域的名人,这样方能使这本书显得有分量一些,而我算什么呢?普普通通一名教员,虽也出过几本书,但"自己如果不说,别人根本不知道",能算文化名人么?如果写了序,不辱没这本书么?然而思虑再三,我还是答应写。不为别的,就因为我看过书稿之后,认为这本书有价值,值得向读者推荐。就像一个食客吃了羊肉泡馍之后觉得味道很美,就到处对人说"那真是美味,你也该去尝一碗"一样。一旦把自己的角色定位在这个层面上,我便释然了,坦然了:做一个普通人能做也应该做的事,有什么不好呢?所以,我决定在这篇号称"序言"的文字里说说我的感想。

在一个文化工作研讨会上,我曾发表过这样的观点:人类学家研究证明,到目前为止,人类之所以和低等动物有了本质的区别,主要应归功于两次"质的飞跃"。第一次是发明了劳动工具,可以创造物质财富;第二次就是发明了艺术,创造出了精神财富。可以说,文化是人类由蒙昧人进化为智慧人或文明人的重要标志。

随着历史的不断发展,文化的价值越来越被智慧的人类所领悟。许多有识之士早就认识到:就人的个体生命而言,拥有文化远比拥有财富有价值。三国时期的曹丕在他的《文学·典论》中说过这样的话:"年寿有时而尽,荣乐止乎其身,未若文章之无穷也。"——"万寿无疆"的肉体从来无有,但千古不朽的文章却比比皆是。与美酒佳肴、金银珠宝、绫罗绸缎、香车宝马这些物质的东西相比,"文化"似乎显得很虚,很空——天气冷了,诗词不能御寒;肚子饿了,绘画也不能充饥。但是流传了两千多年的《史记》却让司马迁拥有了永远不死的生命;一尊《大卫》雕塑,让米开朗基罗和几百年后的青年都成了亲密的朋友。只有在这个时候，追求生命价值的人们才发现，原来以为很虚、很空的文化，其实要比那穿肠而过的酒肉实在得多。

同时，也正是有了祖祖辈辈不断积累的文化财富，我们人类才有了高贵的生命，而不仅仅是消耗食物的动物，也不仅仅是一些“有用的机器”。一个民族的兴盛，正是因为民族文化的兴盛；同理，一个民族的衰亡，也恰好是因为民族文化的衰亡。试想，如果中华民族的文化都灭亡了，我们凭什么谈论这个民族的兴盛和强大？

所以，党的十七大报告指出：“中华文化是中华民族生生不息、团结奋进的不竭动力。”“当今时代，文化越来越成为民族凝聚力和创造力的重要源泉。”

在这篇序言里，除了继续宣传上述观点外，我觉得还应该补充一个观点，那就是：民族文化的兴盛与繁荣，除了创造之外，还必须学习与传承。如果只有前辈的创造，而后辈却对其不屑一顾甚至弃如敝屣，那么，这个民族的文化以及民族本身，是注定要走向衰败乃至灭亡的。正是基于这一认识，我觉得袁、高两位同志编写的这本《学习与传承》就很有意义。

读完书稿，我觉得这本书有一个显著的特点，就是与实际工作结合得十分紧密，目的性、针对性很强——这书是写给军校学员的，尤其是写给身处三秦大地的军校学员的。虽然对于在更大的范围内广泛流布未免影响有限，但对于青年学生特别是军校的学员，则显得特别实用。本书以中华民族历史发展脉络为经，以陕西各地的人文景观为纬，介绍了从人文初祖黄帝到周秦汉唐几个王朝在西北大地上创造的人类文明，阅读之后民族自豪感油然而生。同时，本书又紧密结合院校育人的工作实际，展示了实践性教学过程中的部分成果，使亲身经历者倍感亲切，使未曾亲历者亦觉新鲜。无论是作为教材使用还是一般阅读，这都是一本让人有所收获的好书。

老袁是一个勤奋的人，更是一个充满热情和献身精神的人。当年身为铁道兵战士时，在1975年的一次大塌方抢险救人战斗中，冒着生命危险抢救战友，荣立二等功，曾是我十分敬慕的英雄，也是我引以为自豪的战友。走上教学岗位以后，他又以同样的拼命精神投入教学工作。为了自己学习和传承中华民族优秀文化，也为了让更多的青年人学习和传承中华民族优秀文化，他不辞辛劳，寻访名山大川、古迹胜景，把自己的所见所闻、所思所感形诸文字，以期更多的人从中获益，其心其情，令人感动。高树清身为教务部门领导，多年来一直对提高学员人文素质极为关注，在开展人文教育工作方面倾注了很多心血，凡有益于学员人文素质提高的工作均予以大力支持，并且亲自上课为学员传授人文知识。此次又与袁武学共同编撰此书，其为培育人才竭诚尽智的耿耿之心、殷殷之情，于此亦可略见一斑。

编撰此书者真情若此，阅读此书者岂能开卷无益？

《学习与传承》太白文艺出版社2008年5月出版

《军人礼仪》序言

中国号称“礼仪之邦”，自“周公制礼”以来，中国人的语言中就有了礼制、礼节、礼貌、礼物、礼服、礼金、礼花、礼炮、礼教、礼贤下士、礼尚往来、婚礼、丧礼、克己复礼等许多以“礼”为内容的词汇，“礼”渗透在人们生活的各个方面，中国人对礼十分讲究，所以礼成了中华民族文化传统中的一个重要组成部分。

如果要探索根源，那么，从礼(禮)字的造型上，我们就可以看出，礼起初本是我们的老祖先对神表示的敬意(以丰盛的物品来祭祀)，后来引申到对人的敬意，再后来就把这种敬意发展为人的一种行为规范。以敬意为潜在内涵，以形体动作为表现形式，就是礼仪。

当今世界上，无论哪个国家、哪个地区、哪个民族，甚至所有团体、行业，人们的生活中都有一定的礼仪。军队作为一种特殊的人类群体，自然也有军队的独特礼仪。身为军人，必须懂得军人的礼仪。不懂军人礼仪，重则给军队或国家带来重大损失，轻则给自己或他人带来尴尬与不快。

我刚当兵不久，就听说了一个笑话。这笑话至少在军营已经传了三十七年。因为我在军营已经度过了三十七个春秋。

那笑话说：一个新兵正在厕所解手，忽见连长走了进来，为了讲礼貌，他赶紧左手提裤子右手敬礼，并高声喊道：“报告连长，新兵××正在大便，是否继续，请指示。”连长哭笑不得，连忙摆手下令：“继续继续！”

这笑话肯定是经过加工的，夸张的成分很明显。但是，新兵或者并不很新的兵见了首长一时不知所措，在不适合敬礼的场合而敬礼，弄得大家都尴尬的事情，在军营却屡见不鲜。

第二个笑话不是听说，而是我亲历亲见。在一个联欢会上，当首长讲完话后，主持会议的干部满怀热情地向观众提议：“刚才首长为我们做了重要的指示，现在让我们以热烈的掌声，欢送首长下台！”台下哄堂大笑，弄得首长很不愉快。

还有一个是别人当笑话说而我听了以后却怎么也笑不起来"笑话"。事情是这样:一个新兵被调到师机关当公务员。一次开大会,师政委做报告,这位公务员看到政委的杯子里只有多半杯茶,便连忙提着暖瓶把水给续满了。令他奇怪的是,政委整整做了两个小时的报告,那水杯却碰都没碰。当天下午,那位公务员就从机关又回到了他原先所在的连队。连队的战友不知道他犯了什么错误,他自己更是丈二和尚——摸不着头脑。许多天后,才有知情者向他透露:中国人喝茶饮酒的礼节是——酒满茶半,即给人斟酒一定要满,要十分,而斟茶却最多只能七分,不能满。如果倒满了,倒茶者叫"饮牛",喝茶者就叫"牛饮"。公务员由于不懂倒茶的规矩,所以就弄了这么个谁都不高兴的结果。

以上三件事,虽都不是大事,但却说明,军人如果不懂或不注意礼节礼仪,对自己对他人都会造成不良影响甚至留下深深的遗憾。

当然,不懂礼仪给个人造成不良影响倒并不特别可怕,可怕的是,不讲礼貌往往会给军队造成重大损失。

《左传·秦晋崤之战》记载:(鲁僖公)三十三年春天,秦国军队准备偷袭郑国,经过周都城(洛阳)的北门。(兵车上)左右两边的战士都脱下战盔,下车(向周王致敬),接着有三百辆兵车的战士跳跃着登上战车。王孙满这时还小,看到这种情形,向周王说:"秦国的军队轻狂而不讲礼貌,一定会失败。轻狂就少谋略,没礼貌就纪律不严。进入险境而纪律不严,又缺少谋略,能不失败吗?"

按照当时的礼节,诸侯的队伍经过王朝都城时,不但兵车上的战士要下车行脱帽礼,而且行过礼后还得规规矩矩地按次序上车。秦国士兵虽然行了脱帽礼,但行礼后却是"跳跃着登上战车"。就这"跳跃登车"的动作,显示了秦军士兵的不礼貌。小小的王孙满就能透过他们的没礼貌而看出他们的"轻狂"与"纪律不严"。而纪律不严恰恰是丧失战斗力从而导致战斗失败的重要原因。

后来的事实证明,王孙满的判断是正确的。崤之战中秦军大败,死伤极为惨重,几乎是全军覆没,三个大将也被晋军俘虏。

历史上诸如此类的教训很多,后辈的军人绝对应该牢记。

中国共产党领导的人民军队,从诞生之初就十分注意礼节礼貌。三大纪律八项注意中的"说话要和气""借东西要还""不当着女人赤身洗澡"等,就是"讲礼貌"的具体体现。随着时代的发展进步,中国人民解放军的精神文明建设已经跃上了很高的层次,我们今天的奋斗目标,就是要让我们的军队成为文明之师、威武之师。要想威武就必须文明,因为文明正是构成威武的一个极为重要的因素。要想成为威武之师中的一员，要想成为这支队伍中合格的军官，就必须不断提高自己的综合素质中的重要方面——人文素质，而知礼节、懂礼貌、守礼仪，毫无疑问是提高人文素质的必修科目。

童志远同志在基层部队工作近二十年，有着丰富的部队基层工作经验，同时对军人礼仪也有比较深入的研究。这次他和张嘎、马蕾合作写作这本《军人礼仪》，对军人礼仪在新时期的人民军队里所发挥的作用表达了新颖独到的认识与见解，并以知识链接的方式，提供了许多鲜活生动的材料，就像几位热情而又非常熟悉景点内涵的导游，向大家述说着在军营这个巨大的“风景区”内应该关注的景致和应该注意的事项，是一本可以迅速了解并掌握军人礼仪、帮助我们尽快适应军营生活，迈好军营人生步伐的一本好书。阅读这本书，无论是对刚走进军校不久的学员，还是对即将毕业很快就要到部队工作的学员，甚至是对已经在基层部队工作了好几年的官兵，都是大有裨益的。我相信广大读者一定能从中获得许多知识，并进而按照军人礼仪的规定，开展好各项工作，为国防建设事业做出巨大的贡献。

《军人礼仪》太白文艺出版社 2008 年 5 月出版

走过风雨　仍是彩虹

——《我们共担当》序言

人类之所以成为“高等动物”，被称为“万物之灵长”，就因为人类有“文明”，而在构成文明的诸多因素中，有一个很重要的因素，那就是人类有自己为自己书写的历史。

历史是人类经历的记录，也是人类经验教训的总结。

司马迁为什么在肉体和心灵都受到巨大伤害、“每念斯耻，汗未尝不发背沾衣”的痛苦境遇中，还要顽强不屈地撰写被誉为“史家之绝唱，无韵之《离骚》”的《史记》？曹雪芹为什么在“举家食粥酒常赊”的贫困生活中还要以“十年辛苦不寻常”的毅力，写成“字字看来都是血”的《红楼梦》？

答案是：他们都想为后人留一面镜子。镜子，古人称作“鉴”。《红楼梦》曾经有一个名字叫《风月宝鉴》，而司马光组织一班文化人编写的史书就直接叫作《资治通鉴》——帮助治理国家通用的镜子！留镜子的目的是什么呢？是为了让后人不再重复前人的错误，使人类社会变得更文明、更和谐、更幸福。

所以，我们就有了“借鉴”“鉴戒”“引以为鉴”“前车之覆，后车之鉴”等词语。

以史为鉴可以知兴替。经常照一照历史的镜子，会让我们的心灵少一些昏昧而多一些明亮。所以培根说：“读史使人明智。”

2008年3月30日发生在学院的“地方生聚集问题”，原本不是一件很让人愉快的事情，但是，最终的收获倒也并不令人十分沮丧。正应了中国一个古老的哲理：“祸兮福之所倚”。坏事常会变成好事，本也符合马克思主义唯物辩证法。这次事件，不但检验了学院应对突发事件的能力，也检验了全院各个方面、各个层次人员的素质，同时还给我们留下了许多思考与启示。地方生聚集的问题全部妥善解决之后，许多参与此项工作的同志都写了心得体会文章。收在这个集子中的是从近百篇文章中筛选出来的，共分为三编。编选这本集子，为的是记录下这一段历史，而记录历史的目的，前边已经说过——为了"不在同一个地方栽同样的跟头"。

"3·30事件"已经成为往事，但，往事留给我们的思考与启示，我们不应轻易忘记。同样，在"化风雨成彩虹"的过程中，大家所付出的努力与所取得的成绩，也不应轻易被忘记。这也许正是这本集子编选者的初衷。

《我们共担当》，这个集子名称取得很好。

我相信，只要我们永远保持"有困难大家共担当"的精神，我们就能战胜一切困难，我们的前途就一定会光辉灿烂。

走过风雨，前边依旧是美丽的彩虹！

2009年1月10日

好人李新建

——《老兵的追求》序

我和李新建原本并不认识，但有一次看电视，忽然在一个节目中看到介绍他痴心拥军的事迹，就觉得这是一个十分可爱的人。

当然，在我们的生活中，可爱的人有很多很多，李新建就是那“很多”中的一个。所以节目看完也就完了，当时并没有特别记住他的名字。

大约是2003年闹“非典”前不久，陕西电视台打算搞一次全省大学生小品大赛，我带着二炮工程学院的队伍去参赛，他带着西安航专的队伍去参赛，这样我们就认识了。尽管由于“非典”作祟导致那次大赛半途而废，但是我们两个人的交往却日益增多，情谊也日益深厚了。而且对他的了解越深，我对他的敬重也就越强烈。

有一天，他对我说他打算出一本书给自己留个纪念，想让我给书写个序。尽管我知道自己虽号称“军旅作家”，但无论走到哪里自己不介绍就没人知道，真正属于“非著名”之类，但我还是痛快地答应了。为什么呢？因为我心里有许多话想说，因为我觉得应该把那些话说出来，因为我认为李新建是一个好人，我应该说一说这位好人李新建。

我曾经在我的课堂上对我的学生多次说过我对好人的理解。

我认为，所谓好人，就是勇于负责任的人，乐于做奉献的人。对父母，他是一个好儿子或好女儿；对儿女，他是一个好父亲或好母亲；对配偶，他是一个忠于情感的好丈夫或好妻子；对朋友，他是个诚实守信值得信赖的朋友；对领导，他是一个不卑不亢但却勇挑重担的下属；对下属，他是一个平易近人和蔼可亲既对人严格要求又对人关心体贴的领导；他对学生是好老师，对老师是好学生……

无论在人生的舞台上扮演什么角色，都用一颗真诚的心去演好这个角色。谁做到了这一点，谁就是一个当之无愧的好人。

李新建做到了。

首先,他是个好儿子。老母亲因病瘫痪在床十八年,他“亲侍汤药,未尝废离”,整整服侍了十八年,直到母亲带着满意的笑容离开人间。正因为如此,他被评为西安市、陕西省乃至全国的“敬老模范”。他的事迹,省、市电视台、报纸多次予以报道,从而在三秦大地传为佳话。

第二,他是个好丈夫。和妻子相濡以沫、患难与共数十年。1998 年妻子去世之后,十年时间里,要给他介绍对象的很多,但他都婉言谢绝。问他为什么不再找个伴儿,他总是说“找不到合适的”。其实,之所以“找不到合适的”,就因为那个“最合适的”始终占据着他的心房。一片忠贞之情,至少让我十分感动。

第三,他是个好父亲。2007 年 11 月间,他的心脏病突然发作住进了医院。我到医院看他时,恰好碰见了他的儿媳妇。看着儿媳妇那种真诚的焦灼与关切,起初我以为那是老李的女儿。一问才知道老李只有儿子没有女儿,那女孩儿是老李的儿媳。这又让我感动不已。如果不是一个好父亲,绝对不会赢得儿女那般关爱,更不用说是儿媳了。

第四,他是一个好战士。李新建 1963 年入伍,在新疆 69223 部队服役。在部队是不是一个好兵,那一张张“五好战士”“学雷锋标兵”的奖状,一次又一次的部队嘉奖令,就是根本无须我来饶舌的最好的说明。

第五,他是一名好职工。1969 年,李新建退役回到西安航专工作。在工作中,他处处事事以一名军人的标准严格要求自己,干一行,爱一行,专一行,被单位评为“革新能手”,他主管的电影队被评为省、市先进单位。他本人被评为陕西省电影系统先进个人。

第六,最让人感动且感慨的,就是他还是一个退而不休受人尊敬的拥军模范。1998 年,退休了的李新建开始了他“义务文化拥军”的征程。

十余年间,他和他的“拥军小分队”从广州到山东、到河南、到陕西、到新疆边防,行程二十余万公里,三十八次进军营,在五十多个团队义务举办文艺培训班,为部队培养文艺骨干五千余名……

拥军途中,他和战士一起抗洪抢险、抗震救灾……

他带头为灾区和部队有困难的战士捐款……

他主动参加部队的植树造林活动……

他花了上万元买来材料自己动手为部队编织了六百条绶带送给了培训过的团队……

为了让战士在夏季驻训时在野外能吃上凉面,他请人反复加工,做了一台适合野外使用的饸饹机,最后他亲自把陕西的饸饹机背到了部队……

为了给探亲和归队的战士提供方便,他把自己的家变成了"家庭兵站",接来送往,免费吃住,代买车票。目前他的"家庭兵站"已接待各层次官兵二百六十余人次……

他义务拥军的很多事迹与过程,这本书里都有详细的记录,不必我在这里一一叙述。仅从上边所举的几个例子来看,朋友,你不觉得李新建是个"大大的好人"么?

时下,许多人被"没有金钱是万万不能的"这一新潮观念所引领,都堂而皇之地拼了命地往钱眼里钻了,而李新建不但贴赔自己的工夫、身体,有时还要贴赔上自己的 Money(钱)去义务为部队服务,这不是太傻了么?

傻。的确是傻!但唯因其傻,才显出了他胸怀的博大、品质的高贵、境界的与众不同,才显出了他的大智慧!

"大智若愚"——这是几千年前一位最有智慧的老者说过的话。

只活了二十二岁的普通士兵雷锋,为什么比许多七老八十的将军生命更长久、更伟大?答案很简单:就因为他愿意当一个"革命的傻子"。

毛泽东曾经说过:"一个人做一件好事并不难,难的是一辈子做好事不做坏事。"又说过,"只要有这点精神,就是一个高尚的人,一个纯粹的人,一个脱离了低级趣味的人,一个有益于人民的人!"

李新建做了那么多好事,做了那么长时间的好事,朋友,你觉得他是怎样的一个人呢?

2009 年 3 月 14 日

《老兵的追求》西北工业大学出版社 2009 年 9 月出版

《周立文曲艺小品作品选》序言

欣闻周立文先生将要出版自己的作品集,作为老朋友,我发自肺腑地为他高兴。说心里话,老周在文艺创作园地里辛勤耕耘了几十年,可谓硕果累累,收获颇丰。然而让人微微有些惋惜的是,那一个个曾经闪耀着光辉、散发着芳香的"果实",或流芳于报刊,或享誉于舞台,或得奖于荧屏,虽然也曾经风光无限,但是随着岁月推移、时光流逝,当年那些曾经给人们带来感动、带来温暖、带来欢笑、带来启迪,也给他自己带来巨大荣誉的作品,在当今几乎"人人都有话语权,谁都不知谁说话"的"喧嚣而无声"文化时期,渐渐也都淡出了人们的视野与记忆。因此,整理汇编自己心血的结晶而结集出版,让那些"果实"有一个相对集中的"陈列馆",不仅是给自己的创作生涯有一个交代,而且也是为中国的文化事业保留一定的珍贵资料,做出了一份可贵的贡献。因此,有着相似经历的我,不能自已地想要为老朋友的文集付梓而欢呼!

周立文先生的儿子周凯(曾经是我的学生,后来是我的同事,再后来就是中国曲艺界颇有成就的新秀)约请我为他父亲的集子写一篇序言,我虽起初有些犹豫,但最终还是愉快地答应了。之所以犹豫,一是因为我知道自己绝非名家大腕,不揣鄙陋而为友人之书作序,深恐被人视为"狂妄自大"而留下笑柄,二是因为自知才疏学浅,很难对周兄的作品做出准确的评价而有辱周兄大作之名声。然而最终却答应了的原因,一是因情谊所使,二是也确实有些话,很想借此机会说道说道。

屈指算来,我与立文先生相识、相交已有二十余年,因其子周凯与我同在一个单位,其间因工作需要,常请周兄来校指导创作、排练节目,相处日久,其为人、为文自然在我心中留下了很美好的印象。

我常给学生说:之所以在分析名篇佳作时要介绍作者生平及写作背景,就是因为凡被历史(百年以上)和大众(数以亿计)认可的著作,无一例外都是作者感情的自然喷发与释放,而这喷发释放的情感,又都毫无例外地与作者的命运遭际、人生经历有着无法割裂的千丝万缕的联系。因而，“知人论世”“因人论文”始终是全世界文学艺术评论的一条躲避不过的“必由之路”。鲁迅先生说得好：“倘要做革命文，首先须是一个革命人。”反过来说，倘若他是一个革命人，那么只要为文，无论是慷慨陈词还是嬉笑怒骂，便肯定都是革命之文。因为“从喷泉里出来的都是水，从血管里出来的都是血。”无数事实证明，“文如其人”是普遍的规律，因此，评论一个人文章的品格时，绝对不能不说说他的人品。

二十年的交往，周立文先生在我心中留下的印象是：善良热情、真诚豪爽、勤奋敬业、精明机智、风趣诙谐。而要追溯所有这一切的源头，似乎又可以概括为两个字：大爱！正由于他心中始终存有一个大大的“爱”字，所以才能够在他人有困难时伸出热情的双手鼎力相助，才能对待工作认真负责、一丝不苟，才能倾注心血歌颂人间的真善美，才能义愤填膺地抨击生活中的假恶丑，才能不辞劳苦地为人民大众送去那么多的欢乐与笑声……

因有大爱，所以真诚。周立文的真诚豪爽，颇有侠士之风。人有急难紧困需要帮忙，只要找到他，他总会慨然允诺，然后便竭尽全力去兑现诺言。在他的生活天地里，与部队（尤其是西北地区的部队）人员交往是一片十分独特的风景区。常有人感到奇怪：周立文怎么会有那么多的军人朋友？其实道理很简单：某次文艺演出，部队上的同志十分欣赏他的表演，就邀请他到部队为官兵演出，同时也对部队的业余文艺人才进行辅导。热爱军人热爱部队，这是周立文心中由来已久的情愫，因而遇到这样的邀请，他自然十分乐意。为部队官兵服务，他从来不计较报酬的有无与多寡，始终是有忙就帮，有活就干，招之即来，有求必应：需要他演出就演出，需要他创作就创作，需要他指导就指导，需要他排练就排练。干完工作，有报酬，他不会故作清高地坚决拒绝，无报酬，他也绝不会俗不可耐地开口索要。这种豪爽侠气的性格，令部队官兵十分喜爱，因而接触就更加繁多。久而久之，亲邻故旧都知道他“在部队上有朋友”，于是不少家长就找上门来，说自家的孩子有文艺特长但却苦于找不到能发挥特长的工作，希望周老师能把孩子引荐到部队去。和部队打交道多了，周立文对部队的了解也就更加深入。他非常清楚部队的文化工作也十分需要文艺人才，把这些有文艺特长的孩子推荐给部队，既为孩子找到了美好的前途，又解除了家长的后顾之忧，同时又充实壮大了部队的文艺人才队伍，加强了部队的文化建设工作，一举几得的好事，何乐而不为呢？于是他就非常自然地扮演起“人才红娘”的角色，搭起了一座地方向部队输送文艺人才的桥梁。他的真诚豪爽，在得到过他帮助的人们那里有口皆碑,甚至有人亲切地戏称他为"周大侠",言下之意是他就像古时候那种"为朋友两肋插刀"的侠客一样,重信守诺,一诺千金。

凡是和周立文共同工作过的人,都会对他的勤奋敬业精神留下很深的印象。他的认真,他的勤奋,常令人感到他心里像是始终揣着一团烈火,而且要用心中的烈火去温暖社会,温暖人心。实事求是地说,周立文的"原始学历"并不高。刚参加工作时,他只是煤井下的一名矿工。然而,他坚信"世事洞明皆学问,人情练达即文章",坚信"苦心人天不负,有志者事竟成",所以他要凭着自己的毅力与勤奋,以社会为课堂,拜群众为老师,硬是以一个初中生的文化程度顽强地踏上无比艰辛的创作之路,并且取得了令人惊叹的优异成绩。在和工友们一起辛勤劳作中,他看到了老工人的积极负责、真挚忠诚、吃苦耐劳,看到了青年朋友的朝气蓬勃、勇于创新。工友们淳朴善良的心地,宽厚博大的胸怀,使他的内心里燃起了热情的火焰。他以敏锐的感觉挖掘到了生活中的"矿石",然后就用心灵的火焰将"矿石"熔铸成了具有较高的社会价值的作品。

因为热爱生活——一种更有普遍意义的大爱,所以他风趣诙谐。风趣诙谐正是他乐观的人生态度的具体展现。因为乐观,所以他才能以自己的人格魅力给人们带来无穷的欢乐。他的风趣诙谐,几乎无处不在——不管是在推敲作品的房间里,还是在舞拳踢腿的排练场上,他常常妙语连珠,出句惊人,幽默俏皮的故事,惟妙惟肖的动作,不是引得人捧腹喷饭,就是逗得人前仰后合。人们常常惊讶:他肚子里怎么会有那么多的逸闻趣事,仿佛永远也说不完道不尽!他脑子里怎么会有那么多的奇思妙想,似乎永远也流不断掏不空!

说了上边这么多,无非是想说明这样一个意思:周立文先生的作品里,始终荡漾着一种浓烈的情感,如长江的波涛一般澎湃不息,而这种种情愫都是从他那蕴藏于胸的爱心里流出来的。正由于他对部队、对军人爱得深沉,所以他才能写出歌颂部队官兵无私奉献、勇攀高峰、攻坚克难精神的《老高原和小红花》《点对点》;正由于他对每一个鲜活的生命都有着深挚的爱,所以他才能写出宣传交通安全、生产安全的《照相》《电子警察》;正由于他对祖国和人民有着无与伦比的大爱,所以他才写出了反映社会现实,抨击不正之风,呼唤社会正义的《灾情》……

"龙行长空天必雨,爱入血脉情自流"。早年间听长辈说过的这两句话,此处借来描述周立文先生的作品,应该还是比较贴切而恰当的。

不由得又想起了朱熹的名句:"问渠哪得清如许,为有源头活水来。"

当然，还是鲁迅先生的那句话最透彻、最恳切："从喷泉里流出的都是水，从血管里流出的都是血。"要问周立文先生的作品为什么会洋溢着如此令人感动的情吗？答案很简单：就因为周立文本身就是一个胸有大爱之心的人！

不管别人怎样评论，我说的是我所接触的周立文和我所认识的周立文！

也许有人对周立文的作品并不以为然，但是他所创作的相声、小品、快板等，在中国文化艺术事业发展的征途上，实实在在地做出了自己的贡献，这是谁都不能抹杀的。在中国喜剧艺术的大花园里，周立文的作品也许就像路边的一朵小小的"野菊"，远不能和那些大红大紫的"牡丹""玫瑰"相媲美，但，即便是一朵"野菊"，只要她绽放了自己独特的色彩与芳香，那么这"花朵"就肯定是有价值、有意义的。

2012年2月26日

《周立文曲艺小品作品选》2012年4月内部印行

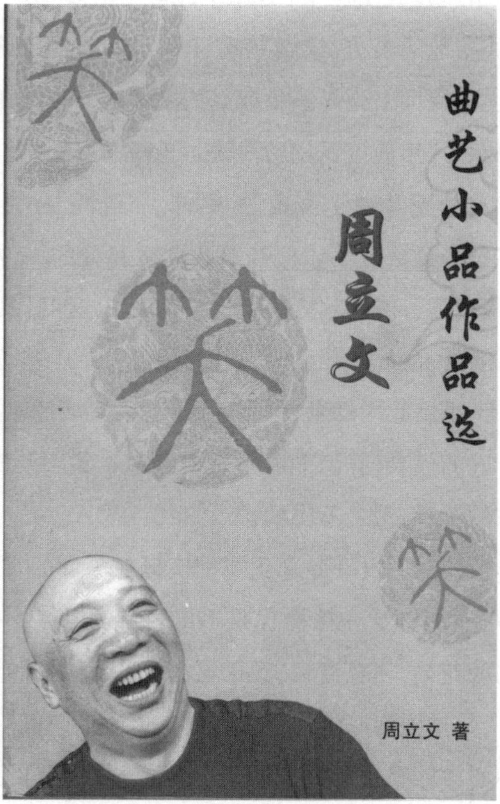

万千气象　七彩人生

——我相识相知的季庆兄(代序)

与季庆兄相识,地点在深圳,时间是2010年4月。那年我偕妻去广州疗养,顺便看望在深圳工作的女儿女婿。获知家住洪庆镇路家湾的忘年交文友路桃畅正在深圳一家公司打拼,便与他电话相约,幸能于异乡一晤。桃畅为人极其热情,听说我到了深圳,立即亲自驱车来到约定地点,并言说:“我三爷也在深圳。”

我有些诧异:“你三爷……”

桃畅说:“我三爷就是我舅家爷(外爷)的老三兄弟,叫王继庆,家就在咱洪庆堡子。当年在临潼,他的书法、绘画及兵马俑工艺作品,都很有名气。十多年前来到深圳,现在也是深圳书画界颇负盛名的文化人。你愿意跟他见一面不?”

我这才猛然想起,几年前桃畅就给我说过他三爷,述说之时,桃畅对“三爷”的敬佩仰慕之情发自肺腑又溢于言表,那眼神,那语调,我完全看得出,“三爷”的才情、成就,确实把桃畅征服了。桃畅是我非常喜爱的一位文学青年,他的欣赏品位、文化修养都很高,许多诗作令我十分惊叹。他能敬慕甚至崇拜的人,绝对是德高望重学识渊博的大方之家,我当时就极想结识这位“三爷”,只是苦于他在深圳,我在洪庆,虽然心中仰慕,但却无缘相会,只能徒叹奈何。

现在有了这样好的机会,我怎能放过呢?于是忙说:“太好了太好了!能跟你三爷见一面是我的荣幸,求之不得啊!”

于是桃畅开车,我与妻、女一起来到了季庆兄在深圳的家。那是一个非常清雅精致的小院落,房子周围是一株株我叫不出名目的绿树,一片翠绿中,偶尔点缀着几朵红的或白的花朵,气息清爽、颜色温润,透着优雅深远的馨香。

走进屋内,季庆兄早已泡好了清茶。在同他握手的瞬间,他的热情、谦和、真诚、善良,仿佛从地心深处喷出的一股暖流,一下子就传到了我的心底。环视屋内,浓郁的文化气息扑面而来。墙上的字画,有友人相赠的佳作,也有王兄自己的笔墨。那些字画,或高迈雄放,或古朴典雅,或清峻洒脱,或热情洋溢,都令人赏心悦目。无论是室内的氛围还是主人的言谈举止,都让人觉得超凡脱俗。

虽是第一次与季庆兄会面,但却没有丝毫生疏之感,仿佛是早已相识的知心故交。我欣赏了他的部分画作,又拜赏了他的部分书法佳作。他真诚而简要地向我述说了他在深圳打拼的奋斗历程以及目前的生活状况,说了他要出一本诗画集的计划。交谈虽不算十分深入,但是直觉已经告诉我:他绝对是一个值得深交的朋友,值得敬重的兄长。于是我便把自己刚出版不久的长篇小说《大虬》给他送了一本,请他有空时看看并予以赐教。

他欣然答应了。分别时,季庆兄说他下半年会从深圳回陕西,回来后一定和我联系。

人在忙碌中,时间过得格外快。一眨眼,半年过去了。

2010年11月中旬的一天,季庆兄来电话说想到学院和我见个面,我自然喜不自胜。他说还有两位朋友想一起来,其中一位是号称“西北虎王”的著名画家阮班超先生,一位是铁路运输学院的蒲宏教授。能有如此“重量级”的朋友光临,我当然更是喜出望外。

三位颇有名望的文化高士来到我的办公室,他们只用了很少的语言对自己的成就做了极简单的介绍,大量的时间竟是对拙著《大虬》的评说。从故事情节、人物形象,到作品的主题思想、文化意蕴,说了许多许多的好话。那些赞许,既让我倍受鼓舞,更让我十分感动。据我所知,写出了作品想让人看,让人看了之后还想得到一点回应,这是绝大多数写作者的共同心理,我自然也不例外(那种写出来从不示人且在自己临死前一定秘密烧掉的东西,绝不是作品,充其量只能算作“秘密账本”——不管是关于数字的还是关于人生的)。算起来,从《今夜又是月圆时》到《大虬》,我已出过七本书,从出第一本书就给人赠送,少说也送出有两千册之多。当然,其中绝大多数朋友都还收存着,即便不大看,也还在他们的书架上放着。但是,也有一些被我视为有文化的“朋友”,他们也曾客气地(有时甚至是死乞白赖地)要求我“赠一本大作”,并要“签上你的大名”。我当真老实地赠了,并且还认真地写上请其“惠存”“雅正”的字样。然而不久之后,却在废旧书刊店里见了那些书的躯体(有趣的是,有些废旧书店,竟将它们发在网上,提高价格拍卖)。而从蒲宏教授和班超兄那里得知,季庆兄不但把《大虬》看完了,而且还热情地向挚友推荐,蒲宏先生看完又向班超先生力荐,班超兄读至动情处，不仅热泪盈眶，而且还情不自禁地写眉批、夹批……

什么是知音？能对你的呕心沥血表示足够的尊重，并且能品味出你在作品中的寓托，这就是难得的知己呀！季庆兄对待《大虬》的态度与做法，让我更加坚定了一个信念：他肯定是我文学上的一个知音！

再后来，也就是2011年12月2日那天，季庆兄邀请我与洪庆地区的几个文学朋友到西安高新区他的公司相聚。在此次聚会中，我们都看到了季庆兄数十年来奋斗的成果——两个儿子经营得有声有色的文化公司；看到了季庆兄数十年心路历程的生动记录——他的诗词集《季庆的诗》；更看到了季庆兄生命历程的万千气象、七彩辉煌……

季庆兄是一个在人生道路上正视崎岖、不畏艰险、勇于开拓创新、不甘于命运驱使的人。当年，当兵马俑成为世界第八大奇迹受到全世界瞩目的时候，他凭着敏锐的洞察力和前瞻的眼光，看到了兵马俑在世界范围内的文化价值。许许多多的中外游客在参观完兵马俑之后，在由衷赞叹之余又常常表示出深深的遗憾：这么珍贵的文化瑰宝，就这么看一眼回去，实在是难以满足啊！要是能带一个回去，想啥时候看就能看该有多好啊！季庆兄心中一动，灵感顿时迸发，他开始了微缩仿制兵马俑的工程。这是一个破天荒的创举，而他正是这创举的开先河者之一。这一创举，给他带来了崇高的声誉，也带来了可观的经济收入。更为重要的，是他给临潼乃至陕西人民开创了一条致富之路，给中华民族的工艺事业树起了一块里程碑。

然而，木秀于林，风必摧之；石出于岸，流必湍之。他的才华过人，难免遭到妒忌；他的收入颇丰，自然令人眼馋。于是就有人今天出个难题，明天找个岔子，总而言之不能叫你顺顺当当地干事，痛痛快快地挣钱。不过，对于眼界开阔的季庆兄来说，刁难打击恰恰成了激励他更加奋发的动力。他轻轻地一笑，作别了古都西安的云彩，潇洒地向改革开放的前沿阵地深圳出发了。

到深圳以后，虽然人地两生，但是他凭着自己的聪明才智和在古城创业的经验，很快就如鱼得水，在一个陌生但却充满了活力的地方，开辟出了一方全新的天地——他的书法作品和绘画作品受到了深圳文化界的高度赞赏。

很快，文化价值便转化成了经济价值，几年苦心经营，季庆兄也有了相当可观的经济收入。他在深圳买了房子，同时也带动儿子在深圳创办了企业。后来，他又卖掉了深圳的房子，与儿子一起重返故乡，在西安经营“昇昱公司”，而且经营得风生水起、涛雄浪猛，五彩缤纷、有声有色。

所有这一切，其中的苦辣酸甜，他都在他的诗文中记录了下来。

他的诗集中有一首诗，题为《回望·和老同学长智作》。诗中这样写道：

少年苦争锋，
虎跃与龙腾。
谁想赳赳赴前者，
却是纯情书生。
惊雷当头响，
前途眼前崩，
入坠深渊不知情。

猛乍看，有点云山雾罩。仔细了解之后，才知这里有一段故事：

由于家学渊源，也由于天资聪颖，季庆兄从小学到中学，不但学习成绩特别突出，操行品德非常优秀，而且书法绘画、唱戏奏琴，样样都令人称奇叫好，在学校绝对是一个“德、智、体、美、劳”全面发展的尖子学生。也就在那个时候，“千里马”被“伯乐”发现，一个令他喜出望外的好消息悄悄地向他走来了。一天，学校的老师让他填写了一个表格，并告诉他：你将被保送到一所著名高校去深造。

尽管他对自己的才情、学业都很自信，但是听到这样的消息，他仍然十分激动。毕竟，在那个年代，能上大学的人实在是太少太少了！能上大学的人，不但意味着他在人群中会被大家高看，更意味着他将脱离农村，端上让数亿中国农民艳羡无比的“铁饭碗”——成为国家干部。他憧憬着美好的未来，沉浸在喜悦幸福的暖流中。

然而，万万没想到，几天之后，形势忽然来了个一百八十度的大转弯——老师告诉他，由于他的家庭成分（小土地出租）问题，他的保送资格被取消了。

这真是一个晴天霹雳！他一下子从希望的峰顶掉进了绝望的深渊。他的人生之舟彻底被改变了航向。这就是他诗中所说的：

惊雷当头响，
前途眼前崩。

对一个满怀憧憬的青年来说，“前途眼前崩”无疑是一个灾难性的打击；但是对于一个真正的生活强者来说，打击不过是对他人生斗志的一种考验。孟子说得好：“天将降大任于斯人也，必先苦其心志，劳其筋骨，饿其体肤……”对于一个真正的奋斗者来说,苦难往往是一笔宝贵的财富。季庆兄没有被这当头一棒打垮,他咬紧牙关,嚼着痛苦,开始在另一条人生道路上不屈不挠地艰难前行了。

也许正应了李白的那句名言吧:“天生我才必有用”!只要真是一块金子,不在这个地方发光,必然会在另一个地方发光。老天爷既然赋予了季庆那样丰美的才华,那才华就绝对不会被白白浪费的!“文化大革命”时期,“红海洋”铺天盖地,到处都需要全党全军全国人民顶礼膜拜的领袖画像,季庆兄的绘画特长自然而然就大大地有了用武之地。于是他——

挥画笔,
冷观残雪,
岿然不动。

尽管当时极左政治让人的内心常常感到无尽的阴冷,但是在一个对生活充满了热望的人心中,始终会有一团熠熠闪光的火焰在熊熊燃烧。这团火焰就是对美好人生永不懈怠的追求。有这团火焰在,不管风有多大,雨有多猛,不管是冰封雪裹还是寒流漫天,他都能够保持心中的宁静,“冷观残雪”而“岿然不动”。他就能够“定乎内外之分,辨乎荣辱之境”,就能够“任凭风浪起,稳坐钓鱼船”,自然也就能“绘出万千气象,留下七彩人生”。

的确,当季庆兄经过了千回百折的“砺炼”,乘着新时代、新时期的浩荡东风翱翔出“万里鹏程”的时候,他的人生确实呈现出了令人敬佩、令人羡慕的万千气象,放射出了辉映天地、绚烂夺目的七彩之光。

为诗集写序,本来是应该多对诗作进行评价的,然而我却说了许多“担儿不着山”(即不着边际)的诗外之话,很有些“驴唇不对马嘴”的味道。不过,中国有句古话,叫作“工夫在诗外”,意思是,要想写出好诗来,常不在对诗句文字的雕琢,而在于对诗外生活的体味与感悟。鲁迅先生早就指出:“要看他写的是否革命文,首先要看他是否一个革命人。从喷泉里出来的都是水,从血管里出来的都是血。”因此,所有名篇佳作的赏析,都少不了一个重要环节,那就是对作者生平及时代背景的介绍。因而“知人论世”“因人论文”便成了全世界“名作鉴赏”的一个基本方法。“诗言志”和“言为心声”,这是早被无数事实证明了的真理。那么我想,当大家对季庆兄的为人处事都了解透彻的时候,理解他抒发情怀的诗作,还会有什么困难吗?

也许在某些“行家”(诗人、词人)眼里,季庆兄的诗作、词作是有一定瑕疵的,比如平仄呀、对仗呀、韵脚呀、遣词用典呀等等,都可能存在某些值得商榷的地方,但是,我读季庆兄的诗集,首先感到是亲切而新奇的快乐。季庆兄诗词所涉猎的生活领域十分宽广,大到人生命运,小到落叶雪花,他都能信手拈来,涉笔成趣。因而我读“诗集”最大的收获是:更深入地了解了他的人生历程,更深刻地感受到了他的精神情怀。他的锐意进取,他的顽强坚韧,他的善良宽厚,他的坦诚重情,都从他的诗作中传达出来了,因而使我得到了极美好的精神滋养。我相信,凡是认真阅读了这本诗集的朋友,都将获益匪浅。

2012 年 5 月 3 日

《第三种情感》序言

从古至今,凡为他人著述作序者,不外乎这样几种情况:或为权贵,或属名流,或是作者之知己,或乃作者之亲属。而我,既非权贵亦非名流,和作者亦无任何亲戚关系,见面不过四五次,交谈也不是特别深入,自然也算不上知己,然而,我却不自量力地为本书写起序来了。为什么呢? 不为别的,只为了一句承诺,为了心中那几许隐隐的疼痛。

从前,我给朋友、学生也写过序。不过写那些序的时候,心情是高兴的。为朋友高兴,也为读者高兴。但当我为马宝安的《第三种情感》写这一篇文字的时候,心情却是沉重的。之所以沉重,是因为我当初答应为宝安写一篇所谓"序"的文字的时候,他还是一个充满了生活热望,对未来有着美好憧憬,对我所写序言有所期待的一条生龙、一只活虎,而此刻,当我"敷衍"这篇文字的时候,他却已经永远地离开了我们,待在天国不知什么地方去了。他肯定不再期待我为他的书写什么序言了,但是我的内心却沉重得竟有一种负罪感。

因为,我曾经对宝安有过一个承诺。

大约是2010年年初的时候,航天四院的朋友姜仁礼说要给我介绍一位新朋友,说那位朋友也非常喜爱文学,看了我的长篇小说《大虬》之后有许多感想,很想和我就文学创作方面的问题进行一些探讨,于是,我和宝安就认识了。相识之后,宝安说他也写了一部长篇小说,就是不知道能不能达到出版的水平。他拿来了长篇小说中的部分章节,让我给看一看,评一评,提一些意见。

拿回那些章节后,因为工作忙,我并没能很快地给宝安一个答复,大约过了十几天吧,我才把那些篇章看完。实事求是地说,宝安的文字功底是相当不错的,语言流畅亲切,文字简洁精当,只是作为小说,整个篇章的"故事性"相对弱一点(起码给我的那几章是这样)。如果宝安用那样的文笔去写散文,那散文绝对是上乘之作,但小说毕竟不是散文,它是要通过故事来吸引读者,增加可读性的。

当再次聚会时,我把这些看法说给了他。宝安非常虚心,边听边点头,那和善真诚的目光中闪动着深沉的思索。最后,他表示回去要再进行一些修改。

又过了些日子,我们又一次聚会,这回他拿出了一本蓝色封面的书稿。他说他回去后又做了修改,然后请人将书稿全文打印出来了,他想让我全部看一看,然后再为这本书写个序言。他已经决定出版了。

这是一部四十余万字的书稿,掂在手里沉甸甸的,很有些分量。我当时心里便不由得有一股热浪翻腾起来。“文章千古事,甘苦寸心知。”我是一个业余从事文学创作的人,我非常清楚业余创作的艰辛不易,宝安和我一样,也是在繁忙的本职工作之外从事文学写作,能拿出这么厚的一部书稿,其间他付出了多少心血汗水,牺牲了多少节假日休息时间,我是完全能够想象出来的。我们同属一类,是被许多“会生活”的人称作“傻子”的那一种人。但是,“傻子”们却乐此不疲,因为凡喜爱写作的人大多都有一股“痴”劲儿,鲁迅先生是“把别人喝咖啡和聊天的时间都用来写作”,柳青则直言“文学是愚人的事业”。而这种“愚、傻、痴”的背后所潜藏的,却是一颗热爱生活的滚烫的心,是一种严肃而崇高的社会责任感。正由于我们的心灵是相通的,所以我对宝安孜孜以求的精神就更为感动和敬重了。同是搞文学创作,我其实要比宝安容易,因为我所从事的工作就是教书,且教的就是文学,就是写作,因而文学创作从某种意义上说也算是本职。而宝安的工作是管理,是生产,是和机器、产品、市场打交道,在和他本职工作相对距离较远的领域里,他能为社会奉献出这样一部厚重之作,我怎么能不感动、怎么能不敬佩呢?那是多么顽强的毅力,怎样崇高的责任感啊!

于是我接过他的《第三种情感》,答应回家一定认真阅读,争取尽快写一篇文字。

然而,我辜负了宝安,没能做到“尽快”。一是本职工作确实太忙,二来呢,我也确实没能倾尽全力。我读得认真,这是绝对没有问题的。我用笔圈出了其中的错别字,画出了有病句的段落,在觉得费解的地方打了问号……同时,我又把这部书稿推荐给了太白文艺出版社的曹彦编辑,曹编辑不仅将这部书列入了2012年的出版选题,而且和宝安也联系过几次……

虽然我为宝安出书也做过一些努力,但时至今日,我仍然有些不安。假如我当初早早写出了赞扬肯定的文字,宝安也许会受到鼓舞;假如他下了尽快出书的决心,也许他就会忙碌在出书、赠书、销书等事务中,也许他就不会在那个时候出现在那个地点,也许那场悲剧就不会发生,也许他就不会这么早地离开……

然而,历史是不能假设的。任何假设的历史都是没有意义、没有价值的。历史就是已经发生了的不以任何人意志为转移的残酷的事实!残酷的事实是:宝

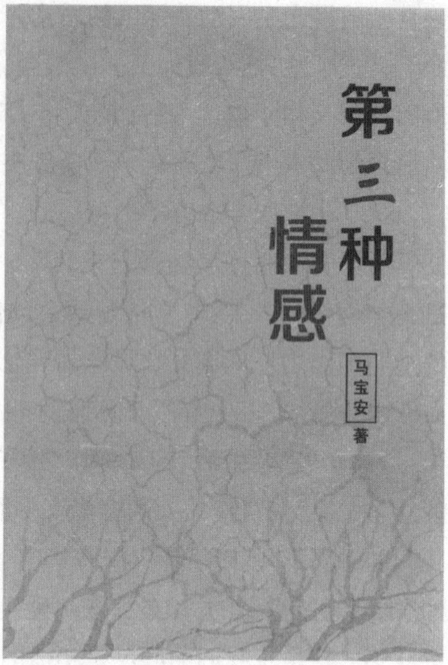

安已经确定无疑地永远离开了这个喧嚣纷杂、丰富多彩，充满了无穷快乐也充满了许多痛苦的人间。

凡是熟悉宝安且与宝安交往很深的朋友都说宝安是个大好人！他对父母，绝对是个足赤纯金般的孝子；他对孩子，绝对是个真真正正的慈父；他对爱情忠贞，对朋友诚挚，对工作极端负责任……这样一个好人竟这样匆匆离去，朋友们谁都觉得难以接受。我作为他的朋友，交往虽然并不很多，但我同样为他的匆匆离去而感到无限悲伤和无尽的惋惜。

好在宝安有以姜仁礼为代表的一群好朋友，他们都是那样热心，那样善良，那样的乐于助人且富有极强的正义感！这些好朋友为了表示对亡友的怀念与尊重，决定大家帮忙为宝安出这部书。这不由得让我想起了唐朝的柳宗元和刘禹锡——刘、柳二人是志同道合的知心朋友，柳宗元英年早逝(年仅四十六岁)，而他身后留下的大量文稿，都是刘禹锡整理编定刊行于世的。从而在中国的文学史、文化史上留下了千古佳话。姜仁礼先生们的善行义举，自然也会被历史铭记的。

实事求是地说，《第三种情感》绝不会成为“畅销书”，但这绝对是一部值得认真一读的书！这部书以极大的热情歌颂了亲情、爱情之外的第三种情感——友情，让人们感觉到纯真的友情有时候比亲情、比爱情更崇高、更宝贵。书中有对社会恶浊现象的无情揭露和愤怒鞭挞，有对真善美好事物的赞美讴歌。书中充分表现了作者对生活的热爱，对社会的极其负责，字里行间无不流动着作者那令人感动的社会责任感。同时，作者经过反复打磨之后，故事也还是很有趣味、很耐人深思、颇为引人入胜的。认真阅读，读者一定能从书中得到非同一般的艺术享受。

谁阅读得越认真，谁受到艺术美的冲击就越强烈。

2012 年 5 月 10 日

《第三种情感》2013 年朋友姜仁礼等友情捐助印行

赤诚绘出多彩图

——《肩膀上的日子》序

坦率地说,关于这篇序文的撰写,起初我是坚决推辞的。推辞的原因无他,只是因为“不敢”。从古至今,一般说来,能给他人著述作序的人,要么是身居要职的领导,要么是声誉远播的名流,总之得是有地位、有“分量”的人物,而我哪里能够得上这样的“格”呢?依我的职务军衔而言,虽说也号称“某级”干部,但究其实不过是军校里的一个“教书匠”而已。虽然也曾出版过几本所谓的著作,但在很多很多场合,假如自己或者朋友不特意介绍,关于“这厮乃何许人也”以及“这家伙写过什么玩意儿”的问题,是没有几个人知道答案的。那么,这样一个既非政要又非名家的人,给航天科技集团公司第四研究院(简称“航天四院”)这么大单位出的这么厚重的一本书作序,不是太“不自量力”了吗?所以,起初我是坚决推辞的。

然而,在本书主编之一伏萍女士再三盛情约请下,我最后又答应下来了。为什么呢?因为我又想起了能为他人之书作序的人里还有一种人,那就是:朋友。如果说给柳宗元之书作序的刘禹锡(柳最好的朋友)仍是名人的话,那么,给蒲松龄的《聊斋志异》写序的唐梦赉,就实实在在是个普通的“非著名”文化人。不过从《聊斋志异》流传数百年的实际情形看,似乎别人也并没有对他的行为有所非议与嘲笑。为什么呢?因为他们是朋友。

同样的道理,我之所以答应写这篇“序”,就因为我觉得“朋友”这两个字我还是担得起的。第一,日常生活中,我和航天四院的几位文化人伏萍、马士琦、姜仁礼等本身就是交往较多的朋友;第二,我所在的单位——第二炮兵工程大学,与航天四院仅一墙之隔,工作上是友邻单位,事业上也是并肩携手的战友,航天四院人所经历的风风雨雨,所感受的苦辣酸甜,二炮的“砺剑人”也完全能够感同身受。既有共同感受,自然也就有共同语言。写序,不过是战友对战友说的心里话而已,对也罢,错也罢,是不怕旁人哂笑的。如此一想,便释然了。

于是，不揣鄙陋，这“序”就写起来了。

要放开来说，话当然很多。不过这里我主要想说两个意思：其一，说说航天四院出版这本书的意义，其二，说说我阅读此书的一些感受。

关于出版这本书，我认为，起码有以下三个方面的意义：

首先，这是航天人落实十八大精神，为文化强国事业所做的一份独特贡献。

党的十八大报告指出：文化是民族的血脉，是人民的精神家园。全面建成小康社会，实现中华民族伟大复兴，必须推动社会主义文化大发展大繁荣，兴起社会主义文化建设新高潮，提高国家文化软实力，发挥文化引领风尚、教育人民、服务社会、推动发展的作用。报告明确提出了“要扎实推进社会主义文化强国建设”的任务。在这样的时代背景下，航天四院推出这样一部厚重之作，无疑是为文化强国事业做出的一份可贵的贡献。

看完本书所选的诗文，直接的感觉就是，虽然文章作者的视角不同，切入点不同，但绝大多数篇章都有一个共同点，那就是：大力弘扬民族精神和时代精神，宣传爱国主义、集体主义、社会主义，倡导富强、民主、文明、和谐，倡导自由、平等、公正、法治，倡导爱国、敬业、诚信、友善，对于培育社会主义核心价值观，无疑具有非常积极的作用。

同时，书中诗文对中华传统美德和时代新风的颂扬，对真善美的讴歌和对假恶丑的鞭笞，可以肯定地说，就是为培育知荣辱、讲正气、做奉献、促和谐的良好风尚提供良好的导向，为全面提高公民道德素质做贡献。

其次，这是一部航天人自己书写的“航天人史记”，为后辈的航天人储存了一块珍贵的“奋斗者宝鉴”。

今天的人类之所以知道在黄河、长江流淌的这片土地上，曾经有过被称为“黄帝”的华夏先祖，有过尧、舜、禹、汤这样的治世圣君，有过周、秦、汉、唐这样颇负盛名的朝代，有过老、孔、孟、庄等文化天空中灿烂的明星，无论如何，我们得感谢那一个个不辞辛劳甚至不惜牺牲生命来为人类做记录的文化人。如果没有老祖先用甲骨、用钟鼎、用竹木布帛、用笔墨纸砚为我们记录下那些曾经发生过的事情，那些应该记取的经验教训，那么，今天的人类也许比猩猩强不到哪里去。正是文化，让人类在这地球上成了“万物之灵长”。每当脑海里回荡“文王拘而演《周易》，仲尼厄而作《春秋》，屈原放逐，乃赋《离骚》，左丘失明，厥有《国语》……”这慷慨激昂撼人心魄的声响时，那一桩桩历史事件、一个个历史人物便栩栩如生地浮现在眼前，心里便不由得生出无限的感激来，感激周文王，感激孔仲尼，感激左丘明，感激司马迁、陶渊明、刘义庆、李白、杜甫、苏轼……感激人类文明历史上为文明的创造、传播、弘扬、继承付出过努力的每一个人！感激他们的智慧，感激他们的良知，感激他们的社会责任心！正是社会责任心，使司马迁在肉体和心灵都遭受巨大痛苦的背景下，含羞忍辱发愤为作，为后人留下了永远令人回肠荡气的“史家之绝唱，无韵之《离骚》”——《史记》。同样，正是可贵的社会责任心，让航天四院一代又一代的文化人，甘愿吃苦，不顾疲劳，呕心沥血，勤奋笔耕，用自己的笔墨，记录了航天四院人几十年来艰苦奋斗的足迹，歌颂了航天四院人崇高的品德，美好的心灵，辉煌的业绩，立体化地反映了中国航天事业的发展历史，为子孙后代留下了一份极为珍贵的精神遗产。说出版这部书就是保存了一部航天四院人自己书写的“航天人史记”，我以为并不为过。

再次，这部书，为航天四院文化人搭建了一个展示生命价值的舞台，开辟了一条文化创造涌流的渠道。

党的十八大报告指出：“建设社会主义文化强国，关键是增强全民族文化创造活力。”为了保障“全民族文化创造活力”的不断增强，有关部门就必须要“为人民提供广阔文化舞台，让一切文化创造源泉充分涌流”。航天四院出版这本书，做的就正是这样一件功德无量的事情。

在美国心理学家马斯洛的“需求理论”中，人的需求共分为五个层次，而“自我实现”的需求是人类最高层次的需求。当人类其他层次的需求基本得到满足之后，人类最高层次的需求欲望就显得更为强烈。中国古代的圣贤们把这种需求命名为“三立”，即立德、立功、立言。所谓“立言”，就是人类“抒发灵性，描摹灵性，记录灵性”这种生命需求的具体体现。

具有一定文学创作能力的人，常常情不自禁地想要把自己对生活的认识，对生命的体悟形诸文字，既宣泄自己的内心情感，又对他人产生影响。诗人郭小川曾有两句诗，很能代表具有社会责任感的文化人的心态：“假如仅仅为了自己看，诗文不如不作……假如仅仅为了自己听，歌声不如哑默！”（郭小川《在大沙漠中间》）写诗作文，不仅要让自己的灵魂得到慰藉，还要让诗文对他人产生影响，对社会产生作用。只有这样，写诗为文者的生命价值才算得到了较为充分的实现。航天四院热爱创作的文学人，肯定都有一种“生命价值得到社会认可”的愿望，然而在今天这种“喧嚣而无声”（即“人人都在发声却谁也听不清他人言语”的状态——肖云儒语）的时代，许多人写出了很有价值的文字，表达了很有价值的思想，但却很少被别人了解并铭记，那些散见于各种载体上的文章，如果无人整理结集，很可能就会如同风中飘飞的落叶一样，要不了多久就会被岁月的尘埃所埋没。如今，一篇篇各呈异彩的文学作品汇集在这本书里，既方便更广泛的传播，又有利更长久的保存，对航天四院文学人的生命价值无疑是一种极好的肯定与展示。曹丕曾在《文学·典论》中称文学为“经国之大业，不朽之盛事”，而在中国共产党提出“文化强国”战略的历史新时期，航天四院的党政领导及宣传文化部门的同志能为航天四院的文学人提供这样一个展示的窗口（或曰舞台），的确是为“经国之大业”干了一件“不朽之盛事”，值得欢呼，值得赞美！

下面要说的，即是我阅读了这本书以后的一些感受与感想。

读这本书时，我觉得仿佛走进了一个姹紫嫣红、五彩缤纷的大花园，在这里，我看到了牡丹、芍药雍容华贵的身姿，看到了玫瑰、月季娇艳夺目的色彩，也嗅到了沁人心脾的桂花的浓香，当然，还看到了虽不抢眼但韵致高雅的野菊、山丹——多种题材、多种样式、多种生活内容的作品，让读者看到了航天四院人绚丽多姿的生活场景和丰富多彩的精神库藏。

读这本书时，我又仿佛在聆听一部内涵丰富的交响乐，这里有气势磅礴、惊涛拍岸的铜管共振，有委婉缠绵、柔情似水的丝竹和鸣，我听到了长笛的悠扬放歌，也听到了黑管的深情低吟——弘扬正气的力作，采英撷华的小品，潺潺流水般的游记感想，晶莹露珠般的哲思睿语，立体化、全方位地展示了航天四院人美不胜收的情感世界。

同时，我又好像在观看一台况味复杂的人生大戏，这里有感天动地的忠心赤胆，有催人泪下的离合悲欢，有奋不顾身的英雄豪气，当然也有趣味盎然的逸闻笑语。

实事求是地说，《肩膀上的日子》里所收的作品，内容都积极健康，有真情实感，写作的角度多样新颖，表现手法灵活别致，全方位反映了航天人的襟怀，情操。既有对无私奉献者的热情讴歌，又有对当年创业艰难的深情回顾，更有对航天人方方面面生活情趣的展示。写作风格多姿多彩——活泼俏皮的令人忍俊不禁，沉重动情的让人热泪盈眶。这些发自肺腑的诗文，把航天人走过的艰苦历程、航天人具有的精神风貌，描摹得淋漓尽致，令人感动，令人鼓舞，令人振奋。

伏萍的小说《航天魂》，主题思想积极厚重，艺术上也颇有特色。小说讲述了一个把全部生命献给航天事业的科技人员武钟明的动人故事。为了祖国的航天事业，在面临是奔赴大都市上海还是留在艰苦的秦岭山沟这样一个人生十字路口时，他毅然选择了坚守山沟，从而失去了心爱的恋人；为了抢救宝贵的科研资料，他失去了一只明亮的眼睛；夜以继日地工作，他牺牲了很多亲情温暖；长期的呕心沥血，他终于积劳成疾，在还不到老年的时候，竟带着对事业、对家庭、对人生的无限眷恋，令人叹惋不已地告别了人世。

这是一曲对航天人无私奉献精神热情赞美的颂歌！小说虽是对“一个”忠魂的追悼，但又何尝不是对整个航天系统中所有无私奉献者的深情追怀？作者从生活中敏锐地捕捉到许多动人的素材，经过精心构思，塑造了武钟明这样一个生动而又高大的形象，读来令人心潮激荡，感慨万端。这是为航天忠魂竖起的一座纪念碑，相信一定会对后代的航天人起到长久的激励作用。

如果用花朵比喻，这样的作品就是色彩形状都具有视觉冲击力的“洛阳牡丹”，如果用音乐比喻，这样的作品就是音韵节奏都具有听觉震撼力的《义勇军进行曲》，是当之无愧的“主旋律”。

诗文集中，这样的“主旋律”作品还有许多，如马士琦的散文《押运途中过大年》和张卫萍的散文《那年，在山里上班》，都属于这种类型。

《那年，在山里上班》的作者抓住了一个场景：去山里上班的路上，因为雪厚路滑，司机决定返回。返回就意味着满车人都可以堂而皇之地不去上班且心安理得。然而就在此时，一位老师傅站起身说：“我今天必须赶到厂里。”然后便毅然下车，“大踏步走向山口，消失在茫茫雪野中”。看着那渐行渐远的背影，一个爱岗敬业、忠于职守的高大形象便无法磨灭地留在了大伙心中，让人们久久地感动。而《押运途中过大年》的作者，则用朴实亲切又幽默风趣的语言，表现了航天人默默奉献又以苦为乐的高贵精神：年关将至，在举国上下千家万户都沉浸在亲人团聚共度新年的欢乐气氛中的时候，两位公安和一位车管却接到了护送航天型号产品的任务。这就意味着全中国绝大多数人都可享受的过年的快乐他们不能享受了，而且这样的“好事”连续两年都让他们赶上了。假如换了那种“以自我为中心、以享乐为要务”的个人主义者，一定会对这样的“不幸遭遇”叫苦连天，然而在马士琦的散文里，读者不仅没有感觉到丝毫的抱怨，反而感受到了一种别样的快乐。请看作者的描写：

“车上的电视可收两个频道：‘多瑙河之波’与‘雪花聚荧屏’，想看中央电视台春节晚会，那是奢望。”

“三人以茶代酒，互致祝福，吃过‘年夜饭’（实为三人自做的三个能凑合吃的菜），便都怀着圆满完成任务的喜悦和对家人深深的想念倒头就睡，一觉醒来，丢了‘羊尾’，捏住了‘猴头’。”

“整整一夜，穿越了中原大地、燕赵大地；传递着猴给鸡的接力棒；观不尽沿线的灯火绚丽礼花璀璨；闻不断沿途的爆竹此起彼伏，鞭炮响彻云霄……”

什么叫“革命的乐观主义精神”？这就是！

与上述作品有异曲同工之妙的还有：佟丽萍的散文《在青灰楼生活的日

子》，通过对往事的回忆，记录了航天人当年艰苦创业的历史足迹，展示了航天人在艰苦中不懈奋斗的革命乐观主义精神。魏旭东的《春天，第一朵花开献给谁》则用满含自豪的笔触，写了航天人在试验区虽然艰辛但却满含热情的工作态度，尤其是在寒冷的冬季，工作人员踏冰水、迎风雪，通过辛勤的劳作一次又一次完成任务。当春天第一朵花开的时候，作者认为：那第一朵春花应该献给默默奉献于试验区的一线职工。表现了作者对本职工作的热爱和对默默奉献者的赞颂。

表达这样思想感情的，也有很多值得称道的诗歌作品。这些作品，有的直抒胸臆，如杜万潮、刘进民所写的组歌《四院颂》：“没有留下遗言嘱托，来不及再见妻子儿女，为了火箭早日腾飞，你化作红云升起在遥远的天际。”

而伏萍的诗歌《星》则表现得委婉含蓄：“在白昼到来之前，星，已经做好了准备，它没有哀歌，也没有叹息，像它占据小小地盘那样，默默地来，又默默地去……”

袁媛的散文《老爸的故事》写了“老爸”一段颇有传奇色彩的经历：厕所里意外捡到的一纸空白介绍信，后来竟意外地发挥作用，成就了一对有情人的美满姻缘，也拯救了三个人（男女双方及腹中的孩子）的性命。“老爸”机智善良的形象跃然纸上，文章语言俏皮生动，读来十分有趣。

李平波的散文《求助电话》给我的阅读感受则是感动的震撼。文章叙述：在班组承担的工作任务最紧张最繁忙的节骨眼上，突然接到了同事亲人的求助电话，希望班组能派人帮助亲属照顾护理那位病重住院的同事。火烧眉毛的任务已经忙得人焦头烂额，本来就缺人手的班组再抽人去照看病人，同志们肩膀上日子的沉重可想而知。然而，作者写道：

事实证明，真正决定成败的因素还是我们自己。在那一段最为紧张繁忙、困难重重的日子里，我们不但顺利完成了任务，而且事故为零，质量创优，一次交检合格率100%，陪护时间一直坚持了七十多天。

工作之余闲暇时，当我们站在车间门口，遥望四面山坡一簇簇盛开如雪的龙白牙花朵，惬意的心空就云一样飘起对那段日子的感叹——那是一段具有实质性分量的日子，那是一段诞生精神的日子，那是一段检阅班组战斗力的日子，那是一段展示人性大美的日子，那是一段让我们在任何时候回忆起来，都毫无愧色的日子。

这本诗文集中，数量最多的是散文，而散文所呈现的色彩也的确是五光十色。有的篇章表达了对人生哲理的新颖感悟，如刘丽莉在《握紧未来》中发出

“过去的日子已经死去，只有过好今天，憧憬明天，才能握紧未来”的人生感喟，就有与哲人耶曼孙、伟人李大钊神思相通的妙韵；王续红《快乐做女人》中所表达的观点：“生活的快乐是要用心去寻找、去感受的。”也能给读者以有益的启迪。

刘遵玮的《魂系固体》，通过对航天四院几代人奋斗过的几个地方的回忆与赞美，把读者带进那一个个留下航天人足迹汗水的地方：京郊东山沟的神秘，高坝二道溪的欢腾……直到蓝田、田王的崛起腾飞，字里行间充满了对四院历史的深情，对四院成就的自豪。姜仁礼的《车城游札记》看似散漫，但却正合了“形散神不散”的规律。车城一游，既昭示了友情的珍贵，又反映了祖国的巨大变化，其间有对历史的回顾与反思，有对现实的赞美与忧虑，有对未来的展望与憧憬，文笔流畅，举重若轻，有意义也有趣味。

朱浩的《相守红叶李》描写了生活中的一个小片断，工作中的一个小场景：值班的时候，“我”看中了窗外红叶李树上的一颗小红果，“预谋”下班时采回家给孩子玩，不料抢修任务突然来临，“我”得赶紧去干活。待工作任务完成后，红叶李上的小红果（生活乐趣的象征）竟已被鸟儿衔走……“我”此时则自我宽慰：人有人的事，鸟也有鸟的事，不必生气与遗憾。通过一个别有情趣的生活场景，反映了航天人爱岗敬业的精神，角度独特，耐人寻味。

李远的《母亲的遗憾》一文，别出心裁：母亲的遗憾是“当年在乡下，她已经是入党的重点培养对象，偏偏那时离开农村随丈夫来到了这里”，阴错阳差地再没能入上党。没入上党造成的另一个遗憾就是：汶川地震时她想多捐些款，负责收捐款的却说：“你不是党员，不用捐那么多。”表面看是母亲的“遗憾”，而本质上却表现了母亲对党的无比热爱。初看似觉无奇，细品却觉蕴涵隽深。

说实在话，书中值得欣赏品鉴的作品很多，相信读者在看完全书之后定会有自己的评价，我将就此打住，不再饶舌。

我的朋友、词人张郁兵先生在看了部分作品后，也曾写过一些评论文字，这里摘录如下：

“阅读这些作品，能真切地感受到航天人的赤子之心，感受到他们对祖国、对人民、对亲人、对事业的无限忠诚，他们以积极、健康、向上的胸襟，用自己喜爱的文学样式，反映生活，抒发亲情、友情、爱情，让人能真切地感受到生活之美、自然之美、和谐之美。”文后，词人激情难抑，又赋词一首，其中有这样几句：**“航天赤子胸襟，情豪赋诗优。眼望神舟天上，感悟艰辛努力，励志上层楼。身兼家国事，处处用心酬。”**

与张郁兵先生差不多同时阅读过书稿的文学评论家鹿志峰先生对本书的价值也给予了充分的肯定，他认为，尽管书中的许多篇章都充满了政治的豪情与激情，但这本书绝不是一味宣传政治理念和图解政治口号的“政治书”，而是实实在在的一部文学书，是用“润物无声”的文学手段，引领读者乘着不贴或少贴政治标签的文学之车，驶上了更为宽广、更为宏阔的“政治大路”。比如那些山水游记、故乡见闻、一件小事对心灵的触动，一处小景引起的联想等，看起来似乎和航天人的工作、生活没有多大关系，但却恰恰反映了航天人（作者本身就是航天人）对祖国大好河山的热爱，对和谐社会、美好生活的追求与向往，折射出来的，正是航天人崇高美好的精神境界。

我认为，鹿志峰先生所言，确是真知灼见，深中肯綮。

也许，在某些“大文豪”眼里，这本书里的作品跟所谓的“经典”是沾不上边的，但是我相信，凡是有良知且真正用心阅读了这书的人，心中绝对不会不感动。

最后，我想用雨妍的诗歌《守望苍穹》中的一段，来结束这篇序文。

守望苍穹！
守望盘古劈开的地浊天清，
守望屈原问过的风起云涌，
守望五千年代代人延续着的
那一个飞天的梦，
守望九百六十万平方公里土地上
那一方明澈的天空。
守望苍穹，
守望祖国的和平、人民的安宁。
我们是航天四院人！

我虽不是航天四院人，但我愿意永远做航天四院人的朋友！

2012年11月22日

《肩膀上的日子》太白文艺出版社2012年12月出版

温暖永远

炳南诗的“力”与“味”

——《灞川掬韵》序言

说来惭愧,早就答应给炳南兄的诗集写一篇所谓“序言”的文字,但却一推再推,迟迟未能交稿。尽管在自己的事情上我一直记着鲁迅先生的那句话:“别人应许你的事情,万勿当真。”但对于答应别人的事情,我却还一直是很认真的。因为从小就听过母亲不止一次地告诫:“应人事小,误人事大!”但这回为什么没能做到“言必信,行必果”呢?其间或公或私各种杂务搅扰当是一方面的原因,但另一方面更重要的原因则是:炳南兄诗作的内容太丰富了,我想说的话太多了,以致竟有些“不知从何说起”了。浏览他的诗作,就像走进了一座风光秀美、景色奇丽、流泉飞瀑、重峦叠嶂的大山,真是“横看成岭侧成峰,远近高低各不同”,怎么说似乎都说不完、说不够、说不准确,所以稿子就这么一拖再拖地拖了下来。

说实在话,读完炳南兄这些诗稿的时候,我内心的感受是很难“一言以蔽之”的,因为这些诗在我心河中激起的浪花是多姿多彩的,有惊讶,有感叹,有震撼,有感动,当然也有茅塞顿开般的感悟……

我惊讶,这个和田禾地、土坷垃打了半辈子交道的“粗人”,竟写出了秘书、编辑或者教师之类“细人”也不一定能写出来的好诗!那诗里不仅散发着浓郁的关中大地的“土气”,竟也还散发着许多来自异域他国的“洋气”:诗里的感情是那样细腻,那样深婉;文字是那样优美、那样生动;表现出来的韵致,既有江河奔腾的豪壮,又有惊涛拍岸的慷慨,婉约如雨润荷塘,含蓄似龙藏水底……我不由得惊讶地感叹:炳南兄,您真要让我重新打量了!

论起来,我和炳南兄相识、相交也已有十余年之久。2002 年,洪庆五诗人(王盛才、赵崇生、刘炳南、张郁兵、路桄畅)合出诗集的时候,我曾为那本书写过一篇“序言”,按说对这位老兄是十分熟悉的。可是这次当我集中阅读他的个人诗歌专集时,还是感到十分惊奇,仿佛面前站着的是一个陌生的人。多年交往,我的印象中，刘炳南是一个性格豪爽、待人真诚、十分机敏、特别能干的成功人士——他当过村办企业（水泥预制厂）的厂长，把厂子办得生机勃勃，风生水起；他也当过村长，把村子治理得有声有色，美名远扬。正因为当村长政绩突出，搞企业又足智多谋，所以获得洪庆镇（后改为“街道办”）领导的青睐，被抽调到镇政府“乡镇企业办公室”，负责发展乡镇企业的工作。在他五十多岁的时候，正式“转干”，由地地道道的农民变成了实实在在的国家公务员。他当了十多年的区人大代表，还曾经是堂堂正正的区人大委员。他之“所求”与“所获”，简直就是人生奇迹！许多人感叹：刘炳南有本事！太有本事了！他是从农民群体中升腾而起的一颗璀璨明星，他是一株黄土地上长出的“奇花异木”……他的人生道路顺畅、风光，令人钦佩也令人艳羡甚至嫉妒，他的生活里只有阳光明媚、春风得意……

然而，这一次在他的诗里，我却发现了许多别的滋味——有对底层劳动者的深切同情和厚重悲悯，有对权势者的无情揭露和有力抨击；有对为富不仁者的辛辣嘲讽，也有对中饱私囊者的切齿憎恨；有对真挚爱情的热烈颂扬，也有对“真爱难得”的深沉惋叹。给我印象最深的，竟是他诗里几乎随处可见的“秋”的意象——除了秋的成熟、丰收、达观、超脱之外，秋的衰败、落寞、悲凉、伤感、惆怅、无奈……也全都洋溢于字里行间。

这还是我原先认识的刘炳南吗？

古人云：“诗言志”。俗话说“文如其人”。我一直认为，凡是能打动人心的文章或诗歌，都一定表达了作者的真情实感，而作者的真情实感绝不会是无源之水、无本之木。曹雪芹的“满纸荒唐言”之所以数百年来一直令人动情、动容，就因为这“荒唐言”里包含着作者的“一把辛酸泪”，而作者的“辛酸泪”又和他从“大富大贵”跌入“大贫大苦”的人生经历密切相关。同样的道理，炳南兄诗里所传达出来的情感，也一定和他的生活经历分不开。可是，他怎么会有那么多的忧伤和痛苦呢？

我必须重新走进他的内心世界，我必须重新认识刘炳南。

通过几次和他深入交谈，也通过他的知交故旧的介绍，我终于了解了另一面的刘炳南，或曰“刘炳南的另一面”。

全面了解了他的人生历程之后，我不由得又一次深深地叹服“文章憎命达”“愤怒出诗人”这些名言的哲理深刻性和智慧永恒性了。

刘炳南能写出这样内容丰富而情感复杂的诗章，跟他的人生经历的确有着千丝万缕、血肉相连的关系。在我原先所知的那些"光环"的背后，其实隐藏着他极不平坦甚至可以说是十分坎坷曲折、满含尘世辛酸的人生经历。

炳南兄写过一首长诗，题为《忏悔》，他不愿意投往报刊发表，也不想在这本诗集中公之于世，但他让我看了。这首长诗真实地记录了他的人生历程和他的心路历程。他之所以"忏悔"，是因为他认为自己经历的一系列坎坷，都源于少不更事时的"误入歧途"。

这"歧途"，说起来实在是有些辛酸。

自从共产党执政以后，中国人就被严格地划分成了许多"层次"（当时流行的称谓叫"阶级"），除了"地主、富农、资本家、反革命、坏分子、右派分子"这些被无产阶级政权"专政"的对象以外，党和政府所"依靠"的对象，也分成了基本的两大营垒——工人和农民。由于工人阶级是无产阶级，而政权的性质又是"以无产阶级为领导"，所以工人阶级就得到了政权所给予的许许多多优惠——城市户口、分配住房、按标准定量供应的廉价粮食、各种紧缺物资的特殊供应票证等，而这些优惠，占人口绝大多数的农民是享受不到的。随着时日的推进，工人阶级和广大农民就形成了极为明显的差别（当时官方承认的三大差别为：工农差别、城乡差别、脑力劳动和体力劳动差别），"工人富，农民穷"已经成为全社会的共识。如果一个农村女子找到了一个工人丈夫，而且她随之也成了城里人，那么，她的日子就一定会发生"翻天覆地"的变化。

刘炳南生在农村，父、祖辈都是农民，而"不幸"的是，在他们村子旁边，建起了一座保密性极强的生产军用产品的国防工厂（最初称"10 号信箱"，现在叫"庆华电器集团公司"），工厂里来了一大批享受国家各种优惠待遇的工人。几乎是眨眼之间，古称"灞上"的这片土地上，立即形成了对比鲜明、差异极大的两个群体，一个"富人群"（数量并非"极大"的工人），一个"穷人群"（数量极大的农民）。"民不患贫而患不均"这是古代人的思想境界，到了共产党执政时期，这种境界似乎仍没有本质变化，所以 10 号信箱里"富人"们的生活，就使得周边的"穷人"心里很不平衡，套用现在的时髦话来说，就是穷人的心里早已经有些"羡慕忌妒恨"了，然而少数"富人"却常常做出些让"穷人"伤心且愤恨的事情。刘炳南就遇上了这样一件：

10 号信箱有一个养猪圈，正好就在刘炳南所居的村子边上。一天，10 号信箱的炊事员挑来一担泔水喂猪，猪圈旁边正好站着一位农民。那农民惊讶地发现，泔水桶里不但有工人老大哥吃不了的剩饭残渣，竟然还有一个雪白圆大的馒头漂浮在上面。农民喊着:“我们连黑面馍都吃不上,你们咋拿这么白的馍来喂猪?”一边喊,一边伸手从泔水桶里捞起白馒头,不管三七二十一,塞进饥饿的嘴里狼吞虎咽。

站在一边看到这一幕的刘炳南,心里感到十分酸楚。那位从泔水桶里捞馒头吃的农民是和他同村的一位长辈,他心想,那位用白馒头来喂猪的工人老大哥看到这一幕时,即使不会“潸然泪下”,起码也会用一声叹息来表示对农民兄弟的同情吧。然而,他想错了,真实发生的事情大大地出乎他的意料——那位工人师傅不仅没有表示丝毫的同情,反而因农民吃了他的猪食而对农民破口大骂,甚至张牙舞爪地还要打这位农民……

那一幕对少年刘炳南心灵的刺激太强烈、太残酷了。他感到很痛苦:农民面朝黄土背朝天辛辛苦苦种出粮食,供着城里的工人每月有足够的定量,使他们绝无饥馁之忧,而农民自己却常常吃不饱肚子。工人不就是沾着国家的光才成了“富人”吗?凭什么这样欺负农村的穷人呢?不知不觉间,他少年的心田里滋生了对这些依靠国家政府而变成新“富人”群体的仇恨!

然而,事情并没有到此为止。

10号信箱里经常放电影,而周边文化生活极其贫乏的农村孩子,也都想“秃子跟着月亮走——沾点光”,所以就经常到“信箱”的放映场地来“蹭”电影看。这自然又引起了少数“新富人”子弟们的不满。满怀优越感、自豪感的工人子弟(当然,仅是一部分)俨然以“富人”的姿态对待这些农村的“穷孩子”,起初是轻蔑嘲笑,后来就渐渐发展到武力挑衅。一次,刘炳南正在看电影,突然感到脑袋“嗡”地一响,身子差点儿倒在地上。他用手朝头上一摸,竟是黏糊糊的一手鲜血。借着场地上的灯光,他看到了脚下那块飞来的石头。他断定自己头被打破是“富人子弟”创造的战绩,因为就在他手摸头颅的时候,听到了不远处传来的笑声,那笑声扬扬得意,充满了挑衅的味道。

猪圈旁那一幕留在他心底的怒恨之火尚未熄灭,今天这一砸更激出了他的怒火万丈,他朝那些挑衅者扑了过去,一场斗殴就这样开始了。最后的结局,是以挑衅者的落荒而逃而告终……

此后,农村许多“穷孩子”都紧紧地团结在刘炳南的周围,很快他们就形成了一个极有“战斗力”的群体,同那个“富孩子”群体展开了“经常性的战斗”,而“战斗形势”往往在本地区内产生“巨大影响”,以致常常惊动公安局派出所……

因经常率领小学生“打群架”而在派出所“挂号”,毕竟不是一件光辉荣耀的事情,所以,尽管刘炳南的学习成绩一直名列前茅,但“操行评语”里却往往少不了老师惋惜的批评。这些操行上的“瑕疵”,甚至成了他后来上中学时期一直挥之不去的阴影(他忏悔的“痛点”主要在这里)。

1965年,他以合同工的身份,走进了位于山西太原的一家大型国有企业——十三冶(全称为“中国第十三冶金建设公司”)。在这里,他除了兢兢业业勤勤恳恳做好本职工作之外,就是非常勤奋地读书。爱读书的人往往也爱写作,于是就有了几十本日记和读书笔记,他也被大家公认是“工人中的青年才子”。然而,灾祸突然降临到他头上了——1966年,他被打成了“反党分子、牛鬼蛇神”,“罪行”是:他向《光明日报》投了一篇稿子,对新编历史剧《海瑞罢官》提出了与姚文元不同的看法。此举无异于在太岁头上动了土,报社不但没有发表他的文章,反而把他的稿子转回了他的单位。单位就依据那篇和姚文元唱反调的稿子,立即查处他的“问题”。查问题的时候,在他的书箱里又搜出了他写的近三十本读书笔记和日记,在日记里又断章取义地抓到了他的不少“反动言论”,于是二十刚出头的青年工人刘炳南被定为“反党分子”,关进了“牛棚”。

他被押上万人大会接受过批斗,遭受了一个热血青年难以忍受的凌辱……后来,随着“运动”的继续发展,一批来太原搞“革命大串联”的红卫兵指出批斗青年工人刘炳南是“转移革命斗争大方向”,他这才被放出了“牛棚”。出了“牛棚”的他,在无比悲愤的心情驱使下,把箱子里那些笔记本、日记本统统付之一炬,而且发誓再不写那些逗灾惹祸的“劳什子”了。

用工合同期满后,他又回到了农村老家(尽管他很想转成国家的正式职工,但,他只能回来了)。由于把他关进“牛棚”时,曾有外调人员到老家来“调查”过他的问题,所以回乡后的小伙子难免受到那些“斗争弦”绷得很紧、“阶级眼”擦得铮亮的“革命人”的别样眼光的注视,这期间,对于一个才华横溢、内心自尊、生性不甘人后的青年来说,其痛苦可想而知。

好在故乡的土地是胸怀博大的,故乡的父老乡亲绝大多数是忠厚善良的,他们用真情的温暖化解了刘炳南心中的寒冰。他没有自暴自弃,而是直面人生,奋勇崛起,重新开始了人生的奋斗。1972年他积极为生产大队筹建水泥预制厂,吃苦耐劳,呕心沥血,终于让预制厂给社员们带来了可观的经济效益,而且也为大队争得了可贵的荣誉。他的行动赢得了村民们(当时称社员)的信赖和拥戴,此后……

当然,此后就是我原先知道的那个成功者、胜利者了。

我明白了。

我理解了。

他在诗里传达的感情和感悟，都不是空穴来风，不是无病呻吟。正是有了那些丰富复杂的人生经历，他才能写出那多姿多彩的华美诗章。“从血管里流出来的都是血，从喷泉里出来的都是水。”诚哉，鲁迅斯言！

我读刘炳南的诗，最强烈的感受有两点：第一是“有力”，第二是“有味”。

先说“有力”。

诗歌之所以能征服人的心灵，就因为它本身具有“力”。

刘炳南的诗，至少有三种力——冲击力、感染力、鼓动力。

所谓冲击力，就是读了之后能让人热血沸腾、心潮澎湃，想平静都平静不了。刘炳南的诗里，具有这种冲击力的诗句，俯拾即是。请看：

在我身负重压\头抬不起的境遇里\时间\是我支撑生命的柱石\在我屡战屡败屡败屡战的不惑年岁\时间\是我生命不息奋斗不已的神、精、气\到如今\在我年老力衰两鬓白丝之际\时间啊\竟是我活着的财富、生活的耐力

——《我和时间》

不要责备\这个已过花甲之年\还不知安分守己的人\他还是个“孩子”\对未来充满希望\对生活满怀信心\时刻准备\去南极考察冰天雪地\跃跃欲试\登珠峰测绘海拔高低……

——《把希望从岁月邮局寄回》

对于一个不愿“白活一辈子”的奋斗者来说，拥有时间，就意味着拥有生命，拥有生命就意味着拥有价值。所以在遭受打击的生命低谷时期，诗人坚信“时间”会证明“我”的清白、“我”的正直、“我”的正确；在人生奋斗的逆境中，诗人相信“时间”会支撑“我”从失败走向成功！这种坚忍不拔的毅力，这种不屈不挠的勇气，能不给读者心灵以冲击吗？已经是年过花甲之人了，却依然“时刻准备\去南极考察冰天雪地\跃跃欲试\登珠峰测绘海拔高低”。这是一种什么精神？这是一种什么心态？看到这样的诗句，我们能不想起“老夫聊发少年狂……西北望，射天狼”的苏东坡么？能不感受到一种积极乐观、“生命不息，奋斗不止”的精神冲击吗？

所谓感染力，就是在阅读诗歌的过程中，不由自主地被诗人所传达的情感引导得或潸然泪下，或忍俊不禁。刘炳南的诗是具有这种力量的。例如：

长天夏日闲居家，蒲扇空调菊花茶。杀个西瓜消消暑，孙儿笑我太品麻。

——《夏日三题》

这是一幅多么朴素而又妙趣横生的天伦之乐图啊！开着空调还要摇蒲扇，泡着菊花茶还要切西瓜，生活真是太舒坦、太“奢侈”了，难怪孙儿要笑爷爷“太品麻”呢！一句“孙儿笑我太品麻”，把富裕而又充满天伦之乐的幸福生活场景勾画得活灵活现，而孩子天真烂漫、童趣洋溢的可爱形象也呼之欲出，跃然纸上，怎能不令人忍俊不禁？

然而读下面这首词的时候，心境就截然不同了：

身似飘摇雨夜船，思乡总是泪涟涟。半世耕耘难饱肚，回首，掬抔黄土别家园。浪迹江湖遭白眼，常念家人受饥寒。游子归心多梦幻，希盼，阳光照亮穷山川。

——《定风波·游子情》

这里表达的是外出打工的农民的心声。由于“半世耕耘难饱肚”，他们只能离开家乡，“浪迹江湖”去外地打工，然而在那些陌生的世界里，他们常常遭受“权势者”或“富有者”的“白眼”，而离妻别子的伤痛，思念爹娘的悲苦，常常让他们热泪涟涟。一个“回首，掬抔黄土别家园”的画面，就足以让有过类似经历的读者热泪潸然而下了。

所谓鼓动力，就是人们在读了诗章之后，立即会产生一种想攀登、想奔腾、想飞跃的冲动，想甩开膀子干一番事业，想不虚度此生而有所作为！在炳南兄的诗里，这种传递“正能量”的作品，比比皆是。

在《仰望星空》里，诗人写道：

尽管……人性失常扭曲\松弛了道德底线的张力\生活的诡异多变\八卦成\覉于尘上的功利……\但你\必须要明白\多一份仰望星空的思考\存一份灵魂生活的纯粹\是一个人完整健康的真正体现\是一个民族自强不息的真实价值！

如果说年轻人的奋斗是天经地义，那么，人到了人生的“黄昏时段”，是不是就可以“刀枪入库马放南山”、含饴弄孙安享晚年、无所作为懈怠沉迷了呢？且看诗人在《直面黄昏》里所表示的态度吧：

太阳走了\你把自己点燃\没有太多的光泽\但你\诱人的霞彩\依然灿烂\没有太多的色调\你用\迷人的金黄\努力把西边的天空涂染\没有太多的光和热\你用柔和的余晖\尽情把壮丽河山彰显……

读这样的诗句，我们是不是又看到了中唐时期那个不屈不挠的刘禹锡呢？是不是又听到了他那豪迈的歌吟——“莫道桑榆晚，为霞尚满天”呢？刘炳南的这些诗篇，相信真正用心去读的人，一定会受到鼓舞，受到激励。

再说“有味”。

我一直认为,好诗必须是“有味”的诗。有什么味呢?我以为,至少应该具有“三味”,即情味、意味和韵味。

所谓情味,就是诗必须有浓烈的情感。古人云:“动人心者,莫先乎情。情动于中而形之于言,言之不足,则咏歌之……”诗歌原本就是老祖先为抒发内心情感而产生的艺术形式,因而,没有情感的诗从本质上来说就不能称之为诗。真正的好诗,必须具有这样的特征:阅读之后,或使人热血沸腾,或催人热泪横流,或令人义愤填膺,或叫人喜笑颜开……如“待从头收拾旧山河,朝天阙……”如“料得年年肠断处,明月夜,短松岗……”

所谓意味,就是诗中必须蕴含哲理,能给人以启迪,或深刻隽永,或发人深省,如“不识庐山真面目,只缘身在此山中”,如“你站在桥上看风景,看风景人在楼上看你”等。

而所谓韵味,我的定义是:除了有内在的情趣之外,还要有一种好听的声音(这是“韵”的原始意义),就是要“押韵”,读起来有一种音乐的美感(可惜而今许多的“现代诗人”,脑子里压根儿不知“韵”为何物,写出来的几乎就是“分行的汉字”,连散文都称不上)。

令人欣喜且欣慰的是,炳南兄的诗作可谓“情、意、韵”三味俱佳。我之所以要向朋友们热情推荐,就因为他的作品里这“三味”一味不少,而且每一种味都悠远深长。翻开他的诗篇,你会感到浓烈的情味扑面而来,有如同烈火的热情,有仿佛浪涛的激情,也有宛若云霞的柔情。在《我的灞河我的滩》一诗的最后,作者有一个小注:“写这首小诗时,我怎么流泪了?”他为什么会流泪呢?答案不言自明:作者动情啊!

炳南兄诗中“地火喷发”式的直白抒情我是喜欢的,但我更偏爱的,还是他在看似不动声色的叙述中,含蓄委婉表达出来的那种情感。那种情感似乎更让人揪心,更让人欲泣欲诉、百感交集。

《又是雨夜 又见夜雨》就是这类作品的代表:

那是一个深秋的雨夜\在村西\那棵只剩下躯干的老槐树下\雨\淅淅沥沥\一顶破旧的草帽喊来了你\那把浅红色的伞\和一件绿色的雨衣\没有过多的悄悄话\也没有更多的忧虑\一起\把邻居大嫂生病的孩子\背到医院里

又是一个雨夜\还在村西\那棵老槐树依然挺立\我从师范学校毕业归来\决

心做一名山村教师\邻居的孩子拽着我的衣襟\隔壁的大嫂拎着我的行李\你家的大门紧闭\答案却十分清晰:\“她已嫁到了城里\成了一个有钱人的妻”

又是雨夜\又见夜雨\尽管早已物是人非\但\那把浅红色的雨伞\还久久地浮在我的脑海里……

虽然作者注明“这是我的一名乡村教师朋友的亲身经历”,但是此刻诗中的“我”作为一个意象,却早已超出了“作者朋友”这一现实形象。“我”已经成为一个“艺术典型”了。善良的农村青年,一贯乐于助人,从师范学校毕业了,并没有去追逐城市的繁华与舒适,没有为跳出“农门”挖空心思去“奋斗”,而是依旧回乡为渴求知识的山村奉献自己的才华智慧。而曾和他一样善良的恋人,却在世俗的压力或引力之下,改变了初衷。然而,尽管昔日的恋人“嫁到了城里,成了一个有钱人的妻”,但当年一起冒雨救助邻居孩子那美好的时刻,他依旧念念不忘,雨中“那把浅红色的雨伞,还久久地浮在我的脑海里……”这里传达的价值取向是明晰的——在世俗的诱惑中,有的人可能会选择对“美、善”的背叛,但却仍然有痴心不改者在顽强地保持着“美的坚守”。这种坚守是可贵的,是有价值的!“邻居的孩子拽着我的衣襟,隔壁的大嫂拎着我的行李”,不就是对我的坚守的最好回报么?看着这样动人的场景,谁心中能不热浪翻滚,谁眼中能不热泪盈眶?

除了情味值得称道之外,炳南兄诗作中的意味,也是非常值得赞赏的。比如在《冬·钓回雪一样干净的诗句》里,他表达的哲理意蕴就非常耐人寻味。

在这隆冬的日子里啊\不要宣泄\不要沉思\也不要和雪花窃窃私语\只要独自一人\站在湖滨皑皑白雪里\撒一线垂钓\从没有结冰的心扉中\把欢乐和笑容藏在湖底\钓回雪一样干净的诗句

读到这些句子,我们不仅看到了一个非常纯洁、格外动人的画面场景,而且简直就像进入了一种参禅悟道的境界——不宣泄、不沉思,甚至也不和雪花“窃窃私语”,完全进入一种“无为”之境,然而这种“无为”是真的无为吗?不,这种看似无为的行为,却正是一种“大为”,为的是要“在这隆冬的日子里”,“从没有结冰的心扉中,把欢乐和笑容藏在湖底,钓回雪一样干净的诗句”。哪里有“没有结冰的心扉”?什么是“雪一样干净的诗句”?诗人在这里给读者留下了非常广阔的想象空间。诗人在这里要“钓”的不正是一种至高至圣、大洁大美的人生境界吗?不是很多人都在感叹世风日下、人心不古,道德沦丧、精神滑坡吗?不是很多人都觉得当下的世界冷酷、人心冷漠吗?这多像是“隆冬的日子”啊!然而，作者告诉我们，只要自己的心纯净得都不“和雪花窃窃私语”，那么自己就会有两扇“没有结冰的心扉”，而且这心扉后面，一定会有“雪一样干净的诗句”。而且请相信，世间还有许多“没有结冰的心扉”，只要你用纯洁去“钓”，就一定能“钓回”许许多多“雪一样干净的诗句”！

此外，如《淘洗》《清醒》《走属于自己的路》等，都是极有“意味”的优秀诗章。

接下来我要赞美的，就是炳南兄诗作的“韵味”——音韵之美。

前边我曾说过，我是非常憎恶那种毫无韵律之美的“分行文字”的。十多年前就有人曾经说过：中国当代诗歌的衰微，一个重要的原因就是诗歌的“自杀”。而“诗歌自杀”的一个突出表现，就是“诗人”写出的“诗”压根儿不能“歌”。什么合辙押韵，什么对仗平仄，在那些标榜“新潮”“前卫”的“诗人”眼里，全都是“应该扔到垃圾堆里去的破烂儿”，他们随心所欲地写出了一堆“除自己之外谁也看不懂”的分行文字，在孤芳自赏、顾影自怜的同时，嘲笑、咒骂别人“不懂艺术”。

结果呢？结果当然不言自明——诗歌“自杀”了！“写诗的人比读诗的人多”就是诗歌自杀最残酷的证明。

但是在刘炳南的诗歌里，读者却无疑会真切地感觉到，作者一直在努力继承中国诗歌的优良传统，尤其是在“声韵美”这一方面的传统（顺便说一下，在笔者十分有限的外文阅读中，发现外国的好诗，也全都十分讲究“押韵”，看来追求诗歌的音乐美并不仅仅是中国的传统）。这本诗集里收录了他创作的许多仿古诗词，那些诗作、词作，不仅在押韵方面十分讲究，就是在平仄对仗方面，也是颇费匠心的。这里不妨欣赏一下他的《灞桥春》：

惊蛰放暖草木娇，江南秀色闹灞桥。堤柳绿得三尺雨，桃花红破一声箫。
风来竹唱声声妙，雨去鸟鸣韵韵高。问君何方山水好，长安塔下乐逍遥。

我相信，无论用陕西方言还是用普通话朗读，读者不仅不会觉得艰涩拗口，反而会觉得节奏铿锵，韵律和谐，极富音乐的美感。当读者看完这部诗集的全部篇章之后，将会发现，刘炳南不光写古典诗词追求韵律美，在现代诗（所谓“自由诗”）的写作中，同样没有放弃这种美学追求。绝大部分的现代诗，也都很注意押韵。随手拈来一个例子看看吧：

往事不忍细读
当年不堪评说
给那点苦涩的阅历\加锁
把那块变软的成熟\揣在心窝
用躯壳中的那点仅存的\余热
造化成晚年的\超脱

——《跟着月亮去上课》

读过之后,读者感觉如何呢?

我在本文的开头就已说过,炳南兄的诗可评可点的东西太多了,假如像前边那样说下去,恐怕再用五倍于此的文字,也难以把我想说的话说完。所以,现在我必须打住了。因为有诗作本身在,读者完全可以“仁者见仁,智者见智”,无须旁人饶舌。但是作为本诗集的“先睹”者,我还是想给读者朋友一点提示:刘炳南的诗作之所以有力且有味,关键是他的内心世界丰富多彩。从《街头修鞋匠》《收废品的女人》《保洁女工》《回家》等众多诗篇中,我们看到了他同情底层劳动人民的悲悯情怀;从《老屋》《怀念老村庄》《捡回丢在沙滩的那块石头》《我的灞河我的滩》等篇章中,我们看到了他那深沉浓重的乡土情怀;而《你曾告诉我》《道声珍重》《见你的日子下着小雨》《那段往事》《重活五十年,让我再喜欢你一次》等篇章,则让我们看到了作者对人世间真挚爱情的向往、苦恋和追怀(说实在话,这部分作品写得十分凄切动人,很值得读者品味欣赏)。当然,也许老刘在退休之后对人生“秋景”的感悟更为强烈深切吧,在众多的篇什里,出现了“秋”的意象,借着秋的意象,刘炳南酣畅淋漓地抒发了一把“秋怀”,这秋怀可谓“五味杂陈”,可说可道的“美景”“亮点”也是多如繁星,我这里留个“悬念”——欲知详情如何,读者朋友自己去浏览、去品鉴吧。

诚然,世界上没有完美无缺的作品,刘炳南的诗作也不例外。就我个人的意见,尽管在音韵美方面他有着十分努力的追求,但,这种追求目前看来还并不尽如人意(这一不足,在现代诗部分表现得尤为明显),有不少篇幅,意境固然不错,但节奏、韵律方面的缺憾是显而易见的。另外,个别篇章中流露出来的人生无奈与困惑,也让人觉得多少有些消极。然而不管怎么说,这本诗集绝对是值得一读的,而读过之后,你肯定不会没有收获与触动。

不说别的,单看最后“结语”中那几句“秋的自白”吧:

朋友\你若问我\写这一页页分行的语句\究竟有什么意义\那么我要告诉

你\不为名标青史\不为惊天动地\只为了让灵魂\得到稍许美丽的栖息\说得再直白点吧\因为披了这张人类的皮\不想让自己变成\马路上那条觅食的狗\草丛中那只找虫的鸡……

看见这些话，你的心湖中难道就一点涟漪都没泛起吗？

诗，曾经是文学皇冠上的明珠，尽管这些年读诗的人不多了，但是凡具有初中文化的中国人，谁会没记住几首诗并且被诗的魅力所征服呢？“举头望明月，低头思故乡”“欲穷千里目，更上一层楼”这些名句，无论是达官显贵、大款大腕，还是街头的小贩、工地的民工，恐怕都耳熟能详。所以，只要和文化沾点边，你就不可能完全和诗绝缘！真正的好诗，绝对具有超越时空的价值和能量！

朋友，您说呢？

2013 年 10 月 25 日

《灞川掬韵》西安出版社 2014 年 8 月出版

一件有意义的功德事

——《砺剑营盘芳林谱》序

一日，某旅某营的三位学员于翔、王舒阳、陈少磊找到我，说是他们搞了一个“校园植物栽植与环境育人”的文化研究项目，费了很多精力，也有了一定的成果，决定出一本书，想请我给这本书写个序。一是我素来特别喜欢学生具有勇于研究探索的精神，凡遇到这样的学生，我都无一例外地要予以鼓励；二是看了他们书稿的内容——精美的照片和精彩的文字，更觉得应该对这样的成果予以嘉许与传扬，所以就欣然答应了他们的要求。

三位学员选的这个研究项目，我认为是一个很有价值、很有意义的项目。建校五十余年来，校园内的植物少说也有五六百种，这些绿色的生物不仅为在这片园地中生活、工作的砺剑人提供了强健生命、愉悦身心的物质养分，而且也在培才育人的过程中发挥了巨大的精神作用，它们的历史功绩绝对是应当被记入史册的。要说默默的奉献，它们才真正地“默默”奉献了几十年啊！现在，终于有人为它们“树碑立传”了，无论如何，我都有理由为几个年轻人的“选择”高声叫好！

五十余年来，学校历任领导呕心沥血，全校教员、学员、干部、战士共同抛洒汗水，使学校的环境建设取得了令人瞩目的成就。早在四十多年前，学校就是西安市、陕西省乃至全军、全国的绿化先进单位，随着时代的发展，学校的环境建设步伐也由绿化、香化，到美化、文化，再进一步实现生态、环保，一步一个台阶迈上了现代化环境建设的新高度、新层次。比如，在植物种植规划和环境设计上，先前的思路和理念是：“修好园、圃、路，种好花、草、树，常年香不断，四季留春驻。”后来，随着人文教育理念的进一步强化和深入人心，在行道树的栽植上，又都有了“人文化”的寓托。比如，将青松、翠柏、女贞、梧桐、垂柳、红枫等不同树种，各在某一条路上集中栽植，使之形成规模和气势，更能集中体现此类树木的人文意蕴，从而激励学员的意志品质，培养学员的人文情怀。在大规模的“砺剑文化园区”建设时，更是在每个园子的植物选择上，都有独特的文化内涵和精神寄托，如井冈翠竹、延安枣树等，都和我校的砺剑使命、育人目标紧密联系，巧妙契合。我在学校工作了三十余年，和这些花木一起，见证了二炮工程大学的发展历程。这些花木，在伴随学校筚路蓝缕的奋斗历程中，成了二炮工程大学砺剑文化的一个组成部分。可以毫不夸张地说，从我校走出的无数栋梁之材，在其精神气质形成的过程中，都有这些花草树木潜移默化的积极影响。

而今，三位有心的学员在这一方面做了些研究，他们将花木收录成册，为后来的学子留下了一份珍贵的资料，我认为这是一件非常有意义的功德之事。这本书里的照片，不仅真实记录了校园植物的种类特征，而且为了体现这些植物与培育砺剑精神的潜在联系，摄影者在构图、角度、色彩、光线等要素的选择、取舍、增减方面，也都颇具匠心，如“将军桐”的苍劲雄健，“双峰柏”的傲岸挺拔，月季花的娇艳夺目，三叶草的朴实无华等，都能让读者得到一种赏心悦目的享受。书中那一篇篇出自学员手笔的散文，也都各具风致，韵味独特。这本图文并茂的册子，不仅留下了校园众多植物的直观形象，更重要的是对其蕴含的文化精神进行了有益的传递。当以后的砺剑学子阅读这本册子时，他们在欣赏那些美文美图的同时，还能从这些树木花草中间，看到老一辈革命军人坚忍执着的爱国奉献精神；领悟到一代又一代青年学子奋发图强、开拓创新的气概和意志，从而激励自己把柏树的毅力、翠竹的虚心、兰花的高洁、蜡梅的勇气，统统都装进自己的心怀。

我很高兴看到这本图册问世，同时也希望大家能够读出这本书里蕴含的道理。学员们将来走出二炮工程大学校门，奔赴各自工作岗位的时候，能够把砺剑精神传承下去，发扬开来，向全国、向世界展示我们砺剑人的风采。

最后，我要感谢这三名学员为此所付出的辛勤汗水。我想告诉这三位同学：你们的努力已经收到了很好的成效，希望你们再接再厉，继续进行更加深入的探索和研究，争取为学校的砺剑文化建设做出更加辉煌的贡献。

《砺剑营盘芳林谱》2014 年 5 月二炮工程大学内部印行

文坛巾帼气若虹

——漫话伏萍和她的散文(代序)

伏萍女士要出一本散文集,约我写几句号称“序言”的文字。作为文学方面的朋友,我既有受宠若惊的惶恐,又有得到信赖的欣慰。尽管我们认识时间不是很长,但却是极能谈得来的文友,加上我对她的作品也早就想说几句话,所以“恭敬不如从命”,我毫不犹豫就答应了。

为了让我对这本散文集的内容有一个较为全面的了解,前多日,伏萍把其中一部分稿子通过电子邮箱给我发了过来。2013年11月9日,朋友姜仁礼先生为儿子举行婚礼,我和伏萍都前去恭贺。见面后,伏萍问我:“韩教授,那些稿子你都看了吗?”我说:“看了。”她笑着又问:“会不会觉得那些文章太有点‘小女人’味儿呢?”我回答:“怎么会呢?你本身就不是‘小女人’,写出来的文章怎么会有‘小女人’味儿呢?”

我说的是实话。绝无刻意溢美和曲意逢迎之意。

我不知道多年来别人对于散文中的“小女人味儿”是如何定义的,我自己的理解是:所谓小女人,就是不大气的女人,眼界不开阔,心胸颇窄狭,所写的文章,语言虽然也不乏优美,但絮叨来絮叨去,说的全是自己身边那些鸡毛蒜皮的琐事,表的也是自己的一丁点儿轻波微澜的私情:临花滴泪呀,对雨叹息呀,看见蝴蝶想起自己的恋情,惦念不在身边的知心人呀,听见鸟鸣又勾起自己儿时的一件趣事,快乐陶醉得大半夜睡不着觉呀,等等。然而无论怎样欢喜如何忧愁,全都在自己那个小圈子里头转,和世界上更多的其他人基本没有什么关系。虽然也能写出一些真实的人性,但总体看来是扭扭捏捏、咿咿呀呀的样子,不要说和写出“生当作人杰,死亦为鬼雄”“这次第怎一个‘愁’字了得”的李清照相比,就是和吟咏“侬今葬花人笑痴,他年葬侬知是谁”“一朝春尽红颜老,花落人亡两不知”的林黛玉相比,那也是绝对不能相提并论的。如果硬要比喻,我便想起在农村见到过的一种女人:当她从别人的菜地边经过时,先是机警地前后左右瞄两眼,然后便瞅准时机,手脚十分麻利地采下几个青中泛红的鲜辣椒或者还不十分成熟的紫茄子,以“迅雷不及掩耳”的速度放进挎着的篮子里,再拔两把青草把那些“奋斗”得来的果实遮盖住,最后,或得意扬扬或若无其事地走自己的路。聪明吧?确实够“聪明”。但这“聪明”背后藏着的,恰是那实在难以让人高看的“小”字。这就是我所理解的“小女人”。

伏萍女士是这样的女人吗?

我和伏萍认识,是在2011年初夏时节。和我相熟的航天四院工会主席刘继全先生给我打电话,说是想让我给四院的文学爱好者讲一堂有关文学创作的课,约我过去谈一谈。在军校当了几十年教员,我养成了“好为人师”的习惯,只要有人让讲课,我总是很喜欢的。于是我很快赶到了刘主席的办公室。办公室里当时坐了几个人我现在印象模糊了,但在场的伏萍女士我却是准确无误地记住了的。因为刘主席当时把伏萍做了重点介绍:“这是我们四院文学协会的会长。原来也在工会工作,是我们单位出了名的才女。发表过不少作品,也出过诗集。这次请你来讲课,就是她提议的。”

我们就这样认识了。

伏萍给我的第一印象最深刻的就是:大气!这大气是从她那热情而谦逊的笑容中流露出来的,是从她不卑不亢、礼貌得体的谈吐中体现出来的,是从她周密的思考、委婉的询问、恰当的安排、果断的决定等工作风格中展示出来的(尽管只是为文学爱好者请个老师来讲课这一项不算怎样大的工作,上述几点却都显示得山是山水是水,清清楚楚)。毫无疑问,她是女性,无论身材相貌、言谈举止,她都“很女人”——娴静、优雅、温柔、亲切、平和,她一样都不缺少,但只要一接触、一交谈,你却立即会感觉到一种实实在在的“大”——学问见识、胸怀志向、精神情趣,全都能让人想起博大、远大、高大这些词汇来。这“大”,不仅表现在她含蓄蕴藉而又富有尊严的气质上,也表现在日常生活的许多细节上。

因为两个大单位是一墙之隔的近邻,所以,自从在“讲座”上我和航天四院的文学朋友认识之后,伏萍和她周围的文朋诗友们便隔三岔五地请我在一块聚一聚,谈谈文学,说说艺术,自然有时也吃点喝点。凡是伏萍表态“今天我买单”的,别人谁也争不过去,而有好几次,大家都以为是别人付账的(因聚会是“她”或“他”邀约的),结果仍是伏萍“捷足先登”付过了。邀约者抱怨:“为什么你要抢着付钱呢?”伏萍则爽朗一笑说:“想付钱?机会多得是!下一次你付不就行了嘛!”那种“巾帼”的爽快与大方,直令我这个“须眉”自愧不如。

聚会时,每逢有年长的朋友坐车不太方便,她便说:“你等着,我开车去接你!”散会时,她又会主动提出:“不用等公交了,我开着车呢。不就几脚油门的事吗?”

正由于为人处事大气,所以她的人缘极好。身为高级政工师,她先后担任过团委书记,组织、宣传部部长,工会副主席,航天四院女工委主任等领导职务,在职时的忙碌情状,她在不少文章里都有记述,读者自可在阅读的过程中领略。退居“二线”后,她丝毫没有比在“一线”时闲多少——不仅组织文学协会开展多种活动,而且挑起了主编《航天四院简史》、回忆录《丰碑如山》及职工作品集《肩膀上的日子》等多副重担。热心与忙碌,使她周围总有一大帮朋友,营造了一个更大的“气场”,从而使这位“文协会长”也愈发显得大气。

鲁迅先生关于写作有过一段名言:“**我以为根本问题是在作者可是一个‘革命人’,倘是的,则无论写的是什么事件,用的是什么材料,即都是‘革命文学’。从喷泉里出来的都是水,从血管里出来的都是血。**”遵循先生的这一论断,在了解了伏萍的人生经历,感受了她为人处世的风格气韵之后,我便毫不犹豫地断言:伏萍的文章绝对不会“小家子气”。

果然,在她送我的那本诗集《夏天的微笑》里,在她发给我的那些小说、散文里,处处回荡着的确实是壮美如虹的大气。即如手头的这本散文集,只要翻开,那种如虹之大气便会扑面而来。

航天人是中国一个特殊的群体,航天人为中国航天事业所做的贡献,世界瞩目,天地共鉴。而身为航天人之一员的伏萍,以勤奋的笔墨,记航天人之事,抒航天人之志,为航天四院的英模人物树碑立传,反映默默奉献者的喜怒哀乐,她的散文又怎能不洋溢令人心潮澎湃的磅礴大气呢?读她写的文字,看她讲的故事,稍有社会责任感的人,谁又能不被那种沛然、浩然、凛然的正气所感染呢?

《43所印象》,可以说是伏萍为航天人艰苦奋斗历程所绘制的浓缩型的巨幅画卷。在这一系列散文的卷首,作者有一段题记:“我知道,43所人虽然都是一些平凡而普通的人群,但他们却是一群为自己所信奉的事业尽职尽责、默默奉献的人,他们是我心目中最可爱的人。”

在记录这些最可爱的人的事迹、颂扬这些最可爱的人的精神的散文里,我们看到了艰苦环境里的乐观主义精神、无私忘我的奉献精神和出生入死的英雄主义精神。随着她的讲述,我们时而忍俊不禁,时而唏嘘不已,时而热血沸腾,时而热泪横流。

《王阿姨请客》里有这样一个细节：

> 王阿姨忙前忙后，做了满满一桌子的美味佳肴，妈妈过意不去，不时催促她少做点儿，阿姨说，没了没了，就剩下一个汤了。不一会儿，王阿姨把一个痰盂样的器皿端上了桌。我和妹妹大惊小呼，一同站了起来。王阿姨哈哈大笑起来："怕什么嘛！新的，又没有用过。这是山里比不上城市，哪里去买汤盆嘛！个老子的，你看王阿姨先吃给你们看。"说完，阿姨先给自己舀了一碗，美滋滋地吃了起来。

看到这样的场景和人物，你能不忍俊不禁地笑出声来吗？可是笑过之后，你难道就没有"别是一番滋味在心头"吗？是的，那时"山里"的生活的确"比不上城市"，但是，那时"山里"人乐观的生活态度多么让如今不少"城市"人羡慕和感动啊！

《阳光下的微笑》记录了母亲在山里养鸡以改善全家人生活的趣事，读来也十分有味。一是当时的国家政治背景，二是当时单位的管理制度，母亲养的七只鸡将面临被"处理"的窘境。在这"生死关头"，七只鸡突然莫名其妙地全部"失踪"了。可是当单位的"政策"有所松动，氛围有所缓和的时候，七只鸡又全部"奇迹"般地回来了。原来母亲在那"危急"关头，把鸡放到单位附近的农村"寄养"起来了。当一家人知道真相还在惊讶的时候，母亲笑了——

> 母亲哈哈地笑着，那喜悦之情就像雨后的阳光般灿烂。
>
> 望着母亲那乐观而不知疲倦的身影，我摇着头，也甜甜地笑了。母亲乐观向上永远不知疲倦、永远不会停歇的步伐感染了我，之后，不论工作再劳累，家务再繁杂，我都会积极应对，乐观处之。

如果说上述两个故事能让我们发出会心的微笑，父亲长途跋涉顶风冒雪为单位职工采购冬储菜的故事让我们敬佩的话，那么，《逝者如斯》里的几个故事就不能不让我们潸然泪下了：

> 总听人们谈起老李师傅。说他一直闷头工作，很少走出过大山。他是一名单职工，家属没有工作，一家五口人，全靠他一个人的工资养活，生活十分困难。那年，他病倒了，送进医院的那一天，是他第一次出山……临终前，组织上问他还有什么心愿要了？他说："我已经有十几年没有吃过烧鸡了。"在场的领导和同事们无不落泪，马上派人进城去买。可等人们把烧鸡买回来时，老李师傅却永远地走了。
>
> ……

搬迁田王新区后，43所的生产、生活条件都有了翻天覆地的变化，但父亲却突然病倒了。在最后的一段日子里，医生说采用透析可以延缓生命，不过费用很高，要单位批示(当时医药费是单位全包的)。这话不知怎么被父亲听到了，他悄悄对母亲说：“我的病情不要告诉孩子们，也不要去找领导。所里正在发展时期，经济紧张，正是需要用钱的时候，我不能向所里伸手，用十几万甚至几十万的钱来延缓生命，而最终我还是要走的。这样做不好。”

读着这样的文字，谁心里能不受到感动和震撼？在《共产党员，上！》里，作者还给人们讲了这样一件事：油库值班室失火了，如不及时扑救，后果不堪设想，而消防队却还在几十公里之外，情况万分危急：

就在这时，一个声音洪钟般传了过来：共产党员，上！这声音，并无惊天动地之势，但却如炸雷般富有震慑力。人们学了他，纷纷拿来棉被，浇上水，披在身上，如巨龙般，一个接一个地冲入火海，用他们血肉之躯与烈火抗衡。被子烧着了，出来，浇上水，再冲进去，奋力堵住排气阀，又拉来干粉灭火剂，向油罐边的大火喷去……

这是大场面，大事件，字里行间的“大气”自然是不言而喻的。但，即便是并不惊心动魄的小人物，小事件，她同样写得十分大气。

《母亲的遗嘱》写母亲平静地直面死亡，《生命的叶子》写张姐对生活乃至生命的感悟，表现的都是人性中最可贵的一种品质——坚强。当儿女们对母亲身患绝症这一不幸的消息还在遮掩隐瞒的时候，母亲其实早已做好和死神会面的精神准备了：

一切交代完后，(妈妈)叫我们去家里把老衣给她拿来。

我再次惊愕，原来妈妈瞒着我们准备好了老衣！原来我们瞒着妈妈，妈妈也一样隐瞒着我们！

原以为妈妈会很脆弱，没想到妈妈会是那样坚强！——《母亲的遗嘱》

《生命的叶子》里的张姐没病的时候，是家里最忙的人，几乎一切家务活都是由她包揽了，对此，她也曾对几乎不做家务的丈夫有过埋怨。可是当她因患乳腺癌动了手术之后，丈夫不仅服侍照料她，而且也笨拙但却很努力地做各种家务了。这时——

张姐有一种流泪的感觉，才意识到什么叫真正的难过：当自己什么也干不了的时候，当自己被别人同情和关照的时候，那才是最让人难受的一件事啊！

从那天起，她又操起了家务，左臂动不了，就用一只完好的右手。她干起活

来不再抱怨，累了，就告诉自己：至少我的右手还能动啊！

事情大吗？的确不算大。生老病死，谁人不会遇到？哪家不会发生？可是伏萍就能从这些“人人会遇、家家都有”，大家都司空见惯的事情上，挖掘出人生的哲理，挖掘出人类最为宝贵的品性。所以，她的小散文就有了大气象。

伏萍散文涉及的生活领域非常广泛——和国家兴衰密切相关的航天事业，她写；人类普遍的亲情、友情、爱情，她写；在许多人眼里觉得“没啥意思”的花鸟虫鱼、阿猫阿狗，她也写。可是无论她写什么，都能写出一种大气，换句话说，即总能传达出一种正能量，让人觉得很美，让人得到激励或启迪。她赞颂坚强的意志、博大的胸怀，她讴歌无畏的精神、乐观的态度，她对忠贞的情感更给予了深情的赞美。她着墨的切入点有时候很小，但往往都能以小见大。在《真的好想你》一文里所写的胡伯伯就是一个对爱情十分忠贞的典型。伯母已经去世十多年，胡伯伯一直未找新的老伴。孩子们为了孝敬父亲，带他到歌厅去唱歌。先给他点了一首老歌《星星索》，老人唱着唱着唱不下去了，他哭了——这首老歌让他想起了去世多年的老伴。于是，孩子们又给他点了一首新歌《真的好想你》——

可只唱了一句，胡伯伯又哭着放下了话筒：“真的好想你，我在夜里呼唤黎明……”那洪亮中的颤音，让人感到揪心的痛。

如果只写到这里，人们也许会有感动，但这感动是平常的。妙就妙在作者并没有在这里止笔，而是笔锋一转，写出了这样的文字：“我们终于明白了，所有的歌都是有生命的，它们因情而生，每首歌中都深藏着一份爱的感动和永恒的思恋。”这种人生感悟，无疑会给人一种“拨云见日”的启迪。

再比如，在《真爱幽灵》一文里，作者有这样一段描写：

这时，我的脑海里突然冒出真爱幽灵说过的一句话来，“女人天生喜欢浪漫幻想：希望两个人与世隔绝，躺在一艘鲜花做成的大船上，四面是茫茫的大海，天地间只有他们两人；甚至更有渴望九天飘落下一顶硕大的蓝帐篷，里边燃着红烛，堆满鲜花，嗅不到一丝人间烟火的喧嚣俗气……”这句话好像是专门为我而写的呢！

如果单单是这样，在我看来，那就真是“小女人”的文字了。然而妙就妙在伏萍并没有在这里继续徜徉，而是突然一笔宕开：

“只可惜啊，许多事情也只是想想而已，毕竟责任重于泰山！”

好一个“责任重于泰山”！

只这一句话，伏萍文章中的“大气”，便浩然、沛然地向我们涌来了。

像这样通过小事件、小人物来弘扬正气、彰显大气的篇什，在这本集子里比比皆是，可圈可点、耐人寻味的精彩篇章和段落很多很多，相信读者有眼有心，自然会阅读到、体察到，无须我在这里继续唠叨了。

最后，我要用一首“打油诗”来结束这篇所谓的“序言”：

四院才女名伏萍，
勤奋笔耕写人生。
纵横捭阖家国事，
文坛巾帼气若虹！

2013年11月14日

《生命的叶子》中国言实出版社2014年4月出版

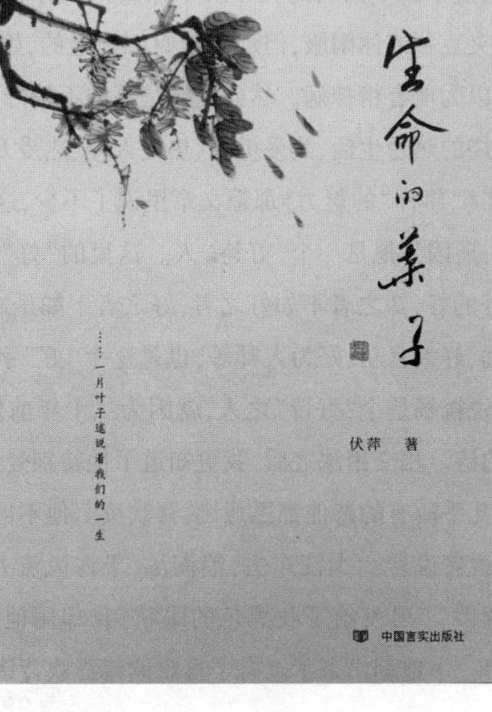

"好诗"人与"好诗人"

——《路桃畅诗集》序

我很喜欢路桃畅，因为他是个好小伙儿。

尽管如今桃畅已经四十出头，孩子都已经上大学了，但我仍愿意称他为小伙儿。一是因为二十年前我们刚刚相识的时候，我四十出头，而他二十刚冒一点儿，那时他是名副其实的毛头小伙儿；二是因为尽管他现在已经四十出头了，但那精气神儿，仍然像当年一样年轻，有热度，有活力，有勇于探索的冲劲，有敢为常人难为之气概作为。比如，大冬天的，别人捂着羽绒服皮大衣还哆哆嗦嗦，而他穿着一件薄薄的T恤竟展脱得跟身在夏天一般。百分之九十的毛头小伙儿都做不到这一点，而他这个四十出头的壮年汉子却做得从容而潇洒。当然人们有时也见他在冬天穿夹克衫或休闲服，但那是他媳妇硬逼的，媳妇嫌他太"另类"，怕走出门去别人会以为他有精神病。然而桃畅是真的不怕冷，他身上有火，他心里更有一团熊熊燃烧的热爱生活、热爱世界、热爱人类、热爱万物的炽烈的火焰。关于他的人品，我在《"旗杆"的魅力》那篇文章里说了不少，这里就不再赘述。

我很喜欢桃畅，还因为他是一个"好诗"人。这里的"好"，要读作 hào，好学上进的好，兴趣爱好的好，知之者不如好之者，好之者不如乐之者的"好"（当然，叶公好龙、好高骛远、好大喜功、好为人师等，也是这个"好"字）。好者，喜爱、喜欢之意也。之所以说桃畅是个"好诗"之人，就因为二十年前他最先让我观览的作品中，就是他写的诗。相交稍深之后，我更知道了他特别爱读诗，汉唐宋元，古典现代，中国外国，几乎所有的诗他都愿意读，喜欢读。他不但爱读，而且还喜欢背诵，交谈时，常常说着说着，"大江东去，浪淘尽，千古风流人物""此去泉台招旧部，旌旗十万斩阎罗""黑夜给了我黑色的眼睛，我却用他去寻找光明"等诗句，就从他嘴里一串一串地蹦出来了。有了喜欢读诗喜欢背诗的基础，自然也喜欢写诗了。

桃畅的文学爱好很广泛,他也写散文,也写小说,甚至也曾经想要以孙蔚如将军率关中子弟英勇抗日的故事写一部电视剧,但是他写得最多的,还是诗歌。同是在诗歌领域,他涉猎的范围也相当宽广。他模仿学写古典诗,有五言,有七言,也有古风、长短句,更多的是现代体自由诗,同时还写了篇幅众多的陕北民歌体诗歌——信天游。而且在每一个品类里,都不乏闪耀光彩的优秀之作。

有一句不知是俗话还是雅话这样说:诗歌是年轻人的事业。然而在桃畅已经四十出头的时候,他还这样地爱诗歌,所以他肯定是个"好诗"之人。而人们常说:诗歌是文学皇冠上的明珠。能如此热爱"明珠"的人,我能不喜欢吗?朋友们知道,我也是爱文学的。

我喜欢桃畅,更因为他是一个"好诗人"。这个好,则是好坏的好。

"好诗人",我的定义是,第一,是个好人,第二,还写出了好诗。

古往今来,国内国外,凡是能被人民大众千年百载广泛传诵的诗句,其作者无一例外都是好人。悲吟"路漫漫其修远兮,吾将上下而求索"的屈原,是好人,他是人民怀念爱戴的爱国诗人;发出"人生在世不称意,明朝散发弄扁舟"喟叹的李白,是好人,其虽怀才不遇但心忧社稷苍生的情怀,是何等令人感动。自己身处破屋却唱出"安得广厦千万间,大庇天下寒士俱欢颜"这深情之歌的杜甫,其胸襟怀抱,又让多少仁人志士唏嘘感慨啊!至于以民生为己任的苏轼,为国家不惜命的岳飞等,都是大大的好人。正由于他们都是大好人而又写出了好诗,所以他们就成了人民大众心中的"好诗人"。据我所知,秦桧是很能舞文弄墨的,严嵩也是吟风弄月的高手,他们肯定写过不少的诗,可是现在有几个人在背诵他们的诗甚至知道他们写过诗呢?为什么?原因无他,就因为他们一个是残害忠良的卖国贼,一个是祸国殃民的大奸臣。所以尽管他们写过诗,但却永远不会被人称作诗人,更不会称为好诗人。也许有人会举出曹操的例子来,单是"宁可我负天下人,不使天下人负我"那一句极为自私的宣言,就不能把他算到好人里头去吧?可人家不照样是伟大的诗人吗?我的回答是:第一,这话是《三国演义》里说的,而《三国演义》的作者为了借古讽今反抗元朝的"非正统"统治,精心"以曹拟元",从而有意"扬刘抑曹",硬把这句话强加到曹操头上也未可知。鲁迅先生就曾这样说过:"一提到曹操,我们很容易就想到了戏台上的那个白脸奸贼,其实,曹操是个大英雄。"他的诗作能被后世不断传诵,恐怕与他"其实是个大英雄"很有关系。那么,我说桃畅是个"好诗人",首先肯定他是个好人。他的忠厚，他的大方，他的豁达，他的热心助人，他对爱情的忠贞，他对文学的执着，还有他强烈的社会责任感，凡与之有较深交往者，大概皆心有一本账，口有一座碑。

说到他的责任感，我就想说他曾打算写一部电视剧的事。离桃畅所居住的路家湾不远，有个村子叫豁口村，这个村子出过一个大名人，就是抗日战争期间，率领关中子弟血战中条山，令日寇铁蹄未能踏进关中大地的抗日英雄——孙蔚如。1993 年前后，年仅二十出头的路桃畅被孙将军的故事所感动，他觉得不把这样一位英雄的事迹用电视剧的形式反映出来，实在是有点对不起这位英雄，对不起那些为国为民流血牺牲的先辈将士。于是他就四处奔波，寻找当年跟孙蔚如一起抗日的老兵，搜集了很多素材。尽管后来剧本并没能写成，但是年轻人那种对社会的责任感和执着热爱文学的精神，一直让我十分感动。

当然，并不是所有的好人都能写出好诗，但是，只要真正能写诗的人确实是好人，那么他写出来的诗所传达的思想感情，就绝对不会是“解构美善、矮化崇高”而对社会有负面影响的文字垃圾。因为“言为心声”，因为“从喷泉里出来的都是水，从血管里出来的都是血”。也许，桃畅的诗一时还入不了某些“高人”的眼，但我相信，只要认真读他的诗，就一定能感受到他奉献给我们的那份真诚，从诗里，我们很容易看出，桃畅是个好儿子、好丈夫、好父亲，他很爱父母、很爱妻子、很爱家，对家庭有着很强的责任感。比如在《母亲》里他这样写道：

是谁招回游子的心/母亲/用尺把儿女量大/皱纹/粗手/白发/捎几句话/妈妈/不为嘱托/只为剪不断的牵挂/夜晚/孤灯/天涯/有一个家/坐着想你的妈妈

桃畅在几十年的奋斗历程中，曾有几年在深圳打拼。那时他孤身一人漂泊异乡，时常想念父母，想念亲人。“夜晚/孤灯/天涯/有一个家/坐着想你的妈妈”，把天涯游子热爱母亲、想念母亲的心理，描摹得真是细致入微，真切动人。

对爱情的忠贞和对妻子的关爱，他这样表达：**夜里/看着妻子的脸/光景虽然惨淡/爱得无悔无怨**。在《和女儿对话》里，他这样对女儿说：“**好好对待妈妈/我也想她/这个家/万万不能少了她/让笑开花/爱温暖风沙/永远牵挂/有你有我有她/才是家**。”读到这样平实亲切如同大白话一样的诗句，你心里能不荡起感动的涟漪吗？你能不觉得桃畅是个值得敬重的好丈夫吗？

好人的一个重要标志，就是具有悲悯情怀。一个没有同情心的人，绝对是一个和“好人”一词不搭界的人。桃畅的悲悯情怀，首先表现在他对底层劳动者的关注与同情。他的《喷漆工》和《清洁工》就是体现这一情愫的代表作，我们可以一起来欣赏：

喷漆工

手提红绿白蓝黄，五彩十色成工装。瘦面肌容骨硬朗，自言本是喷漆匠。

一年四季伴异味，粉尘毒气漫胸腔。眼见矽肺魔爪舞，依旧日日苦奔忙。

非是爱钱不惜命，如花爱女卧病床。早逝方觉愧对母，诫儿再莫干此行。

我闻此言心惆怅，悲泪不觉湿眼眶。万里行路仰天问，豪宅华院谁辉煌？

宝马奔驰鲫过江，几人怜问喷漆郎？

在这首仿古诗里，有诗人对喷漆工生活境遇的深重忧虑与深切同情，也有对那些为富不仁、心灵冷漠者的愤懑与谴责。而在现代自由诗《清洁工》里，不仅有对清洁工的关注，更有对劳动者的赞美。请看下面的诗句：

褪去城市忧伤/黎明前移动的星光/南海竹林一样/把平凡涤荡/而自己/却如飞天/被人观赏

什么是“城市忧伤”？垃圾、污秽、肮脏、乱象！谁让这些“褪去”的？清洁工。就在这涤荡“城市忧伤”的劳作过程中，清洁工也把自己的平凡涤荡了——能用自己的劳动为社会创造和谐与美丽，这本身就很伟大。这平凡中的伟大，自然也就会像圣洁的“飞天”一样被人们欣赏了。另外要提一句，把穿着带有反光标记工作服的清洁工比作“黎明前的星光”，表达了对清洁工的赞美，亦可谓奇思妙想，十分贴切自然，很值得称道。

此外，《灵魂的诉说——献给汶川不幸的孩子们》《怨妇》等篇章，也都从不同角度展示了桄畅那可贵的悲悯情怀，其词其句，也都很值得咀嚼品味。

桄畅是个奋斗型的人，同时也是性情中人，在奋斗中他有快乐，当然也有苦闷和困惑，有时候也不得不借酒浇愁，“抹伤感，挥辛酸”（出自《千古爱恨》），有一首仿古诗《酒醉歌》就是这种心境的写照：

昨夜对酒数星汉，众星羞懒不照面。酒酣碎步出家院，送兄别弟四五遍。

错把街树当神仙，握果邀饮绕树转。一声鸡鸣梦魂乱，欲行脚步不听唤。

半世落寞心不甘，驾云远觅蓬莱山。上鹏下马苦飞奔，追月赶星终平凡。

豪侠落魄一瞬间，鬼讥魅讽作笑谈。叩剑长啸浪尖舞，幸有知音慰苦颜。

这首诗把酒后的醉态写得活灵活现，一时落魄失意的心态也摹写得淋漓尽致。人生奋斗，有甜也必然有苦。一时失意无足挂齿，可贵的是失意不失志，在“幸有知音慰苦颜”的前提下还能“叩剑长啸浪尖舞”，传递的仍是“正能量”。而最能体现桄畅勇于奋斗、敢于创新精神的，还是那首《砸骨头》，这里不妨先抽出几段来和大家一起分享：

爹/我身很痒/想燃烧/你拿起棍子/抽去你给我的俗气

娘/我身很痛/尘世的污垢已变成枷锁/你用针刺破我的肌肤/让我的血冲去那紧紧锁住我们的铁链

兄弟/你知道为什么/骨子里穷得没有一点道理/觉醒啊/不要是一具只会行走的躯体

读着这样的诗句，如果谁还依旧心如止水，一丝情感波澜都没有荡起，说句不客气的话，他心里的激情大概不多，身上恐怕也缺一点积极进取的精神。

前头我说了，桄畅是个好诗人，他不仅是一个能写诗的好人，而且是一个能写出好诗的人。在他众多的仿古诗里，有一首《逸心》我特别喜欢，诗是这样写的：

大漠星繁月似钩，高山幽谷泉解愁。向天借来千樽酒，拂袖狂吼信天游。

这首诗，无论词句、韵脚，还是意境、气势，都不愧为诗中佳品。但是若从艺术的角度总体上看，桄畅的仿古诗还是缺了一些味——韵味和意味。特别是在古诗词的韵律方面，桄畅还需要狠下一番功夫，把古典诗歌的韵律美、音乐美再钻研一番。

另外，在现代诗方面，做到“含蓄而不晦涩，出新而不怪诞”，大概也是桄畅需要进一步研究的问题。

记得有这样一个典故：一个很有名的学者（记得好像是钱钟书，但不敢肯定）在给学生上诗词欣赏课的时候，他先给学生把那首诗朗诵了一遍，然后便自我陶醉起来，一连叹了好几个“好诗啊！好诗啊！”然后便宣布：下课了。学生们纳闷，问：“老师，这诗好在哪里，你还没给我们讲呢！”这位大师说：“好诗是不需要讲的。讲了，还算什么好诗？”

这也许是一个极端的例子,但却有一定的哲理。许多诗,由于欣赏者的生活经历、感情意趣都大不相同,所以在欣赏的时候,那感受也是千差万别的。我在这里说的只是我的感受,别人也可能不以为然。好在桃畅的诗就在书里,相信读者朋友看完之后定会有自己的独特感受的。仁者见仁,智者见智嘛。至于仁者见出杏仁、核桃仁(广告语),智者见出郑智(足球运动员)或者王郅智(篮球运动员),也都不仅是可能的,而且也应当是允许的。

一笑。是为序。

《路桃畅诗集》中外名流出版社 2014 年 5 月出版

「卷五」

铭赋昭心

卷前碎语

“赋”与“铭”，乃“高贵文体”之一种（本人陋见），较难驾驭，不言自明。近多年间，因有所需，余亦于此间小试笔锋。然所成文字，余概略有自知之明：按照严格之文体要求，文中“不合体式”之处定不少见，而所谓“硬伤”者，恐亦难免发生。然，同理同由，即斯文斯字皆有些许温度，且于曩日草撰之时，也曾“呕心沥血、竭思尽虑”，故趁此“散文结集”之际，将其一并收录。

需要说明者：此卷文字，大多已镌刻于碑石之上，个别篇章亦被印成卷册，流播四方。然亦有一二篇，撰写后因多种缘故而被束之高阁，整理旧稿时重读，仍觉“余温”尚存，故亦录留于兹，以期有暖于人也。

家严墓志铭

家严韩府君讳文尉,诞于夏历己酉(公元1909)年二月二十日,卒于丙寅年腊月初六日(公元1987年1月5日),享寿七十九春秋。

吾先祖韩公讳朗山,早年曾追随孙中山投身辛亥革命,于国民革命二军(冯玉祥所部)任军需;关中道浴血冒刃,终南镇入死出生。为人清廉直正,良善厚诚。义还饷银数千,慨然救人一命。高风劭德,其时乡人有口皆碑。受先祖父谆谆教诲,家严一生喜好读书,热爱劳动,勤俭持家,严格教子。曾任塾师数年,后因身体之故,回乡务农。终生辛勤躬耕于陇亩之间,以勤劳之手抚育儿女。卖菜换油,翻山越岭;锄麦种豆,沐雨栉风。徙家高陵,历经波折;支伕潼关,感受饥寒。曩日析爨,家严得土窑两孔及荒园一所。因子女繁多,家境贫寒,无力筑房造厦,故家严与家慈同心协力,掘土于院,为作天井,并于天井院内凿成窑洞三孔,以令儿辈娶妻成家容身有所。

家严受老庄影响颇深,不喜繁华,不慕虚名,处世以恬淡自适为乐。一生无轰轰烈烈之伟绩,唯天井小院乃令其欣慰之事业。家严常以“孔明一生唯谨慎”为其座右铭,故为人处世,时时谨言慎行,与乡邻相处和谐,绝少是非冲突。辞世前二年,家严曾自撰一联总结其生平,其词曰:“能勤能俭立身谨慎,无是无非处世平常。”

时至今,家严已辞世二十一年,然其勤劳节俭、谨言慎行、清贫自守、本分为人之品德,仍铭记愚儿心中。勒石立碑,缅怀先考,以期后辈弘扬懿德,有所成就也。

2008年10月

家慈墓志铭

家慈韩门张氏讳素玉，本乡张河湾村人。诞于夏历辛亥（公元1911）年腊月二十三（公元1912年2月10日）。外祖张公克明，刻苦自励，学富才丰，精研孔孟，授业有道，时人目为邑之名儒，享誉乡里。其于蓝田教育事业之贡献，今之县志有记。蒙外祖之教诲，家慈自幼即能习诵《三字经》《列女传》诸文，中华美德养心滋肝，故一生奉亲以孝，事夫以贞，育子以慈，待人以忠，持家勤俭，处事明厚。含辛茹苦，劬劳终生，农历戊午年十月二十八（公元1978年11月28）日病逝，享年六十八春秋。

家慈孝亲，动地感天。外祖母曾染疫疠，近之者辄被传染。然家慈不顾己之生死，侍母奉药半月有余。外祖母病愈之日，竟乃家慈发病之时。命悬一线，几濒于死，然家慈由始至终，从未言悔。外祖父晚年中风，身体瘫痪，家慈侍奉水火之外，常以推车承父，转河滩，游集市，观春花，赏秋实，能得其亲粲然一笑，即觉胜获财宝万千。爱心无限，皇天后土皆知；孝行有迹，骊山灞水共鉴。

母爱儿女，天下如一，然家慈之爱，世间罕稀：为护烫伤之儿，几近半月未眠；痛思夭折之子，铁杖探墓望归。为育儿女成人，辛劳奋不顾身：冬滤豆浆，手麻落病；夜纺棉纱，积劳成疾。扎糊灯笼，街头皆言手巧；粗粮细做，邻里亦觉饭香。慈母深恩，高山不足为喻；高堂美德，苍溟庶可相拟。

慈母古道热肠，终生助人为乐。乡邻有托，绝无推拒；乞者临门，皆令有得。因言人善而遭疑忌，不肯诬人而招祸灾，然慈母虽屡受迫害而助人之心终生无改。教子立身，唯以正直；望儿成才，常励刻苦。余从军三十余载，虽无宏德大功，然拼搏奋斗之所成，亦聊可告慰慈母之灵矣。慈母在日，常虑儿孙饥寒，今欣逢盛世，后辈各逞其才，衣食皆无所忧。高堂在天，亦当欣然长笑矣。

值此老母辞世卅年之际，立碑铭文，以志长念，无意炫美于当世，唯求有益于后人。倘吾后辈能承其祖母美德，不懈奋斗，努力成才，则今日立碑铭文之愿，差可偿矣。

2008年10月

砺剑酒赋

酒为五谷之精,借人类智慧酝酿而生;剑乃征战之器,经熔炉烈火锻铸而成。酒无异而酒境有异,剑虽同而剑意不同。蠢俗者狼喝虎饮,乘酒乱性;高雅者鲸啜龙吸,以酒抒情。邪恶者横劈竖砍,持剑施暴;正义者驰风掣电,仗剑除凶。利剑与美酒,皆与军人情缘深重。真正的军人眼中,酒与剑是难舍难离的姐妹,剑与酒是相依相伴的弟兄。浴血之后,军民以酒欢庆胜利;强敌面前,官兵用剑保卫和平。酒闪睿智,剑凝忠诚,酒剑碰撞之火,便成诗的精灵。“闲过信陵饮,脱剑膝前横。将炙啖朱亥,持觞劝侯嬴。”读李白诗句,顿生征战豪情。“酒入豪肠,七分酿成了月光,余下的三分啸成剑气,绣口一吐,就半个盛唐。”——台湾诗人余光中对李白的赞颂,则让人看到一种潇洒、美丽的人生!酒、剑、诗,是诗仙李白生命的支撑,酒、剑、诗也几乎洇润了古今中外的战场与军营。“醉里挑灯看剑,梦回吹角连营”的悲壮,“葡萄美酒夜光杯,欲饮琵琶马上催”的倥偬,酒香、剑光、诗韵,直上九霄,气贯长虹。甚至可极而言之,酒、剑、诗构成了轰轰烈烈热气腾腾的人类文明。

二炮工程学院是中国唯一的导弹工程技术院校,担负着为导弹部队培养高素质全面发展的合格军官的历史重任。培育英才,几代人呕心沥血;磨砺剑刃,数十年沐雨栉风。地辟天开,托起中国导弹的第一道火光从这里腾起;前赴后继,彰显华夏雄威的第一柄“长剑”在这里耸立。学院育人的目标是:御敌于九天之外,制胜在弹指之间。树立大国强军风范,展示中华民族尊严。永不懈怠奋勇进击,乃砺剑精神之真谛;熔铸军魂娱心健体,是砺剑文化之魅力。诗、剑皆备之处,岂能无酒?学院特制此“砺剑酒”以飨嘉宾,托寄颇多。概而言之,其意有二:以此酒为出征壮行,砺剑人发扬踔砺;以此酒为胜利欢呼,砺剑人有功不居。

古人云:醉翁之意不在酒,在乎山水之间也。今人曰:砺剑之酒不言价,只求真情深意也。

2007年8月

班长赋

人类征程漫漫,历史长河汤汤(shāng shāng)。因存利益争抢,故有他攻我防。善恶较量,战争萌生;战争肇始,军队发祥。从古至今,记军事之书,汗牛充栋;有史以来,写军人之文,似海若洋。多有赞帅之佳句,常见颂将之华章。霍去病勒石狼山,万古流芳;郑成功收复台湾,千秋名扬。诸葛亮妇孺皆知,曹孟德老少能详。然所憾者,少有人为辞作赋,赞颂班长。

班乃军队中最小之建制单元,班长亦即军队中最小之“长官”。军官行中,班长是小兵。士兵队里,班长是大官。喻军官为峰峦,班长是山根;喻士兵为江河,班长是浪尖。“兵之头,将之尾”,班长把两副重担挑于一肩。浴血奋战,班长是战士的楷范;运筹谋划,班长乃军官之高参;冲锋陷阵,班长是刺刀上最先接敌的锋刃;掩护撤退,班长乃掩体里最后移动之石岩。

斯大林有云:班长是军中之父!拿破仑曾曰:班长乃军中之娘!喻班长为军中之父母,乍看似失偏颇,细思甚觉确当。无父之精血,人则无生命来源;无母之孕育,命则难生发成长。依理相推:无班长之付出奉献、操劳奔忙,则无海晏河清时之“训练有素”,亦无炮火连天时之“战果辉煌”。

喻班长为父,因父厚重如山;比班长为母,缘母温暖似棉。雷鸣电闪,风雨如磐,山自岿然不动,镇定泰然。霜霰弥漫,雪地冰天,棉可抚心慰肝,抵御酷寒。操场训练,班长铁面如冰,抬腿挥手,绝不允许敷衍;食堂会餐,班长谈笑风生,倒酒夹菜,胜似服务人员。勇担急难,不畏重险,严父之铁骨尽展;心细如丝,关怀备至,慈母之情怀毕现。轻抬手脚,深夜为新兵盖被,寒星因感动而眨眼;紧咬牙关,清晨给自己疗伤,朝霞因敬佩而赧颜。床边叠被,亲身示范;靶场射击,自为标杆。属下获奖,笑容满面,战友生病,忧心如煎;也曾因流动红旗失守而焦躁,也曾因训练成绩不佳而心烦,也曾因贡献突出而立功,也曾因部队需要而复员……

然而,无论在海角,无论到天边,班长的本色不变,班长的精神不减。依旧是当年的忠心,仍然是从前的赤胆。做生意,班长姿态是取之不尽的资本;干事业,班长精神是用之不竭的源泉。时至今日,也许有的班长已身家亿万,也许有的班长还依旧贫寒,也许有的班长香车宝马美女相伴,也许有的班长早已离世地下长眠。但是曾经有过军旅生涯这一段——当班长的经历,当班长的体验,当班长的喜悦忧虑,当班长的苦辣酸甜,无论财富多寡,无论身份贵贱,都应该仰天大笑,声震宇寰:曾为班长,此生无憾!

古往今来,军人浩如烟海;方内域外,班长多似繁星。颂班长之诗词文赋虽少,然班长队伍中却不乏人中之精英:把有限的生命投入无限的为人民服务之中,全世界记住了班长雷锋;视死如归的率先一跳,班长马宝玉与狼牙山一起成了永恒!

军队永远有班长,班长永远是脊梁!

2011年10月22日

训练团赋

国威所需,导弹部队应运而诞;使命所赋,训练机构从之而建。公元一九六六,始有基地教导队;公元一九九九,方成今之训练团。回眸历程,艰辛和荣誉同在;盘点贡献,收获与欣慰齐肩。足履莽莽黑土地,歌震巍巍长白山。无敌劲旅斫榛莽,有志男儿开新天。热血沸腾,不为人后;白手起家,创造非凡。披荆斩棘,荒沟水暖;移星换月,盘锦花繁。百余期培训呕心沥血,为二炮部队铸戈砺剑;万五千学员星光耀眼,成国防建设辉煌诗篇。五次名列二炮先进,声震雪原林海;数十官兵誉播全军,辉映波峰浪尖。延白山之血脉,荒沟精神旗帜犹艳;敞渤海之胸怀,盘锦宏图豪气冲天:"听党指挥、博学精武",忠心赤胆永不变;"工作扎实、追求卓越",越峰凌顶再登攀!团庆之日,勒石铭愿:后勇诚以先贤为范,再创辉煌自不待言。

2011年10月30日

长兴园记

军队院校初建,备战隐蔽为先,故校址之选,多远城而近山。此举于工作有利自不待言,然于生活却多有不便。随着时代进步发展,拥有一处城市生活小区,已成许多军校众多人员之心愿。

人才乃事业兴旺之本。欲留人才,须拴其心。为使教职员工更加安心教书育人,学院多届领导班子都曾为“进市区盖房建楼”而魂牵梦萦。2002 年初春,开始征地,启动工程。克服重重困难,不畏诸多艰辛,历时七年,工程告竣。六百二十二户入住,多年梦想终于成真。

人心凝聚则学院长兴,学院长兴则中国导弹事业长兴,故或极而言之曰:“此园长兴则国家长兴。”并赋诗云:

盛世强国沐春风,中华军民望长兴。

长兴园中春长好,神州春意定更浓。

2010 年 2 月 25 日

重修迎宾园记

2003 年迎宾园始建之时，时任首长曾嘱予为斯园作记。时光荏苒，岁月匆促，转眼之间，倏忽已过十年。癸巳之秋，学校重修迎宾园工竣，又蒙首长信任，再次为文以记之。

文化园区建设之效用，十年历史，已有定评：校内人员，怡情有所；八方来宾，游兴可寄；既为导弹英才凝铸魂魄，又为文化古地播扬声名，其功其绩，人心是碑，自当各有所记。然十载之后复重修者，盖形势发展之所需也。

2011 年，曩之“学院”升格为“大学”，喜气洋溢于灞上，欢声回荡于校园，全校人员，精神振奋，皆欲举鲲鹏之翼，建凌霄之功。不负国家人民之厚望，勇承强军梦想之重托，各项建设大步飞跃，校园面貌又有翻天覆地之变化：高楼拔地而起，大厦摩天而立。昔之“招待所”已成今之“东风骊苑”，气势恢宏，气象雄伟，相形之下，昔之“迎宾园”则显儒雅风韵足备，而大气磅礴略缺。为适应形势发展需要，增扩其形制，拓展其空间，使之更具大学风范，彰显导弹部队高等学府之胸怀气韵，重修之举，势在必行。

自古及今，凡号为“重修”者，无论废墟上之完全新建，还是旧制上之扩充拓展，所持宗旨，无非有二：一乃继承，二则创新。倘无继承，“重修”则名实不符；倘无创新，“重修”则光辉大减。唯二者兼备，“重修”之举方有历史价值与时代意蕴。岳阳楼，滕王阁，莫不如此。

2013 年，迎宾园重修工程启动，历时半年，斯园即现今之姿容。总观今之园景，可贵之处在于：“故园”之精华所在，一仍其旧，而“新区”之拓展扩充，则别出心裁。“日月池”依然光辉四射，“秦风亭”照旧风韵悠扬，井冈翠竹，当年风采不减；延安枣树，昔日芳容犹存。而今“新园”最为动人心神之处，乃水面扩大，亭榭新增，观览视野更广，文化内蕴益深。匠心妙手所至，园区“灵性”顿生。梧桐参天，绿荫匝地；波光潋滟，跃金沉璧。十二“生肖柱”，肃然列阵，传中华文化之精妙；两架“兽形石”，隔岸传情，展自然天成之神奇。白杨红枫，遥相呼应；绿苇碧莲,竟比旖旎。水乡秀色盎然,汉韵唐风依稀。春秋变迁,时移景异,荷上风过,桐梢雨滴,目爽气清,心旷神怡。

人至此园,或驻足桥头,或伫立亭下,游目骋怀,仰观俯察,想人生之有限,思天地之无涯。碧波涤心,胸襟为之博大;清香沁脾,肺腑从而高雅。聆听砺剑学子练兵之声,憧憬民族复兴辉煌之梦;感受导弹学府蓬勃生气,定使爱国热情骤发频生。诗曰:

芳园美景敞胸怀,笑迎高朋胜友来。

风物亦寓强国梦,共育砺剑栋梁材!

2013年10月30日

颜庄镇武阁重修记

纵观中国数千年之文化历史,楼阁殿堂重建重修之碑记铭文多甚,重修重建之举,历朝历代皆层出不穷。如是者何也?盖因有毁坏损伤之故也。毁坏之因,一为天灾,一为人祸。天灾者,飓风、洪水、地震、雷电等是也;人祸者,则或为战乱兵燹,或为自斗自残,或为外寇掠夺,或为内贼自窃。较之天灾所毁,则人祸毁坏之暴烈有过之而无不及,远如嬴政焚书,项羽举火,近如所谓"跃进",所谓"文革"。然则无论天灾人祸如何毁灭,今人仍可见西岐之周公庙、东鲁之孔子祠、北京之太和殿、南海之普陀寺者,赖朝朝代代皆有重建重修之义举也。重修重建义举之所以历久不断,盖因具文化良知之人绵绵不绝也。

细考楼堂殿阁建修之史,其时多为太平盛世。盖因兵燹消弭,战乱止息,万民安居乐业,粮秣丰盈,财物富裕,时人中之高明智者,或为纪念先祖丰功伟绩,或为希冀后人青胜于蓝,于是创建新殿者有之,重修旧阁者亦有之,楼阁殿堂以内,或塑金身,或绘彩像,缅人怀事,以求文化血脉永垂矣。数千年来,倘无新建或重修,则人文古迹不存,民族文化难继,民族精神亦自当湮灭矣。今颜庄民众重修镇武阁,实乃视远智明之大义举也。

检阅颜庄历史,则前人之盛德高智历历彰然:先祖之创建颜庄,东临滚滚汶河,西傍巍巍龙山,可谓顺天依地,宝风贵水。以南北大街为界,东西对称各建四村,村名以"和善"为核心宗旨,以"天人同庆,永宝安乐"为向往,既昭示村气旺盛,又祈求世代安乐,其用心可谓良苦,其才智实乃高超。当年所留之遗迹,如"一阁、一桥、一园、一围子、一铺园",尽显前辈之勤劳智慧,彼时声名已远震,即于今世,亦无不令人仰而慕之。

镇武阁堪称"颜庄五大名建筑"之首。考其来历,乃村人寇氏所为作。其初建之期虽无确记,然据明崇祯年间至清末曾多次重修之史料推测,距今三百八十余年无疑矣。其阁形制高大宏伟,立地顶天之势俨然,雕梁画栋,飞檐斗拱,风铃响亮,庄严肃穆。内供镇武、观音之像,巧传布道警世之情。镇武者,凭威望及能力止息纷争战乱之谓也；观音者，为人施福行善之神也。阁内供此二神，非但颜庄人爱和平、求美善之心彰显无遗，亦与村庄命名“以‘和善’为本”之意相吻合也。

颜庄人世代努力奋斗，所积之文化财富极丰。镇武阁之外，桥、园、围、铺，亦各呈异彩，互竞风流。所传之文化精神，至今仍为颜庄人滋魂润魄之玉液琼浆。狮舞、高跷，激励壮志；旱船、花棍，抒发豪情；花鼓锣子，既为第四届国际登山节增光添彩，又曾在中央电视台令举国瞩目。李家银炉，辉映海内；杨家制锡，声震齐鲁；徐、魏两家之熟牛肉，奇香深味，均史册有名。抗日战争，颜庄人同仇敌忾；解放战争，颜庄人奋不顾身！长眠于烈士陵园中之二十六名颜庄儿女，其鲜血生命所谱写之壮丽诗篇，上可告慰于先祖，下可光耀于后人。

伴随改革开放春风，新时期之颜庄人民，展宏图，闯新路，锐意进取，奋斗不息。心血汗水凝聚，累累硕果骄人：宽街大道，骋飞奔跨跃之宝马；广厦高楼，安众志成城之民心。汶河波涛焕彩，滨河社区堪为示范；龙山灵脉绵延，民俗大街实乃非凡。重修南北城阁，继往开来之志毕现，而传承文化之功尤为凸显：一则彰明今乃盛世，二则标志文脉犹传。今人超越先祖，则民族复兴大业有望，于此可见一斑矣。是为记。

2012年7月14日

基石赋

大楼摩天，长城万里，全赖基石，承托挺立。以物比人，亦同此理，故培养士官之学院，人称“军中基石”。

核常兼备，战略慑敌！不负党和人民殷殷期冀，二炮部队乃维护国家安全之重要基石；组训、操作，带兵、管理，发挥骨干作用，成为作战主体，士官乃二炮部队战斗力之基石。学院培养士官队伍，奠定基础，牵涉全局，影响长远，诚乃负托基石之基石也。

学院于庚戌(1970)之年组建，历经四十余载奋力。云南石屏，初树战旗；转战骊麓，浴雪踏泥；移师武汉，迎风斗雨；进驻青州，笑览潮汐。三次迁址，绝无悔怨；四次更名，从未叹息；五次整编，遵规守纪。唯愿部队强大，甘当铺路基石！历无数艰险崎岖，创诸多骄人佳绩——培育人才数万，夺得数十“第一”。

青州文化，流长源远：负弓之民，尚武敬贤。“三齐重镇”，圣哲辈出；“海岱明珠”，耀彩非凡。范公亭高风浩荡，云门山慧雨连绵。灵气浩乎沛然，滋育“基石”肝胆；学院雄踞此地，勇将使命承担！牢记“窑洞精神”，创业不畏艰险；砥砺“剑锋精神”，始终勇往直前；弘扬“沈星精神”，舍生为民无憾。“三种精神”承传，彰显学院风范——光辉映日耀月，“基石”声扬九天！

2015 年 1 月 18 日

后 记

一眨眼，长篇小说《大虮》出版已经七年了。《大虮》之后，我再没有出过新书，因此在这几年里，经常就有朋友问：“老韩，最近还出啥书了没有？多少人都想看你的新书呢！”也许因为我这个人爱张扬，八字还没有一撇的事，自己先早早“嘈号”得满世界都知道（这一点和陈忠实先生差距大极），所以引逗得不少人见面就问：“听说你还要写两部长篇小说呢，写出来了没有吗？写出来叫咱也看看嘛！”更有关系亲近的战友催促：“赶紧往出弄嘛，人都急着想看哩。”朋友、战友的热情、盛情，弄得我实在不好意思。

退休后还想写两部长篇小说的计划，我早就向好多人说过，以至学校的首长都很兴奋，表示要大力支持。王耀鹏校长当即指示，让政治部宣传处在校史馆的空房子里给我安排一间，作为我的创作室。政治部李永国副主任对此更是十分重视，非常关心，让有关方面很快将所需条件全部落实到位。首长的关心、支持，朋友的关注、牵挂，让我无比感动又万分惭愧：几年时间过去了，所谓的“两部长篇”还依然处在“只有个雏形”的阶段。我辜负了学校首长和亲朋好友对我的期望，真应该向大家道声歉，说声“对不起”！

不过转念一想，你真的“对不起”大家了吗？扪心自问：这几年你没写长篇小说你到底干了些什么呢？几年时光你真的庸庸碌碌、无所作为吗？默默地盘点一下，似乎你并没有白白地虚掷时光，你还是做了一些事的。除了和常人一样也帮儿女带带孩子、搞点应酬外，在学校文化建设“更上层楼”的系统工程中，好像也还出了一点“绵薄之力”，同时与朋友联手（本人为第一编剧）创作了一个七场大型话剧《绿梦》，反映的是环境保护、生态文明建设方面的内容。该剧由铜川市文广局演艺公司排练公演，据说反响“还行”。歌颂的是环保英雄，呼唤的是生态文明，向社会传递的，是满满的正能量。除了上述劳作，拉拉杂杂、零零星星也还写了一些文章，有一天大致归拢了一下，发现居然也有五十多万字（还不算话剧前前后后改了十稿的文字）。一个朋友半开玩笑说：“你又可以出一个集子了呀！”

一句话给了我提醒：为什么不呢？把那些已经发表过的，或者虽暂时未发表但自认为还有些价值的文章，认真筛选一番，编成一集，不就又是一本新书了吗？不就又可以满足不少朋友的阅读需要了吗？说自私点，是自己总算还“弄了个事”，要说得冠冕堂皇点，不也是为社会主义文化事业做了一点小小的贡献吗？

于是，经过一番“爬罗剔抉”，我选出了或长或短共五十余篇文章，组成了这本散文集《温暖永远》。书名所寓，其意显然：作者于人生途中虽历经诸多挫折磨难，但所获之人生温暖，却也可慕可羡、可叹可赞。人间是有温暖的！人间到处都有温暖！这种温暖价值无限，珍藏于心，必至永远！书中所传温暖，倘读者于阅读中有所获得并且有所感染，则人间真情之温暖，自会流传得更为久远。

让温暖永远，这是作者的期盼。

需要给读者说明一点：书中文章的编排，只是个大致的归类，也许略显“杂乱”。假如您在阅读中发现有个别事件或文字段落不止一次出现，望您千万不要过于抱怨，因为文章发表时皆是独立成篇，散见于多家报刊，相互之间很少关联，或叙事，或纂言，不同文章却使用同一材料，均在所难免。好在本书号称“散文集”，大家就“散”着看吧。

本书在出版过程中，得到很多同志、朋友的支持和帮助，这里我要向学校的首长及李永国副主任、何建锋处长、于文宁教授，出版社的曹彦编审、杨佳惠编辑，一并致以真诚的感谢！

作者

2016年7月29日

温暖永远